MARIA GLEIT

Abteilung Herrenmode

Roman eines Warenhausmädels

Herausgegeben und mit einem Nachwort
von Vojin Saša Vukadinović

Mit einem Schlusswort von Vito Victor

dvb
das vergessene buch

Der Roman *Abteilung Herrenmode* erschien erstmals 1933 im Amonesta-Verlag, Wien / Leipzig. Offensichtliche Druckfehler der Erstausgabe wurden verbessert, die Rechtschreibung behutsam den heutigen Gepflogenheiten angepasst.

Dank an Albert C. Eibl, Moritz Ahrens, Lukas Spreitzer, Alina Sesser, Ludivine Jehin, Ioannis Politis, Nicole Sahl und Vito Victor.

1. Auflage 2023
Das vergessene Buch | www.dvb-verlag.at

Das Portraitfoto gegenüber zeigt Maria Gleit in den 1930er Jahren und entstammt dem Privatarchiv ihres Sohnes Vito Victor.

Printed in Germany

FSC www.fsc.org MIX Papier | Fördert gute Waldnutzung FSC® C083411

Umschlaggestaltung: Lukas Spreitzer, Wien
Satz: philotypen, Dortmund
Druck und Bindung: CPI books, Ulm

ISBN 978-3-903244-33-7

Abteilung Herrenmode

I.

Im Chefbüro der Schack & Co. A.-G. herrschte große Aufregung. Die Stenotypistinnen saßen, gespannt auf jedes Klingelzeichen achtend, vor den Schreibmaschinen. Die Lehrmädchen zitterten. Würden nicht gerade heute die unmöglichsten Aktenstücke ausgegraben werden müssen und würde nicht gerade, was verlangt wurde, fehlen? Der Chef kam auf die seltsamsten Einfälle. Und heute, großer Gott, kam er von seiner Überseereise zurück.

Die Direktoren boten das Bild äußerster Fassung. Sie, die nach den sechs Monaten seiner Abwesenheit verantwortlich waren für alles, was er beanstanden würde, hatten sich wochen- und monatelang auf diesen Tag vorbereitet. Besprechungsmappen bedeckten ihre Tische, lagen handfertig in den Fächern. Wo würde er beginnen? Wer würde als erster in das Heiligtum des Privatkonferenzzimmers gebeten werden?

Der Privatsekretär des Chefs sah wüst aus.

Er, der ihn in allen Dingen des persönlichen Lebens vertreten hatte – soweit das persönliche Leben des Chefs in dessen Abwesenheit eben an einen Privatsekretär herantritt –, lief mit großen, ängstlichen

Schritten und wehenden Armen über die Korridore. Herr Schack müsste längst angekommen sein! Hatte man ihm sein Eintreffen am Ende verschwiegen?

Er merkte, dass die Angestellten ihn nicht ganz ernst nahmen und es kam vor, dass er eine Angestellte bei einem eben so offenen wie ihm unverschämt dünkenden Lächeln ertappte. Diese Respektlosigkeit brachte ihn vollends um seine Nerven. Er sah mehr, als tatsächlich zu sehen war. Und nun ängstigte er sich darum, die Telefonistin, im Komplott mit dem Anmeldebüro, könne ihm heimtückisch verschwiegen haben, dass der Chef längst in seinem Zimmer sei.

So also lief er, jenen gehetzten Ausdruck im Gesicht, mit dem die Menschen heute um ihre Stellung bangen, über die Korridore. Er hatte eine Frau und zwei Kinder zu Hause ... Die Stenotypistinnen, die das nicht wussten, kicherten, wenn sie ihn sahen. Sie hatten es noch am besten von allen. Was konnte ihnen schließlich passieren? Das Schlimmste, der Chef diktierte so schnell in die Maschine, dass man nicht nachzukommen vermochte. In solchen Fällen konnte man immer noch eine kleine Ohnmacht simulieren. Für kleine Ohnmachten war er sehr empfänglich, der Chef ...

Der Privatsekretär, unstet umherwandernd, landete im Zimmer der Lehrmädchen, die ihm mit ihren starren, verschickten Augen einen schwachen Trost gaben. Die Bürovorsteherin, böse und herrschsüchtig an diesem auch für sie so ungeheuer wichtigen und schwerwiegenden Tag (natürlich würde man bis indie Nacht hinein arbeiten müssen, natürlich würde er gleich auf den ersten Anhieb alles wissen und alles entschieden haben wollen, was seit Monaten herumlag), warf wütende Blicke nach dem Privatsekretär, der sich denn auch rasch verflüchtigte.

Die Direktoren taten in ihren schönen großen Zimmern mechanisch Dienst. Die Abteilungsleiter und die Chefs der Mustereien bemühten sich vergeblich, ihre Nervosität unter gleichmütigem Äußeren zu verbergen. Man wagte nicht mehr, laut zu sprechen. Man flüsterte.

Die Atmosphäre war spannungsgeladen. Ein Fremder, der unversehens hineingeplatzt wäre, hätte den Eindruck mitgenommen, in ein modernes Gefängnis gekommen zu sein, in dem jeder Insasse sein Todesurteil erwartete.

Es platzte aber kein Fremder in das Chefbüro der Schack & Co. A.-G. Man hatte wohlweislich dafür gesorgt, dass alle Vertreter- und ähnlichen Besuche für diesen Tag unterblieben. Der Chef fand, als er schließlich doch noch erschien, ein vorbildlich ruhiges, geordnet arbeitendes Haus vor. Sogar die Glastüren, die die Korridore miteinander verbanden, waren geschlossen. Also mussten sich auch die Lehrmädchen, die beim eiligen Hin- und Herlaufen von Zimmer zu Zimmer sträflicherweise meistens vergaßen, sie zuzuklinken, gebessert haben, eine Tatsache, die den Chef in eine beträchtlich bessere Laune versetzte, als man sie sonst bei ihm anzutreffen gewohnt war.

Die Lichtsignale leuchteten in allen Direktionszimmern zu gleicher Zeit auf. Die Telefonistin arbeitete tadellos. Ahnte der Herr Privatsekretär Dr. Schlierks, dass auch ihre Finger ganz kalt vor Erregung wurden, als sie die Knöpfe drückte und nicht einmal ihn vergaß?

Die Telefonistin setzte sich entschlossen zurecht. Jetzt galt es. Ihre Schläfen schmerzten. Sie erinnerte sich der letzten Verbindung, die sie für den Chef zustande bringen musste und die unglücklicherweise im wichtigsten Moment getrennt wurde. Ein Wunder, dass sie überhaupt noch auf ihrem Platze saß. Wie ein Irrer hatte der Chef getobt.

Die Atmosphäre des Hauses wurde unerträglich. Wen würde es treffen? Was hatte der Chef für Gelüste? Wie war er aufgelegt? Was hatte er ausgeklügelt an Anregungen und Ideen? Der Chef brachte von seinen Reisen stets eine Summe von Neuerungswünschen mit. Wer würde ihm den ersten Bericht erstatten müssen?

Die Telefonistin war am gefasstesten. Noch war ja nichts geschehen. Doch! Jetzt! Das kam aus seinem Zimmer! Ihre Hände wurden eisig.

»Zentrale.« Warum klang ihre Stimme nur so scheußlich belegt?

»Ich bitte die Herren Direktoren Doktor Seliger, Schmidt und Doktor Kirschstein in einer halben Stunde zur Konferenz. Für Telefonate bin ich erst morgen da. Außer Kreuznacher. Wenn Kreuznacher anruft, müssen Sie verbinden …« Die Telefonistin notierte …

Einige Minuten später wurde sie aufgefordert, Herrn Kreuznacher jun. aus der Firma Kreuznacher & Schulz, Herrenartikel en gros, zu einer kurzen Besprechung zu bitten. Herr Kreuznacher möge sich unter allen Umständen frei machen und in einer Viertelstunde erscheinen.

Mehr sagte der Chef nicht. Glücklich, dass alles bisher so geklappt hatte, gab die Telefonistin seinen Bescheid weiter.

»... und also, meine Herren«, forderte der Chef der Schack & Co, Warenhaus A.-G., seine mitarbeitenden Direktoren auf, »erwarte ich Ihre Vorschläge. Sie wissen, worum es geht.« Er lehnte sich zurück mit jenem Ausdruck von Verachtung und Hohn, den man seinem etwas unentschlossen wirkenden Gesicht – träfe man ihn zum Beispiel an einem dritten Ort und wüsste nicht, dass er das Haupt eines großen Warenhauskonzerns sei! – nicht zugetraut hätte. »Da kann ich lange warten«, sagte dieses Gesicht, »eh' euch etwas einfällt ... Aber ich will nicht warten, hier, jetzt, sofort muss diese Sache ins Rollen kommen. Wahrscheinlich habt Ihr über euren Akten geschlafen die ganze Zeit ... Hat der Seliger doch wahrhaftig die blaue Mappe mit den Zeichnungen mitgebracht. Als ob jetzt dazu Zeit wäre ...«

Laut aber forderte er: »Ideen, meine Herren, Ideen!«

Und noch etwas ungeduldiger, beinahe schon verärgert: »Es wird Ihnen doch etwas einfallen können, warum äußern Sie sich nicht?«

Der untersetzte, dickliche Direktor Schmidt versuchte die Situation zu retten: »Man müsste den Abteilungsleiter hören.«

Der Chef befahl den Abteilungsleiter. Die Telefonistin verband. Der Abteilungsleiter Fritz Grüninger, Abteilung Herrenmode des Warenhauses Schack & Co., sah sich vor eine geschlossene Front gestellt. Seine Augen wanderten von den drei Direktoren, die mit undurchdringlichen Mienen am grünen Tisch saßen, zum Chef und vom Chef zu Kreuznacher jun. Um den Mund dieses Herrn, der dem Abteilungsleiter Grüninger bestens bekannt war – bestand doch seit Jahr und Tag die Geschäftsverbindung mit den Grossisten Kreuznacher und Schulz! –, lag ein über die Situation erhabener, beinahe amüsierter Zug. »Alter Fuchs«, dachte der Abteilungsleiter Grüninger, »bin neugierig, was sie da schon wieder ausgeheckt haben.«

Der Chef ließ sich zu einer flüchtigen Handbewegung herab. »Bitte, Herr Schmidt.« Die Direktoren Kirschstein und Seliger fühlten sich zu einem schadenfrohen Grinsen gedrängt. Hatte sich schön in die Patsche gesetzt, der gute Kollege Schmidt! Nun würde er Herrn Grüninger erklären müssen, was der Chef beabsichtigte.

Der untersetzte, dickliche Mann, der ein anderer wurde, sobald er mit Untergebenen zu tun bekam, vollzog diese Aufgabe jedoch zum Ärger der Kirschstein und Seliger mit Geschick und Gewandtheit, ja, er ließ sogar einen dem Chef angenehm in die Ohren klingenden, rügenden Ton in seinen Ausführungen dem Abteilungsleiter gegenüber nicht vermissen.

»Die Abteilung Herrenmode«, begann er und seine Blicke tadelten, traurig und scharf zugleich, den Erschienenen als den Verantwortlichen dafür, »hat sich in den Jahren ihres Bestehens in keiner Weise bewährt. Ich bitte Sie, mich ausreden zu lassen, Herr Grüninger. Wir«, und in diesen Blick, den Herr Schmidt in die Runde schickte, zog er vertrauensvoll den Chef mit ein, »kennen genau die Schwächen der Abteilung. Die in der Ungunst des Raumes liegenden und die (hier wurde Herr Direktor Schmidt persönlich verletzend) in der Organisation begründeten. Bleiben Sie ruhig, Herr Grüninger! Wir schätzen Ihre Erfahrungen und Kenntnisse sowohl in der Leitung der Abteilung als auch ...«

Nachdem Direktor Schmidt, der sich, enthoben aller Initiative, als Interessenvertreter des Chefs fühlte und beinahe in Begeisterung redete, Herrn Grüninger und den übrigen anwesenden Herren die Mängel der Abteilung Herrenmode gebührend vor Augen geführt, ja, sogar so getan hatte, als sei sie der Schandfleck der sonst so tadellos florierenden Warenhaus-A.-G. Schack & Co., endete er mit dem triumphalen Ausruf: »Und das muss anders werden, Herr Grüninger! So geht das hier nicht weiter!«

Er wollte noch länger reden. Es gab ein Gefühl von hervorragender Wichtigkeit, im Kreise dieser angesehensten Männer des Konzerns soviel zu sagen haben – die trockene Stimme des Chefs jedoch beraubte ihn aller Illusionen: »Was haben Sie zu sagen, Grüninger! Machen Sie Vorschläge! Reden Sie!«

Herr Grüninger war ein Mann, den man nicht so leicht ins Boxhorn jagte. Trotzdem verdutzte ihn die Art und Weise, mit der man hier verging. Hatte man etwa schon seinen Nachfolger auf Lager? War man nicht mehr zufrieden mit ihm?

Herr Grüninger beschloss, sich nicht ducken zu lassen. Die geschniegelten, wichtigtuerischen Herren hier, verstanden die überhaupt etwas von der Praxis des Warenhauses? Die nisteten tagaus, tagein in ihren von der Welt abgeschiedenen Bürozimmern, in die sich niemals ein Kunde oder eine Verkäuferin verirrte! Die thronten in ihren Polstersesseln und gaben Anordnungen, die runzelten die Stirnen und machten Vorhaltungen, ihm, dem sie es überhaupt zu danken hatten, dass ihre ganze miserable Abteilung Herrenmode nicht längst schon zusammengekracht war! Oh, er würde reden, er würde es ihnen schon sagen, er würde sie schon hereinsausen lassen, wenn sie es wagen sollten, es war ihm ganz recht so, jawohl, ganz recht …

Gerade, als er aber ansetzen wollte, winkte der Chef ab. Er griff zum Telefon. Die Stenotypistin H. wurde zum Diktat befohlen. Mit Block und Bleistiften erschien sie sogleich. Ausgerechnet sie, die die meiste

Angst vor ihm hatte, musste es treffen. Mit erzwungener Sachlichkeit ging sie an den für Sekretärinnen bestimmten Platz, dem Chef gegenüber (Hab' ich zu viel Rouge aufgelegt, bin ich zu blass oder hab' ich mir in der Eile rote Flecken aufs Gesicht geschmiert, schoss es durch ihren gequälten Kopf). »Notieren Sie, bitte, Fräulein, als Notiz zu den Akten: Kopie für Herrn Direktor Kirschstein, Seliger und Schmidt, ebenso für Herrn Abteilungsleiter Grüninger …«

Wenn sie jetzt nicht alle fünf auf einmal reden, wenn nicht noch ein paar dazwischenkommen, wenn nicht innerhalb von fünf Minuten viermal das Telefon klingelt und er alles, was mir gilt, in den Apparat sagt …, denkt die Stenotypistin H., dann geht es gut. Notizen zu den Akten sind nicht so schlimm, die werden auf den Kopien geändert, die werden nochmals umgeschrieben …

Die Stenotypistin H. atmet so, dass keiner der anwesenden Herren es merkt, auf. Mit geschlossenem Mund und unhörbarem Luftholen durch die Nase. Er hat mich nicht einmal angesehen, denkt sie weiter und weiß noch gar nicht, was sie da stenografiert, so gewöhnt ist sie schon daran, mit den Fingern zu schreiben und ganz was anderes zu denken … Eigentlich ist es natürlich eine unerhörte Chance, vom Chef diktiert zu bekommen. Die Eschinger platzte auch beinahe vor Neid. Die Eschinger ist überhaupt viel resoluter und geschickter als ich …

Die Stenotypistin H. ist noch immer nicht fertig

mit ihren Gedanken. »Großzügige Erweiterung der Abteilung Herrenmode ...« Das wird sie ja überhaupt nicht wieder lesen können, so wischt sie das hin ... Immerhin ist es beinahe schamlos, wie stramm sich die Eschinger ihre Bluse zieht, wenn sie mal für den Chef schreibt. Die weiß wenigstens, was sie will ... »Es kommt vor allem darauf an, die Abteilung zu verlegen oder sie, indem man einen modernen Architekten zu Rate zieht, vollkommen neu –«

Die Stenotypistin H. merkt auf. Plötzlich weiß sie auch, was sie da alles schon geschrieben hat. Da sitzen diese Männer mit den ungerührten Gesichtern und tun so, als ob es gar nichts wäre, einen Architekten zu Rate zu ziehen, Wände niederreißen zu lassen und neu aufzubauen. *Das Geld,* seufzt die Stenotypistin H. in sich hinein. Bei uns zu Hause gibt es Krach und große Verhandlungen, wenn mal der Maler geholt werden soll, um die Wände neu anzupinseln ... Immerhin, wie weit hat sie es gebracht, die Eschinger? Was kommt heraus bei der ganzen Herumscharwenzelei? Ein Abendessen mit Dr. Schlierks, dem harmlosen Schaf, na, und das andere kann man sich schon denken ... Soviel, dass sie heraus kann aus diesem Büro in ein besseres Leben hinein, soviel wirft das alles nicht ab ... höchstens eben so viel, dass sie nicht heraus *muss*! Ach was, wo die jetzt eine so fabelhafte Sache vorhaben! Umbau! Erweiterung! Neueinrichtung! Die denken doch gar nicht an Entlassungen!

Wie fließend der Chef diktiert! Der muss sich das

aber genau überlegt haben vorher. Kaum, dass er eines der üblichen »Hm« und »Ja« und »Streichen Sie das aus und schreiben Sie dafür ...« gesagt hat! Donnerwetter! »Auf amerikanische Art«, diktiert er, aber »keine Nachahmung, sondern aus der inneren Entwicklung der Zeit heraus« ...? Innere Entwicklung der Zeit? Schöner Blödsinn das. Na, das kann gut werden, als ob er uns nicht schon modern und amerikanisch genug auspresst ... Wenn ich abends nach Hause komme, fall ich einfach um. Meine Schulterblätter schmerzen, als zerbrächen sie. Nein, aber jetzt muss ich aufpassen, der Schmidt staunt, dass ihm die Augen übergehen ... Ah, der Herr Chef überrumpelt wohl die Herren, der Herr Chef gibt eine Vorstellung, er zeigt ihnen wieder einmal, was er kann ... Hat er wirklich »heiteres Moment ... erfreulicher, herzerquickender Anblick« gesagt ...? Herzerquickend? In der Herrenmode?

Er scheint sich nichts aus mir zu machen, denkt die Stenotypistin H. Wahrscheinlich gehöre ich nicht zu seinem Typ. Obgleich man sagt, dass er auf alle rotgemalten Lippen reinfällt. Er hat mir noch keinen einzigen Blick zugeworfen ... na, auch schön ...

»Lesen Sie, bitte, zurück, Fräulein«, sagt eine strenge Stimme neben der Stenotypistin H.

»... und soll die Abteilung Herrenmode der Schlager der Saison sein. Es wird sich nicht vermeiden lassen ...«

»Nein, gehen Sie lieber und schreiben Sie es sofort.« Die Stenotypistin H. mit den für den Geschmack des Chefs etwas zu dicken Beinen verließ das Zimmer. Sie wird nächstens doch für mich schreiben müssen, wenn sie auch die Hälfte der Sätze meistens weglässt, beschließt Herr Direktor Schmidt – – – für zwei-, dreimal ist sie vielleicht eine ganz nette Abwechslung …

Der Privatsekretär Doktor Schlierks verschwand mit der von der Stenotypistin H. getippten Notiz zu den Akten im Zimmer des Chefs. Der Chef neigte zu der Ansicht, dass es notwendig sei, Herrn Schlierks an allen Verhandlungen teilnehmen zu lassen. Wozu war er sonst noch ein stellungslos gewesener Akademiker, der nach und mit seinen beiden Doktorexamen nichts anzufangen wusste und den man scheinbar in der Betriebsamkeit der schönen und der praktischen Wissenschaften ganz übersah? Wozu war er sonst ein armer, weitläufiger Verwandter, wenn man es nicht verstand, sich sein Wissen und seine Person zu eigen zu machen, ihn zu benutzen und wegzustellen, wie man gerade in der Laune war?

In den Gesprächen, die hochbrodelten nach dem Diktat des Chefs, die Möglichkeiten erwogen und nun wirklich auch Vorschläge (unbrauchbares Gewäsch, stellte Herr Grüninger geringschätzig fest) brachten, erinnerte sich der Chef seines Privatsekretärs. War es nicht möglich, dass Schlierks auch etwas zu sagen hatte?

Der Chef war ein unermüdlicher Menschenexperimentator. Es genügte ihm nicht, dass einer Einkäufer oder Ressortleiter war. Er spürte, willkürlich und wenn er gerade einmal Zeit und Lust hatte, die verborgensten Fähigkeiten seiner Angestellten auf. Er erschien oft überraschend in einer Vertreterkonferenz, einer Verkaufsabteilung und überwachte horchend und suchend die Talente seiner Mitarbeiter und Untergebenen. Die merkwürdigsten Versetzungen kamen so innerhalb des Konzerns zustande. Warum also sollte ein Privatsekretär immer ein Privatsekretär sein? Vielleicht eignete er sich wirklich besser ... Und also ereilte das Schicksal auch den aufgeregten Doktor Schlierks.

Die Stenotypistin H. traf ihn auf dem Gang. »Ach, bitte, gehen Sie zum Chef?« Nicht einmal die Stenotypistin H., allen anderen Menschen gegenüber zurückhaltend und scheu, respektierte ihn!

»Bitt' schön, nehmen Sie ihm das mit!« Wenigstens war sie nett und noch einigermaßen höflich. Und wie sie ihn so ansah mit bittenden, etwas feuchtglänzenden Augen, merkte er erst, wie hübsch sie war mit dem gescheitelten Haar, das ihr allen Bemühungen zum Trotz immer wieder ins Gesicht fiel. Ob er da – wenn er es versuchte – eine Verbündete fand?

Rauchschwaden verdichteten die Luft im Zimmer des Chefs. Die Herren schienen in einer überaus angeregten Debatte. Ihre Gesichter drückten, wenn man sie recht besah, mehr als Zufriedenheit aus, sie zeugten – so schien es dem nervösen Doktor Schlierks – von einem fast zweideutigen Vergnügen. Herr Kreuznacher insbesondere, jener Mensch, aus dem der Privatsekretär noch nicht recht schlau zu werden vermochte, der ihn, seiner strebsam geschäftstüchtigen und erfolgreichen Art wegen zugleich anzog und abstieß, weil er daneben ein so glattes, geschmeidiges, nie zu fassendes Wesen zeigte, dass er einem ständig durch die Finger zu rutschen schien. Herr Kreuznacher jun. legte sein Gesicht in Falten wie eine steinerne Sphinx und versicherte gerade im Brustton ehrlichster Bereitwilligkeit, dass er sich bemühen werde, redlichst bemühen, die Mindestkalkulation zu errechnen. Morgen schon würden die Herren im Besitz des Angebotes sein. Die Geschäftsverbindung bestünde nicht umsonst seit so vielen Jahren in ungetrübter Harmonie. Ja, er würde – den Privatsekretär wunderte es, dass er nicht die Augen beschwörend dabei zum Himmel hob –, er würde einer so großzügigen Aktion zuliebe anfangs sogar mit Opfern arbeiten. Mit erheblichen Opfern ... ein Wechsel auf die Zukunft ...

Das überlegene Lächeln war vollkommen aus den Zügen des jungen Kreuznacher gewichen. Seine Begierde, im Namen der Firma Kreuznacher & Schulz, Herrenartikel en gros, ein unerhörtes Gewinngeschäft abzuschließen, riss ihn hin. Der Privatsekretär hasste in diesem Augenblick Kreuznacher jun.; wie ein Mensch, der geduckt und gedemütigt wird, solange er denken kann, das Treiben eines anderen nur hasst, der das Geschäft dieses Lebens besser versteht ...

Jetzt aber meldete sich der Herr Abteilungsleiter Grüninger. Er fand, dass er lange genug geschwiegen habe. Er war, wenn man sich die Mühe nahm, seiner beruflichen Laufbahn näher nachzuspüren, ein emporgekommener Lehrling der Warenhaus-A.-G. Schack & Co. Und es lässt sich nicht verheimlichen, dass er sich zu einem einigermaßen dünkelhaften Patron entwickelt hatte. Neununddreißig Jahre alt, hatte er, man sagte, um einen Skandal zu vermeiden, vor zwei Monaten die ältliche Tochter eines höheren Angestellten geheiratet. Ein geborener Nörgler, war er mit keiner Leistung seiner Leute zufrieden. Es gab jedoch auch Abende, an denen er – unter dem Vorwande beruflicher Besprechungen außer dem Haus – schon um sechs Uhr fortging. An solchen Tagen atmeten die Verkäuferinnen auf. Man tuschelte zwar darüber, dass diese Termine allzu häufig mit den Unpässlichkeiten der oder jener Kollegin zusammenfielen, die dann kurz vor oder nach Herrn Grüninger verschwand, aber man kam ihm nicht bei. Er verkörperte eine Macht, der man sich zu beugen hatte. Es schien sinnlos, gegen ihn aufzubegehren, denn er stand im Rufe des tüchtigen, einfachen Mannes aus dem Volke mit praktischem Verstand und einem Schatz von Erfahrungen. Und der Chef wollte von den menschlichen Qualitäten seiner Abteilungsleiter weder unterrichtet sein, noch war er an ihnen interessiert. Im Übrigen vergaß er Herrn Grüninger nie, dass er im ganzen Betrieb fast der Einzige gewesen war, der sich, als man vor Jahr und Tag das neue Zahlen- und Zettelsystem eingeführt hatte, gutwillig den damals austretenden Schwierigkeiten beugte und, während die anderen Abteilungen meuterten, Betriebsversammlungen forderten und Proteste gegen die Mehrarbeit erhoben, sich keineswegs aus der Ruhe bringen ließ, die Angestellten dagegen zu höchster Leistung antrieb und aus ihnen herausholte, was ihre Kräfte hergaben. Sodass die Abteilung Herrenmode, immer ein wenig das Stiefkind des Konzerns, gerade in einer Zeit der Umwälzung und Neugliederung in allen Abrechnungen, Ausmusterungen und Bestandsaufnahmen den erfreulichsten Anblick bot. Auf dieser Reise jedoch, die den Chef der Warenhaus-A.-G. Schack & Co nach England und den USA führte, hatte Herr Schack eine Idee. Der Ozeandampfer stampfte – das war noch keine zwei Monate her – wie ein gutmütiger Riese durch das Meer. Die Sonne strahlte auf Deck. Der Himmel glänzte in heiterster Bläue, Städte, Menschen und besonders Warenhäuser schienen unendlich fern. Der Chef dehnte sich im Liegestuhl, danach lag er ganz still, und mit einem Male – war es die Unbewegtheit der See, war es die ein wenig schauerliche Rätselhaftigkeit des Lebens überhaupt, die sich von keinem Großkaufmann der Welt lösen und beschwichtigen lässt und in diesem Falle also auch den Chef der Warenhaus-A.-G. Schack & Co. streifte? – mit einem Male schien diesem Herrn, was er da aufgebaut hatte, beinahe ein Menschenalter lang, klein und in einem erschreckenden Maße dem Erstarrungsprozess preisgegeben! Was bedeutete es schließlich vor der Unendlichkeit, der sich der Chef der Schack & Co. im Angesichte der gewaltigen Wasser- und Himmelflächen gegenübergestellt sah, einen Warenhauskonzern errichtet zu haben? Was bedeutete in dieser erschreckenden Gewaltsamkeit der Natur, die ihn unvorbereitet überfiel, die Kunst, aus zehn zwanzig zu machen, was war das schon, ununterbrochen neue Bauten über die Städte des Reiches hingestreut zu haben, was waren alle Anstrengungen und Multiplikationen des Gehirns gegen diese den Menschen höhnende Ausgeglichenheit und Kraft, die sich ober- und unterhalb des Schiffes kundtat in Himmel und Meer?

Es soll nicht verschwiegen werden, dass diese durch einen Zufall herbeigeführte Stimmung des Chefs der Schack & Co. keinesfalls von einer langen Dauer war. Sie verflüchtigte sich, als die erste Frau (die Gattin des japanischen Gesandten in Paris) vorüberging und die Sinne des Chefs anderweitig gefangengenommen wurden. Dennoch blieb aus ihr eine geheime Abneigung gegen die verfluchte Sachlichkeit zurück, die das oberste und zugleich erfolgreichste Gesetz der Warenhaus-A.-G. war. Und als er gar das Schiff verlassen hatte und in New York gelandet war, als er Vergleiche zog und Vorteil gegen Nachteil prüfte, fasste er, längst schon wieder sorgfältiger Mathematiker und Großkaufmann, der auch die Einfälle seiner betrübtesten Stimmung rechnerisch auszuwerten verstand, den Beschluß, wenigstens einen Teil des Geschäftes, den schwächsten, senilsten und altmodischsten, zu verjüngen. Ein neuer Zug sollte in die Betriebsgebarung kommen.

Die Farbe des Himmels und des Meeres hatte den ersten Anstoß gegeben. Der Chef der Schack & Co. Warenhaus-A.-G. hatte aus ihr den Gegensatz, die Freudlosigkeit des rationell ausgebeuteten Menschen unserer Tage erkannt. Kein Wunder, dass er sie auszunutzen beschloss. Mit einem Male bedeutete es – sogar im Angesichte der Unendlichkeit, der er auf der Rückfahrt noch einmal begegnete! – alles, aus zehn zwanzig und aus hundert zweihundert zu machen …

»Da soll also, wenn ich Sie recht verstanden habe, morgen der Architekt bestellt werden. Die Vermessungsarbeiten haben sofort zu beginnen.« Herr Grüninger, der mit so befehlend lauter Stimme sprach, als stammten diese Anordnungen von ihm, bat, seine Ausführungen in einem Aktenprotokoll niederlegen zu dürfen.

Die Herren Direktoren stimmten diesem Wunsche zu. Der Chef nickte. Herr Schmidt sorgte dafür, dass die Stenotypistin H. erschien. Herr Kreuznacher von der Firma Kreuznacher & Schulz, Herrenartikel en gros, warf einen vorsichtigen Blick auf die Uhr. Seine Mission hier war erfüllt. Der alte Schack hatte ein besonderes Talent, einen Menschen zu triezen. Um vier Uhr wartete Eva im Café Stern und es war schon zehn Minuten vor …

Der Chef tadelte heimlich, ohne allerdings sein Mißfallen nach außen hin zu bekunden, das Verhalten des im Laufe des Protokolldiktats auch weiterhin nach der Uhr schielenden Herrn Kreuznacher jun. Herr Grüninger jedoch warf sich stolz in die Brust:

»... haben sofort zu beginnen. Zweck und Ziel der Abteilung Herrenmode ist, den Umsatz dadurch zu steigern, dass man vom Dienst am Kunden zum Dienst am Menschen kommt. Das hat zu geschehen: a) durch eine moderne, keineswegs aber streng wirkende, sondern freundlich anmutende und heiter stimmende Ausgestaltung des Verkaufsraumes. Die Ausstattung soll nicht mehr nur durch sachliche Anordnung der zu verkaufenden Artikel, als vielmehr durch in gefälligen Farben anlockende Gegenstände erfolgen, b) Die Schaufenstergruppierung wird völlig umgewandelt. Erste Künstler und Kunstgewerblerinnen sind heranzuziehen. Motto wie oben: Freude, Farbe, Heiterkeit! c) Der Käufer soll, sobald er den Verkaufsraum betritt, das Gefühl bekommen ... das Gefühl bekommen ...«

Hier half der Chef dem vergeblich um den richtigen Ausdruck ringenden Abteilungsleiter: »das Gefühl bekommen, das er hat, wenn er zum Beispiel ein Tanzetablissement betritt. Sie verstehen, meine Herren. Er soll erst in zweiter Linie, quasi im Unterbewusstsein, wissen, dass er gekommen ist, um eine Krawatte, ein Paar Handschuhe, einen Anzug zu erstehen. Er soll sich wohl fühlen, er soll angeregt werden, Krawatte, Handschuhe und Anzug sollen ihm zufliegen. Es darf ihn keine Anstrengung mehr kosten, es muss ihm ein Vergnügen sein, sie auszuwählen. Dazu gehört ...«

»die Persönlichkeit der Verkäuferin«, fuhr Herr Grüninger fort. »Es handelt sich darum, aus allen Abteilungen die gewandtesten ...«

»menschlich angenehmsten«, warf Direktor Schmidt dazwischen und beobachtete erfreut, dass die Stenotypistin H. langsam rot wurde –

»die anziehendsten und schönsten Verkäuferinnen herauszuziehen und in die Abteilung Herrenmode in gleicher schmucker Girluniform so einzufügen, dass es für jeden Käufer ein Vergnügen sein muss, von jedem der Verkaufsgirls bedient zu werden! Ich habe Sie doch richtig verstanden, Herr Schack? ...«, vergewisserte sich der Abteilungsleiter Grüninger. Die anwesenden Herren blinzelten sich, indes der Chef sein ausdrückliches Einverständnis bekundete, vielsagend zu.

Die Stenotypistin H. errötete noch tiefer. Der Privatsekretär Dr. Schlierks verhielt sich merkwürdig still. Herr Grüninger aber blähte sich vor Tatendurst und diktierte emsig weiter. Die Direktoren gefielen sich in atemholender Erleichterung.

Und nur Herr Kreuznacher aus der Firma Kreuznacher & Schulz, Herrenartikel en gros, der nun endgültig sein Rendezvous versäumte, sah dann und wann ungeduldig im Raume umher.

II.

»Du brauchst doch keine Angst vor Mutter zu haben«, sagte die Verkäuferin Lotte Stein zu ihrem Freund und Kollegen Walter Böhmelmann. »Nur, weil sie mich heute nicht ausgehen lässt? Ach, die hat manchmal solche Marotten. Darum kannst du ruhig mitkommen, da garantiere ich für.« Sie sagte das ein wenig lässig und gleichgültig, aber vielleicht lag das auch nur daran, dass sie sich an diesem Tage müder und abgespannter fühlte als sonst und nicht die geringste Lust zu großen Auseinandersetzungen hatte. Wenn es sich gelohnt haben würde, hätte sie sich natürlich auch gegen den Willen der Mutter durchgesetzt und wäre mit Walter ins Kino gegangen, sie fand aber eben, es lohne sich nicht. Und außerdem war das eine willkommene Gelegenheit, den Walter Böhmelmann mit nach Hause zu bringen. Es konnte nicht schaden, wenn die Mutter ihn einmal sah. Vielleicht machte das für die Zukunft wenigstens ähnliche Nörgeleien hinfällig.

Der Abend war neblig und grau. Sie gingen nach der letzten Äußerung Lottes Arm in Arm schweigsam durch die Straßen. Sie hatten beinahe eine Stunde Weg. Trotzdem sie beide aber im Besitze einer Monatsfahrkarte für die Straßenbahn waren, bestand Lotte darauf, zu Fuß zu gehen. Walter Böhmelmann, dem es vor der Wohnung und der zu Lotte gehörenden Familie Stein graute, hatte sich nicht dagegen gesträubt. Er ertappte sich übrigens immer häufiger dabei, Lottes ihm manchmal etwas unbequem dünkenden, eigenwilligen Wünschen nachzugeben, lebte er doch in beständiger Angst davor, sie könne sich weigern, weiterhin mit ihm zusammen zu sein. Er hatte mit angesehen, wie sie es mit Max Baum getrieben hatte. Er sagte ja nicht, dass er ihr Verhalten im Falle Baum verurteilte, verdankte er doch dem etwas gewaltsamen Abschied von Max, dass sie sich ihm zugewandt hatte. Er fürchtete nur manchmal, eines Tages könne sie auch ihn so stehen lassen wie den anderen. Und also benahm er sich, da er sie wirklich liebte, fügsam und demütig.

Wie sie so durch die Straßen gingen, versuchte er manchmal, Lottes Arm fester an sich heranzudrücken, um sie von der Innigkeit und Leidenschaft seiner Gefühle zu überzeugen, wohl aber auch, weil er sich nach einem Tagwerk voll Mühe und Plage nach einem Menschen sehnte, der ihn verstand und gut zu ihm war. Und es enttäuschte ihn immer und auch heute wieder aufs Neue, dass Lotte auf diese Annäherungsversuche hin nur den Kopf herumdrehte und ihn freimütig und ein wenig überlegen betrachtete. Wenn sie es wenigstens zu einem kleinen, versöhnlichen Lächeln gebracht hätte! So aber schien es, als stünde sie turmhoch über jeder Erregung und Sehnsucht, und das brachte den guten Jungen manchmal beinahe zur Verzweiflung. Walter Böhmelmann redete sich ein, er hielte das nicht länger aus. Walter Böhmelmann war romantisch genug, ihr das auch noch zu sagen.

»Es ist, als ob ich verbrenne, wenn ich nur Deine Hand nehme, Lotte«, hatte er ihr einmal geschrieben, als er noch glaubte, so käme er ihr näher, und noch nicht wusste, dass sie Liebesbriefe scheußlich fand. »Erstens«, erklärte sie ihm ganz offen, »bieten sie nur Stoff zu überflüssigen Streitereien, wenn sie zu Hause gefunden werden (und es gibt sowieso immer genug Krach und Zank im Haus) und zweitens schreibt man da meistens Dinge, die man doch niemals sagt ...«

Und so war es denn auch. Walter Böhmelmann brachte niemals geschwollene oder angelesene Worte über die Lippen, wenn er ihr gegenüberstand. Sobald er aber zur Feder griff, wurde er rettungslos »lyrisch« und schwelgte in Phrasen.

Und also hatte sich Walter Böhmelmanns Zustand in einen recht unglücklichen verwandelt. Lotte Stein – das war für ihn der Inbegriff aller Seligkeit. Wie aber sollte er die Hoffnung haben, sie jemals zu gewinnen, wenn sie seinen brieflichen Liebesschwüren mit Abscheu gegenüberstand, jede noch so leise und vertraulich-innige Berührung ohne das geringste Zeichen eines Einverständnisses übersah, ja, über seine ganze brennende Sehnsucht nach ihr wie über eine ein wenig störende, aber unabänderliche Tatsache hinwegging? Aber heute Abend, war das nicht ein Fortschritt? Würde heute Abend nicht etwas Entscheidendes geschehen?

In Wahrheit wusste Lotte Stein selbst nicht, was sie wollte. Zugegeben, sie mochte ihren Kollegen Walter Böhmelmann recht gern. Er war ein netter, anständiger und kameradschaftlicher Mensch. Netter und anständiger als andere. Aber vielleicht hatte sie schon zu viel erlebt, als dass sie so unbedingt an seine große, einmalige Liebe glaubte. Vielleicht wollte sie wirklich weiter nichts, als dass er weiterhin nett, anständig und kameradschaftlich sei. Und so kam es ihr beinahe etwas komisch vor, als er mit ihr eines Tages von einer zukünftigen Heirat sprach. Eine Heirat mit Walter Böhmelmann ... Lotte Stein trug nach solchen Überlegungen ihre hübsche Nase etwas höher. Anderseits ...

Anderseits ist nicht zu verkennen, dass Lotte Stein mit ihrem Leben reichlich unzufrieden war und dass sie ganz genau wusste, was es bedeutet, einen Menschen gefunden zu haben, der es ehrlich und aufrichtig meint. Bei solchen Erwägungen fühlte sie eine plötzlich aufflammende, heiße Zärtlichkeit für Böhmelmann. Es war sogar vorgekommen, dass sie ihm einmal mit der Hand rasch übers Haar strich und ihn merkwürdig dankbar ansah. Er fasste das natürlich als Versprechen auf. Sie hätte es am nächsten Tage gerne ungeschehen gemacht ...

Im Übrigen aber duldete sie ihn, denn er passte gut in ihren gegenwärtigen Hunger nach Ruhe und Geborgenheit. Und dann war er ein so günstiger Anlass, ins Kino zu gehen. Einmal sparte er sogar für die Oper, und sie klebten, eng aneinander geschmiegt, auf dem Rang, beinahe unter der Decke. Sie hatten mordsschlechte Seitenplätze. Die Sänger und Sängerinnen bewegten sich unendlich weit fort von ihnen auf einem anderen Stern. Während Walter aber die dicken Tränen der Erschütterung über die Backen liefen, über Mimis eiskaltes Händchen und Puccinis romantisch-süße Melodien, zeigte Lotte sich höchlichst unbefriedigt und zu einem gereizten Lächeln aufgelegt über den Unsinn der sich immer wiederholenden Worte und der unästhetisch aufgesperrten Münder der Sängerinnen. Sie ließ ihn keineswegs im Zweifel darüber, dass der Abend sie gelangweilt hatte und dass sie der Meinung war, es gäbe weit bessere Unterhaltungsmöglichkeiten in Berlin.

Er nahm es mit Zerknirschung hin und führte sie tanzen. Sie tanzte wie eine Königin. Sie trug ein himmelblaues Kleid mit sanften Volants und sah bezaubernd aus. Das Kleid war erstes Pariser Modell, das sie mit beinahe virtuosem Geschick der Modeausstellung eines Spezialgeschäftes nachgeschneidert hatte. Es ging bis knapp an die Absätze und ließ die Spitzen der blanken, schwarzen Lackschuhe verführerisch blinken.

Walter Böhmelmann erinnerte sich – immer noch Arm in Arm und immer noch schweigsam mit Lotte durch die Straßen wandernd – genau. Vor drei Wochen war das gewesen. Trüben, billigen Landwein tranken sie und Lotte stieg ein herrlicher, roter Schimmer ins

Gesicht. Ihre Augen glänzten. Sie war schön und erhitzt. Sie schmiegte sich an ihn und sie lachte viel. Die Menschen sahen ihr nach und Walter fasste sie, als wollte er sie vor den Blicken der anderen schützen, hart um die Taille. Sie tanzten einen Tango und er ließ sich mitreißen von ihren großen, weitausholenden Schritten.

Die Tanzfläche bestand aus einem einfachen runden Holzbrett in einem Vorstadtgarten. Die Kapelle umfasste drei Musikanten. Aber die Nacht war warm, der Sommer hatte sich noch lange nicht in diesen regenfeuchten Spätherbst verwandelt, der Sternenhimmel leuchtete betörend und Lottes Mund hing dicht neben dem Munde Walter Böhmelmanns. Sie schreckte nicht einmal zurück, als er sie küsste: es war, als fiele sie auf seine Lippen, als hätte sie längst auf sie gewartet und stürze sich nun ungestüm und wie verdurstet auf sie – – –, es war, als wisse sie nicht, dass er ja nur Walter Böhmelmann sei …

Und am nächsten Tage wollte sie es wirklich nicht mehr wissen. Am nächsten Tage war sie so gleichmäßig freundlich und überlegen, als hätte sich diese ganze herrliche Nacht nur in Walters weitschweifender Phantasie abgespielt und wäre nicht berauschendste Wirklichkeit gewesen.

Er aber hielt daran fest. Er war, wenn man ihn so neben Lotte einhergehen sah, der bei weitem kleinere, unscheinbarere. Seine Gestalt, gut proportioniert, wirkte ein wenig gedrungen. Sein Hals war etwas zu kurz, um den Kopf zur vollen Geltung gelangen zu lassen. Außerdem hatte er dunkelblondes, schütteres Haar und eine stumpfe Nase, über der eine breite, nicht unintelligente Stirn saß. Seine Schultern verrieten, dass er mit Zähigkeit an einem einmal gesteckten Ziel festhalten würde, die Art seines Ganges und die Bewegung seiner Beine flößten Vertrauen ein. Wo man ihm auch begegnen würde, es schien festzustehen, dass er zu jeder Zeit und an jeder Stelle die gleiche gutmütige ehrlich-bereitwillige Miene zur Schau zu tragen bestimmt war. Er war ein wenig älter als Lotte Stein, daraus leitete er eine gewisse Fürsorglichkeit für sie ab, die sie noch nie erlebt hatte und die sie – besonders weil sie nicht das Zeichen einer jäh aufbrechenden Begierde war, sondern eine dauerhafte, ständig sich gleichbleibende Einrichtung wurde – in immer wiederkehrendes Staunen versetzte, sie manchmal, besonders im Geschäft den Kolleginnen gegenüber, aber ein wenig störte und belästigte. Schließlich war sie ja noch nicht mit ihm verheiratet! Wie konnte ein Mensch in dieser Zeit es sich denn überhaupt in den Kopf setzen ...

Lotte Stein, deren hohe Hüften und lange Beine in den Träumen des Walter Böhmelmann eine gewichtige Rolle spielten, hatte es bisher immer noch verstanden, ihn abzulenken. Ach, sie mochte einfach nicht mehr. Sie wollte einmal richtig ein paar Monate allein sein und Ruhe haben, nicht mehr gehetzt werden von den abendlichen Verabredungen, von dem Zank, der deswegen zu Hause entstand, sie wollte einmal richtig um neun Uhr schlafen gehen und am nächsten Morgen wenigstens einigermaßen frisch und ausgeruht sein, sie wollte sich ein wenig pflegen und – vor allen Dingen – sie wollte einmal eine Zeitlang niemanden mehr sehen. Sie hatte das auch der Mutter gesagt und die Mutter hatte ein richtiges gutes Wort für sie gehabt …

Und nun drängte sich dieser Walter Böhmelmann dazwischen. Es hätte nicht schlimm sein brauchen, gewiss nicht! Besonders, da sie nicht viel mehr für ihn empfand als für ihr gleichgültige andere Menschen auch, jetzt aber – sie gestand sich das offen zu – begann er sie zu beunruhigen.

Lotte Stein, Verkäuferin in der Warenhaus-A.-G. Schack & Co., hatte mit ihren zweiundzwanzig Jahren bereits eine Menge erlebt. Noch nie aber war ihr ein Mensch vom Schlage des Walter Böhmelmann nahegekommen! Und das war es letzten Endes, was sie an ihm bewunderte, und was sie immer wieder bestimmte, sich mit ihm zu treffen und ihn zu ertragen. Er war gewiss ein alltäglicher Mensch (er war nebenbei ein gewissenhafter Arbeiter, gleicherweise geschätzt von Kollegen wie in Frieden gelassen von Vorgesetzten, die an seiner mit Gründlichkeit und Fleiß ausgeführten Arbeit nichts zu bemängeln hatten) – warum musste Lotte gerade an ihm, der ihr gleichgültig war und keinen Wunsch in ihr erweckte, erleben, dass es noch Wunder gab aus dieser lieblosen und geschäftstüchtigen Welt?

Sie hatte das zu Anfang kaum beachtet. Sie war damals viel zu sehr beschäftigt mit ihrer eigenen Not. Die Mutter drohte täglich, sie aus der Wohnung herauszuwerfen, wenn es sich bestätigte, dass sie ein Kind bekam. Krank und fiebernd vor Erniedrigung und Scham, hatte sie sich ins Geschäft geschleppt. Die Kolleginnen begannen schon, hämische Bemerkungen zu machen, die Situation wurde immer drohender, Lotte Stein gab schließlich den Kampf auf, hörte zu Hause das Geschrei der Mutter und im Warenhaus das Getuschel der anderen an, beschloss, alles an sich herankommen zu lassen, dachte als letzten Ausweg an den Landwehrkanal und verfluchte die Gewissenlosigkeit ihres damaligen Freundes Egon K., der eine großartige Stellung im Buchhandel hatte und sich vom Tage ihrer Sorge an vor ihr verleugnen ließ ...

Dabei übersah sie natürlich das stille und unaufhaltsame Werben des kleinen Böhmelmann. Egon war hochgewachsen, groß und schlank wie sie selbst, er hatte einen kühnen Zug im Gesicht und einen forschen Gang gehabt – – – es war klar, dass Walter Böhmelmann neben diesem später so schmählich versagenden Herrn verschwand. Auch, als sie schließlich seine wiederholte Aufforderung, abends mit ihm auszugehen, annahm, tat sie es mehr darum, um von der glücklich überstandenen Angst und der falschen mütterlichen Besorgnis aufzuatmen. (Der Arzt, zu dem sie in ihrer letzten Not doch noch gelaufen war, hatte ihr übrigens mit verständnisvollem Blick erklärt, es sei sehr natürlich, dass ihr Körper in seinen primitivsten Äußerungen nicht pünktlich funktioniere: ihre Blutarmut grenze an Bleichsucht, sie müsse unbedingt einmal etwas dagegen tun.)

Das war die Zeit, in der man Walter Böhmelmann im Warenhaus der Schack & Co. A.-G. noch für einen leichtsinnigen und vergnügungssüchtigen jungen Menschen hielt. Lotte Stein, die das wusste, stieß sich nicht daran. Schließlich wollte sie nichts von ihm und hatte erst einmal genug von einem »Verhältnis«. Als sie gesprächsweise jedoch gelegentlich einmal ihrer Verachtung der Leichtfertigkeit einer gewissen Sorte von Menschen gegenüber flüchtigen Ausdruck gab, fühlte er sich zu ihrem nicht geringen Schrecken zu einer Generalbeichte und dem anschließenden Versprechen veranlasst, einen gefestigten Lebenswandel zu führen, wenn sie ihm nur erlaubte, bei ihr zu bleiben.

Sie, die vieles gewohnt war, hätte das nicht so tragisch genommen, wenn er sie nicht langsam und mit einem an Verzweiflung grenzenden Mut davon überzeugt hätte, dass er es ernst gemeint hatte. Man sah ihn, der seine Freundinnen beinahe täglich gewechselt hatte, mit keinem anderen Mädchen mehr. Er wartete auf Lotte. Er schwor sämtlichen Vergnügen ab. Nicht einmal an den traditionellen Wochenendsegelausflügen seiner Kollegen beteiligte er sich mehr. Lotte freute und ärgerte das zugleich.

Da war Egon gewesen, ach, es lohnte nicht, daran zu denken ... und dann dieser hübsche, verlogene Kerl

Max Baum, der es sicher noch zu etwas bringen würde – – – der hatte sie drei- oder viermal mit in seine Wohnung genommen, und sie, nachdem er ihr ewige Treue geschworen, mit der schwarzen Lore betrogen ... da war ganz zuerst, als man noch nicht wusste, was man mit diesem heißen, fiebernden Körper anfangen sollte, eine Tanzstundenbekanntschaft, die sich über beinahe ein weiteres Jahr ausdehnte und über kurz und lang plötzlich zu Bruch ging, weil man sich gegenseitig schon nicht mehr sehen konnte – – – oh, da waren noch verschiedene andere, bittere und für eine kurze Zeit vielleicht auch berauschende Erlebnisse, aber alle liefen auf die gleiche Tatsache hinaus: es war, als dringe das Geschäft dieses großen Kapitalisten Schack bis ins Herz seiner Angestellten vor, selbst im engsten menschlichen Liebesgefühl und Kontakt vermochten sie es nicht, sich von seinen Methoden zu befreien: jeder versuchte aus jedem bei geringstem Risiko den größtmöglichen privaten Vorteil zu ziehen.

Nur Walter Böhmelmann nicht. Walter Böhmelmann bewies in einer Zeit, da jeder sich selbst der Nächste war, dass man sehr wohl sich selbst einem anderen zuliebe ändern und vergessen kann. Das war seine Stärke. Und das war gleichzeitig der Grund, aus dem Lotte Stein ihn nicht schon längst verabschiedet hatte. Er rührte sie. Sie empfand, wo sie früher gleichgültig war, jetzt schon ein gewisses Mitleid und eine leichte Zuneigung zu ihm.

Endlich waren sie angelangt.

Walter Böhmelmann kannte natürlich das Haus, vor dessen Tür er sich oft genug in der letzten Zeit von Lotte getrennt hatte. Eingepfercht zwischen seine ebenso grauen wie eintönig kasernenhaft wirkenden Geschwister, stand dieses Haus doch so wunderbar nahe am Wasser, dass man den Blick auf eine mit trüben Umrissen aus dem Nebel dämmernde Brücke und die starr auf dem Kanal lagernden Schleppkähne hatte, sodass im Herzen Berlins der Eindruck eines meerverbindenden Stromes erweckt wurde, der auch den stadtmüdesten Einwohner zu trösten vermochte.

Walter Böhmelmann glaubte, während Lotte den Schlüssel aus der Handtasche zog, niemals vergessen zu können, wie er sie von jenem ersten Wochenendausflug nach Hause gebracht hatte, den sie zusammen unternahmen. Sie hatte, als man am Morgen loszog, einen heftigen Widerspruch gegen eines der großen öffentlichen Freibäder geäußert, und also hatte man den am weitesten aus der Stadt führenden Überlandautobus benutzt, war Hand in Hand geradeaus gewandert, hatte sich in der Stille der Wälder verloren und hinterher so lange in der Sonne gelegen, bis man kaum mehr aus den Augen sehen konnte, und war, nachdem man in einem abgelegenen Dorfgasthof eisgekühlte Milch getrunken hatte, weitergewandert.

Ein solcher Tag zu zweien, fern dem Warenhaus, fern der Großstadt und allen ihren Menschen, hätte natürlich unzählige Situationen ergeben können, die so brennend gewünschte Annäherung Walter Böhmelmanns an Lotte Stein zu vollziehen, wenigstens aber doch eine intimere Stimmung zu schaffen, die ihm in späteren Tagen zumindest das Recht der Erinnerung gegeben haben würde: »Weißt du noch dort – und weißt du noch da – – – ?«

Nicht einmal das hatte Walter Böhmelmann vermocht! Er hatte viel zu viel Angst, sie zu verletzen oder sich mit einer einzigen, allzu gewagten Geste alles das zu verderben, was er sich zu erringen hoffte. Und also blieb es ihm allein vorbehalten, sich hinterher – so wie jetzt – zu sagen: »Und dort, weißt du noch – – – wie wir im Grase lagen und du dich ganz lang hintüber legtest, wie du die Arme unter den Kopf nahmst und die Beine aufstütztest ... wie das Kleid von deinen Knien fiel und wie du, die erst zu schlafen vorgab, dann hinüberschautest zu mir? Und wie nichts geschah, nichts, nichts!, trotzdem du es vielleicht in diesem Augenblick doch erwartet hast ... Ach, und wie wir am Abend dieses Tages hier vor der Haustür standen, taumelnd von dem Übermaß an Luft und Sonne, betrunken von den Wäldern und dem Grün der Wiesen ... weißt du noch?«

»Also«, sagte in diesem Augenblick Lotte Stein, »da sind wir. Das ist meine Mutter – und das ist Walter Böhmelmann.« Sie waren inzwischen die Treppen hinaufgegangen und in die Wohnung eingetreten.

»Ah, guten Abend, Herr Brink. Können wir gleich essen, Mutter? Vater ist doch sicher unterwegs? Vater hat nämlich dauernd etwas vor« (das war zu Walter hin gesagt, der verlegen in der Stubenmitte stand).

Im Übrigen schien Lotte überhaupt die Schweigsamkeit des Weges aufholen zu wollen, indem sie, ohne eine bemerkenswerte Unterbrechung, dauernd redete. Wenn sie es wollte, verstand sie es, Dinge zu sagen und Menschen in ihren Lebensäußerungen und Formen so plastisch vor ihrem Gesprächspartner erstehen zu lassen, dass es ein Vergnügen war, mit ihr zu sprechen. Jetzt aber redete sie scheinbar nur, um die Mutter nicht zu Worte kommen zu lassen, eine etwas derbe, auf Besuch wohl nicht gerade vorbereitete Proletarierfrau, der Lotte nicht im mindesten ähnelte. Vielleicht der Vater, dachte Walter Böhmelmann bekümmert, und bildete sich merkwürdigerweise ein, der Abend verliefe glücklicher, wenn dieser ihm schließlich doch noch vollkommen fremde Mann anwesend sei.

Wirklich beängstigend allerdings war nur Herr Brink. Warum hatte Lotte niemals erwähnt, dass außer ihren Angehörigen ein Untermieter in ihrer Wohnung hause? Und dass dieser derart unsympathische Herr in einem so offenkundigen Vertrauensverhältnis zu ihr stehe?! Das war, als bekäme Walter Böhmelmann einen Boxhieb in den Magen. Er konnte nicht einmal essen vor Aufregung ...

»Na, wie gefällt er dir?«, hatte Lotte triumphierend und rasch im Vorbeigehen in der Küche gefragt, war sie doch sicher, der solide Walter Böhmelmann habe nur den besten Eindruck bei Mutter machen können. Zu ihrem Erstaunen hatte sie jedoch als Antwort nur ein paar brummig hingemurmelte Worte bekommen: »Der will genau dasselbe von dir wie die anderen ... Du solltest lieber zusehen ...«

Viel zu verärgert darüber, dass Lotte schon wieder mit einem Manne herumzog, dem man es von weitem ansah, dass er keine Reichtümer zu verschenken hatte, anstatt sich nach einem umzusehen, der Geld zum Heiraten besaß, setzte die Mutter ein mürrisches Gesicht auf. Da Walter Böhmelmann zu seinem Unglück mit seinem früheren leichten Leben auch die Technik verloren hatte, feindselige Mütter freundlich zu stimmen und sich demgemäß nicht an sie heranwagte, hielt sie ihn für einen der üblichen Tröpfe, mit denen Lotte sträflicherweise ihre Zeit vergeudete.

Nach einer Stunde überflüssigen Herumsitzens in der guten Stube – sie las die Zeitung und konnte nicht verhindern, dass ihr dabei die Augen zu- und die Brillengläser von der Nase fielen –, verabschiedete sie sich mit der Aufforderung an Lotte und Walter, nicht allzu spät Schluss zu machen und bald auseinanderzugehen.

Als die Tür hinter ihr zu war, wurde es aber nur noch stiller und freudloser in der guten Stube. »Ja«, sagte Lotte, »so ist das hier.« Sie sah ihn an, diesen erstaunlichen Walter Böhmelmann, der einmal vorgegeben hatte, sie heiraten zu wollen, bitter und herausfordernd zugleich. »So ist das jeden Tag, verstehst du ...? Wenn dann der Vater noch dazukommt und die kleine

Lene …« Das klang nach Tränen, Anklage und Trotz.

Die Stunde Walter Böhmelmanns war gekommen. Hier hatte er einzusetzen. Er war beinahe glücklich in diesem Moment.

»Lotte?!« Er rückte näher an sie heran. Ganz eng saßen sie beide nun auf dem alten roten Plüschsofa, jenem Staatsstück der guten Stube, das Mutter schon mit in die Ehe gebracht hatte. Er fühlte ihre Wärme, ihren Atem.

»Du musst nicht böse sein«, sagte Lotte, und ihr Gesicht wurde ganz weich, die Linien verschwommen vor tapfer unterdrücktem Weinen … »Das ist alles so schrecklich …, so, als kriegte man gar keinen Atem mehr. Das erstickt mich noch, glaube ich, fühlst du das nicht?«

Er fühlte nur, dass sie allein waren.

»Mach das Licht aus, meine Augen brennen so«, bat Lotte, »und außerdem ist es immer noch hell genug.« Die Ecklaterne gab dem Zimmer einen fahlen, unwirklichen Schein.

»Du – – – Lotte – – – ?«

Er spürte ihr Gesicht und nahm ihre Hände. »Lotte – hörst du?«

»Ja …?«

Er tastete über ihr Kleid.

»Ich will es niemals so dunkel haben, verstehst du, ich will hier heraus, ich will nicht erdrückt werden …« Ach, sollte er schon alles mit ihr machen, was die anderen auch taten, sollte er schon genauso sein wie sie, wenn er nur endlich redete, endlich eine Hoffnung versprach ...

»Lotte, liebe, süße Lotte ...« flüsterte er und strich vorsichtig ihre Knie herauf. In diesem Augenblick wurde die Tür geöffnet. Die beiden fuhren auseinander. Herr Brink, der Untermieter, von dem man vergessen hatte, dass er durch den Wohnraum ja sein Zimmer aufzusuchen genötigt war, ging mit jovialem Entschuldigungsgemurmel quer durch den Raum.

»Komm«, sagte Lotte, »geh!« Und sie brachte den ganz verstört dreinschauenden Walter Böhmelmann die Treppe hinab vor die Tür.

Versuchte sie wieder so zu tun, als sei nichts geschehen? Ach nein, sie starrte mit weit aufgerissenen, trockenen Augen an ihm vorbei auf den Kanal.

»Auf morgen also«, bemühte sie sich um eine mutige Stimme und ging rasch wieder hinauf.

III.

In der Kikeriki-Bar war wieder mal der Teufel los. Doktor Saffian, Personalchef der Schack & Co. Warenhaus-A.-G., war, so sehr er sich auch darum bemühte, nicht mehr fähig, aufzustehen und bis ans Klavier zu gelangen. Er beschränkte sich also darauf, sein Glas zu erheben und der Animiersängerin zuzuprosten, die sich durch den Lärm des Stimmengewirres, der unartikulierten Rufe und des allgemein gewordenen Grölens verständlich zu machen versuchte.

»Jede Frau hat einmal eine Sehnsucht ...« Sie trug ein blassgelbes Kleid und war nicht nachgeschminkt. Wahrscheinlich hatte sie es vergessen und keiner war anständig genug gewesen, ihr das zu sagen. So machte sie einen etwas jämmerlichen Eindruck. Natürlich war sie außerdem übermüdet. Es musste doch beinahe drei Uhr morgens sein.

»... jede Frau will einmal glücklich sein ...«

»Bravo!«, schrie der auf seinem Stuhle sanft hin- und herschwankende Doktor Saffian. Er wusste genau, dass er vorher noch ganz gerade gesessen hatte. Der Ton seiner Stimme musste ihn aus dem Gleichgewicht gebracht haben. Er hielt sich ärgerlich an der Tischkante fest.

»Nanu, Saffian, alter Kerl? Verträgt aber auch gar nichts mehr, der Junge ...«, lallte Doktor Meierhard. Weiter wusste er wahrscheinlich auch nicht. Saffian erkannte ihn und die anderen durch den Nebel, der in seinen Augen aufstieg, als undeutlich im Raume schwankende Gestalten.

Die Blassgelbe lächelte dünn. Der Nebentisch lärmte. »Ruhe!«, brüllte Saffian und schlug mit der Faust auf den Tisch, dass die Gläser sprangen. »Also los, Ruhe!« Seine Zunge war ein dicker, unbeweglicher Klumpen.

Die Blassgelbe hatte ganz schwarzes Haar. Übrigens war sie gar nicht mehr so jung. Ihr Hals schien erschreckend dürr. Der Klavierspieler, ein etwas fettleibiger Kerl, begann sich mit ihr in Meinungsverschiedenheiten einzulassen.

»Hallo!«, schrie Saffian und drohte mit der nur halb erhobenen Hand. Scheußlich so was, sein Arm war schwer wie ein Stück Eisen. Er brachte ihn einfach nicht mehr hoch. Dabei wäre er der Blassgelben wirklich gerne zu Hilfe gekommen. Er hatte nun einmal das Bedürfnis, eine gute Tat zu vollbringen. Unter der Wirkung übermäßigen Alkoholgenusses kam das bei ihm öfter vor. Es drängte ihn, jemanden in den Arm zu nehmen und den väterlichen Beschützer zu markieren. Gegen Morgen, wenn die anderen längst endgültig versackt waren, regten sich meistens derartig seltsame Gefühle in ihm. Das hob seine Achtung vor sich selbst in beträchtlichem Maße. Das ließ ihn, wenn er dann schwerfällig ins Bett gesunken war, verächtlich auf den Sumpf der Zechkumpane herabblicken, aus dem er, der edle Menschenfreund, turmhoch hervorragte. Aber es ging nun einmal nicht.

Übrigens schienen sich die Beiden am Klavier geeinigt zu haben, was Herrn Doktor Saffian in gewissem Sinne enttäuschte.

»Warum soll eine Frau kein Verhältnis haben, kein Verhältnis ...«, krähte die Blassgelbe plötzlich los, und der Fettleibige bearbeitete triumphierend sein Instrument.

»He, he ...«, seufzte Saffian, obwohl er das als Ausdruck seiner wieder einmal so arg hintangesetzten Menschlichkeit eigentlich brüllen wollte. Aber er hatte nicht mehr die Kraft dazu. Er war empört. Wie kam dieses blassgelbe Gespenst zu dieser Frechheit? Ein Verhältnis? Warum soll eine Frau kein Verhältnis ...?

»Sehr richtig, sehr richtig!«, krakeelten die von der Nebennische, und die dicke Erna drehte sich auf dem Barstuhl, als habe sie sich in einen Kreisel verwandelt und werde von der Peitsche dieser aufreizenden Melodie in ihren Rundtanz getrieben.

»Warum soll eine Frau ...«

Unverschämtheit so was. *Seine* Frau ... ach was, Quatsch ... was ging ihn seine Frau an. Saffian fiel zusammen. Die kleinen putzigen roten, gelben und grünen Lampen begannen ihn zu verwirren. Das war beinahe, als habe der Himmel seinen Platz getauscht und die Kikeriki-Bar illuminiert. Saffian wurde weich.

Er hasste mit einem Male diese turbulente Lustigkeit. Wenn er wenigstens noch genau unterscheiden könnte, was die Kollegen da trieben. Der Illgen hatte scheinbar die blonde Marie auf dem Schoß, während Lilo, das Luder, die Beine Meierhards umklammerte. Er hätte nur piep sagen brauchen und Stasi, die sich gerade darum bemühte, den dicken Doktor Kern zu verführen, wäre auf ihn losgestürzt. Aber er sagte nicht piep. Er wollte nicht. Er hatte es satt.

Trotzdem, überlegte er, könnte er's versuchen. Wenigstens, um zu sehen, wie die Stasi dreinschauen würde. Wenn sie auch nur einen Funken Ehrgefühl ... ach was, Ehrgefühl, davon wird sie auch nicht satt. Er hatte sie weggeschickt. Er hatte sich ihrer entledigt. Immerhin war eine gute Zeche für sie herausgesprungen dabei. Wenn man da die Prozente ... Nein, er konnte nicht mehr rechnen ... warum sollte er schließlich auch!

»Es war einmal ein Musikus, der spielte im Café ...«

»Sehr geschmackvoll, meine Dame, außerordentlich«, brabbelte Saffian vor sich hin und meinte die Blassgelbe, die sich mit ihrem Klimperfritzen anscheinend wieder prächtig verstand. »Erst liegt ihr euch in den Haaren und dann besingt ihr euch ... so sind die Weiber, die sind sich alle gleich, alle ...«

»Alle!«, rief Saffian mit Aufbietung seiner letzten Kraft. Er konnte die Blassgelbe plötzlich nicht mehr sehen. Er hätte sie anspucken mögen. Oder schlagen, sinnlos auf sie einschlagen. Sie hatte so trostbedürftig ausgesehen! So, dass man am liebsten an sie herangekrochen wäre wie ein Hund und sie gestreichelt hätte. Man hatte eben manchmal auch solche Gelüste. Sie hatte so tapfer über den Krach hinweggesungen mit ihrer dünnen, ausgeleierten Stimme, sie war so zurückhaltend gewesen, so fast jungfräulich in diesem ganzen Trubel von nacktem Fleisch und heißen Gerüchen, dass er die pralle Aufdringlichkeit Stasis weggeschoben hatte ihretwegen – – – und nun – jetzt – schau einer die verlogene Kröte – mit dem Musikus – dem – – –

Saffian befand sich in einem jämmerlichen Zustand. Er richtete sich gewaltsam auf. Er wollte nach Hause. Diese verfluchten Saufabende vom Sonnabend zum Sonntag früh! Ihm lag doch weiß Gott nichts daran. Was aber tut ein Mann, der seine Beziehungen nach jeder Seite hin ausdehnen, unterhalten und erweitern will, nicht alles? Er säuft sogar.

Aber warum eigentlich? Das waren doch nur seine lieben Kollegen ...? Er äugte schwerfällig zur Seite. Was die sagen würden, wenn er plötzlich Schluss machte mit der Sauferei!

Sagen? Die würden ihn auslachen! Die würden glauben, er sei ein Pantoffelheld ... die sahen doch alles nur durch die eine Brille ... Vielleicht wären sie sogar froh?

Der Kellner lavierte sich durch einen Menschenknäuel. Dass dieser Kellner nicht plötzlich eine Wut kriegte und ihnen den ganzen Dreck an den Kopf warf? Musste doch scheußlich für so einen Kellner sein ... »Eine Hummermayonaise? Einen Mokka?«, fragte er sanft und liebedienerisch.

Saffian hielt starr an seinem Einfall fest. Froh? Er müsste sie fragen, die hinterhältigen Burschen. Ach, Blödsinn, auf was er heute alles verfiel ...

Schade, dass der kleine Direktor Schmidt nicht mit von der Partie war. Den hätte er fragen können nach der brillantesten Modezeichnerin. Da hätte man wenigstens auch was Nützliches erledigen können an diesem verpatzten Abend. Der hatte doch Beziehungen zu den sogenannten Künstlerkreisen. Die Entwürfe des Hausmodellzeichners gefielen Saffian nicht. Da fehlte der Schmiss, der Einfall, der *Sex appeal*. Jawohl, davon ließ er sich nicht abbringen, der *Sex appeal*. Schließlich kann man aus »Verkaufsgirls« keine Vogelscheuchen machen ...

Und nun war der kleine Schmidt nicht da. Im Büro ist er kaum zu haben und jetzt erscheint er nicht mal mehr auf den traditionellen Sonnabendabenden. Oder war er noch gekommen?

Saffian lugte aus verschwimmenden Augen. Ja, die Stasi. Voll ist die geworden ... Aber bewegen kann sie sich ... bewegen ... *Die* müsste seinen Verkaufsgirls Unterricht erteilen ... Haha! Spaß beiseite, das wird ein schönes Stück Arbeit werden, eh' die ihre steifen Knochen gebrauchen lernen ... ach was, würde schon alles werden ...

Saffian dachte nach. Er konnte sich merkwürdigerweise gar nicht mehr auf den Anfang dieses Abends besinnen. Waren sie erst in der Negerbar gewesen und dann bei Lillis, hatte es dazwischen nicht einen Krach mit einem Taxi-Chauffeur gegeben und wollte Illgen nicht partout die Rotgestiefelte vom Strich mit ins Kikeriki nehmen …?

In seinem Kopfe drehte sich ein Mühlrad. »Hab ich euch übrigens schon erzählt … damals … als die Berta Collin unterging?«, murmelte er in die Richtung, in der er Meierhard vermutete. Er warf sich, soweit ihm das noch möglich war, in Positur.

»Erzähl was andres, Saffian, den Kohl kennen wir doch.«

»Vielleicht ist ihm was Neues eingefallen von der Berta Collin?«

»War das ein Schiff oder eine Hafenhure, Saffian?«

»Esel«, murmelte Saffian, »ausgemachte Esel.«

»Wie bitte?«, fragte Meierhard höflich.

Saffian entdeckte plötzlich in einer der gelben Nischen den kleinen Direktor Schmidt. Saffian blinzelte. Nanu, die Person da neben Schmidt, die kannte er doch! Schau einer an, so eine Katze …!

Fräulein H., Stenotypistin im Chefbüro, treibt sich mit einer führenden Persönlichkeit des Konzerns in Berliner Nachtlokalen herum …, notierte der mit einem Male nüchtern gewordene Kopf des Personalchefs der Warenhaus-A.-G. Dabei tat diese Pute sonst, als wisse sie nicht … so eine Heuchlerische … schau an, das wird man sich merken müssen …

Saffian mochte nun ernstlich nicht mehr. Der Zeitpunkt, an dem er sich überlegte, wer von seinen Zechkumpanen den Wagen vor der Tür hatte, war gekommen. Ob Meierhard nach einem Mokka in der Lage sein würde, zu fahren?

Er hatte plötzlich Sehnsucht nach seiner Frau. Vielleicht ist Sehnsucht etwas zu viel gesagt. Und doch lag in Saffians Gefühl kein überwiegend körperliches Verlangen nach Ella. Er stellte sich nur, während er so schlecht und recht auf seinem Stuhle klebte, wie es eben ging, vor, er läge neben ihr in seinem kühlen und sehr sauberen Bett. Sie schliefe, stellte er sich weiter vor. Sie lag ein Stück von ihm entfernt. Natürlich trug sie ihr langes, noch die Knöchel ihrer Füße bedeckendes Nachthemd.

Aber gerade das reizte ihn in diesem Augenblick unter diesen mit winzigen Seidenfetzen bekleideten, halb nackten Frauen. Ella war, genau wie das Bett, sehr kühl. Nein, sie war anders. Mürbe war sie. Man hatte das Gefühl, sie müsse zerfallen, wenn man sie angriff. Eine Mumie ... aber er wollte sie ja auch gar nicht angreifen ... Oder doch? Wollte er? Nach so langer Zeit wieder mal ...?

»Schneider?« Schneider, der Junggeselle, war ja doch der zuverlässigste von allen. Schneider würde ihn nach Hause bringen.

»Schneider? Was, wie wär's denn mit uns?«

Die Kollegen lachten. Stasi, die sich inzwischen anderweit versorgt hatte, blinzelte ihm zu.

»Das hat man sich ja denken können.«

»Ist das denn ein Wunder?«

»Wie viel sind's denn, Saffian?«

»Darum ist er heute auch so müde, hahaha!«

Die Kollegen, besonders Meierhard, schlugen sich die Schenkel und tranken noch eins. Herr Schmidt und die Stenotypistin H. hatten sich aus dem Staube gemacht. Saffians Gesicht zeigte eine gewisse verachtungsvolle Verblüffung. Meinten die etwa mit ihrem dämlichen Gegrinse ihn?

»Also, lieber Saff, nun rück schon raus mit der Sprache, den ganzen Abend die Geheimniskrämerei. Du bist kein Kollege, Saff.«

»Los, erzähl mal, wie hast du das eigentlich fertiggebracht?«

Saffian wusste noch immer nicht, was die eigentlich von ihm wollten.

»Die Girls, Saffian, deine bildschönen Verkäuferinnen ...

»Man sieht dich ja überhaupt nicht mehr, seit der Alte mit dieser Schnapsidee von Amerika wiedergekommen ist.«

»Ein fixer Kerl übrigens, der Schack, was der so alles ausknobelt.«

»Glaubst du denn, dass die Sache wird, Saffian?«

»Wie stellst du überhaupt die Eignung dieser Damen fest, Saff? Bist du auf der Suche nach der schönsten Seele oder kommt es dir mehr auf die Praxis an, alter Junge?«

»Man sagt, du bist wie ein Spürhund, der durch die

Abteilungen schleicht … Gemeinheit, dich mit einem Hund zu vergleichen, alter Saff …«

Saffian fühlte sich in anderen Fällen immer ganz besonders geschmeichelt, wenn von seiner unverwüstlichen sexuellen Potenz die Rede war. Immerhin stieß ihm heute aus der ärgsten Besäufnis die Erkenntnis auf, dass er besser täte, in diesem Kreise die Maske vor dem honorigen Gesicht des Personalchefs zu behalten. Saffian witterte die Gefahr …

Er war ein Mann, der schon so ziemlich alles mitgemacht hatte. Trotzdem wusste keiner etwas von ihm, was seiner Position in der Firma hätte schaden können. Er war entschlossen, auch weiterhin keinen etwas wissen zu lassen. Es genügte ihm, dass man in Kollegenkreisen Wind bekommen hatte von einer Episode aus der Revolutionszeit. Er verstand, wenn man ihn damit aufzog, seinen Ärger durch schallendes Gelächter zu verbergen. Trotzdem missfiel es ihm, in einer Zeit, die die Fahnen wieder anders drehte, daran erinnert zu werden, dass er bei der Staatsumwälzung eines kleineren Freistaates eine beträchtliche Rolle gespielt hatte.

Saffian war völlig ernüchtert. Das passte denen wohl so. Ihn aushorchen. Ihn in Misskredit bringen. Material sammeln gegen den Herrn Personalchef. Ihn stürzen. Oh, diese niederträchtigen Halunken!

»Fahren wir nun, Schneider?«, fragte Saffian misstrauisch. »Also Servus, dann nehm ich eine Taxe. Den ganzen Sonntag versaut man sich mit dieser Bummelei.«

Schneider erhob sich. Die anderen dösten weiter. Die Blassgelbe lag sicher schon mit ihrem Musikus zu Bett. Auch ein Vergnügen, dachte Saffian gereizt und nickte Stasi, dem Ungetüm, gnädig zu.

»Also weißt du was?«, fragte Schneider, nachdem er sich mühselig an das Wagensteuer verfrachtet hatte, »wie machst du das eigentlich? Ich muss sagen, Saff, ich beneide dich um diese Frau.«

»Was?«, fragte Saffian ziemlich verständnislos zurück. »Um wen? Was willst du eigentlich? Fahr langsam, Schneider, ich habe nicht die Absicht, deinetwegen zu verunglücken …«

»Wenn du jetzt also zum Beispiel nach Hause kommst, Saffian, was tut sie da?«

Saffian, der im Wagenfond mehr lag als saß, schnitt eine Grimasse. »Sie schläft«, erwiderte er boshaft. »Ganz fest, mein Lieber, die ist nicht zu erwecken, verstehst du mich?«

»Na und morgen früh, da sagt sie auch nichts?«

»Also was soll sie schon sagen? Lass den Quatsch, Schneider, die füttert ihre Kinder ab und damit hat sich's. Und dann …«

»Und dann – ?«, fragte Schneider, der Junggeselle, begierig.

»Gar nichts dann. Habe ich dann gesagt?«

»Immerhin …« Schneider nahm die Kurve.

»Na was schon immerhin. Die Frau hat's gut, kann ich dir verraten. Die hat sich nicht zu beschweren. Übrigens Schneider, habe ich dir die Sache mit dem Leutnant – damals in der Etappe …?«

Das war Saffian. Der Mann ohne Ideale. Der Mann, dem jeder Zustand recht war, solange er aus ihm seinen Nutzen ziehen konnte. Der Mann, der jeder Lebenslage gerecht zu werden vermochte. Der alle Situationen glänzend bestand.

»Wenn ich bedenke«, fuhr Schneider fort, »wie das sein muss … da kommt man nun nach Haus und ist verheiratet und hat die Nacht verbummelt, und die Frau lässt sich gar nichts merken, die Frau macht gar kein Gesicht. Also ein Glückspilz bist du schon, da kannst du reden, was du willst …«

»Wer sagt dir denn, dass sie kein Gesicht macht, Schneider, was? Wer sagt denn das?«

Auch das ist Saffian. Der Mann, der sich einbildet, die Frau habe ihn zugrunde gerichtet. Der Mann, der einmal ein Jüngling war und sich zu Großem berufen fühlte. Der mit zehn Jahren im Schoße der Familie als Wunderkind bestaunt wurde, mit dreizehn seine ersten Knabenerlebnisse hatte und mit fünfzehn neue Schlachtenpläne für die Weltgeschichte entwarf. Auch das ist Saffian, der Mann, der sich herumgetrieben hatte und der nun im Hafen einer bürgerlich gefestigten Ehe elend gestrandet war.

»Aber ich denke …«

»Du solltest langsamer fahren, Schneider, ich glaube, ich habe dir das schon mal …«

»Wenn ich eine Frau fände …«, überlegt Schneider laut, »wie deine Frau …«

Saffian summte vielsagend vor sich hin. »Seit wann kennst du die Ella eigentlich so genau, Schneider …?«

»Du prahlst doch ständig mit ihr, Saff. Wie anspruchslos sie sei und wie schlicht und wie harmlos, und dass sie sich niemals revanchieren würde, was du auch anstellst. So was gibt es doch gar nicht, hab' ich mir gedacht, Saff. Aber wenn du es doch immer wieder gesagt hast …«

»So, habe ich das?« Saffian summte immer noch.

»Die Frau ist doch nicht das, was man schön nennen könnte, Schneider … was willst du eigentlich von ihr?«

»Ich hab' nur gesagt, dass ich dich beneide, Saff. Weiter nichts.«

Sie hielten vor Saffians Tür. Die Häuser standen in einer klaren, grauen Front im Morgen. »Servus, Schneider, nett, dass du mich hergebracht hast.« Der Motor sprang an. Der Wagen verschwand um die nächste Ecke.

Saffian starrte ihm nach. Dann ging er, gemächlich pfeifend, nach oben. Seltsamerweise merkte er, dass Ella wach lag und ihn, während er ein Kleidungsstück nach dem anderen fallen ließ, aus halbgeschlossenen Lidern beobachtete. Vielleicht lag sie immer so und er hatte es nur noch nicht …

Schwer seufzend ließ er sich ins Bett fallen. Die Frau zog sich feindselig zurück, als er sich ihr nähern wollte und murmelte irgend etwas vor sich hin. Saffian kümmerte sich nicht weiter und schlief sofort ein.

Der Morgen war wunderschön. Er schickte seine harte Kälte bis vor die Fenster der Wohnungen und vermählte sie dort mit den zärtlichen Strahlen einer immer noch unbesiegbaren Sonne.

An diesem Morgen erwachte Lotte Stein früher als sonst. Aber so war das nun mal. Wochentags hätte man ein Königreich um eine halbe Stunde Morgenschlaf geben können und Sonntags war man mit einem Male vor der Zeit auf. Ein Glück, dass man trotzdem noch nicht heraus musste! Es hatte lange gedauert, bis die Mutter darauf eingegangen war, Lotte den Sonntagsmorgenkaffee im Bett zu servieren. Vor Monaten, als er das erste Mal ausgesprochen wurde, hatte dieser Wunsch in der ärmlichen, möbelverbauten Wohnung der Steins eingeschlagen wie eine Bombe. Jetzt hatte sich die Mutter langsam auch daran gewöhnt ...

Lotte setzte sich gerade auf und stopfe sich ein paar Kissen in den Nacken, als Frau Stein das Zimmer betrat, um sich aufs Neue darüber zu beklagen, welche Schlamperei es bedeute, am helllichten Tage im Bett zu liegen. In der guten Stube habe man heute das erste Mal eingeheizt, und ob Lotte nicht doch – – – Der

Vater schlürfte wohl jetzt seinen Morgenkaffee und rauchte die Sonntagszigarre, die kleine Lene kam von der Straße herauf, ausgefroren und herzzerreißend jammernd. Sie hatte, wie jeden Sonntagmorgen, für Lotte Zeitungen gekauft, und war angeblich auf der Straße von einem größeren Jungen überfallen worden.

»Du willst also nicht herüberkommen, Lotte?«

Und Lotte antwortete genauso wie in der ersten Zeit, dass sie sich ein einziges Mal in der Woche nicht hetzen wolle, dass sie ausruhen möchte und es gemütlich haben, nicht?

»Wenn du das gemütlich nennst? Meinetwegen …« Frau Stein verließ kopfschüttelnd die Kammer. Soll schon ihren Willen haben, die Lotte, schuftete ja wirklich die ganze Woche genug und verdiente noch als einzige ihr volles Gehalt. Herr Stein, der als Buchdrucker in einem nicht sehr großen Zeitungsbetrieb tätig war, arbeitete nur noch vier Tage in der Woche, und Lotte gab sowieso mehr Geld zu Hause ab, als recht und billig war. Wenn das so weiterging … wie sollte sich das Mädel denn mal etwas anschaffen können?

Lotte legte sich zurück und schloss die Augen. Herr Brink schien auch noch zu schlafen. Die Welt war still. Am Nachmittag würde sie sich mit Walter Böhmelmann treffen. Zu dumm, dieser Abend gestern. Aber manchmal war es, als ob man gar nicht mehr aus noch ein wüsste; als ob man in einer Zwangsjacke stecke, als ob man mit dem Kopf an Gummiwände renne …

Und morgens, wenn man sich das alles überlegt,

findet man noch, es sei vielleicht ganz gut, dass Herr Brink gerade noch dazwischengekommen war …

Donnerwetter, ist das kalt! Lotte Stein entschließt sich schwer, aus dem Bett zu steigen und das Fenster zu schließen. Ihre Finger sind ganz klamm geworden. Sie öffnet die Zeitung und liest die Kurzgeschichten, die Plaudereien, die Rubrik »Wie bleibe ich jung und schön?« und die Theaternachrichten. Sie stößt auf die Mitteilung, dass Lilian Harvey sich vor ihrer Abreise nach Hollywood zweiundfünfzig Paar Schuhe gekauft hat und denkt an ihren eigenen Verkaufsblock vom Sonnabend. Ganze vier Paar Schuhe abgesetzt, ein schöner Skandal … warum war Lilian Harvey nicht zu ihr gekommen, wie? Sie muss lachen, hat aber unter dem Lachen eine bohrende Angst.

Sie hat einige Tage lang schon die vorgeschriebene Verkaufsquote nicht erreicht. Manchmal ist das eben wie verhext. Ach, muss das herrlich sein, auf einem Schiff zu fahren, gefeiert, geliebt, reich, glücklich … in ein fremdes Land, zu fremden Menschen, richtig heraus hier aus dem alten Trott … das Meer sehen … und Berge … sich freuen am Leben, richtig einmal sich freuen und keine Angst haben vor dem nächsten Tag …

Sie liest weiter. Wenn sie doch genug Geduld gehabt hätte, perfekt Englisch zu lernen. Sie hatte so viel Spaß in der Schule an fremden Sprachen gehabt … Wenn das nun plötzlich einmal aufhört bei Schack, wie? Wenn sie nun mit einem Male auf der Straße liegt?

Unsinn, denkt sie entschlossen, die wissen genau,

was ich kann. Es kann doch mal vorkommen, dass man weniger verkauft ... Aber sie weiß noch genau, wie das gewesen ist, als der Personalchef sie eines Tages rufen ließ: »Fräulein Stern, ich muss Ihnen mitteilen ...« Die Personaldirektion teilte immer erst schonend mit, ehe sie ihre blauen Briefe schrieb. Sie musste sehr blass geworden sein damals. Er hatte ihr wohl angesehen, wie sie zitterte.

»Also nun beruhigen Sie sich schon, mein Kind, wir sind doch keine Unmenschen, wie?« Jetzt nur nicht umfallen, hatte sie sich selbst angefleht. Um Gottes willen nicht – – »Also hören Sie, die Sache ist so ...« Er zog sein Gesicht in besorgte Falten. Er schien selbst bekümmert, dass die Sache nicht anders war. »Der Betrieb trägt die Angestellten nicht länger. Außerdem brauchen wir nicht so viele Verkäuferinnen. In der Abteilung Schuhwaren müssen zwei Entlassungen vorgenommen werden. Die Wahl ist zu treffen zwischen Fräulein Bauer, Fräulein Kernbach – und Ihnen, mein Kind. Ja, ich weiß nicht, wir können uns die Sache nochmal überlegen, nicht wahr? Also nun lachen Sie schon wieder. Steht Ihnen gar nicht, dieses ernste Gesicht ...«

Und er war auf sie zugegangen und hatte sie unters Kinn gefasst, und weil sie sich nicht rührte, hatte er den Arm um sie gelegt und sie geküsst. Was hatte sie eigentlich in diesem Augenblick gedacht? Warum hatte sie sich nicht gewehrt? Nur aus Angst um die Stellung? Nur weil alles in ihr auf das eine Ziel gerichtet war: Du darfst am nächsten Ersten nicht arbeitslos sein, koste es, was es wolle? Oder hatte sie auch ein bisschen mit diesem Erlebnis kokettiert? Fühlte sie sich eine ganz kleine Spur geschmeichelt und stellte sich vor, dass es vielleicht doch ganz reizvoll sei, mit einem so mächtigen Mann wie Herrn Doktor Saffian …

Ach, es war gleichgültig, was sie gedacht und empfunden hatte in jenem peinlichen Moment. Die Hauptsache war, dass er sie nicht entlassen hatte, trotzdem sie ihm in einer plötzlichen Empörung über sein Verhalten und seinen Vorschlag, abends mit ihm auszugehen, geantwortet hatte, sie sei mit ihrem Freund verabredet. Sie könne nicht.

Wenn sie jetzt darüber nachdenkt, scheint es ihr, als habe sie das damals nur gesagt, um die Erniedrigung wieder wettzumachen, die er ihr zugefügt hatte. Denn damals ging gerade das Verhältnis mit Egon in Brüche und sie wäre an jenem Abend tatsächlich frei gewesen.

Immerhin schien der Herr Personalchef von ihrem Mute sympathisch berührt. »Also das gibt's auch noch«, hatte er erwidert, »na, da amüsieren Sie sich mal schön …« Und er lächelte entsagungsvoll dabei wie einer, der weiß, dass er trotzdem eines Tages sein Schäfchen ins Trockene bringen wird. Außerdem aber gefiel es ihm, dass sie eine gute Meinung von ihm bekam und wahrscheinlich auch verbreitete, denn es lag ihm nicht das Geringste daran, lediglich gefürchtet zu sein. Wie alle Naturen seines Schlages liebte er es, vergöttert zu werden, und er war ja, seinem ganzen Wesen nach, wirklich ein Mensch, der Entscheidungen herausforderte. Entweder man liebte oder man hasste ihn.

Wenn er sich, wie zum Beispiel an diesem Sonntagmorgen, in einer gewissen Selbstkontrolle gefiel, so stellte er immer wieder mit besonderer Befriedigung fest, dass nicht er es war, der irgend etwas Entscheidendes dazu tat, die ihm gegebene Macht auszunutzen. Bot sich einem nicht in jeder Ecke, an jedem Lager, auf jedem Korridor eine andere an? Da war eine Mädchen- und Frauengeneration herangewachsen, die wusste, dass sie etwas zu geben hatte, wenn sie etwas haben wollte. Diese Ideologie, die Saffian sich in Stunden, in denen er von Skrupeln überfallen zu werden drohte, zurechtgelegt hatte, beruhigte ihn und gab ihm die Überzeugung, dass er sich eigentlich noch immer als anständiger Kerl benommen hatte. Er brauchte doch nur an den Fall der Lotte Stein zu denken. Ein anderer an seiner Stelle hätte nicht eine Sekunde gezögert und hätte sie rausfliegen lassen ...

Trotzdem wurde die Geschichte manchmal unangenehm. Es gab da ein paar Frauen, die ihn zu tieferen und angestrengteren Leistungen nötigten einfach dadurch, dass sie offenbar zu wertvoll waren, um mit einer Nacht abgetan zu sein ... Lotte Stein zum Beispiel ...

Gerade in dieser Zeit, da er mit der Zusammenstellung der Abteilung Herrenmode beschäftigt war, stieß ihm dieser Fragenkomplex wieder auf. Er war von vornherein überzeugt, der neue Schlager der Abteilung, die Verkaufsgirls, würde ein so unerhörter Erfolg sein, dass er es ein wenig bedauerte, gerade die reizvollsten Mädels für seinen persönlichen Bedarf zu verlieren. Denn dass sie ausnahmslos alle eine erotisch sehr aussichts- und auch abwechslungsreiche Zukunft haben würden, stand für ihn fest. Na, er würde schon sehen, wie er sein Vorrecht …

Trotzdem entsprach es nur seiner organisatorischen Betriebsamkeit und seiner Übersicht über Menschen und deren Verwendung, dass er die Zusammensetzung der Abteilung rücksichtslos seinen eigenen Gefühlen gegenüber vornahm.

Der Instinkt des Chefs der Schack & Co. erwies sich wieder einmal als untrüglich. Er, der seinen jetzigen Personalchef für Positionen geradezu prädestiniert hielt, in denen Saffian mit Menschen zu regieren und sie auf bestimmte Plätze zu verteilen hatte, hätte sich die Hände reiben können, denn Saffian hatte in den letzten Tagen wirklich mit dem Aufgebote ganzer Kraft, Initiative und Anstrengung im Hochdruck gearbeitet. Zweifellos – das war der Mann, der das ganze Haus in der Hand hatte!

Die Sonnabendnacht nun hatte ihm den Rest gegeben, und während Lotte Stein an diesem Morgen in einem anderen Stadtteil Berlins zeitunglesend an den Betrieb und ihre nicht sehr sichere Stellung dachte und damit auch an ihn erinnert wurde, wachte er mit brummendem Schädel auf.

Wenn diese Frau nur nicht so keifen wollte! Was hat der arme, kleine Ed denn nun schon wieder angestellt? Mein Gott, soll ihn doch in Ruhe lassen, den Jungen. Wird doch bald zehn Jahre ...

»Ruhe!«, brüllte er aus dem Bett. »Himmeldonnerwetter noch einmal!« Sofort trat eine lähmende Stille ein. Das Haus war wie erstarrt. Saffian drehte sich um, aber er wusste, es war aussichtslos. Er konnte ja doch nicht mehr schlafen. Schönes Zeug werd' ich da zusammengequatscht haben heute Nacht, dachte er, ein Glück, dass morgen Früh die Arbeit beginnt. Aber so ist das, da kennt man sich nun mit den Kollegen seit Jahr und Tag, und schließlich wissen die besser mit meinen häuslichen Verhältnissen Bescheid als ich selbst ... Da sitzt und trinkt man mit ihnen, und was hat das schließlich alles für einen Sinn ...?

Der Herr Personalchef der Schack & Co., Warenhaus A.-G., legte sich nun endgültig noch einmal das Kissen aufs Ohr.

Lotte Stein zog am selben Morgen zur ungefähr gleichen Zeit eine Streichholzschachtel unter ihrem Kopfkissen hervor und brannte sich eine Zigarette an.

Morgen, überlegte Lotte Stein, werde ich Rolf Fiedler aufsuchen. Ich glaube, er wohnt da noch immer in der Kleinen Alexanderstraße 68 unterm Dach. Der hat mich doch wirklich mal sehr gern gehabt. Er hatte immer etwas fettiges Haar und ein graues, vor lauter Nervosität aufgelöstes Gesicht. Stenographieunterricht erteilte er glänzend. Er hat damals versucht, sich durch Stundengeben die Semestergebühren für die Universität zu verdienen. Man könnte vielleicht sogar einen Zirkel zusammenstellen. Walter macht sicher mit, das ist mal klar. Und ein paar Mädels finden sich ganz gewiss noch dazu. Man braucht es ja nicht bei Stenographie bewenden zu lassen. Achtzig Silben in der Minute traue ich mir immer noch zu. Oh, was man alles werden kann, wenn man was kann!

Der Rauch stieg kerzengerade in die Luft. Das Leben bekam einen freundlichen Schimmer. Das Herz pochte, als seien ihm ungeahnte Perspektiven erschlossen worden und nicht nur die Möglichkeit von Sprachen- und Kurzschriftstunden bei einem armen, halbverhungerten Studenten.

Der Abend, den Lotte, ein wenig trostlos und ein wenig zerquält, mit Walter Böhmelmann verbracht hatte, wog plötzlich viel weniger schwer. Wenn ich mir jetzt noch ein paar neue Bilder in die Kammer hänge und die alten Fotos in die Schublade lege – dachte Lotte Stein –, und wenn ich vom nächsten Gehalt etwas rosa Mull kaufe für die Fenster, den krieg ich doch wirklich für ein paar Pfennige im Geschäft – – – und vielleicht ein paar Blumen hinstelle – – – dann ist die alte Kleiderkammer wirklich ganz wohnlich. Übrigens nett von Mutter, dass sie schließlich doch das alte Vertikow von Großmama herausgenommen und mir die

Kammer zur beliebigen Verwendung übergeben hat … Wenn es nur nicht so kalt würde jetzt. Ein Fußbodenheizer könnte wirklich nichts schaden. Aber das wird schon noch … das wird alles schon noch werden …

Dann nehme ich den Walter einfach hier in die Kammer, und kein Brink der Welt kann uns stören. Man muss nur nicht gleich den Kopf hängen lassen … Was geht mich schon die Lilian Harvey mit ihren 57 Paar Schuhen an. Irrsinn so was. Wozu braucht ein vernünftiger Mensch …

Der Rauch wärmte das Zimmer. Jetzt noch ein kleiner, viereckiger Tisch und ein paar moderne, grüne Holzsesselchen, und man könnte sich einbilden …

Ach nein, man bildet sich gar nichts ein. Man weiß sehr genau mit diesem Leben Bescheid. Und man ist schon glücklich, wenn man einmal einen Sonntagsmorgen allein gelassen wird.

Das Warenhaus öffnete seine Tore um neun Uhr morgens. Ein paar Verkäuferinnen, die Putzfrauen und die Instruktorinnen warteten einige Minuten vor 9 Uhr bereits vor den noch vergitterten Eingängen. Von den Instruktorinnnen, die in Art und Kleidung von den anderen abstachen, kam keine zu spät. Auch Montag nicht. Auch bei ungünstigsten Wetterverhältnissen nicht. Die Instruktorinnen waren zum großen Teil akademisch gebildete Persönlichkeiten, die das System des Geschäfts aus dem ff kannten und die Lehrlinge und Lehrmädchen auszusieben, anzuleiten und heranzubilden hatten. Die Instruktorinnen brachten es wie durch ein Wunder fertig, selbst beim Streik der städtischen Verkehrsarbeiter pünktlich da zu sein. Sie stellten eine besondere Menschengattung dar. Um ihre Gunst und ihre Aufmerksamkeit stritt und warb man in ununterbrochenem Eifer.

Die Portiers öffneten mit einer gewissen Alltagsfeierlichkeit die Tore. Die letzten Verkäuferinnen stürzten aus den U- und Straßenbahnen. Lotte Stein hatte das Pech, drei Minuten vor dem Straßenübergang warten zu müssen, weil die Verkehrsampel, ausgerechnet, als sie ankam, das Betreten des Fahrdammes verbot. Lotte Stein sah die eng in den Himmel zulaufende Geschäftsstraße hinab ... Himmel ... Wolken ... ach mein Gott, Montag ...

Endlich war die Straße frei. Lotte Stein kam bedrohliche drei Minuten zu spät. Der Einlassdienst verfehlte nicht, es zu notieren. »Eben hat Doktor Saffian nach Ihnen geklingelt, Fräulein Stein«, teilte die Directrice rügend mit.

⁂

Doktor Saffian tat, als höre er nicht, dass man an seine Tür gepocht hatte. Die Verkäuferin Anneliese Meier, Möbellager, drückte auf die Klinke und öffnete einen Spalt. Dieses Zimmer, das doppelte und von innen gepolsterte Türen hatte, war schrecklicher als ein Heiligtum. Es war die Hölle für die kleine Meier.

»Sie hatten mich bestellt, Herr Doktor?«

Doktor Saffian untersagte es sich, aufzusehen. Er glich in diesem Moment dem Löwen, der seine Tatze hob, um das erstarrte Mäuslein zu vernichten. Aber er ließ die Tatze noch nicht sinken. Er kostete den Schreck des zu Tode geängstigten Mäusleins aus.

Er tat, als studiere er seinen Terminkalender. Einmal blickte er wie abwesend auf und besagte mit einer undeutlichen Geste, dass man näher zu treten habe. Trotzdem er die Reihenfolge der Besprechungen dieses Vormittags genau kannte, memorierte er sie vor sich her:

»Halb elf, Fräulein Schulze, Spielwaren, um elf Frau Salzer, Putz, halb zwölf Modezeichnerin Maringa, um zwölf Ansicht der vom Hausmodezeichner bisher entworfenen Modelle, dazu brauche ich – – Griff in ein Regal – – schön, halb eins – – – Haben Sie auch schon viertel vor zehn, Fräulein Meier? Ach so, Sie haben keine Uhr? Na, müssen sich mal eine schenken lassen von Ihrem Schatz ...«

Jetzt erst betrachtete er sie. Hübscher Kerl, die Kleine. Sogar am Montagmorgen. Dabei war sie gar nicht so klein, sie wirkte nur so zierlich und schutzbedürftig durch ihr ängstliches, schmales Lärvchen. Ach, du meine Güte, da hatte sie ja einen Knutschfleck am Hals. Wirklich süß, die Krabbe ...

Sein Gesicht spiegelte sich in einer beinahe väterlich gütigen Strenge. »Wie alt sind Sie eigentlich, Fräulein Meier?«

»Siebzehn, Herr Doktor.«

»Siebzehn?« Der Personalchef versank scheinbar in tiefes Nachdenken. »Also siebzehn, schön, sehr gut sogar. Also passen Sie auf, Fräulein Meier. Sie haben am Ersten – heute haben wir doch den Fünften, nicht wahr? – also am Ersten, Ihren bisherigen Arbeitsplatz zu verlassen und siedeln in die Abteilung Herrenmode über. Sie haben vom Umbau der Abteilung schon gehört. Ich brauche Ihnen nicht viel mehr darüber sagen. Sie sind sich klar darüber, dass die Abteilung einen gewaltigen Aufschwung nehmen muss, und dass die Verkaufsmethoden in Zukunft aus Lächeln, Nettsein und Heiterkeit bestehen. Zeigen Sie mal her, können Sie das? Genieren Sie sich nicht, mein Kind, tun Sie ganz so, als sei ich ein simpler Käufer, dem Sie einen Schlips andrehen wollen. Also bitte, wie machen Sie das in Zukunft? Na, kommen Sie, stellen Sie sich mal da an die Wand. Wollen wir erst mal messen, wie groß das Baby ist. Na, nun ziehen Sie schon nicht so einen Flunsch. Wie? Was? Ach so, Sie wollen nicht ...?

Also hören Sie, Sie bekommen in Ihrer neuen Stellung eine ganz bestimmte Kleidung. Ist noch nicht ganz fertig, der Kitt, jedenfalls wird es ein gleicher Anzug für alle, muss mir erst mal anschauen ... Und dann werden Sie mit Ihren neuen Kolleginnen zusammen natürlich in einem Verkäuferinnenkursus noch genau instruiert über alle Einzelheiten ... aber ich glaube, Sie können das auch so, mein Kind, Sie sind hübsch, jung, Sie werden zweifellos gut aussehen in dem neuen Dress ...

Ja, und was ich noch sagen wollte, Sie bekommen fünf Mark zugelegt monatlich, na, und was da sonst noch abfällt ... also, ich hoffe, Sie werden das genügend zu würdigen wissen, mein Kind, mit siebzehn Jahren ... also, besonders nett sein, Kleine, sonst fliegen Sie in acht Tagen wieder raus. In acht Tagen wird die Abteilung überprüft, und wem es nicht passt ... Ob ich übrigens Ihre alte Stellung halten könnte, wenn Sie versagen, na, das glaube ich nicht ... Also, was ist denn los, wie? Wir werden das schon schaffen, was? Haben doch grade Beine, nicht? Na also, und sonst ist doch auch alles da. Wollen wir das Täubchen mal trösten heute abends? Na, wie wär's denn mit uns so gegen acht oder neun, Meierchen?«

Annemarie war zurückgewichen. Warum in aller Welt klingelte denn nicht mal das Telefon? Sie hatte einen solchen Ekel vor Männern! Männer sind schmutzige Tiere, fand sie immer wieder: »Sie sind ja – viel – zu – beschäftigt, Herr Doktor. Sie haben – doch sicher – viel – viel zu viel – zu tun – – .« Warum fiel ihr nichts anderes ein, das war, als setzte das Gehirn aus.

»Nu hör bloß auf. Ich werd' wohl am besten wissen ... Also was, wie wär's ... Waren wir schon mal im Wintergarten, mein Kind? Na, da wird's aber Zeit. Also abgemacht. Punkt halb neun.«

Der Personalchef Doktor Saffian drückte einen Knopf. Die Bürovorsteherin erschien. »Die Papiere von Fräulein Annemarie Meier, Möbellager, sind bereitzulegen. Fräulein Meier siedelt am Ersten ... Das

Gehalt beträgt vom Ersten ab ...«

»Sehr wohl, Herr Doktor«, erwiderte die auf untertänig zurechtgemachte Dame und verschwand auf ihren eigenen kleinen Herrscherthron zurück.

⁂

Nach einem Frühstück Doktor Saffians von etwas längerer Dauer erschien Frau Salzer, Putz. Ihr Auftreten, das mehr als selbstbewusst, das beinahe herausfordernd genannt werden konnte, gab auch den immer auf neues Menschenmaterial gespannten Doktor Saffian die Möglichkeit, einen anderen Ton anzuschlagen.

»Bisschen alt, mein Kind, wie?«, reizte er sie, als er ihr den Sachverhalt erklärt hatte. »Übrigens müssen Sie verstehen, ich instruiere Sie hier nur höchst mangelhaft. Ich will nichts weiter als Ihr prinzipielles Einverständnis. Die Einzelheiten, auch Ihr spezielles Talent für diese neue Position, die ja nicht ohne Reiz ist, wie? Also wie gesagt, das wird anderswo festgestellt.«

»Wo denn, Herr Doktor?«

»Hm. Ja. Dazu wird man wahrscheinlich eine sachverständige Person berufen. Das wird man Ihnen noch mitteilen. Es fragt sich eben nur ... Wie lange ist man denn schon verheiratet, Madam, drei Jahre? Na was, und glücklich?« Es war sein besonderer Trick, das Sachliche mit dem Persönlichen dergestalt zu vermischen, dass nur sehr schlagfertige Damen die richtige Antwort fanden. Frau Salzer gehörte zu jener Kategorie von Frauen, die vor keinem Menschen Angst oder Respekt haben. Jetzt zuckte sie nur die Achseln.

»Na ja, die Chose kennen wir schon«, lenkte Saffian ein. »Wirst komisch aussehen in den Seemannshosen, was?«

Frau Salzer lachte. Der sollte nur nicht denken, dass sie schon außer Kurs war. »Und das ist alles, Herr Doktor? Nichts als vor den Männern herumflanieren und – –«

Brutal rückte er näher und fasste sie um die Hüften.

»Nein, weiter nichts ...« sagte er dicht an ihrem Gesicht und packte sie fester.

Später zwinkerte er ihr vielsagend zu. Also, wir waren schon lange fällig, was, wir zwei ..., sollte das heißen. »Na also, wann denn? Wenn der Herr Gemahl mal ausgegangen ist?«

Frau Salzer hatte einen geringschätzigen, durch ihr dauerndes Lachen gemilderten Zug um den Mund. Ihr Gesicht war von einer groben, auf viele Männer wirkenden, etwas gewöhnlichen Schönheit. Sie wiegte sich triumphierend in den Hüften, als sie das Zimmer ihres Personalchefs verließ. Doktor Saffian drückte den Knopf. Die Bürovorsteherin erschien ...

»Fräulein Stein«, begann Doktor Saffian, und er saß am Schreibtisch, die Ellbogen aufgestützt, ein schwergeplagter, sorgenbeladener Mann. »Ich habe Sie rufen lassen …« – er erwähnte die Verspätung vom Morgen überhaupt nicht. Es war ein Uhr mittags, und er bestrafte sie damit, dass er sie gerade in der Essenspause bestellt hatte. Übrigens hatte er vor wenigen Minuten die mondäne Modezeichnerin Maringa über sich ergehen lassen müssen, und das war denn doch etwas zu viel gewesen. Er hatte Kopfweh. Das Schlimme an den Weibern war dieses scheußliche Parfüm. Er vertrug es nun einmal nicht.

Nach dieser Dame Maringa, überhaupt nach all dem Ärger und Tumult mit diesem ganzen »Geschmeiß« (wie er es nachträglich bei sich selbst nannte) wirkte Lotte Stein auf ihn wie eine Erfrischung. Der Herr Personalchef Doktor Saffian erholte sich zusehends an Lottes Anblick. Er erläuterte ihr eingehender als den anderen den Plan des Chefs mit der Abteilung Herrenmode. Er fragte ganz plötzlich aus einer sachlichen Rede heraus, als sei ihm etwas besonders Erfreuliches eingefallen: »Na, und was macht Ihr Freund, Fräulein Stein? Immer noch derselbe?«

Er gab durch ein Schmunzeln, das von einem Mundwinkel zum anderen lief, zu verstehen, wie glücklich dieser Freund sich schätzen könnte, und fuhr darauf in seinen Ausführungen fort, als ob er sie niemals unterbrochen hätte. »Sehen Sie, Fräulein Stein, Sie verstehen das. Sie sind nicht nur hübsch, Sie sind auch gescheit. Sie können sich gar nicht denken, was das für eine Arbeit gewesen ist.

Hören Sie mal, freuen Sie sich eigentlich auf die

Abteilung drüben? Sehen Sie, bei Ihnen hab' ich immer den Eindruck, dass Sie eine der Wenigen sind, die wirklich gern arbeiten ...«

»So?«, fragte Lotte, »haben Sie das? Dann hätten Sie doch längst dafür sorgen können, dass ich aufrücke, Herr Doktor.« Das war laut, ironisch und unzweideutig. Wenn es Doktor Saffian in anderer Laune getroffen hätte, hätte Lotte Stein sich damit alles verpatzt. So verblüffte es ihn nur. Diese kleine Kröte ... Na, die entwickelt sich gut. Die war richtig.

Sein Ton wurde vertraulich. Wir beide, hieß das, wissen doch, woran wir sind. Uns kann keiner ein X für ein U ...

»Aber das kann doch noch werden, Fräulein Stein! Denken Sie denn keinen Augenblick an die unerhörten Möglichkeiten in der neuen Abteilung ...«

»Ja«, erwiderte sie, »natürlich.« Und sie dachte an Walter Böhmelmann, mit dem sie bisher in der Schuhabteilung zusammengearbeitet hatte. Was würde Walter dazu sagen ... Zu den »neuen Möglichkeiten« zum Beispiel?

Der Personalchef war ganz nahe an sie herangekommen. Eine tüchtige Person, die kleine Stein. Die würde das Rennen schon machen, *die* bestimmt.

»Was wollen Sie eigentlich von mir?« Wahrscheinlich hatte Lotte allzu zweifelnd an Walter Böhmelmann gedacht. Ihr Ausruf war mehr, als ein Personalchef zu ertragen verpflichtet war. Es war, fühlte Saffian empört, eine glatte Frechheit.

»Ihr Urteil, Fräulein Stein. Was sagen Sie zu diesen Blusen? Zwischen diesen zwei Modellen muss entschieden werden. Ich weiß nicht ...«

Er hatte seinen Groll schnell hinuntergeschluckt. Es lag ihm nun einmal daran, in Lottes Augen der berühmte »anständige Kerl« zu sein.

»Entschuldigen Sie«, murmelte Lotte. »Ich bin vielleicht etwas nervös.« Hatte sie ihm doch Unrecht getan? Er war doch wirklich ...

Während sie aber schuldbewusst die Modelle betrachtete, kamen ihre Gedanken von Walter Böhmelmann nicht los. Entweder es ist was – dann hält es sich auch durch diese räumliche Trennung hindurch, überlegte sie. Oder es ist nichts – nun, dann ist es nicht schade drum. Dann wäre es wohl auch so eines Tages kaputt gegangen ... Laut aber sagte sie:

»Es kommt ganz auf die Farbe der Blusen an, Herr Doktor ... Dieses brennende Rot zum Beispiel ...« Und Doktor Saffian war wieder einmal mit der Welt zufrieden, weil er wusste, dass diese kleine Verkäuferin jetzt hinausgehen und mindestens zehn Leuten erzählen würde, wie nobel er sich wieder mal benommen hatte.

Doktor Saffian ließ keinen Augenblick mehr seine ernste, sachlich betonte Miene fallen. Ein Komödiant trägt seine Maske so. Doktor Saffians eitle Seele strahlte.

IV.

Herrn Grüninger lief der Schweiß nur so von der Stirn. In einer Viertelstunde sollte in Anwesenheit des Chefs die Vorbesichtigung der Abteilung »Herrenmode« stattfinden. Dabei liefen die Mädels immer noch nur halb bekleidet durcheinander, da war eine Rocknaht geplatzt und dort ein Ärmel falsch eingesetzt.

Der Herr Abteilungsleiter nahm das Telefon und ließ sich verbinden. Fräulein Biesenthal, die Hausschneiderin, schluchzte. Dann verteidigte sie sich unter empörten Tränen. Erstens sei der Auftrag viel zu spät an sie gegeben worden. Wie sich Herr Grüninger das wohl vorstelle, in den paar Tagen anderthalb Dutzend Girlanzüge neben allem anderen herzuschneidern! Bei diesem Personalbestand! Vier Gehilfinnen habe Doktor Saffian ihr gekündigt ... Die andern hätten sich die Hände wund genäht. Wenn das so weiter ginge ...

»Die Verantwortung!«, schrie Grüninger ins Telefon, »die Verantwortung fällt auf Sie.« Er war wirklich schon halb verrückt.

Die Mädchen krümmten die Rücken tiefer. Fräulein Biesenthal zog sich in die Probierstube zurück. Sie sagte nichts. Als sie verschwunden war, hob Irmgard den Kopf.

»Die hat einen schönen Anraunzer weg.«

»Ach was, sie ist oft genug unausstehlich zu uns. Neulich zum Beispiel, als ich den Damenmantel ändern musste …«

»Der schadet das mal gar nichts. Jetzt weiß sie wenigstens, wie das ist, wenn man immer angeschnauzt wird.«

»Ich bitte euch, das handelt sich todsicher um die Girlkostüme. Na, und da kann sie ja wirklich nichts dafür. Das war ja, weiß Gott, ein Husarenstück … ich habe schon nicht mehr gucken können, so haben mir die Augen gebrannt.«

»Wer ist denn nun eigentlich schuld daran?«

»Dass sie so spät bestellt wurden?«

»Dass wir so viele Überstunden machen mussten?«

»Na, Saffian doch, der konnte ja mit den Modellen nicht zustande kommen. Erst waren die Hosen zu weit und dann waren sie zu eng und nicht geschweift genug, und eh der überhaupt den richtigen Besatz gefunden hat …«

»Bin bloß neugierig, ob wir wirklich den nächsten Mittwoch frei bekommen. Wenn sie schon keine Überstunden mehr bezahlen, sollen sie wenigstens ihre Versprechen halten …«

»Sei mal still, wir können froh sein, dass wir überhaupt noch Arbeit haben. Manche würden gerne Überstunden machen.«

»Da kommst du weit mit, mein Kind. Sollen lieber ein paar arbeitslose Näherinnen einstellen und uns um sieben nach Hause gehen lassen. Ich bin jedesmal so kaputt, dass ich mir abends nicht mal mehr die Strümpfe stopfen kann. Die bringen einen vollkommen auf den Hund.«

»Und bei dem Gehalt …«

»Dabei habe ich gehört, dass man uns wieder kürzen will.«

»Was?!«

Zehn Mädchenköpfe hoben sich empört und sahen entsetzt umher. »Das lassen wir uns einfach nicht gefallen, da streiken wir halt!«

Die rothaarige Maria steckte herausfordernd das Kinn in die Luft. »Das kommt bloß davon, weil wir niemals zusammenhalten.«

»Ach, Mensch, Ihr seid ja zu dämlich. Und wenn wir schon zusammenhalten! Nehmt mal an, wir zehn rebellieren. Na, ich bitt' euch, dann fliegen wir eben alle zehn und Saffian stellt zehn andere ein, die vielleicht noch billiger … So geht das heute nicht mehr. Kinder …«

»Wir stehen halt Posten und lassen niemanden auf unseren Platz.«

»Also, nun quatscht mal nicht, Kinder. Wir sitzen in einer Zwickmühle. Das ist jedem vernünftigen Menschen klar. Wir können uns gar nicht wehren, die können mit uns machen, was sie wollen …«

Fräulein Biesenthal erschien. Sie hatte sich das Gesicht mit Eau de Cologne abgerieben und hatte nach dieser Prozedur glühend rote Backen. »Fräulein Mirjam, Sie fahren sofort in die Abteilung Herrenmode und holen von Herrn Grüninger die fehlerhaften Kleidungsstücke, aber ein bisschen dalli, wenn ich bitten darf.«

Mirjam Salomon flog beinahe zum Fahrstuhl. Sie war die Erste, die Zutritt in die umgebaute Abteilung bekam. Keiner, der nicht dort zu tun hatte, hatte sie betreten dürfen. Ob die nicht übertrieben hatten, als sie sagten, da ginge es schlimmer zu als in einem Bordell? Mirjam Salomon spähte an den vielen, wirr und aufgeregt herumlaufenden Menschen vorbei, konnte aber keine Einzelheiten unterscheiden. Herr Grüninger, der sonst immer so nett und vertraulich tat, schmiss ihr einen Packen Zeug in den Arm und drohte ihr alle Strafen des Himmels an, wenn sie die Sachen nicht in einer Viertelstunde wieder abgäbe …

Der Schweiß rann ihm noch immer von der Stirn. Offenbar hatte er nicht einmal Zeit, sich das Taschentuch zu nehmen und sich die Stirn zu wischen.

Die Mädels befanden sich in einem Taumel der Erregung. Sie waren geblendet. Standen sie von nun ab nicht auf einer erhöhten, weithin sichtbaren Bühne, und konnte im Zuschauerraum nicht der Filmregisseur sein, der sie entdeckte?

»Magda Schneider zum Beispiel, war die nicht auch Verkäuferin?«

»Ich bitt' dich Lore, Magda Schneider! Magda

Schneider ist ein Nichts.«

»Was?«, protestierte eine Begeisterte, »ein Nichts? Ihr seid wohl größenwahnsinnig geworden? Süß ist sie, einfach süß ...«

Die Radioapparate funktionierten immer noch nicht. Und in zehn Minuten sollte der Chef kommen.

Herr Grüninger hielt sich einen Augenblick die Ohren zu. Dieser Lärm! Dieses Durcheinander! Eine Gänseherde war das ... na, von morgen ab pfiff ein anderer Wind! »Was stehen Sie mir denn da so im Wege herum?«, fauchte er Lotte an. Lotte musterte ihn gleichmütig von oben bis unten. Sie lächelte dabei und verzog amüsiert den Mund.

Ach, sie tat es nicht, um Herrn Grüninger zu reizen, wenn der Abteilungsleiter es auch so auffasste, und beschloss, sich zu revanchieren. Sie tat es, weil sie merkte, dass ein anderer sie seit einigen Minuten beobachtete und weil es sie genierte, vor den Augen dieses Anderen von den Launen eines Abteilungsleiters drangsaliert zu werden.

An mich, sollte dieses ein wenig mitleidige und herablassende Lächeln sagen, kommt man nicht so leicht heran, mein Herr. Mich einzuschüchtern – na, da müssen schon andere Dinge passieren ... Und sie drehte sich langsam herum, um festzustellen, wie das Manöver gewirkt hatte, und ob der junge Mann immer noch auf demselben Fleck stand und sie anstarrte.

Tatsächlich, er hatte sich nicht weggerührt. Sie lächelte stärker und stelzte dann auf ihren hohen, in den geschweiften Hosen besonders wirkenden Beinen unter die Kolleginnen davon.

Kreuznacher jun. von der Firma Kreuznacher & Schulz, Herrenartikel en gros, blickte ihr nach. Er hatte es sich nicht nehmen lassen, die Lieferung der bei ihm bestellten Ware selbst zu überwachen und persönliche Ratschläge zu erteilen.

»Dieser Herrenmantel, bestes englisches Tuch, mein Fräulein … ich weiß nicht, ob Sie das einzuschätzen verstehen? Wo haben Sie zuletzt gearbeitet? In den Galanteriewaren? Aber hören Sie mal, das ist ein Unterschied. Werden Sie denn … So? Sie haben eben einen Verkäuferinnenkurs für Herrenmode hinter sich? Kommt da zum Beispiel so ein alter Herr und verlangt … Sie wissen schon, was Sie da machen, na, dann ist's ja gut, mein Fräulein.«

Und er war nett, und er lachte, und er ging über gewisse kleine, flüchtig hingeworfene Zärtlichkeiten in Wort und Blick nicht hinaus. Das von ihm gerade bevorzugte Fräulein probierte zum ersten Male am lebenden Objekt das betörende *keep smiling*, während ihre Kolleginnen sich auffällig in der Nähe des jungen Kreuznacher hielten, um bald einmal die Gelegenheit zu haben, einer ähnlichen Auszeichnung teilhaftig zu werden. Nur Lotte Stein hatte kein Hehl daraus gemacht, dass sie dieses Getue ziemlich widerlich und übertrieben fand. Sie war dem geschäftig hin- und herwandernden Herrn Kreuznacher jun. mit betonter Distanz aus dem Wege gegangen, sie hatte ihre Freundin Erni Weiß ein wenig ärgerlich damit geneckt, dass Kreuznacher scheinbar den grünen Augen Ernis völlig verfallen sei, weil er ihr gar zu auffällig den Hof mache, und sie war ehrlich empört über die Art, mit der eben dieser Herr Kreuznacher jun. die Hände in die Taschen steckte und die nunmehr eingekleideten Mädels musterte, als seien sie eine Zuchtkarnickelherde, aus der man beliebig dieses oder jenes Prachtexemplar bei den Ohren nehmen und abklopfen könne.

Nur heute, als sie vom Spiegel aus beobachtete, wie er ihren Rücken anstarrte, entdeckte sie einen gewissen Zug um seinen Mund, der sie reizte, ihm zu zeigen, dass sie – – –

Mein Gott, da kam ja der Chef! Wie Grüninger nur nach Luft rang! Der würde doch nicht ersticken vor Eifer und Betriebsamkeit? Und jetzt die Musik. Herrlich, wahrhaft erhebend! Er dankt uns, der alte Herr? Und das sollen wir glauben? Er hofft, dass wir mit Eifer ans Werk gehen und uns jeden Abend schon wieder auf den nächsten Morgen freuen?

Die Mädels standen in Reih und Glied. Die eingebauten Radioapparate funktionierten nun doch. Der Chef beschränkte sich darauf, ein paar Nebensächlichkeiten zu bemängeln. Die Mädels lächelten hinreißend. Herr Grüninger erholte sich zusehends. Die Welt erstrahlte für ihn in einem rosigen Licht.

Der Chef war keine zehn Minuten geblieben. Die Mädels rührten sich. Wie Soldaten, denen das nach dem Stillgestanden nunmehr erlaubt war. Herr Grüninger verschnaufte. Die Mädels atmeten auf und sahen sich ziemlich ernüchtert an. Was hatten sie eigentlich erwartet vom Besuch des Chefs?

»Eine Affenschande, wenn man es bedenkt«, sagte im selben Augenblick Mirjam Salomon im Schneideratelier. »Als ob es nicht genug wäre, unseren Kopf und unsere Hände auszubeuten. Jetzt sollen wir auch noch mit den Käufern poussieren ... schamlos ist das.«

»Man sollte beinah froh sein, dass man hässlich ist«, erwiderte die etwas unscheinbare Irmgard K., »ich jedenfalls ...«

Das Ende der Mittagspause Fräulein Biesenthals verbot jede weitere Unterhaltung über dieses Thema.

Die Menschen standen bis auf das Straßenpflaster. Verkehrspolizisten sperrten den Damm. Wer ganz vorn an den neuen, großen Schaufenstern der Abteilung Herrenmode des Kaufhauses Schack & Co. klebte, schätzte sich glücklich. Wer dahinterstand und nichts sehen konnte, johlte.

Autos fuhren vor. Herren in *Cut* und Zylinder entstiegen ihnen. Ihre Mienen zeigten jenen gelangweilthochmütigem Ausdruck, der besagte, dass *Cut* und Zylinder ihre Alltagskleidung sind, und dass sie es für unter ihrer Würde halten, auch nur einen Blick auf die unruhige Menschenschlange zu werfen.

Der höhere Angestelltenstab des Hauses war vollzählig versammelt, die Direktoren, der Privatsekretär und die Abteilungsleiter hatten sich unter die bereits erschienenen Gäste verteilt. Herr Doktor Schlierks als einziger machte einen etwas unglückseligen Eindruck, die anderen Herren waren ganz in ihrem Element. Doktor Kirschstein zum Beispiel unterhielt sich angeregt mit dem derzeitigen Vorsitzenden des Verbandes der Waren- und Kaufhäuser e. V., Herr Seliger dienerte vor dem Vertreter aus dem Handelsministerium, den Herr Schack infolge seiner vorzüglichen Beziehungen als besondere Attraktion vorzuführen in der Lage war, und der kleine Direktor Schmidt, der sehr mitgenommen und nervös aussah, bearbeitete den einzigen bis jetzt anwesenden Vertreter der Presse ...

Die Seele des Ganzen aber war zweifellos Herr Doktor Saffian. Der Chef der Schack & Co., der seine Gäste begrüßte, und nachher Muße hatte, seine Leute zu beobachten, konstatierte es mit Genugtuung. Was der Fisch im Wasser, der Vogel in der Luft, der Löwe in der Wüste ist, war Herr Saffian an diesem Tage inmitten der hochmögenden, illustren Persönlichkeiten. Er machte glänzende Figur.

Man hatte, in weiser Erkenntnis der Tatsache, dass Frauen unberechenbar und leicht zu reizen sind, hier aber auch nicht gerade am richtigen Platze gewesen wären, vermieden, die Damen der Gesellschaft zu laden. Wohl aber war es gelungen, den Filmstar Ria Rana und den eleganten Willi Schmidts zu gewinnen, denen Saffian denn alsbald auch sein intimstes Interesse widmete. »Würde Herr Schmidts die Freundlichkeit haben, eine Schallplatte des Wortlautes zu besprechen, dass Herrenmode Vertrauenssache sei? Des Vertrauens würdig aber nur die neu arrangierte, paradiesisch anmutende, soeben eröffnete Abteilung des bekannten Warenhauses Schack & Co.?«

Die Dame Ria Rana hing sich in Schmidts Arm. Sie hatte sich schon lange gewünscht, einmal mit ihm zu filmen und nutzte den glücklichen Zufall weidlich aus. Oder war es mehr als ein Zufall? War es Bestimmung? Hatte die Dame Ria Rana erklärt: schön, ich komme, wenn Schmidts auch mitmacht?

»Sie haben es reizend gemacht, ganz hinreißend schön«, flötete sie Saffian an und Saffian funkte mit den Augen dem ungeschickten Doktor Schmidt zu, er solle gefälligst den Pressemann veranlassen, herüberzukommen, der gehöre hierher zu den Künstlern. »Diese entzückende Nische hier ...!« Die Dame Ria Rana deutete mit ausgestrecktem Zeigefinger auf den Gegenstand ihrer Bewunderung.

Endlich näherte sich Direktor Schmidt mit dem Pressemann. Wer weiß, wann man wieder mal die Gelegenheit einer so populären Reklame beim Schopfe fassen konnte, auch wenn man kein Reklamechef war. Ein paar seidene Pyjamas für Schmidts oder für den Freund der Ria Rana – na ja, das fiel nicht so ins Gewicht ...

Die Gruppe näherte sich den Ankleidekojen, die geräumiger waren, als Ankleidekojen sonst sind, die mächtige Spiegel ausfüllten und deren eine Wand jeweils in satter, kräftiger Ölfarbe prunkte.

»Aber das Schönste, das Schönste ist das da«, wiederholte die hohe Dame immer wieder und zeigte auf die Blumennischen, und Saffian beglückte es, dass die Presse diesen weltbewegenden Ausspruch schleunigst zu Papier brachte.

Die Nischen waren ja nun auch wirklich eine raffinierte Erfindung! Grüninger, dessen Kopf nicht gerastet und geruht hatte, war endlich auf sie verfallen und hörte geschwollenen Herzens ihr Lob aus so berühmtem Mund. Die Nischen nämlich, in die Wände des Herrenmode-Appartements eingebaut, waren in Größe und Höhe jenen intimen Séparées nachgebildet, die man sonst in Nachtlokalen findet. Die Einrichtung dieser Nischen jedoch war von ganz anderer, vornehmerer und geschmackvollerer Art.

Ria Rana geriet aus dem Häuschen vor Begeisterung! Ihre spitzen Vogelschreie erfüllten die Luft und stießen ab und zu wie kleine Fanfaren in den Lärm. Herr Saffian fand, dass er sich lange genug mit ihr vergnügt habe und verabschiedete sich ehrfurchtsvoll. »Sie werden hoffentlich auch nachher im offiziellen Teil noch etwas Begeisterung für uns übrig haben, Gnädigste«, flötete er.

Ria Rana versprach es. Sie war gern Mittelpunkt.

Herrn Doktor Saffians geübter Blick flog über die Menschenmenge. Kein Zweifel, er hatte wieder mal die Sache in der Hand.

»Kinder, Kinder, noch fünf Minuten und die Eröffnung beginnt!«

»Habt ihr schon gehört, dass Willi Schmidts ...«

»Du mit deinem Schmidts ... Die Ria Rana, also, Kinder, das ist das süßeste Geschöpf von der Welt.«

»Sagt mal, hab' ich mich rot genug gemacht?«

»Neugierig bin ich nur, wie Saffian die Sache drehen wird ...«

»Na, und der Alte erst.«

»Der kann doch gar nicht reden bei Festversammlungen ... ich weiß, auf der Jubiläumsfeier ...

»Komisch, wenn *ich* Schack wäre ...«

»Dann gäb's aber erst mal eine Gehaltszulage, was Irmi?«

»Was seid ihr für Kindsköpfe. Bloß wegen der Uniform? Kinder, Kinder, euch kann man bluffen!« Frau Salzer zog sich vor dem zerbrochenen Ankleidespiegel die Brauen nach.

»Und für Sie ist das nichts, Frau Salzer?«

»Sie machen sich doch auch hübsch. Ich weiß übrigens einen neuen Friseur, der rasiert die Brauen kostenlos. Nur das Färben muss man bezahlen.«

»Hört bloß auf mit dem Färben. Die sind ja so ungeschickt. Ich krieg immer ganz verschwollene Lider hinterher.«

»Was meinten Sie denn, Frau Salzer – – – vorhin – – – mit dem Bluff!« Lotte Stein tut, als frage sie das nur so hin, innerlich aber wartete sie erregt auf eine Antwort.

»Och … nichts weiter. Gar nichts.«

Am Ende war die Stein eine von den Spioninnen und trug alles haargenau in die Personaldirektion weiter.

»Vielleicht hat Frau Salzer recht und wir hätten es uns besser überlegen sollen«, sagte Lotte plötzlich.

»Du lieber Himmel, was tut man uns denn? Gar nichts sage ich euch! Wenn man einigermaßen geschickt ist …!«

»Man muss doch mit den Wölfen heulen, mein Kind.«

»Und der Filmregisseur, Lotti, den du dir angeln sollst?«

Der Herr Abteilungsleiter Grüninger stürzte in den Raum.

»Die Eröffnung ist um eine halbe Stunde verschoben, weil der Herr …« Es fiel ihm ein, dass sie ja gar nicht wissen brauchten, warum die Eröffnung verschoben war. Er beendete darum seinen Satz nicht und stürzte wieder hinaus.

Lotte Stern ging ebenfalls aus dem Zimmer. Alle Erwartungen waren verflogen. Vielleicht hatte nicht nur Frau Salzer, sondern auch Walter Böhmelmann recht …?

Der stürzte wie ein Habicht aus seinem Versteck. Seit zwanzig Minuten lief er zwischen seiner Verkaufsabteilung und jenem Zimmer hin und her, in dem er Lotte mit den übrigen Mädels wusste. »Ich sage dir, Lotte, ich beschwöre dich ...«

»Um Gotteswillen, Walter, bist du verrückt geworden?«

»Warum hast du das nur getan, Lotte?«

»Was sagst du eigentlich, wenn dein Abteilungsleiter nach dir fragt? Seit wann läufst du denn in der Weltgeschichte herum in einer Zeit ...«

»Hör' doch auf, Lotte. Der Butler ist doch bei eurer schönen Festlichkeit dabei. Ach, Lotte, ich ertrag das nicht ... wenn du nicht da bist ... ich lauf' immer rum und such was, und hinterher fällt mir ein, ich such' ja dich ...«

»Wir treffen uns heute abends bei Dobrin, ja, Walter? Ich hoffe, das dauert hier nicht so lang. Nachmittags ist nicht viel los. Aber ich muss schon warten, bis alle gehen. Vielleicht also um sieben? Aber der eine wartet auf den andern, nicht wahr?«

Walter Böhmelmann hätte heulen können vor Wut. »Warum machst du nicht jetzt noch Schluss, Lotte? Das ist doch keine Beschäftigung für dich! Nein, du brauchst gar nichts sagen. Das ganze Haus weiß Bescheid über diese herrliche Abteilung. Einen Puff hat sich der Alte da eingerichtet ... Du brauchst gar kein Gesicht machen, das ist so ...«

Lotte Stein wollte auf diesen Ausbruch irgend etwas antworten. »Wenn du so wenig Vertrauen zu mir hast ...« wollte sie vielleicht sagen, oder »lass uns doch erst mal sehen, wie die Sache sich einspielt.« Walter Böhmelmann aber ließ sie gar nicht erst zu Worte kommen und jammerte weiter: »Mit Fingern wird man auf dich zeigen, Lotte … und alle werden wissen …«

»Aha. Und davor hast du wohl Angst, mein Freund? Du könntest mit einem Mädchen gesehen werden, auf dessen ehrliche Arbeit man mit Fingern … na, lass schon gut sein, Walter.«

»Du musst mich doch nicht missverstehen, Lotte. Du bist zu schade dazu, verstehst du?«

»Aber zu schade, um arbeitslos zu werden, bin ich wohl nicht? Wie stellst du dir das eigentlich vor?«

»Wie ich mir das vor – – –«

Das Klingelzeichen für Lotte unterbrach Walter Böhmelmanns erregte Rede.

»Also wir bleiben dabei: heute Abend Dobrin?«

»Da kannst du lange warten«, wütete Böhmelmann, »wenn du nicht mal …«

»Also, schön, ganz wie du willst … sagte Lotte Stein in den Lärm des zweiten, dringlicheren Klingelzeichens hinein und verschwand in einer Tür.

Auch das letzte Flüstern verstummte. Über die Treppe, die von der Erfrischungsbar der Abteilung Herrenmode herunter in die Appartements führte, tänzelten die Verkaufsgirls. Sie waren ein selbst für den verwöhntesten Geschmack »herzerquickender Anblick«, so frisch, so sauber, so heiter, so leuchtend bunt. Herr Schack, der schlaue, hatte schon gewusst, was er tat …

Stühle wurden gerückt, damit man besser zu sehen vermochte, Blitzlicht der Photographen flammte auf. Rufe des Staunens verwandelten sich schließlich in begeistertes Händeklatschen und Beifallsgeknatter. Selbst die Herren in *Cut* und Zylinder vergaßen einen Augenblick, dass nichts in der Welt sie eigentlich aus ihrer Ruhe bringen dürfe …

Die Mädels, alle gleich groß, alle gleich hochbeinig und schmalhüftig, alle mit demselben Rouge, Brune und Noir bemalt, alle dieselbe Schmachtlocke in die rechte Gesichtshälfte geklebt, alle das gleiche schiefe Mützchen auf dem hübschen Kopf, alle dieselben engen und langen, brennend roten Seemannshosen, alle die smarten, knappsitzenden stahlblauen Blusen mit dem breiten hochsitzenden Etonkragen und der prachtvollen knallroten Schleife am Hals – alle Füße in denselben weitausgeschnittenen, weichen Schuhen mit den kunstvoll geschwungenen Absätzen, alle Hände gleich verführerisch an den schlank geformten Armen, alle Nägel gleich rosa gelackt an den langen, weißen Fingern …

Der Beifall wollte nicht enden. Herr Fritz Grüninger, beneidenswerter Abteilungsleiter der also vergirlten Herrenmode, gab das Zeichen. Die Mädels bewegten den Mund. Wahrscheinlich sangen sie. Die Menschen verstummten. Die Mädels sangen tatsächlich! Herr Grüninger blähte sich vor Stolz, als er sah, wie der Chef überrascht aufschaute und die Presse mit eifrigen Bleistiften ihre Merkblocks bekritzelte.

Dieser »Song der Verkäuferinnen« war tatsächlich der großartigste Einfall an der ganzen Sache! Ein bekannter Schlagerkomponist, der ebenfalls durch seine Anwesenheit glänzte, hatte ihn verfertigt. Die Mädels schmetterten ihn jubelnd ihren Gästen von heute, die sie zu Kunden von morgen machen sollten, zu.

Lotte, die mechanisch mittat und schließlich von dem Begeisterungsrausch der andern mitgerissen wurde, fühlte plötzlich ebenso wie gestern im Spiegel, den Blick Kreuznachers auf sich ruhen. Sie riss sich zusammen und wollte sich in eine etwas gewaltsame Lustigkeit hineinsteigern, dabei spürte sie Walter Böhmelmann und seine Gedanken. Natürlich biss er die Zähne zusammen, aber vielleicht heulte er auch vor Enttäuschung und Wut ...

Die andern jedenfalls amüsierten sich glänzend. Sogar Erni Weiß lockte mit ihren grünen Augen die Männer an. Und Erni Weiß war sicher sonst ein ungewöhnlich zurückhaltender Mensch.

Nach ihrer Einzugsparade war den Girls gestattet worden, sich zwanglos in den Raum unter die Gäste zu verteilen. Sie hatten Anweisung, alle Fragen, die man an sie richten würde, lächelnd, heiter und unbekümmert zu beantworten, kamen aber augenblicklich noch nicht in diese Verlegenheit, da jetzt erst einmal die Ansprachen der Direktoren und der geladenen hohen, bebrillten, glatzköpfigen Persönlichkeiten folgten.

Ein »Wonderful!«, jauchzend, geriet die gelehrige Ria Rana, die jetzt Englisch für angebracht hielt, in den bestellten Begeisterungsausbruch und klatschte wie ein Baby in die Händchen.

Kreuznacher jun., der ganz in der Nähe Ria Ranas saß, stand auf und rief Bravo! Was sich sofort in eine begeisterte Sonderovation für die Diva und Willi Schmidts umsetzte.

Lotte Stein würgte ein Schluchzen in der Kehle. Sie hasste Kreuznacher, ganz plötzlich und unmotiviert, wie man Menschen zu hassen pflegt, die gerade das Gegenteil dessen tun, was man von ihnen erwartet hat. Was aber hatte sie, um Gotteswillen, von Kreuznacher zu erwarten? »Hysterisch wie eine alte Ziege«, beschimpfte sie sich selbst und hatte dennoch plötzlich das Gefühl, Walter Böhmelmann stehe mit geballten Fäusten da draußen ...

Der Trick des alten Schack, andere für sich sprechen zu lassen und nur ganz wenige Worte der Begrüßung herunterzusagen, bewährte sich auch an diesem Tag. Doktor Saffian, der übrigens über ein wirklich bemerkenswertes Rednertalent verfügte, verbeugte sich wie ein Lindwurm nach allen Seiten und stieß an keiner an. War dieser von Witz und Geist sprühende Mann derselbe Doktor Saffian, der an keinem Mädel vorbeigehen konnte, ohne ihm irgendwelche Anträge zu stellen? Es war nicht zu leugnen, er besaß eine gewisse hypnotische Macht über seine Zuhörer, als er ihnen die Entwicklung und den Grundgedanken der neuen Abteilung klarzumachen versuchte, ohne allerdings seine eigenen Lebensweisheiten und Erfahrungen zu verschweigen.

Die Menschen an den Tischen und in den offenen Blumennischen, in den Ankleidekojen, am Pressetisch und auf den höchsten Ehrenplätzen waren genauso in seinem Bann wie die als Girls eingekleideten schönsten Mädels des Konzerns. Kein Zweifel, hier sprach ein kluger, weit herumgekommener, lebensberührter Mensch. Ein Mann von Welt.

»Ist das derselbe Kerl, der so scharf auf meine Beine war?«, dachte die an diesem Tage durch einen privaten Unglücksfall etwas aus der Form geratene Frau Salzer.

Wie viele Gesichter er hat ..., konstatierte auch Lotte Stein, die inzwischen ihre Haltung wiedergefunden hatte.

Und es wurde gekauft.

Der dem Eröffnungstage folgende Vormittag brachte Tausende von Menschen auf die Beine, die sich wie eine unaufhaltsame Flut durch die Abteilung Herrenmode wälzten. Da es sich zum überwiegenden Teil um Neugierige handelte, wurde von elf Uhr ab die Abteilung nur noch für Käufer offengehalten. Und nun drängte man erst recht. Und nun überlegte jeder, was er für ein paar Pfennige erstehen könnte, damit auch er Zutritt bekäme.

Die Mädels rissen sich die Beine aus. Hier ein Paar Gamaschen und dort ein weißer Kragen, bitte sehr, mein Herr, passt herrlich, großartig, der Herr sieht bewundernswert aus!

Hier ein Paar Seidensocken und da ein Paar Handschuhe. Der Herr hat wirklich eine so kleine Nummer? Unerhört! Ich habe schöne Hände? Aber ich bitte Sie, mein Herr, keine Frau, die heute ihre Hände ... Das ist doch selbstverständlich, mein Herr. Wie, Ihre Frau nicht? Na, nun mogeln Sie mal nicht ...

Und die Mädels drängten sich an die hin- und herlaufenden schwitzenden und vergnügten Männer, sie fingen lächelnd die giftigen Blicke der wenigen Frauen auf, die durch die Abteilung eiferten, sie empfingen Handküsse und ein paar schienen sich im Vorbeigehen mit besonders hitzigen Verehrern schon für den nächsten Abend zu verabreden.

Es war erstaunlich, wie groß mit einem Male der Bedarf an Kragenknöpfen war! Ja, es schien, als ob alle Männer Berlins bisher kragenknopflos durch die Welt geirrt wären, wenn Schack & Co. nicht plötzlich durch die Eröffnung der hervorragenden Abteilung Herrenmode diesem jammervollen Zustand ein Ende gemacht hätte. Auch Ziertücher in allen Farben, dazu bestimmt, genialisch aus der linksoberen Rocktasche des Herrn zu flattern, waren stark gefragt.

Die Verkaufsblocks der tapfer umherjagenden Girls füllten sich. Eine der Kassierinnen wurde ohnmächtig. Trotzdem kamen größere Käufe kaum zustande. Die

Mäntel- und Anzugabteilung schnitt sogar ziemlich flau ab.

Das Publikum wollte sich orientieren, und das sollte es auch. Die Leute drängten sich danach, zu sehen, was hier eigentlich los war, und der Augenschein enttäuschte sie nicht.

Herr Grüninger schwor auf die Reklame, denn der Reklamechef war sein besonderer Freund. Ganze Spalten der großen Berliner Zeitungen waren mit einer das Interesse und die Spannung steigernden Anlockung des Publikums gefüllt gewesen. Auf allen Untergrundbahnhöfen, in der Straßen- und Ringbahn sprangen den abgehetzten Büromenschen geheimnisvolle und farbenprächtige Ankündigungen an: jede Stelle, die der Reklame nur offen war, hatte man benutzt, und das, meinte Herr Grüninger, war nun der Erfolg.

Doktor Saffian hingegen führte den beinahe sensationellen Starterfolg der Abteilung Herrenmode auf die Popularität der Ria Rana zurück, deren Kopf mit dem ein wenig einfältigen, sonst aber bezaubernden Lächeln als Foto schon in einigen Abendzeitungen mit der Unterschrift erschienen war: »... Und auch sie kauft für ihren Freund nur im neuen Paradiese des Herrn, der soeben gestarteten Abteilung Herrenmode des Kaufhauses Schack & Co.«

Dieser Text hatte mehr als ein Frühstück für Pressevertreter gekostet. Immerhin schrieb Saffian einzig und allein ihm die über alle Erwartungen hohe Besucherzahl des ersten offiziellen Verkaufstages zu.

Die Mädels rasten von den Tischen zum Spiegel, aus den Nischen, in die Kojen, sie schlängelten sich geschmeidig durch die Menschenmauer, sie stießen kleine, heitere Rufe aus, sie steckten sich heimlich gegenseitig die Zeitungen zu. »Hast du schon gesehen, Annemie, dass du da abgebildet bist? Kind Gottes, den Goldfisch musst du dir angeln!«

»Beziehungen zur Presse sind das Gescheiteste, was du herausholen kannst, Lore. Am Ende wählt man dich als Schönheitskönigin!«

»Kinder, passt bloß auf, dass nichts geklaut wird!«, flüsterte eine andere. Aber das alles war noch Scherz, das alles war noch eine gewisse Selbstgefälligkeit, und es war auch noch die unbekümmerte Lust der Jugend, die glücklich nach allem Neuen und Glänzenden greift.

Lotte Stein segelte auf einen älteren, wohlbeleibten Herrn zu. Toll, wie sich die Mädels wegwarfen, fand sie, als sie in einer chinesischen Koje Marie Strauß verführerische Kunststücke an einem etwas verschüchterten Jüngling machen sah. Lotte Stein sah sich um. Halloh, das Opfertier entfloh ihr wohl? Hatte der Alte Angst bekommen vor ihr? Na, auch gut. Die ganze Sache stand ihr sowieso schon bis oben hin. Schließlich war man ja kein Fetzen, an dem sich jeder, der gerade kam, seine schmutzigen Finger abwischen konnte …

Was hatte diese kleine Annemarie Meier nur …? Die lief da dauernd herum und immer an den Kunden vorbei. »Wie, bitte, mein Herr? Heute Abend? Ja, wollen Sie nicht mal in die Mäntelabteilung kommen, da kann man ungestörter plaudern, glaube ich …«

Mein Gott, die Annemie fällt doch auf! Ihr Gesicht ist ganz blass. Was ist nur los mit dem Kind?

»Ach, bitte«, sagt Lotte Stein zu Erni Weiß, »der Herr möchte Mäntel sehen, Erni …«, und sie nickt ihr bedeutsam zu. »Mäntel«, summt Erni vergnügt und fällt in die Melodie vom Eröffnungstag, in die Melodie vom Verkäuferinnensong: »Und wollen Sie 'nen Mantel, so kommen Sie zu mir …« Der Herr folgte der lustigen Brünette mit willigem, allzu bereitem Schritt.

Lotte Stein hatte es so eingerichtet, dass sie die Mittagspause mit Annemarie Meier zusammen verbringen konnte. Da das Geschäft mittags nicht geschlossen wurde, durften die Verkäuferinnen jeweils nacheinander zu Zweien in die Kantine gehen. Das Essen war hier scheußlich, aber man musste sich abfinden. Nach Hause zu gehen über Mittag war bei den Entfernungen natürlich eine Unmöglichkeit. Und abends essen? Ach, von diesen unregelmäßigen Mahlzeiten wurde man ja nur magenkrank …

Annemarie Meier stocherte in ihrem Spinat herum.

»Wieder mal ungenießbar, was, Annemie?«

»Ja, ach ja«, antwortete sie und stocherte weiter.

»Solltest aber doch was essen davon. Machst ja sonst schlapp. Bei *dem* Betrieb …!«

»Ich ess ja schon, Lotte.« Aber sie führte auch nicht einen Bissen zum Mund.

»Du musst dich anmalen, Annemiechen. Du siehst ja grauenerregend aus. Geht's dir nicht gut heut? Ich werd' an solchen Tagen bestimmt dem Grüninger Bescheid sagen. Darauf kannst du dich verlassen. Bei mir ist das jetzt immer so schlimm. Ich werd' mich doch nicht kaputt machen hier ...«

»Doch«, sagte Annemarie Meier, »es geht mir gut.« Und sie sah bejammernswert aus.

»Hör mal, Annie, warum versteckst du dich eigentlich vor mir. Was fehlt dir denn? Kann ich dir nicht helfen?«

Annemarie Meier schluchzte auf. Alle Beherrschung war zum Teufel.

»Um Gottes willen, Anniechen, Kleine, was ist denn nur? Ach geh, nichts kann so schlimm sein ...«

Und dann kam es heraus. Annemarie Meier war unlängst mit Herrn Doktor Saffian im Wintergarten gewesen.

»Mensch, Annie, warum hast du das denn nicht vorher gesagt? Wir hätten doch vereinbaren können, wie du dich verhalten musst!« Lotte Stein war ernsthaft erschrocken. Die Annemarie Meier war ihre Freundin und im Geschäft immer so ein bisschen ihr Schützling gewesen. Erst mal, weil sie zwei Jahre jünger, und dann, weil sie überhaupt so zart und zerbrechlich war. Oh, das sah diesem Schurken Saffian ähnlich, ausgerechnet Annemie ...!

Lotte vergaß ganz, dass sie ihn gestern noch beinahe bewundert hatte. Also stimmte alles, was man Schlechtes von ihm wusste ... also ...

Lotte Stein bekam eine hilflose Wut. Dieser große, ungeschlachte, harte Kerl und die kleine, sanfte, ängstliche Annemie ... Oh, dass man so ohnmächtig war ...

»Na, und was hat er mit dir gemacht? So red' doch endlich, Annemiechen ... Warum hast du nur wirklich vorher nicht den Mund aufgetan?«

Annemarie Meier war ein Mensch, der stets eine Führung brauchte, dem immer gesagt werden musste, wie er das und jenes zu tun hatte. Dann tat sie, was ihr geheißen und angeraten war, mit einer gewissen verträumten Gründlichkeit. Von selbst kam sie auf nichts. Sie wirkte durch ihre ganze Art des zögernden Auftretens kindlicher und noch jünger und unfertiger als sie war. Man hatte immer Angst, sie könne einem aus der Hand fallen und wie ein Porzellanfigürchen auf dem Boden zerbrechen. Auch Kurt, der Telegrafenarbeiter, der sich beinahe umbrachte für Annemarie Meier, hatte dieses Gefühl, als er sie zuerst sah. Das war vor etwas mehr als einem halben Jahr und Kurt musste in dieser Zeit in der Welt umherziehen. »Zum Teufel mit der ganzen Montagearbeit!«, fluchte er immer wieder, wenn er mal eine Woche oder auch nur drei, vier Tage dazwischen in Berlin und für Annemie frei war. Dann hatte er ein möbliertes Zimmer und sie kam ihn besuchen. Scheu und verängstigt schob sie sich in seine Tür.

Sie ließ ihn nicht an sich heran. Er hatte es ein paarmal mit einer heftigen Umarmung versucht, er war so ausgehungert nach ihrer Zärtlichkeit, sie aber war entsetzt zurückgewichen und nicht wiedergekommen.

Männer waren schmutzige Tiere. Auch Kurt, trotzdem Kurt nebenbei unerhört gut und lieb zu ihr war. Als er sie endlich wieder dazu brachte, zu ihm zu kommen, vermied er alle Ausbrüche seiner Leidenschaft für sie, sah beseligt zu, wie sie am Gasherd hantierte, wie sie Kaffee kochte, lief zum Bäcker hinunter und kaufte richtige dicke große Stücke Fruchttorte, die sie so gern aß, saß dann am Tisch, ließ den Kaffee kalt werden, legte seine großen Pranken auf die bunt-bedruckte Decke, die sie ihm aus dem Warenhaus mitgebracht hatte, und staunte sie an, sein Wunder, seine Seligkeit, sein Ein und sein Alles, seine Annemie …

Das war Kurt. Und davon wusste auch Lotte Stein.

Und darum erschrak sie bei Annemies Beichte mehr, als sie erschrocken wäre, wenn es sich um Erni Weiß gehandelt hätte oder um eine von den anderen …

»Hör mal, Annemie, du musst mir das ganz genau erzählen, verstehst du? Vielleicht kommen wir diesem Hund doch irgendwie bei.«

»Red' doch nicht so furchtbar laut, Lotte.«

»Also warum hast du mir nichts gesagt?«

»Du warst doch auch immer so in Gedanken, und gar nicht mehr so wie früher. Ich habe gedacht, du hättest wohl auch Sorgen oder Ärger oder so was. Ich wollt dich halt nicht stören, und ich wusste doch auch nicht, ob ich hingehen würde. Ich hatte doch solche Angst.«

»Und du bist gegangen? Und du …?«

Lotte sah das plötzlich vor sich. Ganz deutlich. Während sie mit Walter Böhmelmann bei Dobrin saß und Schokolade löffelte, während sie sich seine Klagen, seine Vorwürfe, sein ganzes nutzloses Gerede anhörte, war die kleine verschüchterte Annemie ratlos zu Hause gesessen und kein Mensch hatte ihr geholfen. Sie hatte sich mit Fragen und Entscheidungen gequält und war schließlich losgegangen; zögernd und hilflos hatte sie sich in der Friedrichstraße an den Passanten vorbeigeschoben und war dann schließlich bei Doktor Saffian im Wintergarten gelandet.

»Und dann, Annemie?« Lottes Stimme war ganz weich. Und hinterher kam man und wollte ihr helfen. Hinterher war man böse, weil man vorher nichts gemerkt hatte, weil man egoistisch genug gewesen war, nur auf sich selbst zu achten und zu glauben, die Welt drehe sich um nichts als das eigene Gefühl.

Ach, sie hätte die kleine Annemie Meier in den Arm nehmen und streicheln und trösten mögen …

»Dann hat er gesagt, er würde gerne noch eine Tasse Kaffee mit mir trinken.«

»Und du bist mit?«

»Er hat gesagt, er sei so müde von dem ganzen schweren Tag und es wäre so lieb von mir, wenn ich ihm eine Stunde Gesellschaft leisten würde.«

»Und wo wart ihr?«

»Ooch, in irgend so einem Café …«

»Na – und dann?«

»Ich hatte doch solche Angst, Lotte. Und dann hatte ich auch plötzlich so viel Mitleid mit ihm.«

»Was hattest du? Ja, sag mal, Annemie …?«

»Ich möchte wissen, was du gemacht hättest, Lotte«, fuhr Annemarie Meier mit weinerlicher Stimme fort, »er wurde mit einem Male so ganz anders, weißt du. Und er hat mir richtig von seiner Frau erzählt.«

»Das ist ja sehr interessant.«

»Das war so traurig, Lotte. Aber nicht nur von seiner Frau, weißt du. Auch so von allen Menschen überhaupt.«

»Was hat er dann gesagt, Annemiechen?«

Annemarie Meier weinte nicht mehr. »Ich fürchte mich nur so schrecklich vor Kurt. Du, ich glaube, der schlägt mich tot, wenn er es erfährt.«

»Er wird dich nicht totschlagen«, bestimmte Lotte. »Wann kommt er denn eigentlich wieder?«

»In zwei Wochen wahrscheinlich. Und dann muss ich ihm das doch sagen, nicht wahr? Oder brauch ich das nicht?«

»Was musst du ihm sagen?«

»Na, das mit Saffian.«

»Was mit Saffian?«

»Warum bist du denn so böse, Lotti? Ich kann doch wirklich nichts dafür.«

Die Kassenreporte der ersten Tage waren überwältigend.

Der Chef der Schack & Co. versagte es sich nicht, noch einmal persönlich in der Abteilung zu erscheinen und mit wohlgefälligen Blicken das Treiben der Verkaufsgirls zu betrachten. Aber nicht nur der Chef war gekommen. Wie Motten, die vom Lichte angezogen werden, schwärmten die Abteilungsleiter aller Abteilungen durch das Herrenmodeappartement unter dem glaubhaften, aber durchsichtigen Vorwand, von der Organisation und dem Auftrieb dieses Geschäftszweiges Anregungen in ihre Abteilungen mitnehmen zu wollen. Das ganze Haus war in Aufruhr. Das ganze Haus stand in einem geheimen, aber um so erbitterteren Für- und Widerkampf.

»Habt ihr schon gehört, dass Marie jeden Abend eine andere Verabredung hat? Steinreich wird die Frau noch einmal, sage ich euch …«

»Der Mann der Frau Salzer steht jeden Abend vor dem Eingang und wartet sie ab. Tut einem direkt leid, der arme Kerl. Sie geht natürlich zur Hintertür heraus.«

»Ach, wenn sie gescheit ist, schließlich will man auch mal was vom Leben haben und nicht immer nur …«

»Aber gestern soll er plötzlich als Käufer aufgetreten sein, der Salzer. Na, ich bitt euch, und wie sie gerade mit einem anderen techtelmechtelt …«

»Aber das ist doch nicht wahr!«

»Na und haben sie sich geprügelt?«

»Wer?«

»Weiß ich, wer? Die beiden Männer oder die Eheleute oder alle drei?«

»Ach, so was gibt's doch überhaupt nicht.«

Aber nicht nur im Kaufhaus selbst, auch im Chefbüro stand das Fieberthermometer noch hoch genug. »Ist es eigentlich wahr, dass die Mädels von der Tanzlehrerin Kähnlein begutachtet worden sind, als man sie aussuchte?«, fragte die Stenotypistin Eschinger lauernd.

»Woher soll ich das wissen?« Die Stenotypistin H. strich das Haar zurück und war sichtlich zerstreut.

»Na, du bei deinen Beziehungen jetzt?«

Die Stenotypistin H. überhörte diese Anspielung auf ihr Verhältnis mit Direktor Schmidt, denn sie konnte es nicht abstreiten. Dabei mochte sie den kleinen Direktor nicht mal besonders ... aber was sollte man denn machen?

»Fragst du ihn eigentlich gar nicht aus?«

»Wir reden ... ach was, ich hab' zu tun. Wo ist nur wieder das ganze Blaupapier hingekommen? Kann die Kleine da nicht mal in den Materialraum gehn?«

Das Lehrmädchen lief davon. Die Eschinger gab keine Ruh. »Du könntest doch wenigstens mal hören ... Ich zum Beispiel weiß ziemlich genau, dass sie alle so halbwegs von der Kähnlein ... na ja, also auf ihre Haltung, ihren Gang, ihre Beine, Arme und alles andere gedrillt, abgemessen und gewogen worden sind – – –

mit dem Zentimetermaß, verstehst du?«

»Na, und was ist schon dabei?«

»Aber ich bitte dich, man ist doch kein Schlachtvieh, das sich das gefallen lassen muss! Da steckt doch mehr dahinter, als man zugeben will.«

Während alle aber wisperten, stritten, begeistert waren und fluchten, sann der Abteilungsleiter Grüninger schon neue Effekte aus. Er war noch lange nicht zufrieden. Sein Köpfchen ruhte und rastete nicht. Schon gefielen ihm die Anzüge der Girls nicht mehr. Schon kokettierte er mit dem Gedanken, besondere Tage zu verunstalten.

Er würde den Alten schon rumkriegen. Schließlich musste doch die Anziehungskraft der Abteilung erhalten bleiben und gesteigert werden, nicht wahr?

Und auch die Beleuchtung, nein, die war noch lange nicht vollkommen genug. Da ließen sich noch ganz andere Wirkungen erzielen! Und natürlich musste man für den Sommer einen Springbrunnen einbauen. Am besten wohl in eine Blumeneinfassung hinein ...

Herr Grüninger wischte sich schon wieder mal den Schweiß von der Stirn und stieg in den Fahrstuhl. Lotte Stein benutzte die Gelegenheit seiner Abwesenheit, Annemarie Meier beiseite zu ziehen und sie weiter zu examinieren:

»Also was hat er dir nun eigentlich getan, der gemeine Kerl, dieser Saffian? Hat er dich gezwungen?«

»Ach nein, er hat nur gesagt, wie schön das wäre, wenn die Menschen immer alles offen – – –«

»Wie bitte, mein Herr? Ach bitte, geradeaus, die blonde junge Dame dort wird alle ihre Wünsche erfüllen! Wie? Nein, das ist gar nicht witzig, mein Herr ...«

Man hatte ja doch keine Ruhe in diesem Tollhaus. »Na, Annemie?«

»Ja also, und dass es auch dann noch so sei, dass jeder immer vom anderen etwas wolle, und dass er nicht daran glaube ..., und dass er doch ein einziges Mal erleben wolle ...«

»Na – und hat er erlebt?«

»Ach, Lotte, wie er so sentimental und traurig war, da war das so schrecklich für mich, ich hielt ihn für so hinterhältig und nun sprach er ganz offen von allem.«

»Und du ...? Nein, heul nicht gleich wieder, Annemie. Er ist nur ein solcher Gauner, ein solcher Schuft ...«

»Aber er hat doch gesagt, ich brauchte das gar nicht tun, nein, nein, er habe ja vorher gesagt, dass er an so was nicht glaube. Und ich brauche auch gar keine Angst zu haben, er trage mir das nicht nach. Er verstünde es vielleicht sogar, denn was sei schon an ihm gelegen ...«

»Und dann hattest du plötzlich Angst um deine Stellung und vor dem nächsten Ersten nicht?

Aber nun sei doch gut, das Schlimmste ist das schon nicht, kleine Annemie ... Wie, bitte, Herr Grüninger? Warum wir hier so lange ... Ach, Fräulein Meier ist plötzlich übel geworden und ich habe ihr mein 4711 geborgt ... Ist es jetzt besser, Annemie?«

Der Herr Abteilungsleiter Grüninger sah misstrauisch von einer zur anderen.

Der Personalchef Doktor Saffian aber machte sich heute einen freien Nachmittag. Vielleicht, überlegte er in der Taxe, die ihn nach Hause brachte, fahr ich mal nach Mariendorf heraus. Ella wird ja hoffentlich ein Kaffeekränzchen haben und nicht in Frage kommen …

Es gab Zeiten, in denen er Frauen nicht mehr sehen konnte und sich bei den Pferden erholen musste. Die kleine Meier war ja wirklich ganz süß gewesen. Ganz so hatte er sich das vorgestellt mit ihr. Und er brauchte doch hin und wieder einen Menschen, der es ihm etwas schwerer machte. Jede Sache, die einem ohne größere Anstrengungen zuflog, wurde auf die Dauer langweilig und schal. Eigentlich eine Schande, dass die Mädels auf jeden Dreh hereinfielen. Na, die kleine Meier … süß war sie schon …

V.

Die Straßen an diesem Abend hatten ein von vielen hundert Lichtern erleuchtetes Gesicht.

»Bist du nicht müde, Lotte?« Walter Böhmelmann lief geduldig neben Lotte her.

»Nein, wirklich nicht.«

Er verschluckte eine bissige Antwort. »Früher«, sagte er nur, »warst du nach Geschäftsschluss immer ganz kaputt.« Er hatte sich große Mühe gegeben, nun klang es nur traurig.

»Früher sind wir auch nach Hause gelaufen.«

»Aber heute gehen wir doch nicht nach Haus!«

Sie gingen weiter. Er fürchtete sich vor jedem Wort. Hätte sie nicht ebensogut sagen können: »Ich habe dich doch nicht gebeten, mitzukommen …«

Sie waren sich erschreckend fremd geworden in der letzten Zeit. Er hätte gerne ihren Arm genommen und so wenigstens eine gewisse äußere Verbundenheit hergestellt. Sie aber ging immer einen Schritt vor ihm. Schließlich gab er den Wettlauf auf. Sie ging so schnell, dass man hätte meinen können, sie habe eine sehr wichtige und ebenso eilige Besorgung vor. Aber nicht einmal das hatte sie.

»Wollen wir nicht irgendwo Kaffee trinken, Lotte?«

Er war sehr knapp bei Kasse, aber wenn Lotte daran gelegen gewesen wäre, nett und in der Wärme in einem Kaffeehaus zu sitzen ...!

Lotte war nicht daran gelegen. Lotte schien überhaupt an nichts auf der Welt gelegen zu sein. Nicht einmal an seiner Begleitung.

Sie lief in einem seltsam entrückten Zustand durch die Straßen. Kein Zweifel, sie wusste genau, wo sie ging, sonst hätte sie wohl in der Kleinen Alexanderstraße 68 nicht plötzlich hochgeschaut und erklärt, da oben unterm Dach wohne Rolf Fiedler, der Philosophiestudent. »Eigentlich wollte ich mal zu ihm gehen wegen Sprachenstunden, aber – – –«

»Aber jetzt ist das wohl nicht mehr nötig?«, fiel ihr Walter Böhmelmann gereizt ins Wort. Sie sah ihn nicht einmal an. Er bereute im nächsten Moment seine Worte. Aber so war das jetzt zwischen ihnen. Walter Böhmelmann war in der dauernden Gefahr, zu explodieren. Und er kam doch von Lotte nicht los. Er beschimpfte sie innerlich und er machte ihr mehr als einmal mitten auf der Straße Szenen, weil sie nicht endlich seinen Wünschen nachkam und die Abteilung Herrenmode verließ.

Er war böse, ungerecht und erzürnt, aber er liebte sie doch, er redete sich doch ein, nicht leben zu können ohne sie, sie fehlte ihm doch wie die Luft zum Atmen, und er hatte doch alles, alles auf sie gesetzt.

Er hatte keinen Wunsch als den, sie glücklich zu sehen, und es verletzte ihn, dass sie nun zu denen gehörte, deren hübsches Gesicht man in dieser schändlichen Abteilung Herrenmode als Reklame und zum Kundenfang benutzte. Es versetzte ihn in eine sinnlose, aber verständliche Wut, dass das, was ihm beinahe heilig und anbetungswürdig erschien, als Ausstellungsobjekt diente.

Nun hatte er natürlich wieder einmal verspielt. Hatte er wirklich nicht besser auf seine Zunge achten können? Genügte es nicht, dass er voll Bitterkeit war? Ruhte er nicht, bis auch sie unglücklich wurde?

Aber wusste er denn, ob sie jetzt glücklich war?

»Ich hab' dir wohl wieder mal Unrecht getan, Lotte?«

Sie schüttelte den Kopf. Sie sah aus, als habe sie Walter Böhmelmann längst vergessen gehabt.

»Doch«, bestand er, »natürlich hab' ich dir Unrecht getan.«

»Nein, nein.« Sie sagte das hin, als fände sie es recht lästig und zeitraubend, sich mit solchen Nichtigkeiten abgeben zu müssen. »Nein, nein.«

Walter Böhmelmann befriedigte diese Antwort nicht im mindesten. Es wäre ihm viel lieber gewesen, sie hätte ihn angefahren und ihm Verwürfe gemacht. Er hatte es geradezu darauf abgesehen, sich nachträglich noch zu erniedrigen.

»Aber ich hab' doch gesagt: ›und jetzt ist das nicht mehr nötig?‹ Das war doch eine Gemeinheit von mir. Oder etwa nicht?«

»So, das hast du gesagt?«

»Natürlich«, bestätigte er eifrig. »So bin ich nun mal.«

»Aber es wäre doch nötig, glaube ich …«

»Jaa?«

»Wir reden doch von Rolf Fiedler und den Sprachenstunden, nicht?«

»Aber, Lotte, natürlich.«

»Ja, da werde ich nächstens wohl doch mal zu ihm ge – –«

Ein Mann packte Lotte am Arm.

»Na, hören Se mal, Frolleinchen, haben Sie denn gar keene Augen nich im Kopp?«

Auch Walter Böhmelmann war zurückgeprallt. Ein Auto stoppte. Der Chauffeur fluchte. Die Dame im Wagen hatte entsetzt aufgeschrien.

»Gefährliche Ecke hier, Frolleinchen. Aber dazu sind ja woll die Lämpchens da, was?« Der Mann ließ Lottes Arm los. Wenn man immer so festgehalten würde … dachte sie flüchtig. Sie war blass geworden und zitterte in den Knien.

»Jetzt setzen wir uns aber bestimmt irgendwo herein«, erklärte Walter Böhmelmann mit dem letzten Versuch, die Führung in die Hand zu bekommen. Überdies sah Lotte richtig zusammengehauen aus. Sie hatte in der letzten Zeit mindestens fünf Pfund abgenommen und es drängte ihn, sie mit heißer Schokolade und Schlagsahne wieder aufzufüttern.

Die Lichter in den Straßen strömten Wärme und

Vertrautheit aus. In diesen Straßen fühlte Lotte Stein sich an diesem Abend daheim. In einem Kaffeehaus hätte sie ja doch keine Ruhe gehabt und bei der Mutter in der Wohnung erst recht nicht.

Sie war überhaupt in diesen Tagen von einer bemerkenswerten Unrast und Verlorenheit. Es schien, als ob sich ihr, seit sie in der Abteilung Herrenmode war, die Welt in einem anderen Lichte zeige. Walter Böhmelmann bekam nur nie heraus, in welchem eigentlich ...

Und also lief er getreulich ihre ziellosen Wege nach.

Als es an diesem Abend leise zu regnen begann, fand er einen neuen Grund, vom Abbruch dieses ein wenig ungewöhnlichen und allzu ausgedehnten Spazierganges zu reden. »Wenn wir uns jetzt in die Stadtbahn setzen, sind wir in zwanzig Minuten bei mir zu Haus. Siehst du, Lotte, und meine Mutter würde sich doch so sehr freuen. Sie versteht es überhaupt nicht, warum du nicht schon lange mal mit heraufgekommen bist.«

Lotte Stein hält den Schritt an. Kein Mensch, der einen in Ruhe ließ? Musste denn jeder von jedem etwas wollen? Warum konnte Walter Böhmelmann nicht ruhig und verständig neben ihr her gehen? Warum musste er sie nun auch noch mit seiner Mutter plagen?

»Siehst du, Lotte, wenn du die alte Mammi erst kennst ... ich sage dir, du wirst begeistert sein. Sie ist wirklich rührend, Lotte.«

Und das war Frau Böhmelmann denn nun auch. Hätte Lotte geahnt, dass die alte Dame an diesem

Abend bestimmt mit ihrem Besuch gerechnet hatte, vielleicht hätte sie sich doch überreden lassen und wäre mitgekommen. So aber wagte sich Walter nicht recht mit der Sprache heraus und hatte wohl auch ein wenig Angst vor Lottes Unduldsamkeit, wenn sie gehört hätte, dass er sie zu Hause angekündigt hatte, ohne sie überhaupt zu fragen.

Und also saß Mammi Böhmelmann mit dem schönen schlohweißen Haar und der schwarzen Staatsschürze angetan in ihrem altmodischen kleinen Salon, hatte den Tisch für drei Personen gedeckt, hatte einen Teller mit belegten Brötchen fertiggemacht und den Kessel mit dem heißen Teewasser im Ofen, – saß und überlegte sich, welches Glück es für ihren Walter gewesen sei, dass er dieses unvergleichliche Mädchen Lotte gefunden hatte.

Eigentlich konnte sie sich gar kein rechtes Bild machen von Lotte Stein. Und eigentlich erwartete sie, dass sie nach dem Bild, das sie sich eben doch gemacht hatte, eine ziemliche Enttäuschung erleben werde. Dass Walter nur in den begeistertsten Tönen von Lotte sprach, hätte sie natürlich nicht um ihr klares Urteil gebracht. Als sie aber, bald nachdem Walters närrische Verliebtheit in dieses Mädchen begann, merkte, dass er sich, man möchte sagen von einem Tage zum anderen, in einen neuen Menschen verwandelte, horchte sie auf und freute sich.

Mammi Böhmelmann war eine Frau, der das Schicksal nach zwanzigjähriger Ehe den Mann genommen und auch sonst nicht sehr viel Schönes gegeben hatte. Mammi Böhmelmann hatte sich in allen schwierigen Situationen ihres Lebens tapfer gehalten und nicht mit der Wimper gezuckt. Sie hatte es auch vermieden, ihrem Jungen gute Ratschläge zu erteilen und ihn zurückzuhalten, als sie zu fühlen bekam, dass er über die Stränge schlug.

Sie klagte ihm nie etwas vor und gab mit keiner Bemerkung zu verstehen, dass sie schließlich ja auch alt geworden war und dass das nicht immer eine schmerzlose und angenehme Beigabe des Lebens sei. Ihren Rheumatismus und ihre Gicht machte sie an langen einsamen Abenden und in den Nächten ab. Wenn er nach Hause kam, war sie still und heiter um ihn bemüht. Sie war eine der wenigen Frauen, die leise auftreten können. Den Tag über lief sie in einer blauen Küchenschürze herum. Abends, auch wenn sie nicht wusste, ob Walter nun kommen würde, band sie die Spitzenschürze um, denn es hätte doch sein können, dass er noch kam.

Er war der einzige Inhalt ihres Lebens. Und manchmal dachte sie, er würde sich ihr vielleicht etwas mehr widmen, wenn er das wüsste. Da sie aber jeden Zwang hasste und es vermeiden wollte, ihn durch eine allzu betonte Liebe zu zwingen, sich mit ihr zu beschäftigen und auch einmal einen Abend bei ihr zu bleiben, trug sie Tag für Tag die gleiche heitere Gelassenheit zur Schau und erreichte damit, dass er ihr wenigstens ab und zu einen Brocken hinwarf:

»Also gestern Abend, ich sage dir, Mammi Böhmelmann …!« Von solchen Offenbarungen, die meistens in der genauen Beschreibung des Haares und der Kopfform seiner augenblicklich Angebeteten lagen, lebte die alte Dame und zeigte sich gerührt.

»Was es heutzutage für schöne Mädchen gibt …!«, sagte sie manchmal in einem Anflug von ganz leiser Ironie und lachte ihn derart strahlend an, dass er nicht merkte, wie sie heimlich zitterte, – denn am nächsten Tage war es eine andere, die Walter Böhmelmanns Neigung entfachte.

Und dann war es mit einem Male aus. Denn dann kam Lotte Stein.

Zuerst glaubte Mammi Böhmelmann kein Wort. Der Junge war mit einem beinahe finsteren, sehr verschlossenen und nachdenklichen Gesicht nach Hause gekommen. Wahrscheinlich hatte er Ärger, dachte sie damals bekümmert, aber er hatte keinen Ärger gehabt. Denn mit einem Male hob er beim Abendbrot, das er stumm in sich hineingestopft hatte, doch den Kopf und erklärte, dass das nun anders werden müsse.

»Was denn, um Gottes willen?«, fragte sie erschreckt. Sie schwebte eben in beständiger Angst um ihn, weil sie fürchtete, er könne sich durch eine einzige unüberlegte Handlung sein ganzes Leben verderben; in ihren Träumen noch peinigten sie diese Gedanken.

»Was denn, um Gottes willen?«, stotterte sie denn auch noch einmal, und es kostete ihn einige Mühe, sie, die sonst so Gelassene und Gleichmäßige, zu trösten und zu beruhigen.

Denn da war Lotte Stein ... »Ein Mädel, Mutter, ein Mädel ist das ... !«

Was denn nun eigentlich so großartig an ihr war, hatte Mammi Böhmelmann nicht allzu schnell erfahren. Nur, dass sie »ganz anders als die anderen« und »soo gescheit!«, und »soo lieb« und »soo schön« sei, dass es einem plötzlich vorkam, als sei man »blind gewesen die ganze Zeit«, und dass man »einen Abscheu empfände vor der Nutzlosigkeit, mit der man seine Tage vertan habe« und dass von der Stunde an, die die nähere Bekanntschaft mit Lotte gebracht hätte, erst das Leben datiere. Und das stimmte auch alles. Seltsamerweise hatte diese Liebe, dieser Rausch, diese Narrheit Bestand.

Und heute also saß Mammi Böhmelmann vor ihren belegten Broten und den drei Teetassen und wartete auf dieses Wundermädchen, das ihr so viele Sorgen abgenommen hatte und das sie doch ein wenig fürchtete. Denn dieses Geheimnis, das die Macht des einen Menschen über den anderen ist, bedrückte auch die mit allen ihren Tugenden erstaunliche Mammi Böhmelmann mehr, als sie vor sich selbst zugeben mochte.

Der Potsdamer Platz glänzte schon vor Nässe.

»Du wirst dir alle deine Sachen ruinieren«, erklärte

Walter Böhmelmann. »Dabei wäre es so schön gerade jetzt bei uns zu Haus.«

Er wusste selbst nicht, warum es »gerade jetzt« schöner sein sollte als sonst: vielleicht nur, weil er allmählich zu frieren begann, und weil ihm dieses törichte Mädchen an seiner Seite immer unbegreiflicher wurde. Man geht *eine* Stunde spazieren, schön. Man will mit sich selbst ins Reine kommen und geht zwei Stunden spazieren: auch noch gut; aber *drei* Stunden und noch dazu in einem hartnäckigen Regen, *drei* Stunden und noch dazu tun, als denke man nicht daran, Schluss zu machen mit dieser sinnlosen Lauferei, – diese Unvernunft erboste sogar den sonst sehr nachgiebigen Walter Böhmelmann. Der Gedanke dazu, dass die Mutter wahrscheinlich auf sie beide warte und sich vielleicht Sorgen zu machen beginne, steigerte sein Missbehagen.

Wenn Lotte wenigstens die Gelegenheit wahrgenommen hätte, um sich mit ihm auseinanderzusetzen in der leidigen Angelegenheit Herrenmode. Wenn Lotte wenigstens gesagt hätte: Ich will diesen Abend dazu benutzen, um mir klar zu werden über deine Forderung, aus der Abteilung auszuscheiden auf jede Gefahr hin …

Lotte dachte nicht daran. Der Himmel mochte wissen, woran Lotte dachte.

Lotte sah an den Häusern hoch in diesen Himmel, aber der Himmel war nicht zu sehen. Er musste ganz schwarz sein und wundervoll still. Oh, wenn es doch nie Tag werden würde, wenn man doch endlos gehen könnte in dieser Nässe, diesen Lichtern, diesem Himmelsdunkel.

Wenn sie es bedachte, war nichts passiert und sie hatte auch nicht den geringste Grund, den Anbruch eines neuen Tages zu fürchten. War es also nur eine allgemeine Unruhe und Unsicherheit, eine immer wieder durch alle Willenskräfte aufgepeitschte Müdigkeit, die Sehnsucht, einmal nur einen ganzen Tag lang nichts zu tun, als in einem dunklen Zimmer zu liegen, ohne Geräusche, ohne Hast, ohne die leidige Lauferei und Lächelei, ohne Worte ... weg zu sein ... fort, in einer anderen Welt? Oder handelte es sich um einen speziellen Fall, der sie beunruhigte?

Da war dieser Herr Breitstein, angeblicher Direktor eines Kurfürstendammtheaterchens, schon das dritte Mal dagewesen und hatte Lotte zu einem Rendezvous verführen wollen. Da hatte Guttmann, der kleine Bankangestellte, schon den zweiten Seidenpyjama gekauft und gedroht, sich langsam zu ruinieren, wenn sie nicht endlich auf seine Angebote, mit ihm auszugehen, eingehe. Da war überraschenderweise an diesem Vormittag ein Mann mit dem in Berlin sehr bekannten Namen Jo Lindberg an sie herangetreten und hatte sie um eine kurze Unterredung gebeten. Wäre das alles aber ein Grund gewesen, zu wünschen, der neue Tag, der am Horizonte hochsteigen würde, möge ungeboren ins Weltall zurückfallen? Zu wünschen, diese Welt möge an irgendeinem Punkte, den man in dieser

Nacht noch erlaufen könne, zu Ende sein? Man brauche nur noch einen Schritt weiter tun und man fiele lautlos in einen Abgrund?

Wovor hatte Lotte Stein, dieses tapfere und besonnene, dieses wissende Mädchen ihrer Zeit, eigentlich Angst? Was erschreckte sie? Was drohte ihr?

Hatte sie vielleicht erkannt, dass sie in der Abteilung Herrenmode mehr geben musste, als sie dafür zurückbekam? War Breitstein vielleicht allzu aufdringlich geworden und hatte Guttmann am Ende mit Gewaltsamkeiten gedroht?

Oder hing ihre ins Übertriebene gesteigerte Stimmung mit dem geheimnisvollen Jo Lindberg zusammen? Was wollte dieser unvermutet aufgetauchte Herr von Lotte Stein? Hatte er nicht gesagt: »Ich komme morgen wieder. Überlegen Sie sich das genau.«

Überlegte sie vielleicht? Ach nein, der Herr, der einen sehr teuren Modesalon unterhielt und sich langsam dazu entwickelte, Filme und Filmstars mit seinen Kostümen auszustatten, der Herr, der hoffte, einen Ruf nach Hollywood zu bekommen, befand sich lediglich auf der Suche nach besonders reizvollen und aparten Mannequins, und es war ihm in der ganzen Abteilung Herrenmode des Kaufhauses Schack & Co. lediglich Lotte Stein ausgefallen, die, wenn sie den letzten Schliff bekommen hätte, die vollkommenste Erscheinung und ein besonderer Typ seiner Kollektion werden würde.

Jo Lindberg hatte die sofortige und bedingungslose Zusage des Mädels erwartet. »Unerhörte Chance!, mein Kind«, gab er ihr zu verstehen, aber Lotte schien erst mal an Chancen genug zu haben.

Oder wäre es nicht die letzte Möglichkeit gewesen, zu entfliehen? Sollte man doch nach näheren Bedingungen dieses Angebotes fragen, wenn Jo Lindberg morgen wirklich wieder käme?

Ja, war denn da noch etwas, was Lotte Stein sogar vor sich selbst verbergen zu wollen schien? Was störte sie auf? Was brachte sie um ihre Ruhe? Verfolgten sie da ein paar Augen, denen sie lange schon nicht mehr sicher und überlegen begegnen konnte? Hefteten sich da die Blicke eines Menschen hartnäckig, fordernd und gereizt durch ihre ständige Flucht vor ihm an sie und ihre Träume? Hatte sie lange nicht mehr die Kraft, sich umzudrehen und zu lächeln? Fühlte sie, dass sie rettungslos ausgeliefert und verloren sein würde, wenn sie nachgab und sich fallen ließ in diese Liebe? Warum kam dieser Kreuznacher, sicher und selbstgefällig wie ein junger Gott, aber auch so oft? Was hatte er zu suchen, was wollte er von der Abteilung Herrenmode des Kaufhauses Schack & Co.? Hätte es nicht genügt, wenn er ins Chefbüro gegangen wäre? Musste er unbedingt jedesmal durch die neue Abteilung spazieren? Oh, sie würde nicht nachgeben, sie war zäh, sie hielt sich fest, sie wusste zu genau, was herauskommen würde dabei …

Walter Böhmelmann, mürrisch und tapfer neben ihr hertrottend, hatte längst wieder begonnen, in Lotte hineinzureden. Irgend etwas wollte er unbedingt von ihr. Als sie aufmerksamer hinhörte, merkte sie, dass er sie bat, doch noch zu ihm heraufzukommen und bei ihm zu bleiben ...

Lotte Stein merkte plötzlich, wie jämmerlich sie fror und wie zerschlagen sie an allen Gliedern war. »Ich möchte doch nach Hause«, erklärte sie dem aufhorchenden und betrübt den Kopf fallen lassenden Walter Böhmelmann, »sei nicht böse, nein?«

Sie stiegen in die U-Bahn Alexanderplatz und fuhren nach verschiedenen Richtungen auseinander.

Hans Kreuznacher jun. saß beim Morgenkaffee. Die Sonne, spärlich genug in diesen Tagen, bemühte sich vergeblich, bis zum Kaffeetisch vorzudringen. Das Zimmer, in dem Vater und Sohn Kreuznacher gewöhnlich ihre Mahlzeiten einnahmen, wirkte dunkel und gepflegt, ja, es machte auf den ersten Blick hin den Eindruck, als walte in ihm die besondere Liebe einer Hausdame zu den schweren Eichenmöbeln, zu den Sesseln, Kronleuchtern und Teppichen.

Am Abend, bei vorgezogenen Gardinen, schuf diese Atmosphäre eine milde, ruhige, ein wenig schwermütige Stimmung; war sie wie Balsam, der sich auf die vom Tage und seinen Geschäften erregten Nerven legte; trug sie dazu bei, nach dem üblichen Glase Abendwein des alten Kreuznacher gewichtige Entscheidungen, die er am Tage zu keinem Abschluss gebracht hatte, fallen zu helfen. Vormittags jedoch war es im Zwielicht dieses Raumes mehr als ungemütlich. Es war nicht auszuhalten. Hans Kreuznacher jun. hielt es denn auch kaum aus. Es war für seine Begriffe scheußlich still im Haus. Vielleicht war diese Villa im Grunewald eben doch nicht das Richtige gewesen. Aber was Papa sich einmal in den Kopf setzte …

Das war vor drei Jahren, gleich nach Mamas Flucht gewesen. Als ob es nicht genügt hätte, dass Mama dem Hause fehlte!

Ach, Mama war fabelhaft gewesen! So groß und schlank und so abenteuerlich. Natürlich redeten die Verwandten dauernd von einer Mesalliance und von der gerechten Strafe des Himmels, die Papa getroffen habe, denn Mama war die Tochter eines kleineren Beamten gewesen, die es tüchtigerweise fertig bekommen hatte, Papa zum Heiraten zu bringen. Es musste ihr nicht lange gefallen haben, die Gattin eines Grossisten in Herrenartikeln zu sein. Denn trotzdem Papa sich in der ganzen Zeit ihrer Ehe untadelig benommen hatte, ging sie vor drei Jahren mit dem chilenischen Botschaftssekretär durch.

Natürlich hatte Papa sofort das Besitztum am Wannsee verkauft und die Grunewaldvilla erworben. Er mochte nun einmal in einem Hause nicht bleiben, das von Mama bewohnt gewesen war. Nun saß man da und aß allein zu Morgen. Dabei hatte man das früher auch oft genug getan. Jetzt aber …

Hans Kreuznacher jun. zerlegte eine Ölsardine in ihre Bestandteile. Ah, da kam ja der alte Herr …

Ja, jetzt hatte man sich ganz aufs Geschäft geworfen. Man hatte es nicht nötig, darum betrieb man es mehr wie einen Sport. Denn noch war Papa rüstig und betriebsam genug, und noch war der Teilhaber Schulz auf dem Posten. Trotzdem strahlte Papa ein letztes Leuchten aus, als sein Sohn sich auf den Großhandel warf. Erstens hatte der Junge wirklich manchmal patente Einfälle und bildete sich zu einem äußerst geschickten Kaufmann aus. Zweitens wusste man nie, wozu es gut war, dass Hans genauestens über die Geschäftsmethoden, den Gang und die Stabilität der Firma Kreuznacher & Schulz informiert war. Die Sache mit Sigrid, der entwichenen, hatte dem alten Kreuznacher doch einen ziemlichen Knacks gegeben. Er war ein gutmütiger Mensch und verstand mehr vom Soll und Haben seines Geschäftes, als von dem seines Lebens … Darum hatte ihn das mit der Frau auch so mitgenommen und erschreckt …

Wie er jetzt in das Speisezimmer trat, fröstelnd in den Morgenrock gewickelt, die Kordel des Gürtels am Boden nachschleifend, machte er auch auf seinen Sohn einen ziemlich erledigten, beinahe mitleiderregenden Eindruck.

»Morgen, Papa.«

Der Alte nickte und setzte sich zurecht. Anna, die Seele des freudlosen Hauses, erschien mit dem Morgenkaffee für Herrn Kreuznacher sen. Sie hatte einen gewaltigen Respekt vor dem alten Herrn. Seine tragische Leidensmiene kam ihr immer ein wenig wie aus einem Kinostück geborgt vor. *So* ein herrliches Haus, *so* ein großes Geschäft, *so* ein schönes Auto und soo viel Geld – – –, da sollte man nicht lächeln und froh sein sein Leben lang? Es war, als ob Anna erwarte, Kreuznacher sen. werde plötzlich mitten aus seiner Traurigkeit herausplatzen vor Lachen, und erklären, alles sei ein Scherz gewesen, und er denke nicht daran, unglücklich zu sein. Ein Fastnachtsspuk … Denn wenn ihm schon eine Frau davongelaufen war, konnte er nicht ein Dutzend andere haben? Ja, es schien Anna, der Seele, so, als sitze dieses Lachen ganz eng hinter der Traurigkeit in Kreuznacher sen. Gesicht, und sie fürchtete sich ein wenig vor seinem Ausbruch, den sie sich gewaltig und dröhnend wie eine Naturkatastrophe verstellte.

»Schon die Morgenzeitungen gelesen, Hans?«

Anna verschwand lautlos.

»Noch nicht, Papa.«

»Werd' heute zu Hause bleiben, Hans. Fühl' mich gar nicht wohl. Genügt ja auch, wenn du in die Stadt fährst und nach dem Rechten siehst.«

»Natürlich, Papa.«

Kreuznacher Vater und Sohn frühstückten weiter.

»Was fehlt dir denn Papa, Herzbeschwerden?«

»Ach, ist nicht schlimm. Gestern zu lange über den Büchern gesessen … nichts weiter …«

»Ich werd' doch lieber bei Doktor Ahrendt anrufen, nicht?«

»Unsinn, Hans. Sieh zu, dass im Geschäft alles

glatt geht. Heute müssen auch die Nachlieferungen für Monster heraus. Dass nichts vergessen wird. Und ich würde auch vorschlagen, den Generaleinkäufer bei Schack & Co. nochmals aufzusuchen. Die letzten Limit-Preise können wir unmöglich annehmen. Du musst sie mindestens auf die Hälfte heraufhandeln. Die Leute reißen sich doch die Ware aus den Regalen. Immerhin musst du nicht zu starr an deinen Vorschlägen festhalten, damit Schack nicht andere Muster kommen und sich andere Angebote machen lässt.«

»War doch eine große Sache, der Schack-Auftrag, was, Papa? Und das habt Ihr mir zu verdanken, jawohl, Ihr glaubt wohl, dass das so einfach war? Der Schulz bildet sich am Ende ein, er hätte das auch fertiggebracht ... na, ich sage dir ... dreimal in der Woche gehe ich zu Schack, manchmal noch öfter, und sehe mir die Sachen an: soviel sind noch da, und hier ist eine Lücke und da kann nachgeliefert werden. Und ehe Schack mit seinem Auftrag da ist, mache ich ihm schon das Angebot.«

Kreuznacher Vater und Sohn blinzelten sich an. Na, endlich war der alte Herr wieder etwas aufgemuntert. Diese dauernden Gesichter machten einen ja schon selbst blödsinnig. »Trotzdem ...« überlegte der Alte langsam und mit Bedacht, »trotzdem erscheint mir in dieser Sache noch lange nicht genug getan.«

»Nanu? Ich bitte dich, Papa!?«

»Sieh mal ganz von der Schack & Co. ab, Hans. Wir müssen neue Absatzmöglichkeiten suchen. Unseren

Absatz steigern. Nicht um zwei, drei, vier, – – nein, um hundert Prozent, Hans! Im Reich wird Schack in seinen Häusern nicht so schnell dieselben Verkaufsabteilungen einrichten. Dazu ist er ein viel zu gründlicher und gewiegter Geschäftsmann. Die Sache hat ihn eine Stange Gold gekostet. Und die arbeitet er jetzt erst wieder herein, ehe er nach dem Girl-System neue Modelle baut. Wie wär's aber, wenn *wir* die Sache ins Reich brächten?«

»Aber Papa? Wir können der Konkurrenz doch nicht Schacks Idee verkaufen?«

»Wer spricht denn von verkaufen? Anregen! Eins von den Schackmädels angeln und zur Einrichtung ähnlicher Abteilungen mitnehmen. So, meine Herren, sieht das aus! So, meine Herren, müssen Sie das machen! Die junge Dame zeigt es Ihnen! Lassen Sie ihr ein paar Tage freie Hand, und Sie werden staunen. Kostenanschlag: so und soviel. Mehr kostet Sie das bestimmt nicht, meine Herren, und Sie bekommen den Einsatz hundert-, was sage ich, tausendprozentig heraus ...«

»Aber Papa ...«

»Gar nichts Papa. Glaubst du denn, dass die anderen Warenhäuser und die Spezialgeschäfte in der Provinz nicht längst von der Erfindung dieser Abteilung Herrenmode und von den Gewinnchancen gehört haben? Und dass sie nicht von selbst auf den Gedanken kommen, etwas Ähnliches oder eben dasselbe auch zu machen? Also helfen wir ihnen! Wer ist denn heute vor

Nachahmung geschützt? Hat er sich die Mädels etwa patentieren lassen, der alte Schack? Essig! Er wird sie monatlich kündigen. Na, siehst du, und unser Umsatz in der Provinz sinkt sowieso. Das wäre mal eine Gelegenheit für dich, mein Sohn ...«

Kreuznacher jun. schiebt den Teller beiseite und überlegt. Geschäft ist wirklich Sport. Kreuznacher jun. hat in diesem Augenblick das Gesicht eines Läufers, der vor dem Start die Möglichkeiten seines Sieges überlegt. Wer käme denn da in Frage? Die mit den grünen Augen? Ach, die war ja zu dumm. Oder die Blonde mit dem Marlene-Dietrich-Gesicht? Nun, eigentlich doch wohl die Tüchtigste ...

»Donnerwetter, Papa, die Sache wird gemacht!«

Da war eine, die ging ihm mit beinahe verachtungsvoller Überlegenheit aus dem Weg und ihren Pflichten nach; er hatte sie beobachtet, wie sie mit dem Rücken zu ihm stand und von Grüninger, diesem Rohling, angefahren wurde. Da hatte sie sich herumgedreht, ganz langsam, und ihr Lächeln war stärker geworden, überlegener, aber auch eine kleine Spur erschreckt. Seit dieser Zeit war sie ihm noch betonter aus dem Wege gegangen, und er, gereizt durch dieses Versteckspiel, hatte sein Interesse gerade an ihr immer deutlicher bekundet. Auch das war Sport. Auch das war die Sucht, selbst die Sprödeste zu bezaubern. Denn eigentlich lag ihm gar nichts an ihr. Er konnte nur nicht abfallen, nicht wirken, einen Korb bekommen. Darum stellte er ihr nach. Vielleicht ließ sich hier, ohne dass er in allzu große Komplikationen geriet, wirklich etwas machen? Vielleicht gelangte man vom Pfade der Liebe aus glatter auf den Weg des Geschäfts?

Es galt, seine ganze Geschicklichkeit zu beweisen. Geschäft war doch eine aufregende und große Sache. Sogar Papa bekam glitzernde Augen in sein trübes Gesicht, »und was sagst du dazu, wenn wir auch das Ausland auf diese Weise bearbeiten, Papa? *Mit* dieser Sache? *Mit* dieser Idee?«

Die Herren Kreuznacher Vater und Sohn wussten, dass das gründliche Vorbereitungen und Pläne kosten würde.

Herr Kreuznacher jun. beendete sein Frühstück mit einem letzten, herzhaften Schluck Kaffee.

»Auf heute Abend also, Papa! Und morgen müssen wir die Angelegenheit in einer Geschäftskonferenz mit Schulz besprechen. Und gute Besserung, Papa!«

Dieser Wunsch erwies sich als ziemlich überflüssig. Kreuznacher sen. schien sich dem Zeitpunkt zu nähern, an dem jenes Gelächter seinen Mund zersprengte, das die Seele Anna ein wenig fürchtete. Wie er jedenfalls aufstand und, die Kordel nunmehr fest um den Morgenrock gebunden, den Raum verließ, hatte er einen großen Teil seiner Spannkraft und seiner alten Frische wieder gefunden. Geschäft war zweitens also auch noch Badekur.

Sein Sohn, der bereits den Motor seines Cadillac anließ, erinnerte sich nicht mehr, jemals seiner verflossenen Mama wehmütig gedacht zu haben. Sein schmales, entschiedenes Jungengesicht mit den sachlich entschlossenen Zügen war bleicher als sonst vor Tatensucht. Er hatte den Hut neben sich gelegt und setzte unbedenklich seinen Kopf der Zugluft aus. Lotte Stein, hatte Grüninger zu ihm gesagt, als er ihn nach dem Namen jenes Mädchens fragte, das ihm aus dem Wege ging. Lotte Stein …

Sie würde schon die Richtige sein.

All diesem Morgen erschien den Verkaufsgirls der Herrenmode des Kaufhauses Schack & Co. die Abteilung schon in einem wesentlich nüchterneren und alltäglicheren Licht. Der Zustrom der Käufer trat nicht mehr in einem so gewaltigen Ausmaße in Erscheinung. Die Neugier hatte sich zum großen Teile gelegt. Die ganze Sache wurde stabiler, fester, in sich geschlossener. Man konnte bereits mit einem festen Konsumentenkreis rechnen, man hatte seine Stammkunden, man machte noch in Heiterkeit und fröhlicher Laune, konnte aber nicht verhehlen, dass man schon etwas müde war, etwas abgestumpft, etwas überdrüssig und auch etwas enttäuscht.

Und da erschien zum zweiten Mal in einer Woche Jo Lindberg. Und da bat zum zweiten Mal in einer Woche Jo Lindberg Lotte Stein um eine kleine geschäftliche Unterredung. Und da stand zufällig Marie Strauß hinter Jo Lindberg und hörte, wie Lindberg die bündige Verabredung traf, Lotte Stein um 7.30 Uhr abends zu empfangen.

»Und wenn es später wird, hier?«

»Dann müssen Sie eben zum Zahnarzt oder Gott weiß wohin.«

Sie lachte. Zum ersten Male wieder unbekümmert und belustigt.

»Ich kann mich auf Sie verlassen, Fräulein Stein?«

»Auf mich kann man sich immer verlassen, Herr Lindberg.«

Sie gefiel ihm. Sie war offen und rückhaltlos. Ein bisschen nervös, aber das würde er ihr leicht abgewöhnen können. Sie kokettierte nicht, das passte gut in seinen Plan. Er wollte nicht diese süßlichen, kessen Weibchen für seine Modeschöpfungen, er suchte das Mädchen, die Frau, die einfach und stark durch ihr eigenes, unverstelltes, ungekünsteltes Wesen wirkte. Lotte Stein war ihm aufgefallen. Die würde seine Kleider zu tragen verstehen, das war *die* Frau ... Die würde in seiner Schule ganz groß werden ...

Die Mädels umschwirrten Lotte Stein. »Was wollte er von dir? Hast du dich verabredet? Ausgerechnet Jo Lindberg, ein Glück hat dieses Kind!«

Und Erni Weiß gab ihr vor allen anderen einen schallenden Kuss: »Ich freu' mich so für dich, Lotte«, während Annemarie Meier mit großen, fragenden Augen beiseite stand, und Marie Strauß, die Hinterhältige, nichts Eiligeres zu tun hatte, als in der Mittagspause zu Walter Böhmelmann zu schleichen. Sie traf ihn in ziemlich trübseliger Stimmung an. »Tag, Walterchen.« »Tag, Marie.« Er hockte auf einem Schemel und sah gedankenvoll an ihr vorbei.

»Aus mit der großen Liebe, was?«

Es durchfuhr ihn, als hätte man ihn mit einem Messer ins Fleisch gestochen. Er sah sofort, dass sie hetzen gekommen war, diese verfluchte Person. Wie gerne hätte er ihr verächtlich den Rücken gedreht; aber sie wusste doch etwas, sie hatte doch etwas gesehen oder gehört, sie kam doch als Bote, sie musste doch gebührend empfangen werden, damit sie ihn nicht doppelt gepeinigt zurückließ.

»Meinst du etwa mich?«, versuchte er krampfhaft zu scherzen.

»Nein, Lotte mein' ich.«

»Ach so.« Er tat, er musste unter tausend Qualen tun, als berühre ihn das nicht.

»Na ja«, wurde die Strauß vertraulich, »ich habe das immer gesagt. Lange geht das mit den beiden bestimmt nicht, habe ich gesagt.«

Walter Böhmelmann schwieg verbissen.

»Ich hätte nicht davon angefangen«, zog Marie Strauß die Tortur genießerisch in die Länge, »wenn ich gewusst hätte, dass es schon so weit mit euch ist und dass du dich schon gar nicht mehr für Lotte interessierst. Um ehrlich zu sein, Walter, ich freu' mich darüber; die Lotte, na, ich bitt' dich, das war doch kein Mädel für dich!«

»Was willst du eigentlich? Wie? Was willst du eigentlich von mir?«

Marie Strauß wich zurück. Dieser Mensch konnte einem noch gefährlich werden. Immerhin, ihren letzten Trumpf, den Schuss, der ihn mitten ins Herz traf, konnte sie nicht zurückhalten. Sie näherte sich der Tür.

»Vielleicht interessiert es dich aber doch noch, dass Lotte heute abends um 7.30 Uhr mit Jo Lindberg, Tiergartenstraße 76, verabredet ist. Und dass sie ihm in die Hand versprochen hat, dass er sich auf ihr Kommen verlassen kann …«

Marie Strauß verschwand. Walter Böhmelmann steckte die Hände in die Taschen und pfiff mit durchdringendem Ton eine Tanzmelodie.

Die Straßenbahn war das entschieden langweiligste Verkehrsmittel der Stadt. Es schien, als müsse sie sich gewaltsam einen Weg durch die Häuserblocks bahnen. Lotte Stein stand auf der Plattform. Es war noch sehr früh. Sie hatte noch unendlich viel Zeit. Mochte die Bahn durch die Straßen schleichen – ihr machte das nichts. Wie schön es heute Abend war! Wie klar und wie weit der Himmel über die Erde gespannt schien! Wie seltsam gelöst die Menschen dahergingen! Gar nicht mehr, als hingen sie alle an einem Faden und müssten sich, gehorsam wie Marionetten, ans Ende dieses Fadens spulen, ohne die geringste Aussicht, auch nur einen eigenen, selbständigen Schritt zu tun.

Am Kemperer-Platz stieg Lotte aus. Sie hatte doch Kopfweh. Trotz schönem Abend und der Einbildung, alles sei übersichtlich, klar und gut. Was hatte Walter nur wieder für ein Gesicht gemacht. Und wie brüsk hatte er erklärt, heute keine Zeit zu haben! Was hatte er eigentlich vor? Warum ließ sie sich nur aus der Ruhe bringen, anstatt froh zu sein, dass der Junge anderweit beschäftigt war ...

Nein, sie war nicht froh. Keineswegs froh war sie. Es war ihr ganz scheußlich zumute. Natürlich würde sie ihm die Sache mit Jo Lindberg erzählen. Vielleicht, wenn es klappte, morgen.

Was aber sollte sie wirklich tun? Jetzt tun? Was Lindberg sagen? Was fordern? Was alles musste sie von ihm wissen? Wie sollte sie sich entscheiden? Wie hatte der eventuelle Vertrag auszusehen? Aber wollte sie denn den Vertrag? Wollte sie denn zu Lindberg? Wollte sie denn fort von Schack? Von Schack schon. Und Mannequin ... Kleider tragen ... auf abendlichen Veranstaltungen glänzen ... Karriere machen ...

Von Schack schon ... Aber nicht von ... Aber das war doch Irrsinn. Kompletter Irrsinn. Natürlich wollte sie fort.

Was hatte sie eigentlich mit diesem Menschen zu schaffen, an den sie ständig dachte? Was wusste sie denn von ihm? Sie hatte noch kein Wort mit ihm geredet. Er kam, und sie ging an ihm vorbei. Den Klang seiner Stimme fing sie nur auf, wenn er mit Grüninger oder den Kolleginnen sprach. Aber er sprach jetzt seltener. Er blieb jetzt häufig stehen und sah ihr nach.

Nein, sie gab nicht nach. Nicht einmal ihren kleinen, sentimentalen Gefühlen. Sie wollte herauskommen. Sie wollte heraus aus dem ganzen Dreck. Und doch – da kam dieser Mann – – – aber er kam doch lediglich, um Offerten einzuholen, um die Geschäftsverbindung aufrecht zu erhalten, um nach den Beständen zu sehen! Er ging nach kleinen Konferenzen mit dem Generaleinkäufer, mit Grüninger und mit Herrn Schack persönlich zu seinem Privatvergnügen durch die Abteilung Herrenmode, nickte und grüßte nach allen Seiten, war nett zu den Mädels und sah sie, die Verkäuferin Lotte Stein, manchmal mit einem Blick an … mit einem Blick … tat gar nichts, um mit ihr bekannt zu werden, sah sie nur an … ja, warum machte sie eigentlich diesen unnützen Weg zu Jo Lindberg, sie wollte ja wohl gar nicht, sie wartete darauf, dass dieser Blick zum Wort werde – – – und …

Ja, was denn nun eigentlich? Und Walter Böhmelmann? Hatte er nicht neulich erst wegen Kreuznacher getobt? Woher wusste der übrigens von diesen Blicken? War da eine in der Abteilung, die herumspionierte und ihn verhetzte? Irgend etwas musste doch aber geschehen! So ging das doch nicht weiter! Ah, da war das Haus. Wie das wohl sein muss, in solchem Hause zu wohnen, zu arbeiten, zu einem solchen Haus zu gehören?

Als Lotte Stein, immer noch unentschlossen, immer noch hin und hergerissen von ihren Gefühlen, durch den Vorgarten ging, öffnete sich oben, über der Freitreppe, die Tür. Herr Kreuznacher jun. verließ in Begleitung einer sehr exzentrisch aussehenden Dame in lila Samt den Salon Jo Lindbergs. Lotte biss sich verzweifelt auf die Lippen. Jetzt mussten sie aneinander vorbei! Hatte sie nicht fünf Minuten später kommen können?

Hans Kreuznacher, der in Eile perplex nach einem Grund zu suchen schien, aus dem heraus Lotte Stein zu Jo Lindberg ging, überwand seine Verblüffung, nickte lächelnd, höflich und vertraut und zog den Hut.

Nun waren sie vorbei. Lotte Stein, die krampfhaft zurückgelächelt hat, blieb vor der Freitreppe stehen. Die Freitreppe erschien ihr in diesem Augenblick unbezwinglicher als der Mount Everest. Er hatte gegrüßt? Trotzdem er diese lila Samtdamc bci sich hattc? Also zeigte er doch, dass sein Interesse an ihr größer und tiefer war ... also schämte er sich ihrer nicht einmal, trotzdem sie lange nicht so schick und extravagant aussah wie seine Begleitung ... Also bekannte er sich ganz offen zu ...

Wozu bekannte er sich? Ihre Augen schwammen. Wahrscheinlich hatte er für die Dame ein Kostüm gekauft. Und jetzt, ausgerechnet jetzt, ging sie zu Jo Lindberg ... In einem Moment, der ihr mehr als alles Vergangene zeigte, dass Hans Kreuznacher ...

Walter Böhmelmann, der lange vor Lotte dagewesen war und sich hinter einem Busch versteckt hielt, brach hervor. Er hatte alles gesehen. Er hatte lange gewartet und er hatte gezittert: wird sie nun kommen oder hat die Strauß gelogen? Lieber Gott, lass sie nicht kommen, hatte er immer wieder vor sich hingemurmelt, gefleht, gehofft.

Sie war gekommen. Jetzt war er erledigt und überzeugt.

Jetzt war er geschlagen und für seine sträfliche Liebe gestraft.

Er hatte Gewissheit gewollt. Jetzt hatte er sie. Jetzt hatte er noch mehr! Ein Gruß und ein Lächeln und eine verwirrte Vertraulichkeit ... oh, es genügte ihm! Lotte, die ihn hervorstürzen sah, ahnte die Verräterei der Kollegin. Darum also hatte er erklärt, er habe heute Abend etwas anderes vor! Das also hatte er vorgehabt ...

Sie wusste plötzlich, wie grenzenlos verzweifelt er war und sie spürte voller Mitleid, dass er ja der Einzige war, der sich zermürbte um sie und der von ihr verraten wurde wie kein anderer.

»Also hier ... hier holst du dir wohl den Lohn für deine Liebesdienste ab ... hier ... hier suchst du dir wohl die Kleider aus ... hier ... hier lässt du dich also bezahlen ... Du ... du ...«

Dieser Mensch, der sich ihretwegen kaputt machte, jammerte Lotte Stein.

»So also treibst du es, gut, dass ich es weiß, sehr gut sogar ... und *ich* darf dich nicht einmal anfassen ... ich darf immer nur aufpassen, wie du mit anderen scharmutzierst ... *Ich* bin dir wohl nicht gut genug, was? Ich habe wohl keine Aktien und keinen Modesalon? Mit mir kann man keinen Staat machen, nicht wahr, mein Fräulein? Ich kann dir ja auch keine Garderobe von Jo Lindberg schenken ... ich nicht ... aber die andern ... die andern ...«

»Entweder du hörst jetzt auf mit diesem Skandal oder ...« Sie war ihm gegenüber ganz ruhig. Aber sie hätte den Satz nicht vollenden können. Was oder? Wollte sie ihm drohen, ihn, den sie so sehr schon verlassen hatte, zu verlassen?

Er war bleich und sah schrecklich aus.

»Ich bin zu 7.30 Uhr hierherbestellt. Ach so, das weißt du schon. Ich kann Herrn Lindberg nicht warten lassen. Hoffentlich siehst du das ein. Es handelt sich um eine geschäftliche Unterredung. Aber ich bitte dich, mitzukommen, damit du endlich einmal überzeugt wirst, wie grenzenlos dumm und beleidigend deine Anschuldigungen sind. Herr Lindberg hat mir eine Stellung angeboten ... Glaubst du, dass ein anderes Mädchen sich dieses dauernde Herumspionieren, dieses ganze schauderhafte Misstrauen gefallen ließe? Also bitte, bist du so weit?« Und sie nahm ihn beim Arm und führte ihn die Treppe hinauf. Sachlich und fest drückte sie auf den Goldknopf der Klingel vor der Tür und erklärte dem öffnenden Mädchen, dass sie Herrn Lindberg, wenn es ginge, sofort sprechen wolle, sie sei ja auch bestellt ...

Aber da war Herr Lindberg schon, und sie erklärte ihm, nachdem sie Walter Böhmelmann flüchtig vorgestellt hatte, sie habe sich nach einer Besprechung mit ihrem Freund entschlossen, das Angebot, als Mannequin in seinen Modesalon einzutreten, abzulehnen. Er solle ihr nicht böse sein, aber er werde es, auf Wiedersehen, Herr Lindberg, sicherlich verstehen.

Sie drehte ihm den Rücken zu, als sei sie gewohnt, täglich die glänzendsten Anerbieten achselzuckend abzulehnen, und verließ mit dem einigermaßen sprachlosen Walter Böhmelmann das Haus. Die Freitreppe war diesmal ganz leicht zu nehmen. Die Füße wussten selbst, was sie zu tun hatten, nur der Kopf arbeitete sich fieberhaft zu einem Entschluss durch. Sie wollte endlich Ruhe haben, und sie wollte auch, dass dieser Mensch, der sich aufrieb um sie, seine Ruhe bekam.

Er lächelte leer an ihr vorbei. Er war wie vor den Kopf geschlagen. War er aber überzeugt? Er wollte etwas sagen, es gab ja so unendlich viel, was er ihr zu sagen hatte, aber gerade jetzt schien es, als hätte man ihm alle Waffen aus der Hand genommen ... er wusste nichts mehr.

Sie gingen beide nur bis zur nächsten Haltestelle der Straßenbahn. Sie sahen beide müde und überanstrengt aus. Als es sich darum handelte, das Fahrtziel zu bestimmen, erklärte Lotte, sie würde sehr gerne mit zu ihm heraufkommen, wenn es ihm recht wäre natürlich nur.

Er schüttelte den Kopf. »Das geht wohl heute nicht. Mutter ist nach Adlershof zu Verwandten gefahren ... und ... da ist alles so ungemütlich und ...«

»Ach? Wie lange bleibt sie denn?«

»Bis über Sonntag, Lotte.«

»Soo? Und – da hast du wohl Angst … vor mir, meine ich?« Sie sah ihn an.

Sie fuhren zu ihm. Sie stiegen aus und gingen die Treppen hinauf. Lotte Stein nahm Walter Böhmelmann den Schlüssel aus der Hand und schloss die Wohnungstür auf. Er zitterte so sehr, dass er es doch kaum zuwege gebracht haben würde …

»Zuerst müsste man wohl einen Kaffee kochen, was? Oder hattest du unterwegs schon getrunken?«

»Nein«, sagte Walter Böhmelmann beklommen, »nein. Wie du willst, Lotte. Ganz, wie du willst.«

»Ist da die Küche?«

»Ja, da ist die Küche.«

»Ach? Und dann gibt es noch den Salon … Und was ist das dort hinten?«

»Mamas Schlafzimmer, Lotte.«

»Und – wo schläfst du?«

»Oben. In der Bodenkammer.«

»Ist's da nicht furchtbar kalt? In meiner Kammer ist das schon gar nicht mehr auszuhalten. Ich muss mir nächstens einen elektrischen Ofen beschaffen … Hast du eine Ahnung …?«

»Da – frierst du also zu Hause?« Er hatte ein ganz bestürztes Gesicht. Er hatte ein Gesicht, das sagte:

und wenn die Welt untergeht, morgen wird Lotte ihren Ofen …

»Ach nein.« Lotte hatte Angst vor seinen Geschenken. »Nein, ich bin ja immer in der Wohnstube bei den andern … und dass es da warm ist, weiß du ja … aber du … du wohnst wohl richtig da oben, so mit allem, was dazugehört?«

»Ja, natürlich. Mit allem …« Er war beglückt über ihr Interesse. Wie lange, wie unendlich lange hatte er es vermisst! Wie ein Pilger in der Wüste, der plötzlich auf eine Oase stößt, kam er sich vor.

»Weißt du, als Kind hab' ich mit Mama zusammen in ihrem Schlafzimmer gehaust … aber dann, als ich größer wurde … ja, da mochte Mama nicht mehr und hat mir das Bücherbrett in die Kammer gestellt, und dann das Bett, und so bin ich nach und nach übersiedelt. Wollen wir dann mal heraufgehen?«

»Können wir unsern Kaffee nicht oben trinken?«

»Das willst du tun, Lotte? Das willst du tun?«

Sie nickte. »Wo ist denn der Kaffee bei euch?« Er legte ihr alles heraus.

»So. Ist schon gut. Die Tassen find ich allein. Und Zucker ist auch da?«

»Ja, weißt du was, Lotte? Dann mach ich oben schnell Feuer und hol dich dann. Inzwischen bist du hier fertig, nicht?«

»Und den Schrank darf ich auch plündern? Ich hab' nämlich einen Mordshunger, Walter Böhmelmann!«

»Ach, Lotte …«

»Was ist denn?«

Walter Böhmelmann hatte sie gesagt! So gut war sie, so völlig einverstanden mit ihm, dass sie Walter Böhmelmann sagte! Walter Böhmelmann! Er packte Holz und Kohlen auf eine Blechschaufel und verschwand. Er hätte tanzen mögen mit dem Holz und mit den Kohlen die Treppen hinauf ... Walter Böhmelmann ...

Sie war so ganz anders heut. Noch nie war sie so zu ihm gewesen. So selbstverständlich und so daheim bei ihm. Und dabei war er so hässlich gewesen ... dabei hatte er sie so beschimpft ... Walter Böhmelmann war oben angelangt. Er kniete sich vor das Öfchen und beschäftigte sich mit den Holzscheiten.

Wenn das alles aber nur Komödie war? Wenn sie ihn nur täuschen wollte? Wieder täuschen? Sicher machen? Hatte sie diesem Lindberg nicht zugeblinzelt wie: da ist mir dieser Kerl hier dazwischen gekommen, das nächste Mal wird es schon besser klappen mit uns? Betrog sie ihn nicht täglich mit allen Männern, denen sie zulächeln musste? Warum nicht auch mit Jo Lindberg, bei dem es wahrscheinlich wirklich lohnte?

Walter Böhmelmann warf die Ofentür zu. Mochte es brennen, mochte es verlöschen, er dachte nicht daran, sich zum Narren halten zu lassen ... Die Wahrheit wollte er wissen ... die Wahrheit und nichts als das ... Er flog nur so die Treppe hinab. Schon auf dem Gang hörte er, dass Lotte in der Küche vor sich hin summte. Er riss die Tür auf: »Lotte! Mein Gott, Lotte!«

Sie drehte sich um. Was hatte dieser Mensch nur

schon wieder? War er gar nicht zu beruhigen? Wie er nur dastand mit diesen flehenden, bittenden, jammernden Augen! Das hielt man doch nicht mehr aus! Da musste doch etwas ... und es sollte ja auch geschehen ... er musste nur nicht so furchtbar ungeduldig sein ...

»Mach doch die Tür zu, Walter, ja?« Er sah beinahe lächerlich aus, wie er so im Türrahmen stand mit den kohlegeschwärzten Händen und dem aufgeregten, misstrauischen Gesicht. Er merkte das auch, und er schämte sich, während er die Tür einklinkte und sich an der Wasserleitung die Hände wusch.

»Ich dachte, du könntest weggelaufen sein, Lotte ... Ich dachte, du hättest dir's vielleicht noch überlegt ...«

»Dummer Junge«, lachte sie, »du solltest lieber helfen, die Sachen aufs Tablett zu stellen. So. Danke schön. Und jetzt machen wir hier alles zu? Ist das Licht im Salon auch aus? Sieh doch mal nach, und die Tür schließt du ab, ja? Ich gehe einstweilen voran.«

Ich bin ein Schuft, dachte Walter Böhmelmann. Wie kann es mir nur einfallen, immer wieder an ihr zu zweifeln, immer wieder schlecht zu denken von ihr. Das ist, als wenn ein Wurm in mir bohrte und bohrte und keine Ruhe gäbe. Dabei ist sie so lieb ...

Lotte hatte keine Zeit, sich viele Gedanken zu machen. Ihr Entschluss war ja auch gefasst. Sie konzentrierte sich darauf, das Tablett ohne größere Unglücksfälle die Treppe hinauf zu balancieren. Walter Böhmelmann hatte sie mit langen Sprüngen überholt und sperrte die Tür auf. »Na, weißt du«, staunte sie, »das ist aber hübsch bei dir.«

Er hatte nie das Gegenteil gesagt, trotzdem war ihr die Vorstellung von Walter Böhmelmanns Privatleben immer mit etwas Unbequemem und Ungemütlichem verbunden gewesen.

Lotte stellte das Tablett auf den runden Tisch. Das Kanonenöfchen glühte rostrot um seinen kleinen Eisenbauch, das schwarze Rauchrohr stand gewaltig wie ein Riese dahinter und schien die schiefen Dachbalken des Zimmers geringschätzig zu durchstoßen, um hinter ihrer Verschalung kühn in den Schornstein zu münden.

»Nein, wirklich, das ist aber schön«, Lotte stand am Bodenfenster und sah auf die schiefen und die geraden Dächer von Berlin, auf dieses graue, von den grünen Wäldern des Tiergartens unterbrochene Häusermeer.

»So nah am Himmel wohnst du, und das hast du mir noch nicht erzählt?«

»Ja? Gefällt's dir, Lotte?«

Es gefiel ihr wirklich, und sie war auch gerührt von der Art, mit der er sich still im Hintergrund hielt und bescheiden auf das wartete, was sie für ihn übrig hatte. Waren seine Augen nicht wie die eines gefangenen Tieres und hingen sie nicht leidenschaftlich, verhungert, versöhnt und gierig an jeder ihrer Bewegungen, an ihrem kleinsten Blick?

Sie wandte sich vom Fenster ab. Da unten lag Berlin. Da unten war das Leben, das immer näher an sie heranflutete und sie zu beunruhigen begann – – hier oben war Geborgenheit, Liebe, Walter Böhmelmann …

Das Öfchen glühte. Sie saßen zusammen am Tisch und tranken ihren Kaffee. Sie stürzten sich auf die Brote, sie tranken noch mehr Kaffee, schließlich waren die Brote vertilgt. Walter Böhmelmann stand auf, das gab ein viel zu lautes Geräusch, und ging zum Öfchen, das er aufs Neue mit Holzkohlen fütterte. Schließlich war alles getan. Es gab keine Brote mehr, keinen Kaffee, kein Geschirr zusammenzustellen und keinen Ofen zu heizen.

Es gab nur sie beide: Lotte Stein und Walter Böhmelmann.

Es gab aber auch die aus einem alten Bett von Mammi Böhmelmann zusammengebaute Couch mit der blaufarbigen Decke und den bunten Kissen, es gab das etwas ungefüge, richtige Holzbett des Walter Böhmelmann, es gab ein paar alte Rohrstühle im Raum und es gab auch noch den ausgebeulten braunen Schemel mit den drei Beinen und der gebeizten Sitzfläche. Nichts aber schien Walter Böhmelmann zu genügen.

Er war aufgestanden und lief ziemlich aufgeregt im Zimmer herum. Und Lotte saß still, ganz still, Lotte wartete, weil sie wusste, dass da etwas kam, das sie nicht abwenden konnte.

Es war, als habe es nie Brote, Kaffee und harmlose Herumhantierung gegeben. Es war, als stünde Walter Böhmelmann noch hinter dem Busch im Vorgarten von Jo Lindbergs Modesalon …

»Lotte?« Er blieb neben ihr stehen. »Siehst du, Lotte, warum sagst du mir das denn nicht? Da hat dich dieser Jo Lindberg also aufgefordert, Mannequin zu werden? Bei ihm? Und wirklich weiter nichts? Oh, *das* ist schon genug. Das ist schon zu viel. Aber wirklich weiter nichts? So sag doch einen Ton, Lotte! Wirklich weiter nichts?«

Er rang die Hände. Sein Mund war schief. Sie stand auf. Sie fuhr ihm übers Haar. »Lieber Junge. Lieber, guter, dummer Junge.«

Sie setzte sich auf den Diwan. Sie streifte die Schuhe ab und legte die Beine auf die blaufarbige Decke. »Komm!«, bat sie, und er setzte sich zu ihr. Sie nahm seinen Kopf in ihre beiden Hände und sah ihn mit nachdenklichen, sanften Augen an. »Was hast du eigentlich? Warum quälst du dich so?«

»Oh ...« brach es aus ihm heraus ... »Oh ...«, und dann legte er den Kopf auf ihre Schulter und weinte hemmungslos. Und sie streichelte sein Haar, und es war ihr ein wenig unbequem, die Schulter tat ihr weh, aber er weinte noch immer, verzweifelt und herzzerbrechend wie ein Kind, er umklammerte ihre streichelnden Hände, er stammelte unverständige und unverständliche Worte, er hob seinen Kopf und hielt sie fest, als ob sie Anstalten gemacht hätte, wegzulaufen.

»Liebste«, flüsterte er, »liebe, gute, süße Lotte ... ist das denn so schlimm mit mir? Kannst du mich denn gar kein bisschen lieb haben, Lotte? Bin ich denn so grässlich, Lotte, so grauenvoll, dass du gar nichts mit mir zu tun haben willst?« Dabei war sie längst bereit, alles mit ihm zu tun haben zu wollen, und es hätte gar keiner großen, langwierigen Worte mehr bedurft.

Sie ließ sich in die bunten Kisten fallen. Sie schloss die Augen. Die Dame in lila Samt, dachte sie ganz schnell, war gewiss seine Braut.

Sie spürte Walter Böhmelmanns Mund. Hatte sie die ganze Zeit über an nichts als an diese zufällige Begegnung mit Kreuznacher gedacht? Was wollte sie mit der Dame in lila Samt! Schön war die gewesen … Nein, eigentlich nicht schön … nur … aufregend … Sie musste pechschwarzes Haar unter der Russenkappe gehabt haben …

Walter Böhmelmann, der gute Junge, glaubte wohl, sie sei ein Brunnen, aus dem man ohne Ende trinken kann? Sie schob ihn sanft beiseite …

»Mein Kleid«, sagte sie ganz leise, »du zerdrückst es ja. Komm, hilf mir mal aufmachen. Da hinten, oben, am Hals …«

Sie drehte ihm den Rücken hin. Sie hatte das dunkelrote Tweedkleid mit den vielen runden Stoffknöpfen an.

Walter Böhmelmann nestelte ungeschickt und verstört an den Zwirnschlaufen.

»So. Hast du?« Sie flüsterten nur noch. Sie hob sich mit den Füßen ein wenig hoch und zog das Kleid über den Kopf.

»Da. Häng's über die Stuhllehne, ja?« Sie legte sich wieder zurück.

»Ist dir nicht kalt?«

Das Öfchen glühte. Über Lottes Schulter fiel das Tragband des kunstseidenen Kombinations. Es war ganz schmal und rutschte von selbst.

Walter Böhmelmann grub seinen Kopf in die nackte Schulter.

»Lotte?«

»Ja, mein Junge?«

»Bist du böse, Lotte?«

Der lila Samt war sicher aus Paris. Vielleicht war sie gar keine Deutsche, die Frau? »Warum sollte ich denn böse sein?«

Walter Böhmelmanns Gesicht bekam einen beinahe verklärten Ausdruck. »O Lotte, Lotte!«

Er machte sich an ihrer restlichen Bekleidung zu schaffen. Er schien immer noch Angst zu haben, sie könne ihm plötzlich weglaufen. Sie machte es ihm leicht. Sie zeigte ihm beinahe, wie er sie ausziehen musste. Er hatte glatte, feste Hände. Jetzt waren sie heiß und nervös. Sie hasteten über ihre Haut, als fürchteten sie, diese weiche, kühle Fläche könne sich in Luft auflösen und verschwinden.

Lotte gab dem Kleiderhäufchen mit dem Fuß einen Stoß. Es fiel auf die Erde.

»Nein, lass liegen.«

Walter Böhmelmann stöhnte.

»Lotte?«

Es war, als frage er auch dafür um Erlaubnis.

Sie sah ihn aus halbgeschlossenen Lidern an. Er

war so glücklich, der Gute. Einen Augenblick berührte sie das. Er war *so* glücklich …

Ach, und er war *so* stark …

Er nahm sie auf seine beiden Arme und trug sie aufs Bett. »Aber lass doch, lass doch«, protestierte sie milde.

Er machte das Licht aus. Genierte er sich? Sie hörte seine Sachen zu Boden fallen. Sie kroch ganz an die Wandseite des Bettes.

Ob Kreuznacher oft zu Lindberg kam? Ob es darum wohl angebracht war, die Stellung doch anzunehmen? Um ihm zu zeigen, was für Möglichkeiten sie hatte, dass sie etwas konnte, dass andere bedeutende Menschen sie schätzten … Er hatte sie gegrüßt! Und er hatte diesen sicheren, diesen wiederum doch so nervösen, wissenden Zug um den Mund gehabt, der sie schon damals, im Spiegel der Abteilung Herrenmode, so tief berührt hatte. Ob er sich irgend etwas dabei dachte, als er den Hut zog? Er war offenbar überrascht gewesen, sie bei Lindberg zu sehen …

Wie schön, dass er dunkel gemacht hatte. Ach, und wie vorsichtig und lieb der Junge war! Sie spürte erst nichts als seine Hände, aber diese Hände weckten nur ein kleines, winziges Bedauern in ihr. Dann legte er seinen Körper ganz dicht an sie heran. Sie aber ließ den Sturm über sich ergehen wie ein Baum der schmiegsam seine Zweige zu Boden biegt.

Das Öfchen glühte.

Schräg unter dem Dachbodenfenster lag Berlin.

Aus den Straßen fuhren die Bahnen, die zweistöckigen Omnibusse und die Autos. Vielleicht glitt da auch der Cadillac des Herrn Hans Kreuznacher jun. geschmeidig über den Asphalt und die Dame in lila Samt saß vorn am Lenkrad und berührte mit ihren Knien die Knie dieses Mannes …

Das Gesicht Walter Böhmelmanns lag flach auf ihrem.

Sein Leib drückte und presste sie. Sie hätte sich gern anders gelegt, aber sie durfte ihn nicht kopfscheu machen, sie musste in der nächsten Zeit endlich einmal Ruhe haben von ihm. Und also lag sie ganz still. Und als der Sturm über sie hinweggefegt war, hob sie, immer noch das Bäumchen, ihre Äste wieder vom Boden, reckte sich und atmete auf.

»O Lotte, geliebte, einzige, *meine* Lotte«, flüsterte Walter Böhmelmann wie ein Seliggewordener neben ihr. Sie legte den Kopf auf die Seite, fuhr ihm mit der Hand noch einmal leise und nachlässig zufrieden übers Gesicht und schlief ein.

Das Öfchen, dem es an Kohlen zu mangeln begann, erlosch. Walter Böhmelmann erhob sich lautlos und bettete sich auf die Couch. Sie sollte ihre Ruhe haben und gut und warm schlafen in dieser ersten Nacht bei ihm.

Er wickelte sich in eine Rosshaardecke, stand aber noch einmal auf, schlich leise an ihr Bett und deckte sie richtig zu. Sie sollte nicht frieren bei ihm … ob er das Öfchen schnell noch nachheizte?

Er kniete auf dem Kohlenblech und legte ein paar Holzscheite und eine Handvoll Kohlen nach. Als er das Streichholz anbrannte, musste Lotte das bis in ihren Traum gehört haben. »Ja!«, rief sie halblaut, »ach ja!«, aber sie war nicht wach geworden. Und Walter Böhmelmann begab sich nun endgültig auf seine Couch. Dort lag er mit offenen, glücklichen Augen und beobachtete das langsame Erröten des kleinen Ofens …

※

»Ich weiß, liebe Lotte, dass Du von Briefen und Briefeschreiben nichts hältst« – schrieb Walter Böhmelmann zwei Tage nach dieser Nacht an Lotte Stein –, »aber ich muss Dir doch ein einziges Mal sagen, wie dankbar ich dir bin.«

Er setzte ab. Waren das die richtigen Worte? Konnte er in Worten überhaupt ausdrücken, was er empfand?

»Ich weiß, dass ich sehr in Deiner Schuld bin, und ich werde immer alles tun, was Dich glücklich macht. Ich werde Dich nie mehr quälen, Lotte, denn das, was Du mir gegeben hast …«

Es war schwierig, nicht zu schreiben: »hat mir den Glauben an das Leben, den Glauben an Dich wiedergeschenkt.«

Sie würde lächeln darüber. Überlegen und ein wenig amüsiert. Aber nicht böse. Nicht feindselig. Sie würde lächeln … er schrieb es.

»Und darum sitze ich auch heute Abend ganz ruhig an meinem Tisch, an dem ich vorgestern um dieselbe Stunde mit Dir gesessen habe, und sehe mich um und finde, dass alle Gegenstände einen Glanz haben und einen Schimmer, den Du ihnen gegeben hast, meine liebe, süße, wundervolle ...

Ich bin ganz still, trotzdem ich nicht weiß, wo Du jetzt bist. Es war so unglückselig heute im Geschäft. Ich habe mehrfach versucht, an Dich heranzukommen, das hast Du wohl gemerkt. Aber entweder Grüninger spionierte herum oder Du warst gerade mit so einem verteufelten Kunden beschäftigt.

Aber ich quäle Dich nicht mehr, Lotte. Ich habe Vertrauen zu Dir. Soviel Vertrauen, wie ein Mensch nur zu einem anderen haben kann. Ich bin ganz, ganz ruhig. Ich nehme Deine Hände und halte sie lange fest uud sehe Dich an. Ich will gar nichts mehr von Dir. Nur Dich ansehen dürfen, Dich liebhaben dürfen, Lotte Stein: Deine herrlichen, blanken Augen, Dein schönes, blasses Gesicht, Deinen Mund und Deine langen Wimpern, Dein Haar und Deine ...«

Walter Böhmelmann stoppte. Warum war sie nicht bei ihm? Ach, warum war sie jetzt so fern, so unerreichbar fort? Und wenn ihr irgend etwas zustieße, und wenn sie nie wiederkam?

»... und Deine Haut, die so frisch und so weiß und so fest und so jung ist ...«

Walter Böhmelmann war ein Dichter. Aus einem Warenhausangestellten hatte die Liebe einen Dichter gemacht. Einen dichtenden Narren. »Die Kissen auf der Couch liegen noch genauso, wie Du sie verlassen hast. Sie tragen noch die Eindrücke Deines geliebten Körpers, und wenn ich hinschau, denk ich, Du liegst da und siehst mich an und sagst mit Deiner schönen, reinen Stimme, dass ich zu Dir kommen soll ...

Und dann falte ich den Zettel auseinander, den Du mir heute Nachmittag zustecken ließest, und ich lese ihn wieder und immer wieder wie einen Liebesbrief, wie ein Gedicht, wie ein Versprechen, obwohl er doch eine Absage ist. Aber ich verstehe, dass Du heute nicht kommen kannst. Ich hab' mir schon so viele Verwürfe gemacht, weil ich Dich diesen Unannehmlichkeiten bei Dir zu Haus ausgesetzt habe. Ist es aber auch wahr, dass Deine Mutter geglaubt hat, Du seiest bei einer Freundin geblieben über Nacht? Ach, Lotte, ich könnte es nicht ertragen, wenn Du meinetwegen schlimme Tage hättest! Ich weiß ja, dass Deine Mutter mich nicht mag, aber sie soll gut sein zu Dir, wenigstens zu Dir ...«

Walter Böhmelmann nahm eine Zigarette. Das wurde ein langer Brief. Aber er hatte ja auch Zeit. So viel Zeit! Was sollte er tun, wenn Lotte nicht bei ihm war?

»In anderen Stunden hätte mich der Gedanke nicht ruhen lassen, dass Du ohne mich und ohne einen Grund anzugeben einen Abend allein verbringst. Ich hätte tausenderlei Ursachen erfunden ... ich hätte mir eingeredet, Du gingest zu einem anderen Mann.

Ach, und wie ich heute an Deine Liebe glaube! Wie

ich heute weiß: dass Du nicht kommst, ist Grund und Erklärung genug! Und wie ich mich schäme vor Dir, wie klein ich bin, wie niedrig ich mir erscheine, wenn ich an die ewigen Zweifel denke, mit denen ich mein und Dein Leben vergällt habe, meine arme, süße, gequälte Lotte …

Ich weiß, dass ich nicht wert bin, Dir die Schuhe zu putzen, mein Engel. Aber ich habe Dich unendlich lieb und ich werde nie aufhören, Dich zu lieben. Du sollst auch ruhig da in dieser Abteilung bleiben, bis wir etwas Besseres finden. Aber geh, laß die Sache mit Lindberg so wie sie ist, ja? Und wenn er wiederkommt, sag ihm ab, nicht wahr?

Ich bitte Dich nicht nur meinetwegen darum, Lotte. Aber Du weißt ja selbst, was Du zu tun hast. Ich will Dir überhaupt nie mehr hereinreden. Nein. Niemals mehr.

Wenn es doch erst morgen wäre, Lotte! Wenn ich doch erst wieder sähe, wie Du herumgehst und dass Du da bist!

Wenn ich denke, Du läufst jetzt allein durch die Straßen, möchte ich sterben vor Angst. Um Himmels willen, pass etwas besser auf, wenn Du über den Damm gehst, Lotte! Ach, versprich mir das doch! Was sollte ich denn anfangen ohne Dich? Ich wäre doch verlassen, Lotte, weißt Du das?

Ich werde lieber aufhören, sonst liest Du das gar nicht, weil es Dir zu viel ist und weil Du Briefe ja an sich nicht magst. Und Du sollst es doch lesen, denn Du

sollst wissen, wie glücklich und dankbar ich Dir bin.
Dein W. B.«

VI.

Die Abteilung Herrenmode arbeitete nunmehr bereits ordnungsgemäß und sachlich wie jeder andere Betrieb. Der Rausch der ersten Wochen wiederholte sich in gemäßigteren Auflagen, wenn Grüninger seine Sondertage veranstaltete; sonst aber lief das Leben auch in der Herrenmode bereits in geruhigen Bahnen: die obersten Instanzen der Geschäftsleitung hatten für eine gewisse Durchsiebung der Angestellten gesorgt, man kam bei der Direktion langsam dahinter, dass persönlicher Charme auch auf den Käufer oft mehr als ein hübsches Gesicht zu wirken begann. Die Demoralisierung, die in der ersten Zeit wie eine Giftblüte hochschoss in schwüler, sensationsgeladener Atmosphäre, war langsam unterbunden worden. Natürlich verabredeten sich die Mädels noch für ein paar Abende in der Woche, aber sie warfen sich längst nicht mehr so wahllos in das, was sie Abenteuer nannten, machten nicht mehr allzu rasch aus ihrem Aussehen ein Geschäft. Sie prüften schon und ließen um sich werben.

Sie stöhnten genauso über die Härten der Überstundenarbeit wie in den anderen Geschäftszweigen, sie merkten, dass vom ewigen Anmalen der Teint zum

Teufel ging, dass sie von der Anstrengung immerwährender Heiterkeit zu Hause unausstehlich wurden, sie zogen sich mehr und mehr in das alte, solide Leben zurück und betrachteten das Geschäft wirklich nur noch als ihren Beruf. Es trat zurück. Es nahm den zweiten Platz in ihrem Leben ein. Ruhm und Glanz waren ein kurzer rasch beendeter Traum gewesen.

Nur Frau Salzer gab keine Ruh. Frau Salzer wühlte sich mit verbissener Energie durch alle Abenteuer, die in Gestalt von Käufern an sie herantraten. Frau Salzer trieb es mit sich selbst wie eine Irre. Sie sprach kaum noch im Geschäft mit den anderen. Und wenn sie sprach, erschrak man vor der Härte und Brutalität ihres Ausdrucks. Es schien, als ob Frau Salzer alle, aber auch alle Möglichkeiten an sich reißen wollte, als sei sie ausgehungert nach Leben, verdurstet nach Liebe, wie eine Tigerin immer auf dem Sprung. Man war sich einig in der Abteilung Herrenmode, dass Frau Salzer nicht mehr lange so weitermachen würde. Grüninger ließ sich dieses Benehmen wahrscheinlich nur noch bis zur nächsten Ausmusterung gefallen.

Ihr Gesicht magerte ab. Die Backenknochen standen vor. Ihre etwas gewöhnliche Schönheit wurde hässlich. Wie lange würde Grüninger, der ja auch Augen hatte, das mitmachen? Oder hatte Frau Salzer höhere Freunde? Vielleicht den Personalchef Doktor Saffian, der sie hielt und den sie dafür entschädigte?

Natürlich wusste man nichts Genaues. Als aber schließlich das Gerücht verbreitet wurde, Frau Salzer habe irgendwo ein möbliertes Zimmer, weil sie sich nicht mehr nach Hause zu ihrem Manne wage, der in sinnloser Eifersucht Nacht für Nacht auf sie einschlüge, nahm man das sofort als Wahrheit und bare Münze hin.

Annemarie Meier zuckte zusammen, als sie es von Lotte hörte. Aber Lotte war ja auch so anders geworden, so beunruhigend klar und zielbewusst, dass Annemarie Meier schon fror, wenn sie nur in Lottes Nähe kam.

»Ist Kurt schon da, Annemiechen?«

»Ja. Seit gestern Abend.«

»Und – du hast es ihm gesagt – das mit Saffian?«

»Nein. Ach nein, Lotte.«

»Aber – er ahnt es?«

»Ich glaube.«

»Weil du jetzt ganz anders zu ihm bist, nicht wahr, Annemie? Das hätte ich mir denken können.«

»Ja ...«

»Warst du bei ihm gestern?«

»Ja.«

»Und – er hat – dich nichts gefragt?«

»Do-och.«

»Ist dir schlecht, Annemie? Du bist so gelb im Gesicht?«

»Mir ist übel, Lotte, so übel, jeden Tag.«

»Annemie?!«

»Ja – – ich glaube – –«, sagt Annemarie Meier. »Es schüttelt mich so. Und ich muss mich immer – übergeben. Ich kann schon gar nichts mehr essen«, sagt sie.

Lotte starrt die Kleine an, dünn, zusammengekrochen und verschreckt wie sie dasteht. »Aber, Annemiechen? Seit wann denn um Himmels willen?«

»Ooch, seit so ein paar Tagen.«

»Und ... weiß Kurt davon?«

»Nö. Dem hab' ich gesagt, dass ich verdorbenen Magen hab'. Der schlägt mich doch tot, Lotte.«

»Wieviel Tage drüber sind das denn, Annemiechen?«

»Zwei Wochen, Lotte.«

»So?«, sagt Lotte. Und: zwei Wochen, denkt sie, *zwei* Wochen!

»Pass mal auf, Annemiechen, du wartest noch drei, vier Tage. Ich hab' da noch solche Tabletten zu Haus, die mir der Doktor Möller damals gegeben hat. Da brauchst du gar keine Angst haben, verstehst du mich? Und wenn es dann noch immer nicht so weit ist, dann gehen wir eben mal hin zu ihm. Doktor Möller ist ein anständiger Kerl, weißt du? Der hilft dir bestimmt.«

Der hilft ihr bestimmt? Wusste sie das so genau? Annemarie Meier lächelte dankbar und dünn.

»Und – es war nur Saffian – Annemie?«

Annemarie Meier nickt.

»Du warst niemals mit Kurt zusammen? Auch nicht, als er wegfuhr?«

»Auch nicht, als er wegfuhr.« Annemarie Meier schüttelt gequält den Kopf.

»Du brauchst nicht gleich weinen, Annemiechen,

ich will es nur wissen, weißt du? Dieser Schuft, dieser elende, diesmal soll er aber – – –«

»Um Gottes willen, du wirst doch nichts unternehmen?« Lotte Stein sah aus, als wäre sie zu allem bereit.

»Vorläufig nicht, Annemiechen. Und vielleicht ist es ja überhaupt überflüssig, nicht?«

Die Abteilung Herrenmode arbeitete weiter. Sachlich und ordnungsgemäß wie jeder andere Zweig des Geschäfts.

⁂

Lotte Stein sortierte die Handschuhe in die verschiedenen Größen. Schöne, mit dickem Pelz gefütterte braune Glacés, Strickhandschuhe, die bei siebzehn Grad minus wieder modern zu werden begannen, und ganz dünne, feinhäutige, lederne, die schmal und vornehm aufeinanderlagen. Sie tat ihre Arbeit mit Gründlichkeit und Geschick. Sie fragte Herrn Grüninger nicht viel um seine Meinung. Sie richtete ihre Kasten und ihre Auslagen wohl nach dem Grundsystem des Geschäfts, aber doch im Speziellen so, wie sie es für richtig hielt, ein. Grüninger sah manchmal aus, als ob er Einwendungen erheben wollte, aber er schien, geschlagen von ihrem praktischen Verstand, ihrer Übersichtlichkeit und ihrem Geschmack den Zusammenstoß mit ihr vermeiden zu wollen.

Saffian hatte in der letzten Konferenz, die in Sachen Abteilung Herrenmode abgehalten wurde, vorgeschlagen, Instruktorinnen für diese Abteilung auszuwählen, und zwar diesmal keine eben von der Hochschule zugewanderten Akademikerinnen, sondern Menschen, die den Aufbau der Abteilung aus eigener Erfahrung kannten und also wohl am besten verstünden, Lehrmädchen auszubilden, und die vielleicht auch manche andere selbständige Anregung zum Vorteil des Geschäfts geben könnten. »Natürlich muss es sich um absolut vertrauenswerte, kluge, geschäftstüchtige und in ihrer äußeren Erscheinung ebenso liebenswürdige wie energische Menschen handeln. Ich denke dabei – hatte Saffian hinzugefügt – an Menschen in der Art dieser Stein, aus denen bestimmt viel mehr herauszuholen wäre, als jetzt aus ihnen herausgeholt wird.«

Und man hatte beschlossen, nach einem weiteren Geschäftsvierteljahr die Abteilung derart zu stabilisieren, dass man für langsamen Nachwuchs und eine gewisse Auffrischung besorgt war.

Lotte konnte das natürlich noch nicht wissen. Grüninger schwieg wie das Grab über die Beratungen der Konferenz, – sie empfand jedoch die kleinen Freiheiten, die der Abteilungsleiter ihr gestattete, als äußerst angenehm und versuchte, sie auszubauen. Sie hatte sogar den verwegenen Plan, eines Tages, wenn sie ihn gerade abfangen könnte, unter Umgehung aller Personalinstanzen den obersten Chef um eine Gehaltserhöhung anzugehen. Ob sie nicht dann aber doch im entscheidenden Moment zurückschreckte?

Augenblicklich hatte Lotte ganz andere Dinge im Kopf. Das Erlebnis mit Walter Böhmelmann hatte eine ganz seltsame Wirkung auf sie gehabt. Hin- und hergerissen von nervösen Ahnungen und von einem ganz neuen, berauschenden, schmerzenden Lebensgefühl, zur letzten Entscheidung getrieben von dem unglückseligen Zusammenprall vor dem Modesalon von Jo Lindberg, qualvoll berührt von dem Gedanken: hier ist einer, der zäh und ehrlich um mich wirbt, einer, der mir trotz allem anderen doch nicht ganz gleichgültig ist, der mich aber endlich einmal in Frieden lassen soll, hatte sie sich ihm gegeben: da bin ich, sollte das heißen. Was willst du eigentlich noch, dass ich für dich tun soll?

Mit einem gewissen Trotz hatte sie das auf sich genommen. Sie hätte es, gerade an jenem Abend, darauf ankommen lassen können. Sie hätte es mit dieser schamlosen Szene vor Jo Lindbergs Haus zu Ende sein lassen können – – – aber sie war mit ihm gegangen, sie hatte die Sache in die Hand genommen, sie hatte Walter Böhmelmanns Misstrauen mit einer großartigen Geste zerstreut, sie hatte seine Zärtlichkeiten über sich ergehen lassen, seinen Körper hatte sie geduldet, sie war ihm weggeschlafen, erlöst von ihrer Mission, glücklich, dass sie es hinter sich hatte, froh in dem letzten Gedanken, nur wenigstens diese Schwierigkeit überwunden zu haben. Und dann hatte sie einen Brief bekommen. Diesen seltsamen, überschwänglichen Liebesbrief …

Ach, sie würde schon fertig werden mit ihm. Sie fühlte sich nach dieser Nacht mit ihm so stark, so gelöst, so von allen Spannungen befreit. Sie war wie ein Mensch, der ein Kopfwehmittel gegen Migräne genommen hatte und nun mit einem klaren Kopf aufwachte.

Sie war zuletzt mit Max Baum zusammen gewesen, und das war nun schon viele Monate her. Merkwürdig und furchtbar anständig von Walter Böhmelmann, dass er gar nicht nach ihren früheren Liebeserlebnissen gefragt hatte. Oder kam das noch? Oder hatte er sich längst abgefunden damit und konzentrierte er seine ganze Energie auf die Gegenwart?

Lotte Stein war mit den Handschuhen noch nicht ganz fertig, als der angebliche Theaterdirektor Breitstein erschien. Frau Salzer, die auf alles eingegangen wäre, bemühte sich vergeblich um seine Sympathie. Breitstein steuerte erregt auf Lotte zu. Ob er Pleite gemacht ... ob er Geld unterschlagen hatte ... er sah *aus* ...!

»Also hören Sie, Fräulein Lotte, ich habe eine glänzende Idee!« Er war ganz außer Atem. Die Idee war ihm offenbar erst kurz vor dem Kaufhaus gekommen, nachdem er seinen armen Kopf nutzlos genug gemartert hatte, um herausbekommen, wie er dieses widerspenstige Mädchen fesseln könne. Aber jetzt hatte er's! Und dabei war das so einfach, lag das so nahe ...

»Was wünschen Sie denn heute, Direktorchen?«

»Also hören Sie, Fräulein Lotte! Was sagen Sie dazu, wenn Sie bei mir auftreten können? Ganz groß!

Mit Reklame und Hauptrolle. Also was sagen Sie?«

Lotte Stein lachte. Tausend Mädchen warteten auf dieses Glück und dieses Mädchen lachte.

»Ich bin doch keine Schauspielerin, Herr Breitstein. Wissen Sie, ich kann doch nicht einmal Gedichte auswendig lernen. In der Schule musste ich immer nachsitzen, aber ich konnte nun mal nicht!«

»Und wenn ich Ihnen eine Rolle schreiben lasse? Ganz allein für Sie? Sie haben eine so prachtvolle Bühnenfigur, Mädel. Die Leute würden sich umbringen, sage ich Ihnen! Und Sie brauchten gar nicht viel sagen ... Nur da sein und über die Bühne gehen und lächeln und sich in den Hüften wiegen ... so wie hier ... eine Rolle, ganz allein für Sie.«

Er hatte den Ellenbogen auf den Verkaufstisch gestemmt und sah sie an. Sein Gesicht war fahl geworden. Sein Mund zitterte. Dieses Mädchen musste er haben, koste es, was es wolle ... Und er brauchte nicht mehr einsetzen als einen verpfuschten Theaterabend.

»... eine Rolle, ganz allein für Sie ... auf Ihren Leib geschrieben ...«

Und dieses Mädchen schüttelte den Kopf? Dieses Mädchen lehnte ab? Eine andere pirschte sich heran.

»Entschuldigen Sie, Fräulein Stein wird am Telefon verlangt! Was steht dem Herrn zu Diensten?« Womit Breitstein, der unglückliche, abgewimmelt war und sich mit Marie Strauß begnügen musste, während Lotte in eine der Telefonkabinen verschwand.

»Hallo? Ja?«

»Also hören Sie, Fräulein Stein, ich finde es unverantwortlich von Ihnen …«

»Wer spricht denn da?«

»Sie haben doch nicht im Ernst geglaubt, dass ich mir das gefallen lasse, Fräulein Stein?«

»Na, hören Sie mal …« Sie hatte sofort gewusst, dass das Jo Lindberg, der Moderiese war.

»Sehen Sie, wenn Sie selbst eine Abneigung gegen den Beruf eines Mannequins gehabt hätten, schön. Ich hätte kein Wort darüber verloren, aber, Sie müssen schon entschuldigen: eines solchen jungen Esels willen? Nur, weil Ihr Liebster eifersüchtig ist? Also ich bitte Sie, machen Sie mir nichts vor, mein Kind. Sie handeln sich selbst gegenüber unverantwortlich! Denken Sie denn gar nicht an Ihre Zukunft?« Er hatte scheinbar Angst um seinen neuen Typ, den er kreieren wollte.

Lottes Stimme war fröhlich und hell. »Doch, Herr Lindberg, ich denke daran. Gerade darum nämlich …« Sie spürte, wie ihre Kraft wuchs mit dem Wert, um den sie in den Augen der andern stieg. Ach, jetzt hätte der König von Honolulu kommen und ihr sein Land zu Füßen breiten können mit allen Herrlichkeiten der Erde, sie hätte sich auch diesem Ereignis gewachsen gefühlt.

»Und wissen Sie, was aus den berühmtesten Mannequin geworden ist, Fräulein Stein? Laura Montana hat einen Industriekapitän geheiratet, Marilla von Pla …«

»Und wenn ich unberühmt bleibe? Sie können sich

schon darauf verlassen, ich kenne Mannequins, Herr Lindberg. Arbeitslose Mannequins, die dann zu unseren Ausmusterungen kommen, Mannequins ganz großer Firmen … aber ich sage Ihnen …«

»Und wenn wir einen Vertrag machen? Einen Jahresbetrag mit automatischer Verlängerung?«

»Jaa?«, fragte Lotte zögernd, aber das war eigentlich nicht mehr für Herrn Lindberg gedacht. Draußen waren nämlich Stimmen laut geworden, die ungeduldig nach ihr riefen.

»Na, sag' mal Lotte, wo steckst du eigentlich?«

Erni Weiß riss die Tür der Telefonzelle auf.

»Denk' dir Lotte, eben hat Herr Kreuznacher nach dir gefragt.«

»Jaa?«, fragte Lotte abwesend zurück und legte den Hörer auf die Gabel. Herr Lindberg nahm es als inoffizielle, aber endgültige Zusage hin.

»Was – wollte er denn?« Lotte hielt sich mit beiden Händen an der Tür fest.

»Fräulein Stein ist wohl krank?, fragte er, und er sah sehr enttäuscht aus, Lotte.«

»Weil ich nicht krank bin?« Wenn sie die Lippen doch festhalten könnte …

»Ach, geh, Lotte, weil du nicht da warst, natürlich.«

»Wo ist er denn jetzt, Erni?«

»Im Chefbüro. Er wollte mit Schack persönlich wegen der neuen Order sprechen. Die Limit-Preise …«

»Hat er das gesagt?«

»Ja.«

»Und weiter nichts?«

»Nein, weiter nichts.«

Warum guckte die Erni nur so?

»Na, dann hättest du mich schon ruhig fertig telefonieren lassen können.«

»Es kann doch sein, dass er noch einmal vorbeikommt, wenn er weggeht, Lotte. Und da dachte ich, du wärest vielleicht ganz froh …«

»Komische Dinge denkst du manchmal, Erni Weiß …«

Es gelang ihr nicht ganz. Sie war ganz schwach in den Knien, als sie an die Arbeit zurückging. Er hatte nach ihr gefragt …?

Als sie merkte, dass Hans Kreuznacher hinter ihr Vorbeigehen wollte, drehte sie sich um. »Sie wollten mich sprechen, Herr Kreuznacher?«

Sie musste viel fester in der Stimme werden. Was ging ihn das an, dass ihre Kehle wie zugedrückt war, wenn sie ihn sah? Er hätte es doch fertigbekommen, hinter ihr vorbeizugehen. Aber das sollte er nicht. Hatte er sie schon vergessen? Er sollte bei den Haaren genommen werden. Er sollte Farbe bekennen. Sie wollte von den Kolleginnen nicht mehr mit diesen verdächtigen Gesichtern beobachtet werden.

»Die wissen doch alle, dass Kreuznacher nur noch für dich Augen hat, Lotte, und nur noch nach dir schaut ...«, hatte Erni erklärt. Also sollte er doch schon etwas sagen ...

»Oder haben Sie mich gar nicht erkannt?«

Er hatte ein ganz unverschämtes Gesicht.

»Ich hab' Sie schon erkannt, Fräulein Stein.«

Es war zum Verzweifeln. Gleich kamen ihr die Tränen. So ein Schuft. Und nun machte er sich ein Vergnügen daraus, sie so dastehen zu lassen? Vor den schadenfroh grinsenden Kolleginnen?

»Oh«, sagte sie, und nahm sich fest zusammen, »dann hat man mir das wohl falsch bestellt. Entschuldigen Sie, Herr Kreuznacher«, und drehte sich förmlich um, legte ein Kopierblatt unter den Verkaufsblock und biss die Zähne aufeinander.

»Nein«, sagte eine Stimme neben ihr, »man hat es Ihnen richtig bestellt, Fräulein Stein.«

Geradeaus sehen, immer auf einen Punkt, dann vergeht dieses Schwindelgefühl am ehesten. Nichts merken lassen, vor ihm und vor den andern nicht, Lotte Stein! Und nicht vergessen, dass du ihm nachgelaufen bist. Festhalten, Lotte Stein. Gib dir nicht nach. Sieh dich nicht um, um Gotteswillen, sieh geradeaus!

»Ich habe nur so gedacht, dass Sie böse sein würden, wenn ich so ohne weiteres ... Ich hab' Respekt vor Ihnen, Fräulein Stein, also, wie finden Sie das?« Er lachte. Unsicher und ertappt. –

»Ich finde das sehr nett von Ihnen, und ich wüsste nicht –« – sie brachte es tatsächlich fertig, ihrer Stimme einen eisigen Ton zu geben – »ich wüsste nicht ...«

Sie fand überhaupt, dass es großartig ging. Solange sie seine Augen und seinen Mund nicht sah, beherrschte sie die Situation. Aber sie konnte doch nicht ewig mit dem Rücken zu ihm stehen. Wenn ich zum Beispiel die Handschuhe weiter sortiere, dachte sie, und gar nicht aufsehe dabei ...

Sie drehte sich um. Sie sah ihn an. Sein Lächeln entwaffnete sie. Er hatte unerhörte Augen. Gefährliche, schwarze Katzenaugen, die ihre Farbe wechselten.

»Sie sind so tüchtig«, sagte er. »Wissen Sie, dass ich mir schon lange gewünscht habe, Ihre Bekanntschaft zu machen?«

»Das hätten Sie ja auch schon lange haben können. Die Bekanntschaft der anderen schien Ihnen aber doch wichtiger.«

»Die anderen ...«, erklärte er wegwerfend, »die anderen kenne ich doch nur flüchtig. Ich meine – Ihre nähere Bekanntschaft, Fräulein Stein.«

»So?«, fragte sie schwach zurück und nestelte hastig an den Druckknöpfen der Glacés herum. »Haben Sie das?« Dieser Knopf da schloss zum Beispiel nicht mehr. Wenn dieser Mensch nicht bald – – –

»Und als ich Sie dann bei Lindberg traf ... Ja, sagen Sie mal, Fräulein Stein, ich habe ja gar nicht gewusst, dass Sie Jo kennen? Netter, alter Bursche übrigens, nicht? Macht sich verrückt mit seinem Modekram. Ist aber ein Genie. Und hat einen Blick, sage ich Ihnen, also, wie ein Geier ... aber Sie wissen wohl schon, was ich meine, nicht?«

Wie ein Junge war dieser Mann. Ein etwas gefährlicher Junge. Und etwas zu groß. Wuchs einem über den Kopf. Lotte wusste, dass da längst nichts mehr zu machen war …

Trotzdem hob sie nur halb den Kopf. »Aber sonst – etwas Bestimmtes – ich meine – wollten Sie mir nicht sagen – etwas – hier – Geschäftliches. Das hatte ich nämlich angenommen, wissen Sie, als man mir sagte, Sie hätten nach mir gefragt.«

Sie kam sich unsagbar lächerlich und idiotisch vor. Aber sie musste ihn doch belügen. Sie durfte es sich doch nicht verzeihen, dass sie diejenige gewesen war, die das Gespräch begonnen hatte … sie, die ihm sonst immer aus dem Wege lief … Sie konnte sich ihm doch nicht einfach an den Hals werfen: siehst du, hier bin ich, mach' mit mir, was du willst …

Sein Gesicht war eine glatte, leicht gebräunte Fläche, in der Nase, Mund und Augen sensationelle Unterbrechungen bedeuteten. »Ich bewundere Sie so, Fräulein Stein. Nein, ich sage so was schon nicht, wenn ich es nicht meine. Wie vielen ich das schon …? Na, aber ich bitte Sie, da kennen Sie mich schlecht. Sie sind so unglaublich geschickt und so beängstigend gescheit, ja – unglaublich gescheit …«

»Vielleicht hören Sie nun wirklich auf …«

»Nein, es ist wahr.«

Er hatte ein so angespannt überzeugtes Gesicht. Geschäft war wirklich Sport. Man musste sich anstrengen. Und Hans Kreuznacher jun. strengte sich an. Dieses Rennen musste er gewinnen. Und er würde es auch. Todsicher.

Herr Guttmann, kleiner Bankangestellter mit bereits zwei Seidenpyjamas, erschien. Der Himmel soll mich davor bewahren, dass er ein drittes ..., dachte Lotte Stein.

»Auf Wiedersehen, mein Fräulein!«

Herr Guttmann hatte es diesmal gut bei ihr. Verliebte tun ja keinem etwas wissentlich Böses an. Herr Guttmann ging, vernünftig und ohne Pyjama, getröstet von dannen.

»Auf Wiedersehen ...« hatte Hans Kreuznacher gesagt, er war gegangen, wie man geht, wenn man weiß, dass man wirklich wiederkommt ... Lotte Stein vergaß über dieser welterschütternden Angelegenheit sogar Walter Böhmelmann und Annemarie Meier ... Verliebte sind manchmal sehr vergesslich ...

Hans Kreuznacher jun. schlenderte im wahrsten Sinne des Wortes über den Hansaplatz. Er wusste nicht, sollte er nun zu Jarmila heraufgehen oder sollte er nicht. Er konnte nicht leugnen, dass ihm vor Jarmila graute. Jarmila war ein schwer zu erringender und noch viel schwerer wieder loszuwerdender Mensch. Sie verstand einfach nicht, dass er, der den Tag über doch wirklich beschäftigt genug war, einen einzigen Abend wenigstens einmal ruhig und vernünftig verbringen wollte.

Ohne komplizierte Gespräche. Ohne witzig sein sollende Geistreicheleien, ohne Probleme. Außerdem war sie hochmütig und arrogant, kostspielig und oberflächlich.

Nein. Hans Kreuznacher beschloss, vom nächsten Telefonautomaten aus Jarmila abzusagen. Eigentlich tat sie ihm leid. Der Teetisch war gewiss längst für ihn gedeckt, die Kerzenbeleuchtung in Funktion getreten, der alte Flügel war in schwimmende Schatten getaucht, der mächtige Angorakater Hermann wartete zusammengerollt auf dem roten Sessel …

Nein, er ging nicht. Aber vielleicht klingelte er Eva an. Er hatte immer wieder das Gefühl, die Sache mit Eva werde eines Tages zu irgendeinem raschen Ende führen. Entweder sprang Eva von selbst ab oder er heiratete sie. Aber dann wäre es ja erst recht aus. Die Ehe war eine scheußliche Einrichtung, eigens dazu erfunden, die Menschen wie Galeerensträflinge aneinander zu ketten ein Leben lang – nein, er heiratete Eva nicht.

Vater hätte natürlich am liebsten gesehen, wenn er sich mehr mit Cläre Schulz, der Teilhaberstochter, beschäftigt hätte. Vater hatte mehr als einen Abend daran gewendet, um die Vorzüge Cläres ins rechte Licht zu stellen. Hans Kreuznacher jun. jedoch hatte eine heftige Abneigung gegen alle Dinge des persönlichen Lebens, die durch Vermittlung oder auf Wunsch anderer Personen zustande kamen. Er hatte nichts gegen Cläre Schulz. Vermutlich war sie sogar eine Person, die eine gewisse Tatkraft mit praktischem Geschäftssinn verband. Sie war mindestens dreiunddreißig, sehr resolut, sehr männlich, mit einer betont kameradschaftlichen Herzlichkeit ihm und allen Männern gegenüber. Manchmal glaubte er eine flüchtige, etwas mütterliche und etwas erwartungsvolle Neigung für ihn in ihrem Wesen zu entdecken, und als er im Frühsommer nach Italien fuhr, war es ihm vorgekommen, als habe sie dem Cadillac mit einem bedauernden Blick nachgesehen.

Aber ganz abgesehen von Cläre Schulz – das Problem dieses Abends musste gelöst werden. Jarmila war zu unbequem, Eva zu ernsthaft – herumgehen aber und so ein kleines Straßenmädel, das gerade vom Geschäft kam und gerade besonders nett aussah, zu einem Trip durch die Berliner Vergnügungslokale auffordern, – ach, das war meist so langweilig und so prosaisch, das bürdete einem zu viel unnütze Verpflichtung auf. Also, nach Hause fahren und Papa Gesellschaft leisten beim Ausarbeiten des großen Feldzugsplanes?

Wie spät war es eigentlich? Erst sieben Uhr? Papa würde sicher viel besser allein fertig werden mit den Grundzügen zur Eroberung der Welt ... Er hatte das mit einem leichten Spott gedacht, und nun fiel ihm ein, wie fest er als Junge daran geglaubt hatte, die Welt erobern und sie sich Untertan machen zu können ...

Er liebte den Beruf eines Kaufmannes keineswegs. Es gab zwar nichts Aufregenderes als Börsenberichte und nichts Nervenanspannenderes als die Ebbe und Flut des wechselseitigen Erfolges. Doch hätte er mit genau derselben Verve, mit genau demselben Schwung sich auf ein anderes Unternehmen gestürzt. Hätte eine Zeitung gegründet, wäre Architekt oder Schauspieler geworden: alles mit der gleichen Überwindung der Bequemlichkeit, die ihn am liebsten passiv und unbeteiligt am Leben hätte vorbeigehen lassen, alles mit einer gewissen inneren Selbstverachtung, die ihn trieb, irgend etwas zu tun, um sich zu beweisen, dass man da war, dass man zu leben verstand.

Und jetzt hatte er noch dazu diese ein wenig groteske Herrenmode-Idee. Der alte Herr war doch ein schlaues Köpfchen. Wenn es da nur keine Schwierigkeiten gab! Schack war ein gerissener Gegner, wenn man ihn sich zum Feinde machte ... Trotzdem würde er ja die Vergirlung der Abteilung auch aus irgendeinem amerikanischen Basar mitgebracht haben ...

Immerhin ... Lotte Stein von Schack wegzulotsen, sie seinem Plan dienstbar zu machen, schien ihm die erste Voraussetzung. Das Mädel musste sichergemacht werden.

Am besten – am besten ging er einen Abend mit ihr aus.

Wie spät war es doch? Kurz nach sieben? Sicher war sie noch im Geschäft. Er suchte eine Telefonzelle auf und wählte die Nummer: Dönhoff 8604. Und verlangte die Abteilung Herrenmode.

»Verzeihung, ist Fräulein Stein vielleicht noch da? Nanu, Sie sind das selbst? Sie machen gerade Schluss, Fräulein Stein? Ach, hören Sie mal, ich habe eine große Bitte an Sie. Sind sie aber auch bestimmt nicht bös? Ich wollte Sie nämlich fragen – würden Sie vielleicht morgen abends – sind Sie morgen abends überhaupt noch frei? – – – Ja? Und Sie würden mit mir vielleicht ausgehen? Sehen Sie, da hab' ich nun Karten in der Tasche für den Ball der Rehmann-Schule. Haben doch sicher schon gehört davon. Und ich hab' keinen Menschen, mit dem ich dahingehen möchte. Außer – mit Ihnen – Fräulein Stein.«

Sie musste irgend welche Einwände gemacht haben, denn er verzog gereizt und gelangweilt den Mund. Immerhin war sie sicher die Tüchtigste von der ganzen Gesellschaft und sie sah ja auch wirklich nach was aus. »Also, nun sagen Sie schon zu. Sie können versichert sein, ich habe niemanden, mit dem es mir mehr Freude machen würde ... nein, auch die Dame in lila Samt nicht ... Was sagen Sie? Auf solche Bälle geht man am besten allein, wenn man sich amüsieren will? Aber ich will mich ja gar nicht – – – ich meine, ich will doch so gern mit Ihnen zusammen sein. Sie kommen also, ja? Wo treffen wir uns denn? Darf ich Sie irgendwo abholen? Was, Sie haben kein Kostüm? Aber ich bitte Sie, das besorg' ich Ihnen doch! Welche Größe ... ach nein, das weiß ich schon ... Sie müssen nur noch Ihre genaue Adresse sagen, damit es morgen nachmittags dann bei Ihnen abgegeben wird. Wie? Nummer 78? Ja? Und schönen Dank, Fräulein Stein. Und wegen des Abholens telefonieren wir morgen nachmittags nochmal.«

Kreuznacher hängte an. Die Sache schien doch zu

klappen. Er vergaß, bei Jarmila abzusagen, und fuhr nun doch nach Hause, um zu sehen, wie weit Papa mit seiner Kalkulation gekommen war.

Lotte Stein stand vor dem Spiegel. Er war eines jener altmodischen Gute-Stube-Exemplare aus der Vorkriegszeit, das Frau Stein infolge der Strapazen, die seine Erwerbung gekostet hatte, sehr am Herzen lag.

»Da, dieses Paket ist für dich abgegeben worden«, hatte sie vor einer Stunde gesagt, als Lotte vom Geschäft nach Hause gekommen war.

»So? Ja, ich weiß schon.«

»Willst du mir nicht sagen …?« Die Mutter ging ihr auf die Nerven. Scheußlich, diese ewige Herumspioniererei.

»Ein Maskenkostüm. Ich gehe nämlich heute auf einen Ball.«

»Ach nein? Und darum machst du so ein Gesicht? Merkwürdige Angewohnheiten heutzutage …«

»Nun lass schon, Mutter.«

»Sag' mal, Lotte, fehlt dir eigentlich was?« Die Mutter machte ein durchdringendes Gesicht.

»Gar nichts fehlt dir? Na, dann is' ja gut. Du musst ja wissen. Ich jedenfalls …«

»Also hör' doch schon auf!«

»… sage dir, dass ich so eine Sache kein zweites Mal mitmache, mein Kind.«

Lotte drehte der Mutter den Rücken und machte sich an dem Paket zu schaffen. Ein schwarzsamtenes Kostüm kam zum Vorschein. Die Mutter betrachtete es voller Misstrauen.

»Wo kommt das denn her?«

»Och. Das hab' ich mir geborgt.«

»Das sieht aus wie geborgt. Das ist ganz neu, mein Kind. Ich weiß nicht, warum du mich immer beschwindeln willst ... Na, meinetwegen ...«

Sie ließ offen, was Lotte ihretwegen alles hätte tun können. Und Lotte zog das Kleid herunter und probierte das Kostümchen an. Sie stand vor dem Spiegel und drehte sich beobachtend herum. Der Kittel saß wie angegossen. Das Höschen war im Gummizug zu weit. Lotte Stein sah an sich herunter. Das war sie? Wie schön das Schwarz zu ihren Haaren passte!

Eigentlich hatte sie Fieber. Der Tag im Geschäft war ihr weggeflogen. Sie wusste nichts mehr von ihm. Gar nichts. Was dachte sie sich eigentlich? Ach, sie dachte nichts. Sie wollte nicht denken. Sie verbot es sich. Hatte sie eigentlich Kunden bedient? Hatte sie Herrn Breitstein vertröstet und mit Jo Lindberg schwierig telefoniert? Hatte sie – und wie hatte sie – Walter Böhmelmanns treue, bettelnde Blicke ertragen? Hatte sie ihm nicht »morgen« zugeflüstert und bei allem, was sie tat und unterließ, bei den Handschuhen und bei den Männern, bei den Kolleginnen und beim Frühstück, beim Mittagbrot und in der Kaffeepause immer nur »heute!« gedacht, immer nur gespürt, wie ihr Herz seine Schläge hetzte, wie ihr Körper erfüllt war von einer herrlichen Musik, wie sie leicht geworden war und sich von der Erde hob, wie sie kaum noch die Füße auf den Boden setzte, wie es wegtanzte mit ihr und wie ihre Ohren nichts hörten als jenes Klingelzeichen, mit dem Hans Kreuznacher die abendliche Verabredung dann festmachte: »Um neun Uhr also an der Brücke. Schön. Wir gehen vorher aber noch zum Abendessen. Sie können im Kostüm in kein Lokal gehen? Ich bitte Sie, Fräulein Stein, Sie ziehen irgendeinen Kompletrock an, den wir dann in der Ballgarderobe abgeben. Einverstanden? Also, um neun ...«

Das war Hans Kreuznacher. Ein Mann von raschen Entschlüssen, ein Mann, der in jeder Frage einen Rat wusste. Lotte Stein kramte in ihrem Schrank. Sie hatte einen langen, seidenen Rock, den konnte sie überziehen ...

Sie hatte Kopfschmerzen vor Aufregung. Mein Gott, da war Annemie gewesen, und sie hatte Annemie versprochen, ihr bestimmt zu helfen. Annemie hatte erklärt, Kurt wisse alles, wenn sie ihm auch nichts gesagt habe; er renne herum wie ein Wilder, und dann sitze er wieder da und brüte vor sich hin.

»Du müsstest mal kommen und mit ihm reden«, hatte Annemie gebeten, »auf dich hört er doch«, und sie hatte zugesagt.

»Kommst du heute Abend, Lotte?«

»Ja, heute Abend.« Und nun musste sie auch wohl das noch ...

Herr Brink, der Untermieter, erschien und stieß die höchsten Töne der Begeisterung aus, als er Lotte erblickte. »Prinzesschen aus dem Morgenland«, deklamierte er emphatisch.

»Na was, Frau Stein, haben Sie denn gar keine Angst um das Kind?« Frau Stein sah den Fragesteller wütend an. Sollte lieber seine Miete bezahlen … Sie wurde aus Lotte nicht recht klug. War es das letzte Mal nicht Ende des Monats gewesen? Lotte hatte doch wohl den ganzen Nachmittag gelegen, weil sie solche Schmerzen hatte und war früher aus dem Geschäft gekommen … Und hatte jetzt nicht schon der zweite Monat danach angefangen? Das Mädel sollte sich unterstehen …

Kurz vor neun verließ Lotte das Haus.

»Hör' mal Mutter … Falls Walter Böhmelmann … na, ich mein' nur, sag' erst mal nichts von dem Ball, nein?«

»Was?«

»Ich will nicht gern, dass er das von anderer Seite erfährt, nicht? Ich sag's ihm dann schon gelegentlich selbst.«

⁂

Kreuznachers Cadillac wartete bereits an der Brücke.

»Nett, dass Sie pünktlich kommen, Fräulein Lotte«, steckte er die Hand aus dem Wagen. »Freuen Sie sich nicht auch ein bisschen, wie?«

Sie freute sich. Sie hielt ihre Hand fest. Diese Hand hatte er geküsst …

»Wohin wollen wir nun also zuerst? Zu Roberts, Kurfürstendamm, zu Horcher oder zu Kempinski? So sagen Sie doch einen Ton! Oder fahren wir zu Kaysers? Wir können ja aber auch irgendwo in der Stadt …«

Was wusste sie von Roberts, von Kaysers …

»Ich hab' nämlich noch eine ganz wichtige Besorgung vor … Könnten wir das noch … Es dauert bestimmt nicht lange.«

»Also, wohin?« Er war kein bisschen enttäuscht. Er war mit allem einverstanden. Also fuhren sie in den Norden. Zu Annemie.

»Ich bin sofort wieder da. Sind Sie auch bestimmt nicht ärgerlich darüber?« Werden Sie auch nicht frieren, lag ihr noch auf der Zunge, aber sie sagte es nicht. Er hatte doch einen herrlichen, pelzgefütterten Mantel, ach, alles war herrlich, schön und ästhetisch an ihm.

Zum Glück war der Portier gleich zur Stelle. Er kannte sie. Er brummelte irgend etwas vor sich hin von früher kommen können, und dass man nach acht Uhr eigentlich niemanden mehr in das Haus einlassen brauche.

Sie jagte die Treppe hinauf. Sie klingelte. Sie wartete, ungeduldig von einem Bein auf das andere tretend, bis Annemie angetrippelt kam.

»Bist du das, Lottichen?«

»Aber Annemie …« Wenn sie sich doch nicht bei so

sinnlosen Redereien aufhielte! Da wartete unten doch einer. Lieber Gott, da wartete einer …

»Tag, mein Kind.« Lotte drückte ihr Gesicht hastig und heiß auf das Gesicht der andern. Wie süß fühlte sich dieses kleine, verweinte Dingelchen an. Wie schön müsste es sein … Aber sie war wohl nur erregt und ein bisschen durcheinander. Und die Sonntagnachmittage, die sie mit Annemie, ganz allein mit Annemie, verlegen hatte? Draußen regnete es und sie saßen drinnen, ganz eng aneinandergedrückt …

»Tag, Kurt. Na, wir haben uns aber lange nicht gesehen, was?« Kurt Simon, Telegrafenarbeiter, mächtig und breit, saß am Tisch und hob kaum den Kopf.

»Tag, Lotte.« Er stierte vor sich hin. Annemaries Augen waren ein Jammer. Ein Rock, ein alter Kragen und eine Arbeitskutte lagen auf dem abgesessenen Plüschsofa. Kurt war in Hemdsärmeln und sah aus, als ob er zum Boxkampf antreten wolle gegen einen übermächtigen, heimtückischen, unbekannten Gegner.

»Jetzt bleiben Sie aber erst mal hier, Kurt, was? Oder müssen Sie schon wieder auf Tour?«

»Nein«, antwortete an seiner Stelle Annemie. »Kurt geht so schnell nicht wieder weg. Die sollen sich auch mal andere aussuchen für ihre Montage, sagt er.«

Kurt sagte gar nichts. Und unten wartete einer. Wenn der nun wegführe … wenn es dem nun zu lange dauerte! Was hatte Annemie sich eigentlich gedacht? Was sollte sie zu diesem Klotz von einem Manne sagen?

»Willst du dich gar nicht hinsetzen, Lotte?«

Lotte setzte sich hin. Und unten …

Warum lief sie denn nicht auf diesen Menschen zu und schüttelte ihn: so nimm dich doch zusammen, Mensch! Siehst du denn nicht, dass du das Mädel damit ruinierst? Das kann doch jeder mal passieren, nicht wahr? Schluck' das doch hinunter und beiß die Zähne zusammen …

Aber sie war wie gelähmt. Die Luft im Zimmer war verbraucht. Das abgegessene Geschirr stand noch auf dem Tisch. Scheinbar hatte Annemie nicht einmal dazu mehr Kraft. Das Tischtuch hatte einen riesengroßen Kaffeefleck. Hier musste einer seine Tasse umgeworfen haben …

Kurt Simon, Telegrafenarbeiter, betrogener Mensch, gefällter Riese, sah Lotte Stein von unten herauf an:

»Da sind Sie also nur gekommen, um zu sehen, ob Ihre Freundin noch lebt, was? Ob ich sie nicht längst totgeschlagen habe, die kleine Hure, wie?«

Sie stand auf.

»Deshalb brauchen Sie nicht gleich gehen«, lenkte Kurt ein, denn er schien Angst zu haben davor, mit Annemarie Meier allein sein zu müssen, »deshalb … aber gehen Sie schon, Sie können ruhig sein und gehen, ich tu ihr nichts. Gar nichts tu ich ihr. Komm' her, Annemiechen, komm' her …«

Und sie kam wirklich. Scheu und furchtsam wie ein Hündchen. Er legte den Arm um sie. »Komm' her, Annemiechen weiß schon, dass man ihr nichts tut …«

War er betrunken? War er nicht mehr ganz normal? Annemarie Meier verschwand in seinem Arm. Lotte lächelte mit ganz kalten Lippen. Jetzt musste sie aber gehen. Jetzt musste sie sich aber endgültig einreden, dass sie nicht mehr gebraucht würde hier, dass sie sich ja wieder vertrugen, die beiden, dass Kurt doch ein großer und vernünftiger Kerl war …

»Aber ich schlage ihm alle Knochen entzwei, dem Hund, dem verdammten, wenn ich nur erst herauskriege, wer das gewesen ist, alle Knochen … komm', und hab' keine Angst, Annemiechen … alle Knochen, dem Hund …«

»Auf Wiedersehen«, sagte Lotte. »Könnten wir nicht morgen … Aber ich muss jetzt wirklich gehen. Auf Wiedersehen Kurt, auf Wiedersehen, Annemie …«

Da unten wartete einer. Trotzdem ging sie ganz langsam die Treppe hinab.

Da oben …

»Wissen Sie, dass Sie die Schönste von allen sind, Lotte? Ja? Wissen Sie das?«

»Von allen zweitausend? Es dürfte eine leichte Übertreibung sein, mein Herr! Warum nicht gleich der ganzen Welt?«

Sie hatten Sekt getrunken, das Glas zu 1.50 Mark. Dafür könnte ich schon … hatte Lotte zu überlegen begonnen und hatte diese Überlegung dann schnell beiseite geschoben. Der Sekt machte es hell hinter der Stirn und nahm das Fieber aus dem Kopf.

»Sie sehen wirklich bezaubernd aus, wirklich«, unterstrich Hans Kreuznacher seine Komplimente. Und während sie plötzlich ganz still dasaß und ihn anschaute, so, als ob sie ihm heimlich nachrechne, welches von seinen Worten auf das Konto Sekt verbucht werden müsste, ärgerte er sich über die Banalitäten, die er so daherredete. Etwas mehr anstrengen könnte er sich schon, nahm er sich vor, und wusste nicht, dass das abgedroschenste Liebeswort sie im Geheimen entzückte, weil es, aus seinem Munde, eigens für sie geprägt, nie gesagt, nie gehört …

Sie waren natürlich erst später gekommen. Bälle am Anfang des Abends waren wie Blumen im Frost. Und Hans Kreuznacher hatte keine Lust, einzufrieren. Richtig nett wurde es ja doch erst in der Zeit zwischen zwei und sechs Uhr morgens. So hatten sie, um Lottes anfängliche Einsilbigkeit in heitere Gespräche zu erlösen, mit Wein und Blumen bei Kaysers zu Abend gegessen. Still und bescheiden, wie es Herrn Kreuznacher erschien (Jarmila hätte darüber die Nase gerümpft), unerhört ausschweifend und luxuriös für Lottes Begriffe.

»Wollen wir tanzen?« Sie wollte.

Tanzen. Tanzen … mit ihm!

»Hier – oder drin, im andern Saal?« Er sollte nicht soviel fragen. Er sollte tun. Alles, was er tat, war gut. Er nahm ihren Arm und drückte ihn an sich. Das war mehr Gewohnheit als Absicht.

Die Menschen, die es verschmähten, an den Tischen Platz zu nehmen, Menschen, die mit dem krampfhaften Vorsatz gekommen waren, sich auf diesem Ball zu amüsieren, um jeden und jeden Preis, und die diesen Preis dann doch nicht zahlen konnten, weil er Alkohol hieß und weil sie für Alkohol kein Geld hatten, diese Menschen wanderten schwer und ernsthaft durch die Gänge und Säle; einige hatten gierige, vergnügungshungrige Gesichter, manchen stand die Enttäuschung unverhüllt in den Augen: so ist das also, und ich habe es mir so ganz, ganz anders vorgestellt!, diese verkörperten die glätteste Blasiertheit und jene erwarteten die Sensation doch noch mit dem Vorschreiten der Nacht ...

Lotte und Hans Kreuznacher schoben sich durch diese Menschenwanderung der Masken; brachen bis auf die Tanzfläche und hingen dann aneinander, bewegten sich nach der Musik und sahen sich an – – – das heißt: Lotte hing an Kreuznacher wie eine Verzauberte, Lotte bewegte sich verzückt nach der Musik, Lotte sah den Menschen an und merkte noch nicht einmal, wie im Grunde gleichgültig sie ihm war, wie er sie wohl gern einmal mitnahm und wie er sie vielleicht aus irgend welchen Gründen brauchte, wie er sich aber vor ihrer Gefühlsseligkeit langsam zurückzog und Distanz zu halten entschlossen war.

Oder – merkte sie es doch? Wachte sie endlich wieder auf aus ihrem Traum?

Sie schoben sich durch die immer noch unrastig und lustlos wandernden Menschen zurück. Für diese Menschen waren sie nichts als der Bewunderung werte Schaustücke und trugen dazu bei, dass sie dann am nächsten Tag ihren Verwandten versicherten: »Wenigstens ein paar nette Kostüme sah man auf diesem langweiligen Rehmann-Ball. Wissen möchte man, wo die wirklich jungen, herzhaft-lustigen Leute waren ...«

Aber die wirklich jung waren und herzhaft lustig hätten sein sollen, standen draußen vor dem Eingang mit der Mütze in der Hand: »Erbarmen Sie sich doch! Nur einen Pfennig!«, und rissen einander die Autotüren aus der Hand, wenn die Taxen angefahren kamen ... Die wirklich Jungen, die lustig hätten sein müssen, stießen dann einen Fluch aus, wenn der als dicker Scheich lächerlich verkleidete Herr nicht einmal den Versuch machte, einen Sechser Kleingeld zu spendieren, oder beteten beinahe dankbar zu einem ihnen verschlossenen Himmel, wenn eine kleine, vom Elend erschrockene Dame den Inhalt ihres Täschchens in die flehend hingestreckten Mützen warf ... Die wirklich Jungen ...

»Na, wenigstens ein paar nette Kostüme ... Ein spanischer Grande mit weißgefältelter Krause (das war Hans Kreuznacher für die vom Ball Erzählenden), also wirklich ein Mann wie ein Bild; lange, schwarzseidene Hosen, schwarzseidene Jacke, zurückgekämmtes, dichtes, schwarzes Haar ... der reizende Page mit den langen, nackten Beinen (und das war Lotte, denn woher sollte man wissen, dass sie etwas anderes als ein Page war?), dieser reizende Page war denn auch ganz vernarrt in den Mann ...«

»Na, das dürfte ja denn wohl doch nicht ganz stimmen. Ich zum Beispiel bin hinter ihnen gegangen und habe ein Gespräch mitgehört ...«

»Na und?«

»Und da hat dieser reizende, schwarze Page mit den nackten langen Beinen seinem Grande aber ganz gehörig die Meinung gesagt ...«

»Ah, wirklich? Was denn?«

»Oh, hat er gesagt, das brauche ich nicht. Darauf pfeife ich, mein Herr ...«

Soweit die Ballbesucher untereinander und zu ihren Verwandten am nächsten Morgen. Aber es war auch so.

Der spanische Grande und sein Page waren längst dazu übergegangen, sich zu duzen. Lotte fand, es sei ziemlich geschmacklos und komisch, dass ganz ernsthafte Leute sich auf Kostümfesten plötzlich der vertrauteren Anrede bedienten, lächelte aber nur beglückt, als der spanische Grande sich plötzlich näher zu ihr hinbeugte und flüsterte: »Du ... Lottichen ...«

Sie sah ihn plötzlich mit ganz anderen Augen. Ein Mensch, dem man Du sagen konnte, ein richtiger, normaler Mensch? Sie war ja verrückt gewesen die ganze Zeit. Wieder am Tisch, hatte sich der Grande von seinem Stuhl erhoben und neben seinen Pagen auf die Polsterbank gesetzt. Er merkte, dass seine Nähe den Schwarzsamtenen erregte. Er legte den Arm um seine Schulter. Er spürte, dass die Schulter zitterte.

»Eine Zigarette, ja?« Der Page zwang den Granden

von sich weg. Der Grande suchte ergebnislos in seiner Tasche.

»Hallo, Ober!«

Der Ober erschien. Er hatte wenig zu tun unter diesen Menschen, die es immer noch nicht für nötig hielten, die Tische zu besetzen. Er war missgelaunt und nervös.

»Den Zigarettenboy, bitte.« Der Zigarettenboy schob sein Tablett vor sich her und lächelte den schwarzsamtenen Pagen an. »Eine Schachtel Zigaretten. Ja, schon gut, diese da.« Der spanische Grande hatte es offensichtlich eilig und betrachtete die ganze Angelegenheit als eine unliebsame Unterbrechung. Der Page hingegen gab ihm die Zigarettenpackung zurück.

»Mit Strohmundstück, ja?« Der Page setzte sich ein wenig gerader. Es war seine Art nicht, sich als Pagen behandeln zu lasten. Er musste wissen, woran er war.

Der Grande betrachtete missbilligend den Zigarettenboy.

Ein Zigarettenboy hat es in den Fingerspitzen zu fühlen, ob eine Dame Stroh oder Gold oder gar nichts wünschte; scheinbar war das hier ein ziemlich untalentiertes Exemplar.

Das ziemlich untalentierte Exemplar tauschte mit vollendeter Höflichkeit die ungenehme Packung ein und überreichte – kleine, galante Verbeugung – dem schwarzen Pagen eine Senoussi Nummer 16 leicht. Der Page nickte.

»Danke schön«, sagte er, und seine Stimme war fröhlich und laut. Es war die Stimme eines Menschen, der sich, mitten im Schwung, aufgefangen hat, und sich erst einmal umsieht, um das Terrain zu sondieren.

Der Page öffnete die Packung und hielt sie dem Granden hin. »Sie auch?« Der Grande verzichtete dankend. Es war plötzlich wieder eine außerordentlich komische Ballangewohnheit der Menschen, Du zueinander zu sagen.

Die Musik vom anderen Saal kam ganz leise zu ihnen herüber.

Die Kapelle, der sie am nächsten saßen, pausierte. Der dicke, schwarze Negerdirigent hockte auf dem Holzpodium und grinste ihnen melancholisch zu.

Der spanische Grande entzündete ein Streichholz und hielt es an die Senoussi Nummer 16 leicht, an der sein Page mit etwas verkniffenen Augen sog. Der, dem das Rauchen zu Hause nur im geheimen gestattet war, biss, damit man die Bewegung seiner Lippen nicht bemerken sollte, energisch auf das Stroh. Tabakkrümel zwischen den Zähnen gaben ihm das Gleichgewicht. Ein nicht sehr sicheres, nicht sehr überlegenes, aber immerhin ein Gleichgewicht. Tabakkrümel zwischen den Zähnen, konnte er überlegen: wie schrecklich sie ausgesehen hat, die arme kleine Annemie, und ich bin weggegangen. Ich habe es auf mich genommen, wegzugehen. Ich weiß, dass da etwas passieren wird. Ich weiß, dass er sie schlägt und quält. Vielleicht drehen sie auch den Gashahn auf, um das alles loszuwerden

– – – und ich habe es nicht verhindert. Ich bin in ein Auto gestiegen und auf einen Ball gefahren. Ich bin mit diesem Menschen da gegangen und wenn er mir sagen würde, komm mit mir – – –

Tabakgeschmack auf der Zunge, konnte der Page denken: Und ich würde es wieder tun, und wenn ich wüsste, dass ich in tausend Höllenqualen dafür stürzte, ich könnte nicht zurück. Einem Artisten muss so zumute sein, wenn er vor dem doppelten Salto Mortale sieht. Die Schaukel ist im Schwung. Das Seil wird losgelassen. Der Körper durchschneidet in rasender Bewegung die Luft. Nützt da die blitzartige Erkenntnis, dass ein Fehler gemacht worden ist im letzten Augenblick? Dass der Absprung falsch war oder dass die Hände des Partners nicht sicher sind, dass er sie nicht hinhalten kann, dass man aneinander vorbeifliegen wird in einen Abgrund?

Tabakrauch aus halbgeöffnetem Munde stoßend, wusste Lotte, dass es nichts nützen würde, fühlte sie nur, dass der Boden unter ihren Füßen gewankt hatte, und fand sie, schwarzer Page von betörendem Reiz, dass dieser Boden wieder geradegebogen und zurechtgezimmert werden müsse. Pagen tänzeln sonst zwar, hohe schlanke Beine, rotes, tanzendes Herz, hinter ihrem Herrscher her. Der Page Lotte Stein aber war es gewohnt, auf festen Füßen zu gehen, und also legte er jetzt den Kopf ganz leicht zurück und sagte in den Rauch der Zigarette hinein: »Das glaube ich ja nun nicht …«

Worauf er seinen Satz, mit dem er höchst unzufrieden schien, abbrach. Der spanische Grande, der abwechselnd den am Tische vorbeidefilierenden Menschen nachgesehen, dem Negermusikanten zugezwinkert und den nachdenklich gewordenen Pagen beobachtet hatte, hob sein Glas. Der Page aber beharrte auf seinem Kopf. Er blies den Rauch ungeduldig von sich fort, drückte die Senoussi Nummer 16 leicht in den Aschbecher aus und fing den Blick des spanischen Granden und damit von Neuem seinen abgebrochenen Satz aus:

»Das brauchen Sie mir gar nicht erst erzählen: Liebe des reichen Kaufmannssohnes zur kleinen Verkäuferin ... Das glaub ich Ihnen nicht. Das ...« – selbstbewusster, ein wenig harter Mund, auf dem sich, da er fest geschlossen war, der Rand des Lippenrouges verdächtig abhob – »... das werden Sie mir ja hoffentlich auch nicht sagen wollen. Aber – –«

Und der Page lässt seinen Mund wieder frei, der Page, der den Zustand mit dem Lippenrouge irgendwie gefühlt hat, öffnet das Handtäschchen, entnimmt ihm Spiegel und Rotstift, zieht aufmerksam den Bogen nach und sagt bei der letzten Korrektur, die sich auf die besonders kompliziert zu behandelnden Mundwinkel erstreckt:

»... aber irgendeinen Grund müssen Sie doch gehabt haben. Ohne einen bestimmten Grund geht ein Mann wie Sie nicht mit einer Warenhausangestellten auf einen Ball, nicht wahr?«

Im Augenblick war der spanische Grande verblüfft. Menschen, die ihn gerade in diesem Augenblick betrachtet hätten, würden ihn fast verlegen gefunden haben. Der Page jedoch schien seine Festigkeit wiedergewonnen zu haben. Er nagte an seiner Unterlippe und nahm, ein Bein über das andere gelegt, eine sehr gefasste und sehr sichere Haltung ein. Diesen Pagen konnte nichts mehr treffen.

Der Negerdirigent sprang, als wäre er plötzlich vom Teufel besessen, auf und peitschte jauchzende, lärmende, vorwurfsvoll schreiende Töne aus den Instrumenten seiner Musikanten. Danach, dachte der schwarzsamtene Page, müsste man tanzen. Ach, wenn man danach tanzen dürfte mit diesem Mann ... Dann spürte ich seine Beine und berührte seine Knie ...

»Also? Warum sagen Sie mir nicht, warum Sie mit mir hierhergegangen sind? Um Ihre lila Dame zu ärgern? Die ist wohl auch hier und da wollten Sie ihr zeigen ... Also nun rücken Sie schon mit der Sprache heraus. Denn dass Sie keinen anderen Menschen haben ... wissen Sie, was Sie mir da am Telefon erklärten ... das brauch ich doch auch nicht zu glauben, nicht?«

Das brauch ich doch auch nicht zu glauben, sagte sie, denn sie merkte, wie er nach einer Antwort suchte, und sie fühlte schon im Voraus, dass diese Antwort eine maßlose Enttäuschung für sie bedeuten würde. Sie sah es an seinem Gesicht. Das brauch ich doch auch nicht zu glauben, sagte sie darum zögernd und machte es ihm leicht und wollte ihm die gegenteilige Antwort in den Mund legen. Aber nicht einmal das merkte er und darum machte er auch nicht einmal den Versuch zu lügen. Dieser Page war ein modernes Mädchen, das die ebenso moderne Wahrheit zu ertragen hatte:

»Ich will Ihnen das ganz offen sagen, Fräulein Stein … ich bin furchtbar gern mit Ihnen zusammen, wissen Sie …« Kleines Erdbeben im Herzen des schwarzen Pagen … furchtbar gern mit Ihnen zusammen, *aber* … Was heißt hier aber, er hat es doch noch gar nicht gesagt, oh, und er wird es auch nicht sagen, ich werde aufstehen und ihm den Mund verschließen … ich werde ihn küssen, wild, hemmungslos, heiß, küssen werde ich ihn, bis er das vergisst, bis er gar nicht mehr weiß, dass er einmal ein Aber gedacht hat …

»Aber …?«, fragt sie und ist, Page aus dem finstersten Mittelalter, auf eine grausame Folter gespannt.

»Aber …?«

»Aber ich will Ihnen gar nicht verhehlen, dass ich noch einen anderen Gedanken mit unserem Zusammensein verbunden habe.« Er will es nicht verhehlen … Wie gut das klingt. Er will es nicht verhehlen … man müsste es ihm hoch anrechnen, dass er nichts verhehlen will … nichts verhehlen … und darüber geht Annemie kaputt, darüber verrät man Walter Böhmelmann, an diesen Menschen mit diesem Aber und dem Nichts verhehlen wollen wirft man sich hin … Nein, man wirft sich nicht. Man hat sehr kalte Hände, es kommt einem überhaupt vor, als atmeten alle Menschen dieser Säle Frost- und Kälteschauer aus, aber auch das geht vorbei.

»Nun – und?«, fragt man, und überlegt gar nicht dabei: was könnte er wollen, was könnte er meinen? weiß nur: *das*, was ich meine, meint er nicht, und fragt: »Nun – und?« mehr um über diesen Abgrund hinwegzukommen als um nun endlich wissen zu wollen, was los ist. Denn das weiß man auch so.

Einer, der sich als Matrose mit blaugestreiftem Sweater und rotem Halstuch aufgemacht hat, bleibt stehen und nähert sich dem Tisch. Er hört aber nichts als die Stimme des spanischen Granden:

»Sie sind doch ein vernünftiges Mädel, nicht wahr? Sehen Sie, und darum möchte ich gerne eine ganz geschäftliche Angelegenheit mit Ihnen besprechen, aber nicht hier, nicht heute, heute wollen wir nett zusammen sein ...«

»Ach? Und darum haben Sie mir das Kostüm beschafft? Und darum sind Sie mit mir auf diesen Ball gegangen? Eine geschäftliche Angelegenheit? Bitte, Herr Kreuznacher, warum verlieren Sie denn so viel Zeit? Und sagen Sie mal, warum trinken Sie denn dann Sekt mit mir? Trinkt man jetzt bei Geschäften Sekt?«

Der blaugestreifte Matrose verließ eiligst diesen ungastlichen Tisch. Der Grande aber rückte seinem Pagen näher auf den Leib.

»Weil ich gern mit Ihnen zusammen bin, Lottichen. Weil es mir Freude macht, mit Ihnen zu tanzen ... also nun seien Sie schon vernünftig, Kindchen. Lassen wir die Geschäfte für den Alltag und amüsieren wir uns heute. Ja? Glauben Sie mir? Wollen Sie? Sehn

Sie, der Negerpapa da zerreißt sich um Ihre Gunst und Sie kümmern sich einfach nicht. Finden Sie das richtig von Ihnen? Ist das gerecht? Also tun wir ihm schon den Gefallen, nicht?«

Der blaugestreifte Matrose zweifelte an der Zuverlässigkeit seiner sämtlichen Sinnesorgane, als er, im Arme einer Heroine hängend, den spanischen Granden und seinen Pagen einträchtiglich miteinander nach den Rhythmen des Negermusikanten tanzen sah. Der Page hatte ein merkwürdiges Gesicht … was für ein Gesicht hatte dieser Page nur? Die Heroine zog den blaugestreiften Matrosen wieder mit sich fort. Er wurde sich über das Gesicht des Pagen nicht mehr ganz klar.

Straßen am Morgen sind wie Straßen aus einer verlorenen Welt. Aus einer Welt, die in Kulissen steht, aus einer Welt, die in der Nacht gestorben ist.

Der schwarze Page Lotte Stein betrachtet aus dem Autofenster die Straßen dieser Welt, die Straßen dieses Morgens.

Der schwarze Page Lotte Stein hätte eigentlich anderes zu sehen. Er brauchte nur den Kopf herumzudrehen … Der schwarze Page nimmt sich zusammen. Presst die Knie aneinander. Da ist also dieser Mann …

»Eigentlich möcht' ich jetzt nach Haus«, hatte Lotte Stein, als die Musik des Negers um drei Uhr morgens wiederum auszusetzen begann, zu dem spanischen Granden gesagt. Sie waren vorher noch durch die Säle geschlendert, Arm in Arm, nett und lustig, harmlos und amüsiert, – sieben Säle und jeder war anders, jeder war schöner, jeder war origineller drapiert. »Ich hab' mir das schon immer gewünscht«, hatte der Page zu seinem Granden gesagt, »so ein Rehmann-Ball, hab' ich mir gedacht …, darum bin ich nämlich auch mitgegangen, wissen Sie?«

»Komm, lass uns nett sein …« Der Grande wich allen Auseinandersetzungen aus.

»Und wann werden wir unsere geschäftliche Unterredung haben? Vor sieben Uhr Abend kann ich nämlich nicht.«

»Dann also danach.«

»Und wo?«

»Wir wollten doch nett sein, Lottichen. Irgendwo in Ihrer Nähe. Ich muss am Montag sowieso nochmal bei Schack vorbei, dann bereden wir es, ja?«

Die anfänglich dumpfe und gedrückte Stimmung dieses Festes, das den Ruf einer der tollsten Veranstaltungen der Saison genoss, war umgekippt in jene zupackende, zotige Flegelhaftigkeit, der Menschen, denen es an wirklicher Heiterkeit und Freude gebricht, meistens anheimfallen.

Der Page und sein Grande stiegen über die auf den Treppen hockenden, ineinander versunkenen Paare. Sogar auf diese Treppen würde ich mich legen …, dachte der Page.

»Mit dieser Dame aber«, sagte er, lächelnd in seinem schwarzen Samt, »mit dieser Russenkäppin in Lila, haben Sie da auch geschäftliche Besprechungen?« Auf der Brüstung, hingegossen in den Arm eines Ritters, lag ein Fräulein in rostrotem Fransenkleid. Zu ihren Füßen saß ein zweites Geschöpf, gelangweilt und an den Fransen spielend. Sogar auf diese Brüstung …, dachte der Page, und die Menschen schwärmten singend wie die Narren vorüber und bestaunten das Fräulein in Rot.

»Die ist ja angezogen«, knurrte einer, dem dann unter lautem Gebrüll erklärt wurde, auszuziehen pflege man sich jetzt noch nicht.

Sogar auf die Brüstung …

And nun sitzen sie im Wagen. Und nun fahren sie durch die Wüste der gestorbenen Straßen. Und nun brechen die toten Augen der Häuserfenster vorwurfsvoll in ihren Blick. Der Sektrausch ist verschwunden. Trotzdem ist es immer noch hell hinter der Stirn. Irgendwo liegt Annemie hinter solchem Fenster und hat sich in Schlaf geweint … irgendwo sitzt Rolf Fiedler, der Philosophiestudent, und hat bis zur Erschöpfung studiert … irgendwo sieht Walter Böhmelmann mit großen glücklichen Augen zur Decke.

Mit großen, glücklichen Augen … und ist doch verraten worden, da er am seligsten glaubte … Nein, sie kann es nicht ändern. Sie hat nichts dazu getan. Sie ist überfallen worden von dieser Liebe, getroffen wie von einem Unglück und es kommt jetzt nur darauf an …

Die Häuser rücken enger zusammen. Kommt es jetzt darauf an, dass man sich fest in der Hand behält, dass man sich nicht hinschmeißt, dass man diesen Menschen, der unberührt und fröstelnd an diesem Morgen in diesem Wagen sitzt, dass man diesem Menschen, von dem unerklärlicherweise Himmel und Hölle des Lebens abzuhängen scheinen, nicht allzu viel von sich selbst zeigt ... dass man aber im Geheimen kämpft und nicht nachgibt ... nicht ...

Die Häuser haben ein immer vertrauteres Gesicht. Der Kanal ist gefroren. Die Brücke hängt schwarz und drohend über dem Wasser.

Der Wagen stoppt. Der Grande öffnet die Tür. Der Page huscht nach einem ganz flüchtigen Händedruck über die Straße. Langsam fährt der Grande hinter ihm her und biegt um die nächste Ecke. Beide, Grande und Page, sind so leise und vorsichtig voneinandergegangen, als hieße es, jemanden stören, wenn sie sich nach dieser Nacht und an diesem Morgen laut und deutlich mit »Auf Wiedersehen, Fräulein Stein«, »Auf Wiedersehen, Herr Kreuznacher« verabschiedet hätten.

Die Straßen liegen gestorben im Morgen. Der Hauch von einem Mond steht blasslichtig über dem Kanal.

VII.

An diesem Morgen hatte es geschneit. Kleine, gefrorene Flocken, die hartnäckig um ihr Leben kämpften, schwebten in der Luft, wurden vom Wind wieder in den Himmel getrieben und hatten es schwer mit dieser Welt.

Der schwarze Page hatte sich seines Samtgewandes entledigt, einen Morgenrock übergezogen und ans Fenster gesetzt. Der Gedanke, sich jetzt ins Bett zu legen und zu schlafen, erschien ihm unmöglich und absurd. Er war auch gar nicht mehr müde; außerdem hielt ihn die Kälte seiner Schlafkammer wach. Der entkleidete Page hatte Lust, sich ans Straßenfenster zu setzen und auf den Kanal zu sehen. Aber dann hätte er durch das Schlafzimmer der Eltern gehen müssen und hätte sie geweckt. Im Übrigen hätte wahrscheinlich auch Herr Brink, der Untermieter, dadurch gestört werden können; und Herr Brink, wenn er auf war und ihr ins Wohnzimmer nachgestiefelt kam, war ein unangenehmer Gast.

Und also saß der in Lotte Stein zurückverwandelte Page vor dem Kammerfenster und sah auf den Hof. Jetzt ist er am Potsdamer Platz ... und jetzt ist er wohl schon im Westen, Tiergartenstraße, jetzt fährt er bei Jo Lindberg vorbei ... jetzt biegt er ein ... Budapester Straße ... und fährt ganz allein in seinem Wagen ... Gedächtniskirche ... Gedächtniskirche in der Dämmerung muss merkwürdig aussehen ... und jetzt fährt er wohl den Kurfürstendamm entlang, immer weiter, bis in den Grunewald ... fährt leise auf den stillen, gepflegten Straßen, sieht den Wald an, stellt den Wagen ab und geht hinein. Ich müsste mal hinausfahren und mir das Haus ansehen. Nein, ich will nichts von diesem Haus, nicht einmal sehen will ich es. Und er ist ganz allein durch den Morgen gefahren und ich sitze ganz allein an diesem Fenster ...

Herr Brink zum Beispiel erzählt mir immer von seiner Einsamkeit. Herr Brink ist oder war mal Versicherungsagent. »Wenn man so jung ist wie Sie«, sagte Herr Brink in solchen Fällen, »kann man einem alten Mann gern ein bisschen Wärme abgeben, Fräulein Lotte.« Dabei ist Herr Brink eigentlich noch nie handgreiflich geworden. Nein, Einsamkeit passt mir nicht, denkt Lotte. Wenn man den ganzen Tag im Warenhaus steht, hat man ja auch gar keine Zeit dazu. Einsamkeit ist was für Nichtstuer und alte Leute. Ich bin doch gerade eben über zwanzig, denkt sie weiter. Wenn ich nur wüsste, was er von mir will ...

Ein ganzer Tag noch ...

Ich möchte Kaffee trinken. Richtigen, schwarzen, dicken Kaffee. Scheußlich, dass man hier jeden Menschen stört, wenn man tun will, was man möchte. Wo hab' ich eigentlich den Brief von Walter Böhmelmann? Werd' dem Jungen ja schließlich Bescheid sagen müssen. Da hilft schon nichts. Nein, liegt mir nicht länger, die ganze Schwindelei. Hab' ihn ja wirklich gern. Ist so ein grundanständiger Kerl, der Walter ... Walter Böhmelmann, werd' ich sagen: so und so liegen die Dinge. Damit muss man fertig werden. Dagegen kann kein Mensch was tun. Da wird man auch gar nicht erst gefragt. Mit einem Male ist so was da, so ein Gefühl mein ich, und das nimmt keine Rücksicht ...

Aber erst nach Annemie sehen. Kurt wird doch hoffentlich vernünftig gewesen sein. Aber das nützt ja nichts. Das nützt nicht einmal was, wenn Doktor Möller doch hilft. Da ist was kaputt gegangen ... ekelhaft ist das ... dieser Hund von einem Saffian ...

Die Flocken draußen werden schon größer und weicher. Lotte legt die Arme aufs Fensterbrett und den Kopf darauf. Schön ist das, die Augen zuzumachen und alles zu vergessen ... schön ist das ...

Sie schläft ein. Aber man muss die Augen aufmachen, denkt sie unablässig im Schlaf ... Aufmachen ... die Augen ..

Als sie sie wirklich aufmacht, klingelt es an der Wohnungstür. Ein Bote bringt, mitten im Schnee, einen großen roten Rosenstrauß. Hans Kreuznacher jun. steht mit etwas zu steifen und zu sachlichen Druckbuchstaben auf der Vorderseite des Kärtchens, und hinten herausgekritzelt, in Eile und mit dünnem Blei: »War es nicht wirklich sehr nett? Auf morgen also.«

Annemarie lag mit fiebrigem Gesicht auf dem alten Kanapee in Kurt Simons Zimmer. Kurt Simon saß, als hätte man ihn eben erst verlassen, vor dem Tisch, Stirn in die Hände gestützt, untätig, mit den Augen zu Annemie, sonst aber wie einer, der alles mit sich geschehen lässt, nachdem ja doch alles sinnlos geworden ist.

»Nicht einmal Umschläge haben Sie ihr gemacht? Sie hätten sie da einfach so verkommen lassen, nicht?« Annemie sah krank von einem zum anderen und sagte kein Wort.

»Wissen möcht ich, ob Sie verrückt geworden sind … können Sie nicht wenigstens mal runter in die Apotheke gehen, wie? Fliedertee, Aspirin und Panflavin, verstehen Sie?«

Er knurrte etwas von »… ja doch zu am Sonntag« und zog seinen Rock über. »Gehen Sie um die Ecke in die Galinus, und wenn die nicht auf ist, sehen Sie an dem Zettel, der draußen anklebt, wohin Sie gehen müssen. Haben Sie mich verstanden, Kurt?«

Es schien so, als ob er sie verstanden hätte. Er ging.

»Hast du große Schmerzen, Annemiechen?«

Sie schüttelte den Kopf.

»Zeig mal deinen Puls, komm, gib mal die Hand.«

Annemie gab die Hand. Vielleicht war es wirklich nicht so schlimm, wie es im ersten Augenblick ausgesehen hatte? »Hat er dir etwas getan, Annemie?«

Sie versuchte, die Lippen zu öffnen. Er hatte ihr nichts getan. Nur dagesessen und gebrütet und nichts gesagt.

»Wenn du wieder gesund bist, Annemie, gehen wir zu Doktor Möller, nicht?«

Die Kleine lächelte. Ganz schwach.

»Und wenn das dann vorbei ist – – –«

»Wo – warst du denn – gestern, Lotte?« Sie hatte es sich mit heldenhafter Anstrengung aus dem Munde gepresst.

»– – – wenn das dann vorbei ist, ach, weißt du, dann wirst du es gut haben, Annemie. Dafür lass mich nur sorgen, mein Kind.« Sie hielt die Hand der Kleinen. Sie sagte nicht, wo sie gewesen war. Kurt erschien wieder und brachte tatsächlich, was er bringen sollte.

»Sehen Sie …«, sagte Lotte schon etwas versöhnter, »sehen Sie …«, und zu Annemie gewandt: »Nun wird es gleich besser, meine Kleine, nun ist es gleich wieder in Ordnung, Annemiechen …«

Der Riese Kurt betrachtete verständnislos die Handfertigkeit, mit der Lotte um die kranke Annemie war.

»Sie haben ihr wohl nicht mal das Kleid ausziehen können, wie? Am Ende hat sie die ganze Nacht so gelegen.«

»Sie ist noch gar nicht aufgestanden«, sagte er reuevoll.

»Und Sie haben es zugelassen, dass sie sich so hinlegt. Zerschlagen und kaputt wie sie gestern schon war. Ja, sagen Sie mal – schämen Sie sich denn gar nicht?« Annemie stöhnte bei jeder kleinen Berührung. Sie musste furchtbare Gliederschmerzen haben.

»So bringen Sie schon Ihre Bettdecke rüber und ein paar Kissen, Sie!« Kurt tat, wie ihm geheißen.

»So. Und nun halten Sie mal das Kind.« Sie hob die leise Jammernde hoch und legte sie ihm in den Arm. Der kleine runde Bauch unter dem dünnen Hemd bewegte sich auf und nieder und bei jeder Bewegung jammerte Annemie mehr.

Lotte schüttelte das Bett auf und wickelte eine Wolldecke um Annemies Körperchen.

»Augenblickchen noch, mein Kind, gleich darfst du schlafen … Augenblickchen, mein Armes …«

Sie brühte den Tee. Kurt stand etwas interessierter, nicht mehr ganz so gefühllos, dabei. Er sah auch zu, wie Annemie Tee und Aspirin schlucken musste und gleich darauf zurückfiel und einschlief. Er schluckte auch selbst willig dic Panflavintablette, die Lotte ihm verordnete, nachdem er beobachtet hatte, dass auch sie eine nahm. Damit aber schienen seine Lebensgeister wieder zu versacken.

»Grippe, nehm' ich an«, erklärte Lotte und stellte die Tablettenschachtel auf den Tisch. »Und jede zwei Stunden wird von diesem Zeug gegessen, verstanden? Ist ja nicht nötig, dass wir uns anstecken, wie?« So musste man wohl reden mit ihm. Anfahren musste man ihn, damit er überhaupt hörte, was man sagte.

Es wurde ganz still im Zimmer. Annemie fuhr manchmal mit der Hand aus der Bettdecke und seufzte. Dann ließ auch das nach.

»Vielleicht ist es auch nur die Anstrengung und die

Aufregung der letzten Tage«, sagte Lotte, die fand, es müsste nun endgültig Schluss gemacht werden mit dieser Quälerei.

»Ja«, antwortete er, »vielleicht.« Das kam dumpf und mit der nachdrücklichen Betonung, dass er sich dafür nicht verantwortlich fühle. Ehe sie aufwacht, beschloss Lotte, muss er sich entschieden haben. Das fängt nicht noch mal wieder an. Ich lass mir doch die Annemie nicht ruinieren ...

»Dass ich erst mal hierbleiben muss, werden Sie hoffentlich einsehen. Ihnen kann man das Kind ja nicht überlassen. Aber passen Sie mal auf. Jetzt ist's schon über Mittag. Hat Ihnen die Annemie mal von Walter Böhmelmann erzählt?«

Er nickte. »Oft«, sagte er.

»Na also. Das ist nämlich unser einziger freier Tag, der Sonntag. Also passen Sie auf, der Walter Böhmelmann muss hierher. Das kann ich Ihnen nicht ersparen, Kurt. Sie kriegen es fertig und lassen die Annemie dann in dem nassgeschwitzten Zeug liegen – und ich will nicht ohne den Jungen sein, dem ich sowieso allerhand zu sagen habe. Also wie machen wir das?«

»Wo – wohnt er denn?«

»Och. Gar nicht weit. Viertelstunde von hier. Ich könnt ihm einen Zettel schreiben und ein Kind schicken. Wohnt hier irgendein Kind?«

Von so viel Initiative war selbst Kurt Simon erschlagen.

»Die Tochter meiner Vermieterin ...«

»Geben Sie mal Papier her ...« – »Lieber Walter, Annemie Meier ist krank. Kann sie nicht allein lassen. Komm doch hier herauf. Bring aber Formamint und so was gegen Ansteckung mit. Vielleicht auch was zu essen. Lotte ...«

»In einer halben Stunde«, sagte Lotte Stein zu Kurt Simon, »aber spätestens in dreiviertel, ist Walter Böhmelmann da. Vielleicht machen Sie nun endlich mal den Mund auf. Eine halbe Stunde ist so viel wie nichts. Was wollen Sie eigentlich von dem Mädel, wie?«

»Was ich von Annemie ...?«

»... will. Also nun reden Sie schon. Was ist denn los mit Ihnen? Seit Sie wiedergekommen sind, ist das Mädel wie vernichtet. Bilden Sie sich nur nicht ein, dass das so weiter ... Also ...?«

Eigentlich wartete sie auf einen Empörungsausbruch. Das brauche ich mir nicht gefallen zu lassen ... Halten Sie gefälligst den Mund ... Was haben Sie denn für ein Recht ...

Aber sie hatte ein Recht. Er wusste das. »Und ich?«, fragte er nur. Nichts weiter. »Und ich?«

»Sie?« Sie sah ihn an, wie er so herumsaß, verloren, gepeinigt. »Sie sind doch wohl ein großer starker Kerl. Oder etwa nicht? Aber die Kleine da, die geht drauf dabei ... und das, sehen Sie, das gibt es nicht.«

»Und wenn sie es selber will? Wenn es sie ekelt vor diesem ganzen Dreck?«

»Sie glauben doch nicht – – –«, sagte Lotte langsam, und das war eine Frage, das war ein Vorwurf: das also hat man aus Annemie gemacht? Dass sie – nicht mehr will? Aus dieser kleinen, zarten Person ... So hat man ihr also die Kraft aus den Adern gesogen ... Das also ...

»Ich glaube, Sie sind wirklich nicht mehr ganz beisammen, Kurt. Wenn das nämlich so ist, ja, warum stellen Sie sich denn dann so an? Dann brauchten Sie doch nur das Blättchen herumzudrehen!? Dann machen Sie ihr's doch schön und sauber und fröhlich und gut. Dann machen Sie doch, dass sie wieder gern da ist und dass sie es vergisst ...«

»Nach dem, was passiert ist?«

Aus. Keulenschlag vor die Stirn. Nach dem, was passiert ist. Heillose Idioten, diese Kerls. Erloschene Augen, vorgefallene Schultern. Nach dem, was ...

»Was ist denn nun schon passiert, wie?«

»Das wissen Sie nicht?«, wollte er fragen, aber er sah an ihrem Gesicht, dass sie es wusste, und dass sie es für einen Mumpitz hielt, sich darüber aufzuregen.

»Ich will Ihnen mal was sagen, Kurt: wenn Ihre ganze große Liebe nichts weiter aushält als diesen – diesen kleinen Verkehrsunfall – – – na, wissen Sie, dann ist nicht viel dran an Ihrer ganzen Rederei ... dann würde ich mich an Annemies Stelle bedanken dafür. Glauben Sie, der Kleinen hat es Spaß gemacht?«

»Aber – sie bekommt doch ein Kind – – –«

»Sie sind wohl vollkommen – – –«

»Doch – sie bekommt ein Kind!«

»Sie bekommt *kein* Kind. Ich glaub wirklich, Sie sind – – –«

»Aber sie hat es doch gesagt!«

»Na und wenn sie es schon bekommt! Sie haben doch Ihre Arbeit, Mensch, was ist denn da schon dabei?«

»Der Hund, der elende Hund – –«

»Na und Sie? Glauben Sie denn, dass Sie so viel besser sind? Anstatt es ihr leicht zu machen, machen Sie sie krank … Heldentat, das muss man schon sagen …«

»Aber – – –«

»Setzen Sie doch mal neues Wasser auf, ja? Wenn sie aufwacht, brauchen wir das.«

⁂

»Nachdem Ihr Beide schon so viel voneinander gehört habt«, bewerkstelligte Lotte die Vorstellung der beiden Jungens, »brauche ich wohl nichts hinzuzufügen. Das ist Walter und das ist Kurt.« Sie war etwas erschöpft. Strengte einen doch an, solchem großen, ungefügen Kerl den Kopf zurechtzusetzen.

Walter Böhmelmann und Kurt Simon verstanden einander vom ersten Augenblick an glänzend.

»Ewig schade, wenn ihr euch nie kennengelernt hättet«, scherzte Lotte, und Annemie machte ein glückliches Gesicht. Hatte sie nur schlecht geträumt und war jetzt aufgewacht? Der Kurt …

Walter Böhmelmann hatte Kuchen mitgebracht, aber auch Brot, Butter und Apfelsinen. »Soviel Geld …«, tadelte Annemie. »Dabei haben wir doch alles, nicht,

Kurt?« Und Kurt, nein, das war wie ein Wunder, Kurt nickte und kam zu ihr hin und streichelte ihr Haar und ihr kleines, verängstigtes Gesicht. Dann ging er und kramte einen Teller hervor und expedierte unter Mitwirkung von Walter Böhmelmann die Kuchenstückchen behutsam aus dem Papier.

»Das hat Mammi eingepackt, weißt du, daran bin ich gar nicht beteiligt«, erklärte Walter Böhmelmann mit einem Blick auf Lotte, die bei Annemarie saß.

»Lieb«, sagte Lotte, »sehr lieb von ihr.«

»Sie ist überhaupt wunderbar.« Walter Böhmelmann strahlte. Trotzdem Lotte bisher von Mammi Böhmelmann nur gehört und sie nie gesehen hatte, sprach sie so von ihr. Walter Böhmelmann suchte Lottes Augen. Sie entzog sie ihm nicht. Sie sah ihn mit einer beinahe beängstigenden Freundlichkeit an.

»Wo warst du die ganze Zeit?«, fragten Walter Böhmelmanns Blicke, »warum sagst du mir nicht, wo du warst?«

»Lieber Junge«, antworteten die Augen Lottes, »warum fängst du schon wieder an? Nichts hat sich zwischen uns geändert. Gar nichts. Warum genügt dir das nicht?«

»Und gestern Abend?«, fragten die Blicke. »Sonnabends waren wir sonst stets zusammen. Warum konntest du gestern nicht?«

»Das Glas haben Sie uns nun glücklich zerbrochen. Konnten Sie nicht bisschen besser aufpassen, Böhmelmann?« Kurt Simon lachte. Lachte?

»Annemie«, sagte er plötzlich ernst und laut. »Ich war ein Hund, Annemie. Aber das hört auf, verstehst du?«

Annemie streckte ihre kleine, abgemagerte Hand aus. Es genierte Kurt gar nicht, vor Walter Böhmelmann zu zeigen, was los gewesen war zwischen Annemie und ihm. Warum aber genierte es Walter vor Kurt Simon zu zeigen ...? Nein, nicht vor Kurt Simon. Vor Lotte selbst. Darum sprach er nur mit Blicken. Darum zerbrach er das Geschirr. Er hatte ihr nach jener Nacht damals einen Brief geschrieben. »Ich habe Vertrauen zu Dir.« Er durfte ihr nicht zeigen, dass dieses Vertrauen in die Brüche gegangen war. Das schreibt sich so schön und empfindet sich im Augenblick des Glückes auch so ehrlich: »So viel Vertrauen, wie ein Mensch zu einem anderen nur haben kann.« Aber dann: nächtelang wach liegen und es in sich bohren lassen und wühlen: was tut sie jetzt? Hätte sie nicht etwas genauer sagen können? Sind das nicht nur Ausreden gewesen?

»Und gestern?«, fragen seine Blicke.

»Ich hab' dich noch ganz genauso gern, mein Junge, alles andere ... Alles andere geht dich nichts an. Mit allem anderen musst du dich abfinden, das lässt sich nicht ändern«, wollten ihre Augen zurücksagen, soweit Augen eben so entscheidende Worte in ihrem Ausdruck formulieren können.

Annemie kam ihr dazwischen.

»Nun sag schon, wo ihr gestern gewesen seid, Lotti«, denn sie glaubte, Walter Böhmelmann habe gestern Abend unten gewartet und deshalb habe Lotte es so eilig gehabt.

»Ich war zu Hause«, antwortete Walter Böhmelmann etwas zu steif, als dass man nicht Verdacht geschöpft hätte, er könne zittern hinter dieser Steifheit, »und Lotte auch.«

Kurt Simon deckte gerade den Tisch. Er blieb nicht, Tassen mit Löffel in den Händen, verblüfft stehen. Er zog nur die Tischdecke, obwohl sie gar keine Falten hatte, zurecht und stellte, sanft pfeifend, die Tassen in wohlgemessenem Abstand zueinander auf. Und Annemie gab ein unbedeutendes und nur von Lotte bemerktes kleines »So?« von sich und nicht mehr.

Damit, dachte Lotte, könnte die Sache erledigt sein. Denn dass einer sanft vor sich hinpfeift und ein gerades Tischtuch zurechtzieht, und die andere »so?« sagt ohne jede weitere Betonung, das ist ja noch lange kein Grund ... Aber ich mag nicht mehr. Ich hab' das nicht nötig.

Kurt Simon hatte zu pfeifen aufgehört. Annemie machte ein harmloses, unauffälliges, leicht trauriges Gesicht.

»Annemie bekommt nochmal Fliedertee, nicht?«, fragte Kurt. Ein Glück, dass der Junge wenigstens ... Allerhand, dass man das zuwege gebracht hatte.

»Ja«, sagte Lotte, »Annemie bekommt Fliedertee. Und außerdem war ich gestern auf dem Rehmann-Ball. Gib mal die Tasse her. Ist noch sehr heiß, Annemie, komm, verbrenn dir nicht die Zunge damit.«

»Du warst …?« Das war Annemie und nicht Walter Böhmelmann. Walter Böhmelmann hatte eine Untertasse in die Hand genommen. Er stellte sie wieder hin. Obertasse darauf. Und nahm sie wieder herunter.

»War es schön?«, fragte Annemie zaghaft und betrachtete angstvoll Walter Böhmelmann.

»Der Ball selbst …«

»Hör auf!«, schrie Walter Böhmelmann. Kurt Simon kam sich ziemlich hilflos dabei vor und machte einen heftigen Versuch, die Situation zu retten. »Nun kommt schon Kaffeetrinken, Kinder.« Aber niemand kam und niemand hörte ihm so recht zu. Verdammter Mist, warum kam man denn auch nie aus der Chose heraus. Das war, als wäre es verhext.

»Nein, entschuldige«, antwortete Walter Böhmelmann auf seinen Ausbruch, »so war es nicht gemeint.« Sehr höflich, sehr förmlich, beinahe erschreckend sich selbst zur Ordnung rufend.

Ich muss ihn doch belügen, dachte sie, wenigstens jetzt. Wenigstens im ersten Augenblick. Ich kann das nicht mitansehn. Und er versteht es doch nicht. Und ich kann ihn auch vor Kurt und vor der Annemie nicht so …

»Ich bin nämlich der Ansicht«, sagte sie und stand auf und ging ans Fenster. »Ich bin der Ansicht, dass man jede Möglichkeit benutzen muss, um herauszukommen. Um – etwas zu werden. Warum steht ihr so da? Um unabhängig zu sein von den Launen eines Herrn Grüninger und wie sie alle heißen. Und wenn ihr das nicht begreift …«

Sie hatte sich umgedreht. Gesicht der Straße zu. Der Schnee draußen war liegengeblieben.

»...wenn ihr das nicht ...«

»Ach ja«, seufzte Annemie, »ich begreif das schon. Ich möchte auch nicht mehr zu Schack gehen müssen ...«

Kurt zuckte die Schultern. Da ließ sich doch gar nichts machen! Wie dieses Mädel sich das vorstellte. Bei fünf Millionen Arbeitslosen. Hochkommen!? Von anderen Dingen verstand sie was. Da war sie ihm über. Hier aber ... Hier hieß es nur: sich verkaufen oder unten bleiben. Und – sah die aus, als wenn sie sich ...?

Und Walter Böhmelmann, für den es ja gesprochen wurde, hörte das überhaupt noch nicht.

Auf einem Ball ..., tobte sein Herz. Warum verschweigt sie das? Warum muss man das erst hinterher erfahren? Wohin geht sie noch und ich weiß es nicht?

»Ja«, sagte Lotte, »und als Kreuznacher mich dann einlud – – –«

»Du warst mit Kreuznacher?« Annemies Stimmchen kippte beinahe um. Der Schnee sah aus, als würde er bald wieder hochgewirbelt werden. Der Himmel hatte eine vom Wind unterwühlte graublaue Farbe.

»... bin ich mit ihm gegangen. Man kann nie wissen, hab' ich gedacht ...«

»Das kann man wirklich nicht«, stieß Walter Böhmelmann aus zusammengebissenen Zähnen, stand auf und ging aus der Tür. Man hörte, wie er im Korridor Hut und Mantel vom Haken riss. Die Korridortür fiel ins Schloss.

»Hallo, Böhmelmann!«, rief Kurt Simon dem Davongegangenen nach, und Lotte drehte sich mit einem nervösen Ausdruck um den Mund wieder vom Fenster in die Stube zurück.

Am anderen Tage zog Lotte Stein bereits morgens das gute Straßenkostüm an.

»Was du jetzt immer hast«, nörgelte Mutter, zu Lottes Glück aber erschien Herr Brink und vor Herrn Brink hielt die Mutter nun einmal gern ihre Privatangelegenheiten geheim.

»Ich hab' heut noch was vor«, sagte Lotte im Weggehen in der Tür, »wann ich wiederkomm ...« Und damit war sie hinaus und hatte alle Formalitäten in dieser Hinsicht erfüllt. Sie kam auch nicht so schnell wieder, aber die Mutter hatte es ja sowieso aufgegeben, sich darüber zu kümmern, wann Lotte nachts zu Hause erschien.

Die im Geschäft verabredete Besprechung mit Kreuznacher begann bereits kurz nach sieben Uhr. Sie trafen sich, das heißt, sein Wagen hielt, um Lottes Kolleginnen aus dem Wege zu gehen, in einer Seitenstraße. Frisch gepudert, vorteilhaft geschminkt, Hände und Gesicht vorher mit einem angenehm nachduftenden Eau de Cologne abgerieben, kam sie mit großen, sicheren Schritten, stieg sie, als führe sie jeden Abend mit einem Cadillac, in Kreuznachers Wagen, lächelte sie ihm flüchtig zu, sagte sie, nein, bei Kaysers seien bestimmt schon sehr viele Menschen, sie möchte lieber …

Und also fuhren sie zu Horcher.

»Wie hübsch Sie aussehen«, sagte er, als er die Bremsen zog, die im letzten Moment einen Zusammenstoß mit der Straßenbahn, Linie 78, verhinderten.

»Und wie gut Sie trotzdem fahren«, stellte sie, im Anschluss an den glücklich vermiedenen Unfall fest. Sie saßen Knie an Knie. Er brauchte es ja nicht merken, dachte sie, und rückte bei der nächsten Kurve näher an ihn heran. Die Lichtreklamen schrien mit roten, grünen und blauen Zungen ihre Anpreisungen in den Himmel. Der Schnee war bis auf einen kargen Rest verschwunden.

Bei Horcher war es so vornehm, gedämpft und steif, dass sie sich zuerst darüber entsetzte. In *dem* Kostüm … Immerhin schritt sie mit vollendeter Würde an den Kellnern vorbei und gelangte an einen Tisch.

»Also?« Er reichte ihr die Speisekarte. Sie nahm sich vor, besser auf ihre Hände zu achten. Ihre Hände gaben keine Ruh. Elende Nervosität, dachte sie, kommt nur davon, dass keiner einem hilft … Annemie war immer noch krank, aber was hätte Annemie schon tun können? Und Walter Böhmelmann hatte sich den ganzen Tag nicht sehen lassen.

»Haute Sauterne? Ja?«

Sie nickte, aber das Menü mochte sie nicht. »Irgend etwas Nettes. Etwas Auffrischendes, wissen Sie?«

Es lag ihr gar nichts am Essen. Es lag ihr nur daran, ihn zu beschäftigen. Sollte sich auch einmal den Kopf für sie zerbrechen, der Herr …

Auch, als die Kellner servierten, sann sie auf immer neue Mittel, ihn in Bewegung zu halten, ihn herauszufordern.

Sie musste ihm zeigen, dass ihr das gar nicht imponierte. Horcher! Na, es gab andere Dinge. Trotzdem musste sie höllisch auf sich aufpassen. Wenn er sie geliebt hätte, ach, wenn er sie geliebt hätte …! So aber hatte er nur Interesse an ihr. Irgendein Interesse, auf das man zu sprechen kommen würde. So aber wollte er nur etwas von ihr …

Ach, wenn er sie geliebt hätte! Dann brauchte sie nicht diese angestrengte Falte zwischen den Augen zu haben, dann könnte sie ihm gegenübersitzen in diesem großen, guten Einverständnis aller Liebenden mit der Persönlichkeit des geliebten Gegenstandes, dann gäbe es gar keine Fragen mehr und gar keine zweifelnden Gedanken, dann gäbe es nur noch ihn. Dann wäre alles leicht und hell und ohne Schwierigkeit.

Ach, wenn er sie geliebt hätte …

Blick zur Decke, Blick auf diesen netten jungen Mann, dem die Liebe wahrscheinlich ein Sport, ein nebensächlicher und nicht sehr wichtiger schien. Für den es scheinbar andere Dinge gab. Was für Dinge aber … was … Blick in diesen leisen, mit sehr wenig Menschen besetzten Raum, Blick auf die Kellner, Blick ganz groß aufblitzend wieder zu diesem Mann zurück:

Und – wenn er es lernen würde, mich zu lieben? Wenn ich ihn dazu …?

Glas mit dem goldenen Haute Sauterne in der Hand: Du wirst es lernen müssen, mein Lieber, Mann mit dem zurückgekämmten Haar … Was könnte es denn geben auf der Welt, wenn nicht dieses eine …

»Nun?«, drängte sie ihn, denn erst einmal musste sie wissen, was ihn zu dieser Zusammenkunft veranlasst hatte, worin sein Interesse an ihr bestand.

»Wir wollen doch erst einmal essen und diesen Tag hinunterspülen, nicht?«

Er war nüchtern und völlig unkompliziert. Er war der Sohn des alten, reichen Kreuznachers in Firma Kreuznacher & Schulz, Herrenartikel en gros. Vater, dachte Lotte Stein, stellt sich einen solchen Menschen nur roh, brutal und gewissenlos vor. Raffgierig und gemein. Der Großkaufmann mit dem dicken Bauch, der auf dem Geldsack sitzt. Ich kann mich ganz genau daran erinnern, dass er erst neulich ein solches Bild aus der Zeitung schnitt. Und Mutter wünscht nichts sehnlicher, als dass ich einen solchen Mann heirate und eine gute Partie mache.

Sie zerbröckelte ein Stück Brot.

Und das ist alles so verkehrt! Ich möchte ihn ja gar nicht heiraten. Soll er um Himmelswillen mit seiner Grunewaldvilla und seinem alten Millionenherrn glücklich werden. Aber – brutal? Er ist nur leer, glaube ich, es fehlt ihm irgend etwas … Es geht mir ganz merkwürdig mit ihm. Ich komme nicht an ihn heran.

Aber nicht etwa, weil er sich verbirgt und sich zurückzieht – sondern – – weil da einfach nichts – – –

Sie aßen schweigend. Lotte hatte genügend Zeit für ihre Gedanken. Kleine Handreichungen, kleine Höflichkeiten, soupierten sie, wie man bei Horcher eben soupiert.

Ich weiß auch nicht, ob das für ein ganzes Leben reichte, dachte sie, das, was ich empfinde und was mich aufregt an ihm – – – ach, ist ja überhaupt Irrsinn, an so was zu denken ...

Er gab ihr eine Schüssel mit Geflügelsalat.

Er hatte sehr eigenwillige Hände. Diese Hände, dachte Lotte, diese Hände in Aufruhr, Leidenschaft und – – –

Auch sein Gesicht ist leer. Bis auf die Augen, die einem etwas vorspiegeln wollen, und auf den Mund, der, da nicht genug auf ihn geachtet wird, unaufmerksam das Gesicht zerbricht. Seine Schultern sind aufregend sachlich. Er trägt sie wie unpersönliche Gegenstände neben dem Kopfe her. Diese Schultern ... ach, wenn er mich liebte, wenn er mich doch nur ... Aber – das kann er wohl nicht – – – das mag er wohl auch nicht – – –

Aber was mag er denn nun eigentlich?

»Kompott?«

Er gab ihr die Dessertkarte. »Wenn ich Ihnen raten darf ...«, er tippte auf irgendeine Stelle, »das ist sehr gut, das wird Sie dann hoffentlich auch soweit aufgefrischt haben, dass Sie meine Vorschläge mit Fassung ertragen können.«

»So schlimme Dinge haben Sie mir zu sagen?«

»Nehmen Sie nun das Kompott?«

»Sagen Sie mir nun …?«

Sie lächelten sich das erste Mal an. Dann wurde er auf eine etwas eingebildete und manierierte Art ernst.

Dazwischen aber erschien der Kellner zur Nachbestellung. Herr Kreuznacher wünschte einen doppelten Mokka. »Die Dame nimmt ein Früchte-Parfait.«

»Nein«, sagte die Dame, »ich rauche eine Zigarette.«

Der Ober entfernte sich.

»Sie rauchen zu viel …«

»Ach?«

»Wo man Sie sieht, rauchen Sie. Glauben Sie, dass das gut ist?«

Ihre Stimme war sehr sanft: »Halten Sie Ihren doppelten Mokka etwa für Gesundheitstee?«

Jetzt drückte sie das Lächeln bis in die Augen zurück und er sah pikiert an ihrer Nasenspitze vorbei.

»Wollen wir uns streiten?« Ihre Stimme war noch weicher, noch herausfordernder. Ihr Gesicht zeigte den Ausdruck eines Engels.

»Dazu sind wir nicht hierher gekommen«, sagte er schroff.

»Ihre Blumen waren *so* schön …« Sie sah ihn mit schwimmenden Augen an.

»Also …« Er war offensichtlich bemüht, nun endlich zur Sache zu kommen.

»Und sie sind heute Früh erst richtig aufgeblüht.«

»Der Grund – – –«

»Ich glaube, ich habe Ihnen noch gar nicht dafür gedankt.«

»Der Grund – – –«

Sie reichte ihre Hand über den Tisch. Er war gezwungen, sie mit seinen Lippen zu berühren. Gut und frisch und fest war diese Hand. Sie schmeckte angenehm nach unverfälschtem Cologne. Wahrscheinlich hatte ihn das doch versöhnt. Mehr noch, es hatte ihn aufmerken lassen. Aparter und graziöser hätte sich Jarmila nicht benehmen können, wenn Jarmila es überhaupt noch für angezeigt hielte, den Empfang von Blumen dankend zu quittieren. Beinahe machte es Spaß ... ach was ...

»Der Grund, weswegen ...«

»Ach bitte, mir ist entsetzlich heiß geworden. Könnte ich ein Glas Wasser haben? Wissen Sie, der Kellner, ist Ihnen das noch gar nicht aufgefallen, der Kellner hat eine verblüffende Ähnlichkeit mit Adolphe Menjou ...«

Der Adolphe-Menjou-Kellner brachte das Wasser.

»Haben Sie es jetzt bemerkt?«

Sie senkte den Kopf, nahm das Gesicht zusammen, sie wusste, dass das sehr wirkungsvoll war, und sah ihn von unten her an.

»Wollen Sie nicht endlich den Kellner ... Nun, schön, wahrscheinlich hat er Ähnlichkeit mit Menjou. Warum denn auch nicht? Schließlich sieht es jedem Menschen frei, Ähnlichkeit zu haben, mit wem ... Also, passen Sie auf, Fräulein Stein ...«

»Kellner sind, im Gegensatz zu gewöhnlichen Sterblichen, eben meistens Gentlemen.«

»Können Sie mich denn überhaupt nicht ausreden lassen?«

Sie hatte damit gerechnet, dass das kam. Sie hatte von vornherein gewusst, dass sie es nicht zuwege bringen würde, ihn von seinen geschäftlichen Redereien abzuhalten. Sie hatte es mit allen Mitteln versucht. Der Kellner war wirklich eine Beleidigung für Adolphe Menjou. Nun hatte sie Schiffbruch erlitten.

»Entschuldigen Sie«, sagte sie eigensinnig, »entschuldigen Sie, aber ich habe gedacht ...« Sie kam ins Stocken. Sie kniff die Augen zusammen und riss sie dann ganz weit auf. Das war ein bewährtes Mittel. Es hatte früher sogar auf ihren alten, verknöcherten Lehrer einen verblüffenden Eindruck gemacht.

»Was haben Sie gedacht?«

»Dass man« – sie sprach sehr langsam und zögernd, und sie hatte ihre Augen wieder auf die normale Größe reduziert – »dass man beim Abendbrot – – mit einer jungen – – na, also mit mir – – nicht nur von – also, nicht nur – – also, nun reden Sie schon von Ihren scheußlichen Geschäften!«

Sie tat, als wäre sie ungehalten über sich selbst. Ach, wenn er mich liebte, wenn er mich auch nur sähe wie einen Menschen, den man lieben kann ..., stand hinter dieser Ungehaltenheit, ihm aber ging mit einem Male – um Gotteswillen, was für Unbequemlichkeiten! –

auf, dass dieses Mädchen ... na, da hatte er sich ja was Schönes eingebrockt! Und er hätte doch hoch und heilig auf das moderne, sachliche, zielbewusste, junge Mädchen dieser Zeit geschworen, wenn man solches von ihm verlangt haben würde. Das las man doch überall! Das war doch sozusagen ein feststehender Begriff! Und außerdem – wem wird denn heute die Möglichkeit gegeben ... aber das wusste sie ja noch nicht: das wollte sie scheinbar überhaupt nicht wissen! *Ihn* wollte sie scheinbar, Donnerwetter, die wollte doch nicht etwa ihn?

Herr Kreuznacher jun. fühlte sich etwas unbehaglich. Am liebsten hätte er die ganze Sache noch rückgängig gemacht. Aber es war wirklich höchste Zeit. Papa hatte alles schon fertig ausgeklügelt. Papa hatte mit allen Terminen gerechnet. Man sollte nach Hamburg. Von Hamburg nach Dresden. Von Dresden nach Prag. Papa gab sich nicht mit Kleinigkeiten ab. Papa hatte auch Wien und Paris in den Plan eingesetzt, aber erst sollte ein Anfang gemacht werden.

Er musste sich aus dieser Schlinge ziehen. Gleichzeitig durfte er Lotte Stein nicht vor den Kopf stoßen. Im Gegenteil, verliebte ...

»Gestatten Sie mir nun, von jenen Dingen zu reden – – – das andere – – –«

»Aber bitte, Herr Kreuznacher, ich bin sogar sehr gespannt.« Sie machte ein höflich interessiertes Gesicht. Ein Gesicht, dass so betont unwahr war, dass es selbst Herrn Kreuznacher auffiel.

»Wissen Sie übrigens, dass ich wahrscheinlich bald von Schack weggehe? Jo Lindberg hat mir eine fabelhafte Stellung angeboten.«

Hans Kreuznacher jun. Gesicht ging ziemlich in die Länge.

»Sie glauben gar nicht, wie froh ich bin.«

Hans Kreuznacher jun. Gesicht sammelte sich wieder. Man sah, dass es ihn Anstrengung kostete.

»Das möchte ich meinem ärgsten Feind nicht wünschen, wissen Sie, Warenhausmädel sein. Na, Sie haben ja so ungefähr einen Begriff davon.«

Sie plauderte munter darauf los. Sie tat, als habe sie gar nichts gemerkt. Plötzlich hielt sie ein.

»Aber ich bitte Sie, Sie wollten mir doch – – –«

Sie sah nach der Uhr. »Ich hoffe, ich habe Sie nicht allzu lange aufgehalten. Sie haben doch gewiss noch eine Verabredung heute. Nein, Sie brauchen sich gar nicht entschuldigen, das kann ich mir doch denken. Also?« Sie setzte sich, ganz auf fröhliche Erwartung zurechtgemacht, hin.

»Ja – dann komm' ich also zu spät. War das Ihr Ernst mit Jo Lindberg, Fräulein Stein?«

»Er ist es, Herr Kreuznacher, denn Sie glauben doch nicht, dass ich auch nur einen Tag länger – – –«

In Wahrheit war sie mit Jo Lindberg im Streit auseinandergegangen.

»Haben Sie sich schon fest gebunden, Fräulein Stein?«

Herrlicher Jo Lindberg, der es verhinderte, dass

dieser aufregende Mensch sich mit der Miene eines Gönners hinsetzen konnte … »Das und das schlage ich Ihnen vor«, und wie alle anderen sagte: »Es ist eine unerhörte Chance für Sie.« Das von der »Chance« konnte sie langsam auswendig. Letzten Endes hieß aber doch alles Arbeit, Egoismus und Ausbeutung. Ihr schenkte keiner etwas. Sie würde keiner aus dem Dreck ziehen, wenn es darauf ankäme. Jeder wollte den doppelten Wert dessen, was er gab. Und dass ihr das passierte! Ausgerechnet ihr und mit diesem Menschen …

Auch einmal egoistisch sein, dachte sie, nicht mehr überlegen, sondern leben. Das meiste an Glück und Freude aus dieser von vornherein aussichtslosen Liebe herauszuschöpfen! Nur keine Leidensmiene, nur keine Tragik! Die Sache ist eine ganz einfache Rechnung.

»Wir könnten ja darüber reden. Sie haben recht, ich bin eine schreckliche Person. Aber jetzt verspreche ich Ihnen … Also, fangen Sie an. Nein bitte, reden Sie nur, ich unterbreche Sie ganz bestimmt nicht wieder.«

Und er redete. Er sprach sich in Eifer, und, da er dieses Mädchen ja überzeugen musste, in eine richtige Begeisterung.

Das, dachte sie, ist er also? Hier wird er warm, hier kann man ihn wohl auch packen! Und »ach?«, sagte sie zwischen feinen langen, ausführlichen Sätzen. »Die Abteilung Herrenmode wollen Sie also in alle Welt verpflanzen? Nein, ich verstehe Sie schon. Das ist sehr gescheit von Ihnen, sehr klug. Ja, und weiter?«

Und er erklärte: »Die und die Warenhauskonzerne

müssen bearbeitet werden. Und Sie brauchen nur vorführen, was Sie bei Schack … also vor allem Dresden, Hamburg und Prag.«

Flüchtiger, heißer Blick über sein Gesicht: ach, wenn du mich lieben könntest …

»Und – wie haben Sie sich das – gedacht? Man müsste sich die Sache ja wohl einmal ansehen. An Ort und Stelle, meine ich.«

»Ja – da fahren Sie eben hin!«

»Allein?«

Verfluchte Unbequemlichkeiten. Natürlich würde er mit oder wenigstens nachfahren müssen. Das war von Anfang an ja gar nicht anders gedacht. Warum betont sie das so unnötig?

»Wollen Sie die Sache machen, Fräulein Stein?«

»Ich habe keine Lust, allein in der Welt herumzufahren.«

»Davon hat ja auch niemand geredet.«

»Also fahren Sie mit?«

»Wenn Sie es unbedingt …«

»Nein, so nicht.«

»Aber, ich bitte Sie …«

»Ich habe Sie sehr genau verstanden, Herr Kreuznacher. Die Sache mit Schack ist nicht ganz fair. Und ich glaube – Sie verstehen mich auch. Wenn ich Geschäfte machen will, ist immer noch Jo Lindberg da. Mit Ihnen …«

Und so sagte sie immer ein Wort zu viel. Und so fing sie sich immer im letzten Moment wieder auf.

»Mit mir?«, fragte er unvorsichtigerweise.

Und nun konnte sie nicht einmal das mehr zurücknehmen. »Mit Ihnen passt mir das nicht. Denn *wenn* ich in die Firma Kreuznacher & Schulz übergehe, *dann nur* …«

»Sie nehmen also an?«

»Dann nur, um Ihnen …«

Sie hatte immer noch dieses seltsam zusammengezogene Gesicht.

⁂

Als sie im Auto saßen, war die Sache perfekt und bedurfte keines Wortes mehr. Der Nachtfrost war ihnen, als sie aus dem Portal auf die Straße traten, grimmig entgegengesprungen.

»Gleich nach Hause?«

Sie betrachtete ihn von der Seite.

»Ja.«

»Verdammt kalt.«

»Ja.«

Fahrt durch die nächtlichen Straßen, Fahrt durch diese eingefrorene Welt, Welt, die Tag für Tag dasselbe Gesicht hatte, Tag für Tag dasselbe Arbeitspensum, Tag für Tag …

Kleine, spöttische Stimme von der Seite: »Gott, wie ich Sie gequält haben muss.«

Druck auf die Hupe. Dass diese Nachtbummler …

»Haben Sie auch.«

»Dass man aber *so* müde davon wird …« Sie fror jämmerlich. Und es war sicher wundervoll warm an seinem Körper.

»Wieso müde?«

Sie drehte sich herum. »Wenn ich zum Beispiel abends nach Hause gehe und ich sehe die Autos so langsam durch die Straßen fahren, denke ich immer, in solch einem Auto, aber ich habe eigentlich noch nie daran gedacht, dass so ein Mann – – –«

Er verlangsamte das Tempo. Sie fuhren den Gehsteig entlang.

Wie schnell man immer zu Hause war!

»Dass so ein Mann …?«, fragte er lauernd und gereizt.

»Ich habe es Ihnen doch schon gesagt, aber – ich meine natürlich – – –«

»Sie meinen natürlich nicht mich?«

»Doch. Gerade Sie.«

Der Wagen hielt. Es schien wirklich draußen alles in Kälte erstarrt. Sie stieg nicht aus. Der Wagen hielt. Sie blieb ruhig sitzen.

Die stieg nicht aus. Merkwürdige kleine Person … und wie sie ihm das Gesicht hinhielt: ich habe Sie sehr gut verstanden, Herr Kreuznacher, verstehen Sie mich auch?, sollte das wohl heißen …

Er beugte sich vor. So viel Platz war ja auch gar nicht im Wagen. Wie schmal und fest seine Lippen sind, dachte sie einen Augenblick noch ganz klar. Wie schmal und fest … er … mich … küsst …, und ließ sich dann fallen, riss ihn mit fort, stöhnte und seufzte in seinen Mund …

Als Hans Kreuznacher jun. schließlich doch allein weiterfuhr, wusste er nicht ganz, wie ihm geschehen war. Er hatte sich, überwältigt von der Kälte und Nüchternheit seiner Tage, verleiten lassen, dieses Mädchen zu küssen … nichts weiter … nur zu küssen … aber ihm hatte es genügt.

Sie war dann so leicht, so beseligt, so unirdisch beglückt über die Straße hingeweht … Ach was, Blödsinn, er gab Gas und fuhr laut hupend durch die Straßen von Berlin.

⁂

Im Rahmen der gepflegten, dunklen Zimmer zu Hause kam ihm die ganze Sache noch blödsinniger vor. Er lief ein paarmal mit ärgerlichen Schritten über die Diele. Papa war noch auf, natürlich, Papa rastete nicht mehr, seit er auf die Herrenmode-Idee gekommen war.

»Noch nicht geschlafen, Papa?«

»Doch. Hab' gelegen.« Er zieht die Kordel des Schlafrocks um den Leib. »Na, wie stehen die Aktien? Hat sie zugesagt?«

»Zugesagt schon.«

»Aber?«

»Schöne Geschichte ist mir da passiert.«

»Was? Wieviel fordert sie denn?«

»Fordern? Von fordern ist da gar nicht die Rede. Verliebt ist sie. Über beide Ohren in mich verknallt.« Er haut das hin wie ein ungezogener Bengel sein missliebiges Spielzeug.

»Und die lässt mich nicht so schnell wieder los. Die weiß, was sie will!«

»Nanu, ich denk', sie ist ein vernünftiger Kerl? Was hast du mir da erzählt von ihr, sie war so nett auf dem Ball? Ich denk', so was gibt's heutzutage überhaupt nicht mehr?«

»Ach was, werd' schon fertig werden damit.«

»Das mein' ich doch nun, weiß Gott, auch. Die Hauptsache ist, sie nützt uns was. Sie bringt Schwung in die Sache. Schenkst ihr mal ein paar Kostüme, so was zieht immer, mein Sohn.«

»Na, so schlimm wird's nicht werden ...«

»Und dass sie sich mehr anstrengen wird, wenn sie dich rumkriegen will, als sonst ... also, mach' dir schon keine Kopfschmerzen, mein Junge! Geschäftsspesen! Verstehst du?

»Um aber bei den Spesen zu bleiben, Papa, einen Vertrag muss sie natürlich haben. Und – ich wäre eigentlich auch für einen etwas – günstigeren Vertrag. Schließlich muss sie gut aussehen, wenn sie auf Reisen geht und den Direktionen imponieren soll!«

»Haben wir schon mal schlechte Verträge gemacht?«

»Na, weißt du, Papa ...«

Vater und Sohn Kreuznacher sehen sich verständnisinnig an. »Scheinst doch angesteckt zu sein von dieser neuen Krankheit, mein Junge?«

»Sie ist wirklich sonst ein anständiger Kerl. Und – sie gibt ja schließlich auch was auf …«

»Die Stellung bei Schack? Das dürfte ihr …«

»Jo Lindberg soll ihr einen glänzenden Antrag gemacht haben.«

»Schau einer an, alter Gauner, der Jo.«

»Und – eigentlich macht sie das nur – mir zuliebe – weißt du, dass sie zu uns überwechselt.«

»Und das geht dir nun doch an die Nieren, mein Junge!«

»Es ist mir nur darum zu tun, dafür zu sorgen, dass die Wichtigkeit meiner Person für das Geschäft nicht unterschätzt wird, Herr Seniorchef.«

Papa Kreuznacher schlägt dem Sohn auf die Schulter. Dieser Junge, dieser Junge!

»Dann wirst du sie also zu einer Vertragsrücksprache ins Büro bestellen, Hans. Am besten auf morgen nach Geschäftsschluss. Aber sorg' mir dafür, sorg' mir wirklich dafür, dass sie keine Sperenzien macht.«

»Wenn es geht, möchte ich dich heute abends sprechen. Am besten zwischen neun und zehn. Vielleicht auch etwas früher, Walter Böhmelmann.«

Sie war zu ihm gegangen, denn er hatte sich auch

an diesem Tage nicht bemerkbar gemacht.

Ich bin doch immer wieder, immer noch und immer, wenn du willst, für dich da. Siehst du das denn nicht?, wollte er sagen. Aber er hielt sich zurück.

»Kannst du?«

»Natürlich, Lotte.«

»Kann ich zu dir heraufkommen? Aber nicht zu deiner Mutter, Walter Böhmelmann. Ich bin ziemlich herunter mit meiner Kraft, und ich glaube – wir haben – uns – Dinge zu sagen, die man besser – – –«

Warum redete sie so viel? »Wir können doch in der Bodenstube ... Du pfeifst einfach unten, wenn die Tür schon zu ist. Ich höre das schon. Ich warte am Fenster.«

»Halb neun wird aber sicher das Früheste sein.«

»Ja, Lotte.« Er war bereitwillig und gut wie immer. Sie will mir die Ballgeschichte erklären, dachte er.

Aber was hat sie nur schon wieder vor? Warum kann sie nicht gleich vom Geschäft aus mit mir nach Hause gehen? Ich bin ihr ja gar nicht mehr böse. Sie ist so unglaublich jung ... da ist das wohl zu verstehen ...

Kurz vor neun pfiff sie wirklich. Sie war etwas außer Atem.

»Wartest du schon lange?«

»Nein.«

»Willst du nicht, dass ich heraufkomme? Wollen wir doch wo anders hin?«

»Nein, Lotte.«

»Was hast du denn?«

»Gar nichts.«

Sie stiegen die Treppen hinauf. Wie anders stiegen sie heute die Treppen hinauf! Das hatte er wohl auch gemeint. Das hatte er wohl vermeiden wollen. Wahrscheinlich wollte er den Glanz der kleinen Stube nicht zerstören lassen mit harten Worten. Na, sei's drum. Nun waren sie ja schon da.

»Hast du im Dunkel gesessen?«

»Ich hatte gerade nichts zu tun.«

»So?«

In dieser Stube war einmal nichts gewesen als Lotte Stein und Walter Böhmelmann? In dieser Stube stand jetzt eine ganze feindliche Welt.

»Ich wollte dir nur sagen –«, sie setzte sich nicht einmal dabei, sie zog auch den Mantel nicht aus, sie öffnete ihn nur vorn in den Knöpfen, »ich will nicht, dass wir einander etwas vormachen, Walter Böhmelmann – – – Ich werde am Ersten kündigen, und hoffe, dass Saffian mich schon am Fünfzehnten gehen lässt. Da, ich habe einen Vertrag in der Tasche. Ich komme eben von Kreuznacher & Schulz. Vielleicht überzeugst du dich davon, dass der Vertrag in gar keinem Verhältnis steht zu dem, was ich bei Schack habe. Die Sache geht los, Walter Böhmelmann. Ein ungeheurer Sprung ist das aus dem ganzen Schlamassel hier heraus.«

»Und – das ist alles?«

Sie zögerte.

»Mehr hast du mir nicht zu sagen?«

»So sieh dir doch den Vertrag an. Ich werde reisen

müssen. Ich werde also voraussichtlich in den nächsten Monaten nicht da sein können.«

Er war doch zusammengezuckt.

»Du brauchst dir gar keine Sorgen machen. Das muss man eben hinter sich bringen, verstehst du?«

Das verstand er. Und das war wohl das Wesentliche. Er hatte verspielt. Er hatte alles eingesetzt für dieses Mädchen und alles verloren. »Hinter sich bringen«, nannte sie es. Nun, dann musste das wohl getragen werden.

Er hatte einen sehr entschlossenen, um große Festigkeit bemühten Mund.

»Und wenn ich dich um eines bitten darf, setz' dich hin, Walter Böhmelmann, und sieh dich in der Zwischenzeit im Einkauf um. Lern' Buchführung, lern' Sprachen. Ich hab' da übrigens eine Adresse. Es ist noch nicht aller Tage Abend, mach' doch nicht so ein Gesicht, Mensch! Wir sehen uns doch wieder, und es kann doch sein ...«

»...dass du mich noch einmal auf einen hohen Posten beförderst, Lotte?«

»Ach? Und wenn es wirklich mal so käme? Wenn es wirklich mal ... Ich komm' doch herum, ich hör' und seh' doch was ... und wer was kann, mein Junge, der kommt auch heute noch ... Denk' doch mal ...«

»Was ich darüber denke, Lotte, musst du mir schon überlassen. Du warst sehr gut zu mir, Lotte. Ich werd' dir das bestimmt nicht vergessen. Aber hier, siehst du, hier kann ich eben doch nicht mit.«

»Nur, weil ich eine andere Stellung annehme? Was seid ihr denn nur für Menschen? Nur, weil ich versuche, herauszukommen, und weil ich unter Tausenden gerade mal wirklich Glück habe …?«

»Es ist doch nicht nur die Stellung, Lotte. Wenn es nur die Stellung wäre – – – aber lassen wir das. Wir wollen uns das Leben nicht unnötig schwer machen. Es soll dir jedenfalls immer sehr, sehr gut gehen.«

»Na, vorläufig sehen wir uns ja noch«, sagte Lotte, und ihre Stimme war unsicher und belegt.

»Ja«, meinte Walter Böhmelmann, »vielleicht …«

Der Hotelpage des Hotels Esplanade in Prag sah am Kopf einer Dame vorbei in den goldgerahmten, großen Spiegel, der ihr Gesicht wiedergab. Der Hotelpage hatte den Rücken der Dame mit jenem Blick gestreift, mit dem Hotelpagen eben angekommene Reisende zu streifen pflegen. Es schien jedoch, als wäre ihm das für diesen neuen Gast nicht genug.

Die Dame, die scheinbar ein Fräulein war, war vor einer Stunde, also kurz vor 6 Uhr abends, in Begleitung eines etwa dreißigjährigen Herrn eingetroffen. Der Herr, sehr elegant, großer, dicker, schnittiger Flauschulster, Hut nach der neuesten Form, schmales, blasses Gesicht, hatte die Koffer heraufbringen lassen, Zimmer 87/88 mit Durchgangstür, die man verschließen konnte, hatte, für den ersten Tag, ein nobles Trinkgeld spendiert, der Dame die Hand geküsst und war verschwunden. Auf Wiedersehen, flüchtiges Lächeln, Drehtür auf die Straße, hinaus – die Dame war allein.

Die Dame war sodann auf ihr Zimmer gegangen, hatte sich umgezogen, hatte scheinbar die Koffer ausgepackt und war wieder heruntergekommen. Nichts Merkwürdiges und nichts Außergewöhnliches war mit der Dame geschehen, sie benahm sich im Gegenteil zurückhaltender und unauffälliger als irgendeine andere Dame des Hotels.

Wie sie jetzt aber so vor dem Spiegel stand und – der Page merkte das genau – prüfend ihren Mund, ihre Augen und ihre Stirn betrachtete, schien es, als erwarte sie, dass jeden Augenblick etwas geschähe. Schien es – der Page kannte sich in solchen Fällen aus –, als schätze sie vorher noch ihre Kraft ab im Spiegel und müsse sich trotzdem doch erst auf dieses Gesicht besinnen. Als habe sie vergessen, wie sie aussehe, und müsse sich die Linien ihres Mundes, die Form ihrer Stirn, die Farbe ihrer Augen erst wieder ins Gedächtnis rufen. Wahrhaftig, sie machte den Eindruck einer Person, die mit nicht ganz zu verbergender, innerer Erregung großen und entscheidenden Dingen entgegensieht. Es fragte sich eben nur – – –

Der Hotelpage war schlau genug, um nicht merken zu lassen, dass er sie beobachtete. Als Lotte sich also umdrehte und sich ihm zuwandte, sah er lediglich beruflich interessiert ihren Wünschen entgegen. Sie hatte jedoch nur einen halben Satz gesagt, mit einer etwas spröden, etwas haltlosen Stimme, und hatte dann abgebrochen. »Nein, es ist nicht nötig … es ist …«

Es fragte sich also nur, was da im Gange war, was die Dame so aufgeregt und um ihre Nerven brachte …

Die Dame tat dem Pagen leid. In der kalten, zugigen Hall auf und ab zu gehen! Sie sieht übrigens wunderschön aus! Und wie sie geht … Diese Ärmelpuffe an den Schultern sind sicher deutsche Mode. Wenn sie das nächste Mal blass wird und dann wieder solche Falten in die Stirne zieht, misch' ich mich ein. Sie holt sich doch den Tod bei diesem Zug! Und wie sie durch die Glastüre späht … Ob sie gar nicht daran denkt, dass so was auffällt? Der alte Generaldirektor X. hat schon ganz kriegerische Augen … Der lässt sie höchstens noch fünf Minuten in Ruh'. Ob sie Angst hat, dass der im Flauschmantel ihr davongegangen ist? Generaldirektor X., der sich die ganze Zeit schon an Lottes unruhevollem Schreiten delektiert hatte, erhob sich und machte Anstalten, auf sie zuzugehen.

Der Hotelpage kam ihm zuvor. »Wenn ich mir erlauben darf, die Dame darauf aufmerksam zu machen … es zieht hier nämlich …« Er war nun doch rot geworden, der Page, und senkte den Kopf.

Generaldirektor X. ließ sich fauchend wieder in seinen Sessel fallen. Die Dame aber verließ mit schnellen Schritten die Hall.

Sie hatte Angst vor seiner Wiederkehr. Und sie gestand sich diese Angst ein. Kreuznacher hatte vorgegeben, noch bei einem Geschäftsfreund der Firma vorsprechen zu müssen. »Guten Tag, hier bin ich, und beste Grüße auch von Papa und Cläre Schulz.« Länger dauert es bestimmt nicht, hatte er ihr versprochen, aber dann hätten sie ja morgen freie Hand. Und die brauchten sie.

»Sie legen sich inzwischen eine Stunde hin«, hatte er angeordnet. Und nun war es ziemlich spät geworden, und hingelegt hatte sie sich natürlich auch nicht. Sie waren direkt nach Prag gefahren. Bis Dresden im Cadillac, der bei einem Bekannten abgestellt wurde, und dann mit dem D-Zug bis Prag. Sie hätte ja vieles zu tun gehabt, vor allem Annemie schreiben und – vielleicht – auch Walter Böhmelmann – – – aber sie konnte einfach nichts tun. Morgen würde hier die Arbeit beginnen. Vielleicht ging sie doch in den Schreibraum. Morgen würde sie keine Zeit mehr haben. Aber es war, als könne sie nicht mehr aufstehen. Es schien ihr unmöglich, den Gang durch den Saal zu unternehmen, sich vor ein Blatt Papier zu setzen, sie war so weich in den Gliedern, so zerbrochen im Rückgrat, sie hatte Angst. Sie ließ sich einen Grog bringen. Einen ganz heißen, extrastarken. Sie hatte doch gefroren in der Hall.

Die Herrschaften erschienen bereits zum Dinner. Ob die Dame auch zu speisen wünsche – oder … erkundigte sich der Ober. Die Dame entschied sich für oder. Sie wartete auf den Herrn, der unterwegs wahrscheinlich aufgehalten worden war.

Herr Generaldirektor X., der mit seiner etwas angefetteten Gattin durch den Raum walzte, betrachtete wohlgefälligen und etwas vorwurfsvollen Blickes das Fräulein aus der Hall. Sie trug ein champagnergelbes Abendkleid. Er legte den Kopf etwas schief ... Und nachdem er sich schließlich derart ungebührlich benahm, dass er zum Fischessen das Fleischbesteck benutzte, weil er dauernd auf den Tisch des Fräuleins mit dem extrastarken Grog starrte und nicht einmal zu merken schien, was ihm auf die Gabel kam, gab es eine aus zwar leisen, aber desto zischenderen Tönen bestehende Eifersuchtsszene zwischen ihm und der Gattin, die, hochbusiges Ehegespons aus dem vorigen Jahrhundert, ihre prächtig gletscherblaue Toilette mit der mohnroten Ansteckblume in den Staub getreten fühlte.

Lotte rührte in ihrem Grog. Eklig süß war das Zeug! Sie mochte es nicht. Sie verordnete es sich wie eine Medizin. Weiche Glieder und gebrochenes Rückgrat konnte sie nicht gebrauchen. Sie trank ihr Glas mit mutigen, großen Schlucken aus. Es brannte im Magen und hinterließ nun doch einen angenehmen Geschmack. Außerdem drehte es einen Wirbel von Mut und Gelassenheit hinter die Schläfen, die es sich noch immer nicht abgewöhnt hatten, nachzudenken ... Jetzt zum Beispiel darüber, wie es möglich war, dass ein Mann so unzuverlässig zu sein vermochte. Nicht genug damit, dass er überhaupt am ersten Tage und so schnell nach ihrer Ankunft diesen Besuch abstatten musste ...

Es wurde ihr mit einem Male übel. Nun dachte sie es doch zu Ende. Und das war nicht der Grog, das war ein böser, schmerzender Verdacht: er wird eine Frau hier haben, natürlich hat er hier eine Frau, irgendeine von den lila Samtenen mit den kostbaren Garderoben! Oh, ich kann mir denken, wie er das macht!

In letzter Minute versuchte sie, gegen den Strom zu schwimmen. Mit mir kann er das nicht. Champagnergelbes Mädchen unter den Kronleuchtern des Esplanade. Mit mir …

Und weiß doch, dass er alles mit ihr könnte. In letzter Minute versuchte sie, die Entscheidung umzubiegen: Ich habe es doch schon im Auto gemerkt, und dann im Zug. Ich weiß es vom ersten Tage an, er hat nichts übrig für mich. Nicht mehr als für die anderen. Und alles war umsonst. Aber ich will den andern nicht nachstehen. Ich will die andern übertrumpfen. Ich will ihm vorführen … Und er kommt immer noch nicht …

Wenn man es bedachte, jetzt, wo dieser Mann einem ja Zeit dazu ließ, war das gar nicht so schnell und gar nicht so einfach abgegangen zu Hause. Da nahmen erst einmal die rein äußeren, rein geschäftlichen Dinge eine geraume Zeit in Anspruch. Da war dieser Tag nach dem Vertrag mit der Firma Kreuznacher & Schulz, dieser Tag nach dem so frühzeitigen Abschied von Walter Böhmelmann. Es war der Erste. Die Firma Kreuznacher & Schulz erwies sich eben als in jeder Hinsicht überlegen und geschäftstüchtig. Sie hatte ihr keine Zeit zu großen Überlegungen gelassen. Wohlweislich den Termin des Vertragsabschlusses gewählt und sie damit vor die Entscheidung gestellt.

Ein Tag war das gewesen! Sie hatte den Brief mit der Kündigung ins Chefbüro gegeben und Saffian ließ es sich nicht nehmen, sie zu einer persönlichen Rücksprache in sein Zimmer zu fordern. Und hier hatte sie ihm mit aller Deutlichkeit gesagt ...

Ein Tag war das gewesen!

Herr Saffian, Personalchef der Warenhaus-A.-G. Schack & Co., hatte zuerst einen roten Kopf bekommen und mit der Hand auf den Tisch geschlagen: »Was unterstehen Sie sich? Sie haben überhaupt nur zu reden, wenn Sie gefragt sind und schließlich habe ich Sie ja erst einmal nach dem Grund Ihrer Kündigung gefragt.«

»Schön, dann wird die andere Angelegenheit cbcn erst einmal Ihre Frau interessieren. Ich kündige, weil mir eine Stellung angeboten wurde ...«

»Also was meinen Sie eigentlich, Fräulein Stein? Da hab' ich Sie nun die ganze Zeit für einen tüchtigen und der Förderung werten Menschen gehalten ...«

»Ich meine ...«

»Da hab' ich jetzt sogar bei Schack durchgesetzt, dass Sie zur Instruktorin aufrücken ...«

»Aber es handelt sich hier doch gar nicht um mich. Wenn es sich um mich handeln würde ...«

Unerbittlich, unnachsichtig und verächtlich: »Es handelt sich nämlich um Sie, Herr Saffian.«

»Und« – seinen Wutausbruch abdämmend, sehr

bewusst in dem Gefühl, dass das einmal gesagt werden musste: »und um Annemarie Meier. Sie ist nämlich meine Freundin, wissen Sie?«

Er wollte das verwischen, darüber hinweggehen: »Was hab' ich denn mit ihrer Annemarie Meier zu tun?«

»Das wissen Sie ganz genau, Herr Saffian. Und wenn Sie es nicht wissen sollten, kann Ihre Frau Gemahlin ja mal ein bisschen Krankenpflegerin spielen. Die Adresse kann ich ihr sagen. Sie ist nämlich krank, die kleine Annemie ... Aber das hat man Ihnen ja gemeldet, das wissen Sie ja. Und außerdem – – – aber das geht Sie schon nichts mehr an.«

»Also sagen Sie mal ...«

»Ich sage Ihnen ja, ich freue mich, dass ich aus einem Hause ausscheiden kann, in dem so etwas möglich ist.«

»Wie wollen Sie das eigentlich beweisen? Sie sind wohl ganz und gar verrückt geworden, wie? Kein Mensch wird Ihnen so was glauben.«

»Glauben werden sie's alle. Nur nicht zugeben, Herr Saffian. Weil sie nämlich Angst haben um ihre paar Groschen, die sie hier verdienen. Und das wissen Sie ganz genau ...«

»Ich werde Ihnen ...«

»Natürlich werden Sie. Sie können's ja.«

Auf diese Ungebührlichkeit einem Vorgesetzten gegenüber wäre jede andere fristlos herausgeflogen.

»Ich möchte gern zum Fünfzehnten schon gehen«, hatte Lotte im Anschluss an diese Unterhaltung geäußert. »Das ist doch möglich, Herr Saffian?«

Er willigte ein.

»Unter der Bedingung – – –«

»Dass Sie Annemarie Meier anständig behandeln, wenn sie über die Sache hinweggekommen ist. Und sonst glauben Sie ja wohl nicht, dass ich – – –« Sie machte eine verächtliche Handbewegung.

Ein Tag war das gewesen!

Und nun hatte sie es erreicht. Nun saß sie im Champagnergelben im Esplanade in Prag, verschwenderisch belichtet von den tausendkerzigen Kronleuchtern, lüstern bewundert von Herrn Generaldirektor X., zu allen Teufeln gewünscht von dessen hochmögender Frau Gemahlin, nun saß sie und wartete auf Herrn Hans Kreuznacher jun., der in jeder Minute erscheinen musste. War sie nun glücklicher?

Die Sache mit Walter Böhmelmann hatte sich denkbar glimpflich abgespielt, hatte ihr, bei aller Aufregung, Reisevorbereitung und Einarbeitung in die Pläne der Firma Kreuznacher & Schulz noch Zeit gelassen, etwas enttäuscht die Achseln zu zucken über soviel Fassung und Verbissenheit.

Sie waren noch ein einziges Mal, zwei Abende vor ihrer Abreise, zusammen gewesen. Nicht wieder oben in seiner Kammer, vor der sie sich beide als letztem Treffpunkt scheuten. Er hatte sie nur nach Hause gebracht. Sie waren nebeneinander nach Hause gegangen, und Lotte hatte, diesmal nachdrücklicher und voller Energie, darauf hingewiesen, dass er sich in der

Zeit ihrer Abwesenheit wirklich im Kaufmännischen und in den Sprachen vervollkommnen solle. Sie war vor keiner Abfuhr und Gekränktheit zurückgeschreckt. Es war ihre Meinung. Warum sollte Walter Böhmelmann immer und ewig Schuhwarenverkäufer sein in der Warenhaus-A.-G. Schack & Co.? Und warum sollte sie es ihm denn nicht zeigen können ...

Aber gerade das brachte ihn wieder von Neuem auf. »Du solltest es sein lassen, Lotte. Ich mach' das nicht mit. Und übrigens ist das auch gar nicht wichtig.«

Es war schon beinahe Frühling gewesen im Tiergarten, trotzdem man noch tief im Januar war.

»Und was ist deiner Meinung nach also wichtiger?«

»Dass ich mir eine ganz falsche Vorstellung von dir gemacht habe.«

»Ungetreues Weib und so?« Sie wollte lachen, brachte es aber nur zu einem rauen, ärgerlichen Husten.

»Nein.« Er war rettungslos ernst. Er betrachtete es als einen Abschluss. Und er nahm diesen Abschluss wie etwas Unabänderliches hin. Wie er aussah, wenn er an seinem kalten Öfchen saß, wusste sie ja nicht. Diese Entschiedenheit aber machte sie wehrlos. Er hatte ja nicht einmal versucht, sie abzubringen. Er hatte es für einen neuen Beweis ihrer Lieblosigkeit genommen und sich abgefunden mit dem, was sie trieb. Er hatte nicht geschrien. Er hatte nicht gejammert. Die Sache war endgültig, und er machte es ihr leicht.

»Und wenn ich dir sage, dass ich dich sehr, sehr

gern hab … dass ich mir das alles ohne dich gar nicht denken kann …?«

»Lass uns doch vernünftig sein, Lotte.«

»Warum denn?«

»Weil es das nicht gibt. Weil da eine Lüge dabei ist.«

»Wo denn?«

»In deiner Sache mit Kreuznacher, Lotte. Du musst nicht glauben, dass ich das nicht versteh'. Er ist reich. Er hat den Wagen. Er nimmt dich überall mit hin. Das muss dich doch locken. Du musst ihn doch lieben …«

»Ebenso gut hätte ich ihn doch hassen können. Saffian hasste ich ja auch. Grüninger … und … und von Jo Lindberg habe ich mich doch auch nicht beschmusen lassen. Das hängt doch gar nicht von solchen Dingen ab …«

»Siehst du, nun hast du es doch zugegeben.«

»Was denn?«

»Dass du ihn liebst.«

»Ich habe …?«

»Warum willst du mich denn durchaus belügen? Siehst du, und das geht nicht, Lotte, dass du wochenlang mit ihm verreist und mir dann vorerzählen willst … aber das verstehst du wohl nicht …«

So war das gewesen. So war man auseinandergegangen. Und jetzt saß man also hier.

Ich hätte doch an Annemie schreiben sollen, denkt sie, als sie Hans Kreuznacher im Türrahmen stehen und dann auf sich zugehen sieht. Ich hätte doch …

Der Kronleuchter da oben dreht sich ein bisschen.

Und das Generaldirektorsehepaar verschwimmt in ihrem um Gleichmut verzweifelt bemühten Blick.

»Haben Sie etwas geschlafen?«

»Ja, sehr gut.«

»Dann haben Sie also gar nicht so lange auf mich gewartet?«

»Gewartet?« Absichtlich überhört er den gedehnten, amüsierten Ton. Er hört allerdings auch nicht, dass dieser Ton unecht ist.

»Ich hab' mir nämlich schon Vorwürfe gemacht. Wissen Sie, die Sache war so ...«

»Seit wann haben Sie mir denn Rechenschaft abzulegen ... Ich bin doch nicht Ihre ...«

Er begab sich nicht aufs Glatteis. Er kannte diesen Ton. »Wollen wir noch ausgehen heute Abend?«

Seine Augen waren wirklich unerhört schön. Im Grunde waren sie von einem stumpfen Glanz, mattgeliebt, aber er verstand es, ihnen Lichter aufzusetzen.

»Nein, wir wollen im Hotel bleiben. Und erst einmal könnten wir ja essen.«

»Sie hätten nicht warten sollen.«

»Und wenn es mir Spaß gemacht hat?«

»Auf mich zu – –?« Er brach ab. Eine verflixte Person.

Manchmal war sie wirklich verteufelt nett in ihrer verstockten Verliebtheit.

»Wissen Sie eigentlich, dass Sie scheußlich zu mir sind?«

»Kann schon sein. Sehr viel wichtiger wäre mir aber

zu wissen, wie das morgen vor sich gehen wird.«

»Pünktlich um fünf Uhr nachmittags ...«

»Was? Wann?«

»Na, vorher müssen wir doch verschiedene Visiten machen und erst einmal werden Sie ja auch ausschlafen müssen.«

»Wie besorgt Sie sind.«

Fing sie schon wieder an?

»Und wen haben Sie geladen?«

»Zwei Generaldirektoren, einen Generaleinkäufer und einen Abteilungsleiter.«

»Wie Herr Schack. Sie haben gut gelernt.«

Die champagnergelben Puffärmel ihres Abendkleides schaukelten unter den Schultern wie zu Stoff gewordene, sehr blasse, sehr zarte Monde.

»Macht Ihnen das eigentlich Spaß?«

»Was denn?«

»Mich zu ärgern.«

»Oh?« Sie bewegte bedauernd den Kopf.

»Ich mach' mir nur nicht gern was vor.«

»Lotte?«

Seine Stimme war umgeschlagen. Seine Stimme war tief und warm.

»Ja?«

»Essen wir oben?«

Seine Augen waren doch gemein. Und sie hatte doch wieder Angst. Ich bin nichts für ihn als eine passende Gelegenheit. Warum brenne ich denn so nach ihm? Trotzdem ich das alles weiß ... Soll ich nicht doch noch ... bohrte es in ihrem Kopf.

»Nein. Ich hab' auch noch zu tun.«

»Zu tun?«

»Zu schreiben.«

»Viel?«

»Eine Karte.«

»Dann essen wir hier und Sie schreiben zwischen den Gängen Ihre Karte. Einverstanden?«

»Würden Sie so freundlich sein …?« Es tut mir leid, dass ich Sie damit belästigen muss, hieß das, aber es wäre schon sehr nett von Ihnen, wenn Sie sich ausnahmsweise mal ein bisschen um die Beschaffung der Karte bemühten.

»Das muss ja sehr dringend sein – da wartet wohl jemand – auf diese Karte?«

»Ja.«

»Ihre Mutter?«

»Nein.«

»Ihr – Freund?« Er hatte sich noch nie um ihre Privatangelegenheiten gekümmert. Keine Frage und kein Wort nach ihrem Leben gerichtet.

»Mein Freund.«

»Ach?«

»Finden Sie das so – merkwürdig?«

»Merkwürdig nicht.«

»Tüchtiger Kerl, der Junge.«

»So?«

»Sie haben doch auch Ihre – –«

Sie stand auf.

»Wollen wir doch hinaufgehen?«

Er hielt ihr das Samtjäckchen hin, er stand ganz

eng hinter ihr und küsste sie auf den Hals. Der Hotelpage, an dem vorbei sie zum Fahrstuhl mussten, entblößte lächelnd seine Zähne. Die Dame, die scheinbar ein Fräulein war, schien jetzt viel sicherer und lange nicht mehr so nervös.

Er hatte Orchideen für die Zimmer bestellt und man hatte seine Bestellung ausgeführt. Weiße, grüne und lila Orchideen. Lila, dachte sie, hätte er sich schenken können. Er muss doch wissen, dass ich lila nicht mag. Aber bitte, bitte, wie er will. Lila Samt und lila Orchideen ...

Die Verbindungstür war nur angelehnt. Die runde gelbe Nachttischlampe brannte.

»Sind Sie fertig, Lotte?«

Es fragt sich, dachte sie, womit. Es fragt sich überhaupt, ob ich ihm nicht noch die Tür vor der Nase ...

Aber ihre Lippen wurden kalt und ihre Finger bewegten sich nur schwer. Dabei hatte sie so viel zu tun ...

»Sind Sie schon fertig, Lotte?«

Saß der Pyjama richtig und hatte sie das Haar auch ... Ach, dieses Affentheater, zu dem sie sich hergab. Anstatt sich hinsinken zu lassen, anstatt alles fallen zu lassen, anstatt aller Dinge, die eine Frau tut, wenn sie sich geliebt weiß, tat sie jene Dinge, die eine Frau tut, wenn sie geliebt werden will, geliebt um eines verführerischen Äußeren, geliebt um eines roten Mundes, geliebt um eines raffinierten Pyjamas willen.

Die Verbindungstür war noch immer angelehnt. Lotte warf sich aufs Bett, Kopf wild in die Kisten vergraben ... ach, und sie würde so wenig zu tun gehabt haben, wenn er sie geliebt hätte ...

Sie hörte seine Schritte im Nebenzimmer. Er rief und fragte auch nicht noch mal, er kam. »Nanu, was ist denn los?«

Sie richtete sich auf. Sie sah ihn an. Das Haar fiel ihr ins Gesicht. Sie machte sich unter der Maske dieses Haars ein Lächeln zurecht. Dem Mund gelang es zuerst. Und vom Mund lief es die Wangen herauf in die Augen. Nur die Brauen blieben verschont. Die Brauen standen hoch und erschreckt am unteren Rande der Stirn.

Er blieb vor dem Bett stehen, direkt neben der lila Orchidee.

»Na, Lotte?«

Das Lächeln erwies sich als eine vorzügliche Einrichtung. Auf dieses Lächeln fiel er herein. Diese eine Nacht war ihm von Anfang an klar gewesen. Er kümmerte sich sonst nicht mehr um sie, aber schließlich war er ein Mann und ist ein sehr hübscher, lebendiger Kerl.

»Na, komm schon, Lotte.« Dieses ewige aufreizende Lächeln machte einen ja verrückt. Sie sollte nur nicht tun ...

Aber sie tat gar nicht. Er legte sich neben sie. Sie streckte sich aus. Sie machte sich ganz steif.

Er fuhr mit seiner Hand durch ihr Haar. Sie ließ es geschehen und rührte sich nicht. Er hörte sie nur atmen. Stoßweise und bitter bemüht, den Atem zurück- und das aufgesteckte Lächeln beizubehalten.

»Was hast du denn?«

Diese Frau zitterte, diese Frau bebte ja, diese Frau zerfloss ihm ja in der Hand ...

»Du ...«

Er wurde heiß an dieser armen, kleinen Stimme, die sich immer noch nicht verraten wollte, er war so überwältigt von dieser Erkenntnis, dass er den Ruf aufnahm ...

Weiße Orchideen, grüne Orchideen ... sie weiß nicht mehr, dass es auch lila Orchideen gibt und dass man sich darauf einzustellen hat.

Sie weiß nur, spürt nur diesen heißen, durch ihre eigene Glut heiß gewordenen Körper und wirft sich ihm entgegen, zuckend, hemmungslos ...

»So lieb mich doch, Mensch! Lieb mich doch! Ich will ja gar nichts von dir ... Lieb mich doch, du ...«

Und wird von Schluchzen geschüttelt und gräbt ihre Hände in seine Schultern: nur lieben ...

Die Orchideen sind ganz aufgegangen und stehen wie starre, tränenlose, hochmütige Augen im Raum.

Den Mund halb offen, die Augen geschlossen, das Gesicht in Seligkeit erschöpft, in eine seltsam, immer noch hungrige Seligkeit ...

Nein, weiter gar nichts ...

Aber der Mund bewegt sich:

»Lieb mich doch, du, lieb mich doch ...« Der Mund hat alle anderen Worte vergessen und sagt nur noch dies ... lieb mich doch ...

Und es packt ihn eine rasende Wut, und er zerrt sie an den Schultern, und sie schreit:

»Ja du!« und »Ach du!« und die Welt stürzt ihr ein, sie zittert und weint und seufzt nun ganz leise nur noch: »Ja ... du ... ach ja ...«

....

Und war gar nicht mehr da, warf die Arme auseinander und stieß die Vase mit den lila Orchideen um.

Das Wasser sickerte vom Nachttisch auf den Teppich, die Orchidee brach sich ein starres Blatt, das war, als hätte man einer Frau die angeklebten Augenwimpern genommen. Die Nachttischlampe warf einen sehr blassen, sehr intimen, ein wenig gelangweilten Schein auf dieses aufgelöste, exzessive Geschöpf im Bett. Die Nachttischlampe beleuchtete den Mann, der aufstand und wegging, leise, unbemerkt ...

Die Nachttischlampe war auch noch da, als das Geschöpf die Augen öffnete, die Arme verzweifelt auseinanderschlug und fand, dass diese Arme ja leer verlassen, verlassen worden waren, durch die Luft ruderten, die Kissen abtasteten, aber nichts fanden ... nichts fanden ... aus der Traum ... leer das Herz ...

Die Nachttischlampe warf einen zitternden Lichtstrahl auf dieses wie zwischen Himmel und Erde hängende Mädchen Lotte Stein, das abzustürzen drohte in eine grauenvolle Tiefe, in ein drohendes, böses Nichts …

Wo ist er hin, der Mann? Warum hat er mich – verlassen? Warum ist er weggegangen von mir …?

Jetzt hört sie das Wasser tropfen vom Nachttisch auf den Teppich. Jetzt reißt sie die Augen auf, stellt die Vase wieder hin, abwesend, ohne Sinn und Verstand. Steckt die lila Orchideen in das wasserlose, schlangenhaft geblasene Glasgefäß, richtet sich ganz langsam hoch … Hat er geglaubt, dass ich eingeschlafen bin? Hat er sich aus dem Staub gemacht – – davongeschlichen wie ein Dieb in der Nacht – – – leise, leise, damit ich es nicht merken konnte? Hat er sich vorsichtig erhoben und ist über den Teppich – – – der Teppich verschlingt jeden Laut – – – der Teppich – – –

Und hat mich liegen lassen. Hat nicht einmal die Lampe ausgedreht, hat nicht einmal die Verbindungstür bewegt, so viel Angst hatte er wohl, dass sie knarrt und dass ich ihn zurückrufen könnte …

Sie weint nicht. Sie steht nur auf. Sie hört seine Atemzüge. Sie springt aus dem Bett. In der Verbindungstür bleibt sie stehen. Der Lichtschein der Nachttischlampe ist lange nicht hell genug. Viel Licht muss sie haben, sehr viel Licht! Sie dreht an allen Schaltern des Zimmers. Ah, so ist man wenigstens geborgen, so hat man wenigstens endgültig den Traum zerrissen. So sieht man wenigstens sein im Dunkel schlafendes Gesicht. Gesicht, das der Schlaf rettungslos enthüllt. Gesicht mit dieser großen, unbeschreiblichen Lieblosigkeit nach der Liebe. Gesicht, das sein Entsetzen nicht mehr verbergen kann: um Gottes willen, was ist mir hier passiert! Diese Frau liebt mich doch! Gesicht, das beredter ist als alle Worte und das Entsetzen des Schlafenden mildert: na, nun hab' ich's ja hinter mir ... und noch einmal ... Gesicht beruhigt im Schlafe dessen, der sein Tagewerk vollbracht, hinatmet im Raum. Gesicht, das man nicht einmal hassen kann, so jäh überfällt einen die Erkenntnis, wie hilflos man dieser ewigen Lüge gegenüber ist.

Das Mädchen Lotte Stein besinnt sich darauf, dass es nackt in diesem strahlenden Lichte ihres Zimmers steht, sie greift nach ihrem Pyjama, sie dreht die Schalter wieder aus bis auf die Nachttischlampe, sie füllt Wasser in das leere Schlangenglas und stellt die lila Orchidee sehr sorgfältig auf den Tisch.

Als sie das Wasser im Badezimmer in die Marmorwanne laufen lässt, tut sie es nicht, weil sie sich beschmutzt und betrogen fühlt. Es gibt Erlebnisse, nach denen man so tut. Es gibt Küsse, die man mit Zahncreme aus dem Munde putzt, Berührungen fremder Hände, die man mit Seifenschaum vom Körper schrubbt.

Als sie das Wasser mitten in der Nacht, beinahe schon am Morgen, in die Wanne laufen lässt, tut sie es aus purem Selbsterhaltungstrieb.

Damals in der Bodenstube hatte sie solche Gedanken nicht nötig gehabt. Damals, als sie schlief und ein Liebender wachend um sie sorgte. Aber dieser verflucht geliebte Kerl hier, der rücksichtslose? Sie dachte an Annemie. Nun, das wollen wir denn doch lieber nicht …

Und stieg ins Wasser.

VIII.

In Dresden waren sie wieder in den Cadillac gestiegen. Kurz hinter Dresden begann es zu regnen. Der Regen rann die Wagenfenster herab, der Regen trommelte auf das Dach, der Regen weichte die Straßen auf und spritzte an den Pneumatiks hoch.

»Werden wir's bis abends noch schaffen?«

Sie wollten am Abend wieder in Berlin sein.

»Wenn wir uns anstrengen, schon.«

»Wir werden uns anstrengen.«

Der Scheibenwischer arbeitete unermüdlich. Lotte hätte sich ganz nah an Hans Kreuznacher heransetzen müssen, wenn sie durch das halbmondförmige Stückchen Fensterglas auf die Landstraße hätte sehen wollen, denn vor ihr war das Glas verwischt und vertropft.

»Wenn die Kostüme bis Freitag fertig werden, fahre ich Sonnabend früh.«

»Und wenn es Schwierigkeiten gibt?«

»Was soll es denn noch für Schwierigkeiten geben?«

»Glauben Sie, Prag arbeitet so exakt wie Berlin?«

»Für mich schon.«

»Ich an Ihrer Stelle hätte mir aber doch die Maße mit nach Berlin genommen.«

»Und ich beschäftige die Prager Schneider.«

»Um die Berliner zu schädigen?«

»Um die Prager zu interessieren.«

»Ich halte das eben für verkehrt.«

»Und ich habe die Vollmacht.«

»Vor allem hätten Sie dann dortbleiben und die Arbeit beaufsichtigen müssen.«

»Ich habe aber in Berlin zu tun.«

»Das hätte ich mit Papa genauso gut bereden können.«

»Ich habe nicht gesagt, dass ich mit der Firma zu tun hab'.«

»Sondern?«

Lotte sah unverwandt auf die vertropfte und verwischte Fläche. Graue Schatten rasten draußen vorüber. Ein Baum, ein Stück Haus, ein verlassenes Feld.

Lotte lehnte sich an die Lederpolster. Bis jetzt hatte sie angestrengt gerade gesessen. Nun fuhr sie sich mit der Hand über die Stirn. Es war zu viel gewesen in diesen Tagen.

Nun öffnete sie den obersten Knopf des Trenchcoatkragen. Es war, als setze plötzlich der Atem aus. Nun nahm sie die Mütze vom Haar.

»Wo sind wir eigentlich?« Auf seine Frage hatte sie nicht geantwortet.

Er nannte den Namen einer fremden Ortschaft. »Wollen wir Station machen?«

»Meinetwegen nicht.«

»Sagen Sie Bescheid, wenn Sie nicht mehr können?«

»Ich halt schon aus.«

Er wandte ihr das Gesicht zu. Sie hielt schon aus?

Sie waren seit der Nacht unterwegs. Erst D-Zug von Prag ab, dann kurze Pause mit Flottmachung des Wagens in Dresden, dann wieder losgefahren in den Regen hinein.

»Ein richtiger heißer Tee«, sagte er, und ein Wald baute seine Bäume zu beiden Seiten ihres Weges auf, »könnte uns bestimmt nicht schaden.«

Der Wagen nahm im zweiten Gang einen kurvengewundenen Berg – –

Im nächsten Dorf ließen sie den Cadillac vorm Gasthof »Zum goldenen Ochsen« stehen. Der Gasthof war um diese ungewöhnliche Zeit völlig ausgestorben.

Eine alte Magd schlurfte hinter der Theke hervor. Sie bekamen ein blaugewürfeltes Tischtuch. Der Tee wurde in buntem Porzellangeschirr serviert.

»Dem Gawliczek trau ich nicht über den Weg.« Kreuznacher hielt es nicht länger aus, er musste mit ihr diese Sache besprechen.

»Gawliczek ist mein Ressort.«

»Weil sie ihn herumgekriegt haben?«

»Warum machen Sie Geschäfte mit Firmen, die Ihnen nicht geheuer sind? Ich arbeite schließlich nur in Ihrem Auftrag.«

»Finanziell stehen S. & B. glänzend.«

»Und Gawliczek?«

»Gawliczek ist ein Schurke.«

»Wie – alle Kaufleute?«

»Ich denk', er ist Ihr Ressort?«

»Ist er auch. Und ich glaub, er versteht was vom Geschäft. Trauen Sie ihm nun?«

»Wenn Sie ihn beaufsichtigen ...«

»Wie – meinen Sie das?«

»Wie ich es sage.«

»Dazu brauchte ich allerdings jemanden, auf den ich mich verlassen kann.«

»Sie meinen – Ihre Arbeit in der Gesellschaft ist zu umfangreich für einen Menschen?«

»Zu – verantwortungsvoll, wenn Sie Wert auf einen Erfolg und auf die Beaufsichtigung von Herrn Gawliczek legen.«

»Und wie denken Sie sich das?«

Sie rührte in ihrer Teetasse, nahm ein Stück Zucker auf den Aluminiumlöffel und ließ es im Tee zergehen. »So, dass ich mir einen zuverlässigen Menschen aus Berlin, den ich sehr gut kenne und dem ich wirklich vertrauen kann, mitnehme.«

»Sie haben wohl schon jemanden?«

»Ja.«

»Ihren – Freund?«

»Ja.«

»Wenn die A.-G. ihn bewilligt, schön.«

»Die A.-G. besteht zu fünfzig Prozent aus der Firma Kreuznacher & Schulz.«

»Diese fünfzig Prozent sind Ihnen sicher.«

»Na – und die anderen, Gawliczek doch wohl auch.«

»Also abgemacht.«

Da war eine Wand, und die Wand war geschwärzt vom Rauch. Da hingen Zeitungsblätter und da kroch eine Fliege hoch.

Die letzten Tage fielen ihr ein. Die letzten Tage waren eine unerhörte Anspannung gewesen. Schwer und peinlich aber eigentlich war nur das Frühstück nach jener ersten Nacht im Esplanade. Sie hatten sich beide um eine unbefangene Haltung bemüht, und es war ihnen beiden nicht ganz gelungen. Ihm nicht, weil er ein etwas schlechtes Gewissen hatte, wie er sie so vor sich sitzen sah, und ihr – –? Ach, ihr nicht, weil sie zwar wusste, es ist aus und es ist nie etwas gewesen, weil sie aber doch viel mehr Nerven, Sehnsucht und verlorene Kraft in dieses Erlebnis investiert hatte, als sie sich jetzt zugeben wollte. Richtig in die Hand bekam sie sich erst wieder, als die vom alten Kreuznacher schriftlich und vom jungen nochmals persönlich in die Wege geleitete Konferenz mit dem Warenhauskonzern S. & B. vonstatten ging. Die Leute waren misstrauisch, die Leute glaubten anfangs nicht so recht an die Erfolgskraft der Abteilung Herrenmode, die psychologischen Voraussetzungen seien – sagten sie – beim Prager Publikum ganz andere als beim Berliner. Es gab eine schwierige und gewagte Debatte, in der man sich wechselseitig um die juristischen, kaufmännischen und zollamtlichen Fragen stritt und sie schließlich doch klar herausformulierte, denn wenn die Sache im Rahmen einer neu zu gründenden Aktiengesellschaft gemacht werden würde …

Hans Kreuznacher hatte mit Engelszungen geredet. Ein Generaldirektor und der bisherige Abteilungsleiter waren auch bereits überzeugt. Der Haupteinkäufer schwankte noch. Er hing, das war offensichtlich, im Schlepptau des anderen Generaldirektors. Und der hieß Gawliczek.

Herr Gawliczek war ein Mann, der aus Überzeugungsgründen Neuerungen hasste. Konservativ bis auf die Knochen, gehörte er jener wenig beneidenswerten Menschenklasse an, deren Entschlüsse subjektiv und ungerecht die Entschlüsse der von ihr abhängigen Personen drücken und ihren Erfolg zunichte machen. Gawliczek hatte eng begrenzte Sympathien und weitgehende Abneigungen. Dieser junge Mensch mit dem schmalen Gesicht und den verbummelten Augen sagte ihm nun einmal nicht zu ... Was aus diesem Menschen kam, und wäre es (was man im vorliegenden Fall ja keineswegs behaupten kann) die höchste Weisheit des Lebens gewesen – war für Generaldirektor Gawliczek undiskutabel, ablehnbar und schlecht. Ein solcher Modefax, ein solcher Springinsfeld redete hier von Aktiengesellschaften, Import und Export, von einem tausendprozentig sicheren Gewinn beim Start dieser Narrenidee ...? Aber da war ja dann noch dieses seltsame Mädchen, und das wurde Gawliczeks Verhängnis.

»Kein ernsthafter Mensch wird ...« knurrte er in die Erregtheit der Beratung. Da sah ihn dieses Mädchen an, das ihn schon vorher mit ihren eindringlich lächelnden Blicken umkreist hatte:

»Darf ich Ihnen das mal zeigen, Herr Generaldirektor?«

Und sie kam auf ihn zu, sie wiegte sich in den Hüften, sie hatte sich in Berlin noch auf Kosten der Firma Kreuznacher & Schulz ein Seemannskostüm mit blauem Affenjäckchen und knallroter Schleife machen lassen, und sie versuchte Hans Kreuznacher im Vorbeigehen ein Zeichen zu geben, dass er doch endlich aufhören solle mit seinem Geschwätz, um nicht auch ihr noch die Chance zu verderben. Er sah dieses unauffällige Zeichen nicht, hörte aber aus Verblüffung über ihre Aktion – die erst viel später gedacht war – von selbst auf, und ließ sich von ihr zeigen, wie man einen widerspenstigen Generaldirektor zu behandeln hat. Er merkte, dass das ihre Rehabilitation für die vergangene Nacht war.

Diese Nacht war für ihn aber sowieso erledigt. Er dachte nicht gern an sie. Sie hatte seine Eitelkeit befriedigt und ihm einen kleinen Schreck eingejagt. Trotzdem war er so gepackt von Lottes Art, Herrn Gawliczek zu bekehren, dass er sie plötzlich wie einen fremden Menschen sah. Dieses Mädchen war heute Nacht mit ihm zusammengewesen, dieses Mädchen, vor dessen Charme sogar der geschäftliche Widerstand eines Gawliczek langsam dahinschmolz und schließlich zusammenbrach, dieses Mädchen …?

Und er wusste hinterher auch ganz genau, dass er im Grunde genommen ihr das Zustandekommen seiner neuen Aktiengesellschaft zu verdanken hatte.

Gawliczek war die mächtigste Stimme im Prager Warenhauskonzern S. & B. Wenn Gawliczek gestreikt hätte – – –

So aber hatte Gawliczek um seinen dünnen, beinahe lippenlosen Mund ein geschmeicheltes Lächeln gegraben, als Lottes Hände an seinem Schlips, unter seinem Kinn demonstrierten:

»Sehen Sie, Herr Generaldirektor, so und so wird man das in Zukunft machen«, und in getreuer Kopie der Warenhaus-A.-G. Schack & Co., Abteilung Herrenmode, vorführte, wie ein Schlips, ein Kragen, ja auch nur ein Kragenknopf verkauft werden würde, wenn man sich bereit erklärte, mit der Grossistenfirma Kreuznacher & Schulz die Abteilung Herrenmode im Prager Kaufhaus S. & B. zu starten.

Lotte hatte recht. Gawliczek war ihr Ressort, und Herrn Gawliczek beherrschte sie auch. Für Gawliczek hätte sie Walter Böhmelmann nicht gebraucht. Sie brauchte ihn für sich.

Die Fliege kroch immer noch an der Wirtshauswand.

Nach Hause hatte Lotte am Tage, da der Ergänzungsvertrag mit der neuen Aktiengesellschaft perfekt war, schon geschrieben, dass sie die Leitung und den Aufbau der Abteilung Herrenmode des Kaufhauses S. & B. in Prag übernommen habe und vermutlich Anfang oder spätestens Mitte der Woche einmal käme.

Walter Böhmelmann, dem sie, seit Prag auf der Tagesordnung stand: »Lern Tschechisch, geh zu Rolf

Fiedler, Kleine Alexanderstraße 68, sag ihm, dass du von mir kommst!« ununterbrochen geschrieben hatte, hatte nichts von sich hören lassen, und so hatte sie ihm schließlich auch weder von ihrem Kommen noch von ihrem neuen Vertrag irgendeine Mitteilung gemacht. Im Übrigen beunruhigte sie das nicht. Es war wohl nur verständlich, dass der Junge schwieg.

Was er wohl sagen würde, wenn sie heute Abend …?

Nicht loslassen, dachte Lotte Stein, das ist nur die Übermüdung. Um Gottes willen keine Abschiedsszenen. Denn mit einem Male war ihr hundeelend zumute.

Es war noch nicht Abend, aber schon dunkel. Der Cadillac sauste durch kleine und große Städte, über Bahnübergänge, durch Unterführungen, sauste Berge hinauf und glitt sie hinunter, hatte längst seine Lichtaugen angesteckt und warf seinen Kegelschein die Straßen längs, die Bäume hoch, den Himmel hinauf.

Andere Wagen flitzten an ihm vorüber. Andere Wagen holte er auf. Einige, die von Nachbarchausseen herüberblinkten, grüßte er mit seinen Scheinwerfern, – anderen, die er auf der Höhe der Staatsstraße, im Tale herumflanieren sah, drohte er mit brummigen Hupenschreien, Bremsengeknirsch und Reifengeknall. Zweifellos, dem Cadillac gefiel sogar im Regen die Welt, und so raste er, raste, Signale ausrufend, Lichtscheine großmütig spendend, durch den anbrechenden Abend.

Nur keine Rührseligkeit, den Kloß im Hals mutig hinuntergepresst:

»Wie lange denn noch?«

»Können Sie doch nicht mehr?«

»Ich kann noch.«

»Kleine Stunde, Lotte.«

Ich, erst einmal richtig ausschlafen bei Walter Böhmelmann! Diese elende Nässe. Dieses erbärmliche Regentrommeln aufs Dach. Das Öfchen glüht und er sitzt neben mir und bewacht …

»Wie?«, schreckt sie auf.

»Aber so schlafen Sie doch. Machen Sie einfach die Augen zu.«

Als ob sie schlafen könnte!

Aber es war schon viel besser mit ihnen beiden und so sagte sie nichts. Sie redeten wieder wie vernünftige, nüchterne Menschen miteinander. Geschäftspartner, Kollegen, die zwar hie und da Meinungsverschiedenheiten haben, die aber voneinander wissen, dass sie etwas leisten und dass sie sich durchsetzen werden: einer gegen den anderen, einer wahrscheinlich sogar für den anderen … Kollegen, – mehr war nicht herausgekommen dabei.

Nur fort mit den Gedanken: das sind die letzten Minuten, das ist die letzte Gelegenheit, einander noch manches zu sagen, aufzuklären … Hier nützte keine Gelegenheit mehr. Das war aus. Man würde noch häufig miteinander zu tun haben, man würde von Prag nach Berlin und von Berlin nach Prag Geschäftsberichts schreiben, Abrechnungen schicken, man würde vielleicht sogar hin und wieder von Prag nach Berlin mit dem Cadillac fahren, einmal mit Hans, einmal mit dem alten Kreuznacher, einmal vielleicht sogar mit Cläre Schulz, die den Betrieb natürlich auch inspizieren und ansehen würde ...

Der Traum von einem Luftballon war das gewesen, den man festhalten wollte. Hatte man jemals gehört, dass Luftballons eine Seele haben und lieben können? Jetzt ließ man ihn freiwillig los. Öffnete die Hand, in der man die Schnur ließ ... ah, da flog er, da oben ... und da verschwand er auch wohl schon ...

Der Cadillac schrie, als gälte es die Existenz seiner sämtlichen Bestandteile, als er kurz vor dem Schnellzug die schon langsam sich senkende Schranke passierte.

Bitter war es doch. Aber vielleicht war es auch nur Überanstrengung. Um Gottes willen, dieser Mensch rannte den Wagen noch in den Straßengraben. Sie fuhren so verdächtig nah an den Chausseebäumen vorbei ...

»Jetzt sind wir gleich da«, sagte er, und er dachte: Ich werde heute Abend doch Jarmila noch anrufen. Bei Jarmila im Kerzenschein sitzen, den Angorakater Hermann auf den Knien ...

Bitter war es doch.

Wenn Sie einmal gar niemanden haben und nicht wissen, wo Sie hin ... wollte Lotte sagen, aber sie verschluckte es.

Nur keine Sentimentalitäten. Da waren die ersten Lichter von Berlin. Er würde zu seiner lila Samtdame zurückkehren. Zu der oder zu einer anderen. Er würde sein ganzes Leben mit lila Samtdamen verbringen und die Liebe als einen Sport betrachten, einen nebensächlichen und nicht sehr wichtigen, vor allem aber einen, der möglichst angenehm und ohne große Unbequemlichkeiten betrieben werden konnte.

Da waren die ersten Lichter von Berlin.

Das Leben ging weiter.

Der Cadillac aber, als wolle er sich dagegen stemmen, drehte sich plötzlich quer über das letzte Ende der Chaussee. Was war los mit ihm? Er tanzte wie ein toller Hund einmal um seine eigene Achse und blieb stehen. Hans Kreuznacher bekam ein schreckerblasstes, zorniges Gesicht. Der Cadillac nahm es mit Gelassenheit hin. Er rührte sich nicht vom Fleck.

»... und nun bleibe ich immer bei dir.«

Sie lagen auf der von Mammi Böhmelmaun aus einem alten Bett kunstvoll zurechtgezimmerten Couch.

»Das Kissen ist wohl zugekommen, wie?«

Und nun bleibe ich immer bei dir, hatte sie gesagt. Er betrachtete ihr Gesicht. So wusste sie also sogar noch, was für Kisten ...?

»Tut es noch sehr weh?«

»Die Schramme?«

Die Schramme befand sich an der linken Stirnseite, in Schläfennähe.

»Und sonst bist du – ganz heil?«

Er tastete mit besorgten und immer noch unruhigen Blicken ihre Augen, ihre Schultern, ihren ganzen Körper ab.

»Sonst bin ich ganz heil.« Sie sagte es mit bestimmter Betonung. Ach, wie sie sprach, kein Mensch konnte so sprechen wie Lotte Stein. Kein Mensch konnte einen so ansehen dabei …

»Da hast du auf der Chaussee gelegen, blutend, verletzt, und ich …?«

»Gar nicht blutend. Und nicht mal verletzt. Der Cadillac wollte eben einfach nicht mehr. Nachdem wir ihn von innen und außen beleuchtet und nachgesehen hatten, kroch ich unter den Wagen.«

»Da hätte wohl kein anderer kriechen können …«

»Kreuznacher mit seinem neuesten Flausch? Der war sowieso wütend, dass einmal einer nicht ganz so wollte wie er. Na, und dann hat er wahrscheinlich gerade irgend so einen Hebel gedrückt …«

»Während du unterm Wagen lagst?«

»Wichtigkeit. Doch nicht mit Absicht. Und schließlich blieb der gute Cad ja auch nach einem unbedeutenden kleinen Ruck gleich wieder stehen.«

»Alle Knochen könnt' ich ihm brechen, diesem Kerl, diesem …«

»Na hör mal …«

»Ach, dass du da bist, Lotte …«

»Dass ich da bin?! Das möcht' ich mir doch sehr verbitten, Walter Böhmelmann. Dass ich bei dir bleib, ist wohl gar nichts, wie?«

»Es ist alles, Lotte. Alles. *Alles.*«

»Das heißt – unter einer Bedingung.«

»Unter einer Bedingung?« Sein Gesicht zeigte Bestürzung und Schreck. Er glaubte noch nicht an sein Glück.

Sie war ihm da wieder zugeflogen ... was zugeflogen, sie hatte mitten in der Nacht die Leute herausgetrommelt, dann vor seiner Bodentür gestanden und ganz leise und hartnäckig gepfiffen.

Um Gottes willen, hatte er gedacht, jetzt werd' ich wirklich noch verrückt, jetzt hör ich sie schon vor meiner Türe pfeifen, jetzt bilde ich mir schon ein ... um Mitternacht ...

Und er hatte aufgemacht.

»Darf ich hereinkommen, Walter Böhmelmann?«

Und sie hatte ausgesehen! Dreckbespritzter Trenchcoat, Schramme an der linken Stirnseite, regenverklebtes Haar.

»Ich komm nämlich direkt von unterwegs. Seh' gleich wieder menschenwürdig aus. Hast du mal Wasser da? Nein, braucht nicht warm sein. Den Ofen heizt du wohl gar nicht mehr? Hatten nämlich eine Panne kurz vor Berlin. Sonst wär ich schon früher gekommen, weißt du?«

Dabei hatte sie den Mantel ausgezogen und das Kleid und hatte sich über die Waschschüssel gebeugt.

»Fürchterlicher Regen, was?« Als ob es gar nichts anderes zu erzählen gegeben hätte.

»Das Wasser – Lotte – das Wasser – ist gleich warm. Wart doch einen Augenblick.«

Aber was ging sie das Wasser an! Die Hauptsache war, er hatte wieder für sie Feuer gemacht, der kleine, runde Eisenbauch des Ofens begann sich langsam zu röten, die Hauptsache war, die Couch stand noch auf ihrem Platz und man konnte sich in ihre alte, blaue Decke wickeln, die Hauptsache war, Walter Böhmelmann war da, man konnte ihn festhalten, man spürte seine Hände wieder, man machte das Licht nicht aus und sah diesmal auch sein Gesicht. Die Hauptsache war: man hatte keinen Entschluss fassen brauchen: das muss einmal geschehen, damit der Junge Vertrauen gewinnt und ich meine Ruhe bekomm' ... Man war nach Hause gekommen. Es gab kein besseres Zuhause als diese Couch und diesen Mann, es gab keine tiefere Geborgenheit und keinen schöneren Frieden.

Man spürte wieder, dass es einen Menschen gab, auf den man sich verlassen konnte, so und so verlassen, einen Menschen, der für einen da war und dem man etwas bedeutete, mochte geschehen sein, was auch immer, einen Menschen, der sich über den Widerstreit aller Gefühle hinweg bewährt hatte, einen Menschen, der keine Fragen stellte, einen Menschen, der einen zurücknahm, in welchem Zustand man auch erscheinen mochte, einen Menschen, den kein dreckbeschmiertes Gesicht und kein hässlich verwildertes Haar störte, einen Menschen, bei dem man die Gewissheit bekam: es hat noch einen Sinn, da zu sein auf dieser Welt, einen Menschen, der trotz allem gewartet hatte ...

Sie war im Cadillac, als der endlich wieder losfuhr,

von einer irrsinnigen Angst überfallen worden, von einer Angst vor dem Weiterleben und von Gedanken, die ihr sonst völlig fremd waren: »Wenn es schon Schluss gewesen wäre, wenn er schon noch gegen einen Baum raste oder einen Abhang hinab. Ich will nicht mehr, ach, ich will nicht mehr ...«

Und der Cadillac hatte mit seinen Bremsen und seinem Motorengeräusch die Begleitmusik dazu gemacht, und so waren sie nach Berlin hereingefahren, der Himmel hatte ihnen keinen Mond geschenkt und die Vorstadthäuser schnürten in ihrer Trostlosigkeit den letzten Mut ab. Als sie merkte, dass Hans Kreuznacher den Kanal entlang fuhr, stoppte sie ab:

»Ich will nicht nach Hause.«

»Sie wollen nicht?«

»Meine Mutter«, sagte sie und versuchte es zu begründen, »meine Mutter kriegt einen Herzschlag, wenn sie mich so sieht.«

»Wollen Sie in ein Hotel?«

»In dem Aufzug?«

Sie würde doch nicht etwa ...

»Bringen Sie mich, bitte, zum Alexanderplatz. Von dort fahr ich dann mit der Untergrund.«

»Aber ich fahr Sie doch hin, wohin Sie wollen.«

»Ich sag Ihnen ja, wohin ich will.«

»Sie werden doch nicht U-Bahn fahren, wenn Sie einen Cadillac haben, der ...«

Sie machte Anstalten, auszusteigen.

»Also, bleiben Sie schon sitzen. Wenn Sie durchaus

wollen.« Und er brachte sie zum Alexanderplatz. Und sie stieg aus:

»Ich komm' morgen, wie verabredet, bei der Firma vorbei, ja, gegen 11 Uhr«, und stieg die Treppen zur U hinab.

Und nun war sie da. Und nun mochte das Leben weitergehen. Mochte es morgen wieder beginnen mit Arbeit und Anstrengung und Kampf. Heute war man angekommen. Heute war alles gut.

Ach, dass er da gewesen war! Vielleicht zufällig, natürlich zufällig, aber: dass er da gewesen war, richtig da, ein Mensch, an den man sich halten kann! Dass er die Tür geöffnet hatte, als sie kam, verschmutzt und verfroren, unvorteilhaft und bejammernswert, dass er da gewesen war ...!

Es hätte natürlich auch schief gehen können, klar! Und sie hatte es ja auch gar nicht von ihm verlangt ... Gestern vielleicht oder ...

»Zum Beispiel die vorvorige Nacht? Wärst du da auch zu Hause gewesen, Walter Böhmelmann?«

»Wieso denn gerade die vorvorige Nacht?« In seiner Stimme war ehrliches Entsetzen über soviel Hellseherei. Denn gerade die vorvorige Nacht war er mit Marie Strauß ...

»Dummer Junge, ich bin doch auch nicht gekommen ...!« Sie lachte ein wenig, aber in den Augen saß Betrübnis: und wenn er jetzt eine andere liebte? Und wenn er jetzt ...?!

Und da kam er denn mit der Sprache heraus. Es sei

so furchtbar für ihn gewesen, dass er sich nicht hätte von ihr lösen können, denn als sie fort war, sei er tatsächlich zu Rolf Fiedler gegangen und habe Tschechisch lernen wollen, habe einen kaufmännischen Kursus angefangen und über den Büchern gesessen und gebüffelt. Und dann, als er das so wieder vor sich gesehen habe, Lotte Stein mit Kreuznacher in Prag, da habe er die Bücher doch an die Wand geschmissen und sich einen Esel genannt, einen Schafskopf und einen Pantoffelhelden und sei losgegangen. Treppen hinunter und durch die Straßen gerast. Du musst diese verfluchte Abhängigkeit von Lotte loswerden, hatte er sich eingeredet. Du musst dir irgendein Mädel nehmen ... du musst dir beweisen, dass ...

»Und – du hast sie hier heraufgenommen?«

»Hier herauf?!«

Dann war es ja gut! Dann hätte er das gar nicht zu erzählen brauchen!

Er hatte es sich beweisen müssen. Das galt nicht viel. Das wog nicht schwer. Obwohl es immerhin weh tat. Merkwürdig weh tat. Und so hatte sie ihm also auch weh getan? Dauernd und immer mit der Begründung, dass man es ja nicht ändern könne, dass das über einen hereingebrochen sei ...

Und jetzt?

»Die Sache mit Kreuznacher ist aus. Endgültig. Überwunden. Verstehst du mich?«, hatte sie gesagt und gefragt, und er hatte sie angesehen und hatte verstanden. Und jetzt hätte er schweigen können, denn wenn es auch weh tat, überraschenderweise, und ohne dass man es eigentlich zugeben mochte ...

Er aber redete. Und sie wurde immer stiller, während er erzählte. Sie legte ihren Kopf in seinen Arm und hörte zu. Und dann fragte sie manchmal doch etwas:

»Da ist sie dir also immer nachgelaufen, die Marie?«

Er aber machte sich nicht besser als er war.

»In der vorvorigen Nacht nicht. Da habe ich sie schon am Nachmittag im Geschäft dazu aufgefordert.«

»Wozu?«

»Mit mir zusammen zu sein.«

»Und du sagst, dass sie mich bei dir verpetzt hat?«

»Damals, wegen Jo Lindberg – – –«

»Und dann auch – – ?«

»Dann auch, als Kreuznacher ...«

»Und trotzdem ... Oder wohl gerade darum ...?«

Nun tat es noch ein bisschen weher, aber es war wirklich nicht der Rede wert.

»Ich hab sie bald, nachdem du weg warst, mal aus der Straße getroffen. Da hab ich sie gefragt, warum sie das gemacht hat.«

»Du hast sie gefragt?«

»Sie wollte es erst nicht sagen ... Sie druckste so herum ... und schließlich hab ich es gemerkt ... dass sie ... dass sie mich ...«

»So?«

»Und dann hab ich gedacht, du – –«

»Und weiter nichts?«

Weg mit dem kleinen Schmerz. Hast kein Recht dazu, Lotte Stein. Du nicht. Du am allerwenigsten.

»Aber es war schrecklich, Lotte.«

Sie sagte nichts mehr. Sie hielt den Atem an. Es war schrecklich …?

»Ich kann doch nur dich lieben, Lotte …«

Sie ließ den Atem wieder frei.

»Du kannst doch nur mich … Du kannst nur mich?! Ist das wahr, Walter Böhmelmann?«

Und dann hatte sie die Augen zugemacht und war eingeschlafen in seinem Arm. Nun brauchte sie keine Angst mehr haben … nun konnte sie ausruhen bei ihm … Und als sie aufwachte und es immer noch Nacht war, sagte sie diese wunderbaren, herrlichen, überwältigenden Worte: »Nun bleib' ich immer bei dir …«

Und jetzt stellte sie doch eine Bedingung?

Was für eine Bedingung denn?

»Du musst zum nächstzulässigen Termin bei Schack kündigen, Walter Böhmelmann.« – Wollte sein Gesicht nicht wieder jenen verstockten Ausdruck annehmen? »Ich geh nämlich nach Prag. Und ich denk', du lernst Tschechisch! Na also! Willst du mich da etwa vollkommen wehrlos den slowakischen Geschäftsleuten ausliefern? Ich glaube, du brächtest es fertig, Walter Böhmelmann.«

»Und – das geht alles so?«

»Ja.«

»Ohne dass du –«, er wählte ein sehr blasses Wort

für das, was er meinte, »Unannehmlichkeiten hattest?«

»Ohne.«

»Und – – –«

»Was willst du eigentlich noch, Walter Böhmelmann? Lassen wir diese ganzen Redereien bis morgen. Heute, glaube ich – – –« – sie fasste mit der Hand unter seinen Kopf und zog ihn zu sich herab …

Und dann war es auch schon morgen. Und an diesem Morgen frühstückten sie nicht in der Bodenstube. Sie gingen die Treppen hinab in den zweiten Stock und setzten sich mit Mammi Böhmelmann zu Tisch.

Mammi Böhmelmann war in der Tat eine wunderbare Frau. Sie fragte nichts und machte keine Vorwürfe, obwohl Lotte der Gegenstand vieler von Zweifeln und Kümmernissen beschwerten Stunden für sie gewesen war. Sie strahlte und hatte ihre Staatsschürze um, sie ließ nicht einen Augenblick spüren, dass man sich ja eigentlich noch gar nicht kannte, im Gegenteil, sie tat, als kenne man sich schon ein Leben lang.

Und also war auch das in Ordnung. Und also blieb nur noch Annemie.

»Warst du mal bei ihr, Walter?«

»Walter hat sich mit diesem Freund von Annemie, wie heißt er nur …«

»Kurt Simon?«

»Ja, mit Kurt Simon hat er sich angefreundet. Der war letzten Sonntag den ganzen Vormittag hier und hat oben bei Walter gesessen. Und am Nachmittag sind sie dann ins Krankenhaus ...«

»Ins Krankenhaus ...?«

Warum schwieg Walter Böhmelmann? Was gab es da, um Gotteswillen, zu verschweigen?

»Ist Annemie ...?«

Warum zitterte der Boden schon wieder unter ihren Füßen, warum musste sie sich mit solcher Mühe aufrecht erhalten ...

»Ist Annemie?« Aber nein, das gab es ja nicht. Das hätte er ihr doch sagen müssen, das ... war ... doch ... »Was ist denn mit Annemie?«

Mammi Böhmelmann machte ein beruhigendes Gesicht.

»Eine Blinddarmoperation. Die Gefahr ist aber ...«

»Was? Eine was?« Die Gefahr ist aber ...

»Eine Fehlgeburt«, sagte Walter Böhmelmann. »Hat sie sehr mitgenommen, die kleine Annemie.«

Mammi Böhmelmann machte ein entsetztes Gesicht. Eine Fehlgeburt?

Walter Böhmelmann zuckte die Achseln.

»Kurt holt sie heute nach Hause.«

»Glaubst du, dass wir sie am Abend schon besuchen können?«

»Vielleicht ist es noch zu viel«, sagte Mammi Böhmelmmann, »wartet lieber noch einen Tag.«

Die folgenden zwei Wochen flogen nur so dahin.

Die letzten Vorbereitungen zur Abreise wurden getroffen. Die Umgestaltung des Warenhauses S. & B. in Prag und seine Einstellung auf die Abteilung Herrenmode zögerte sich doch etwas hinaus. Es wurde nicht ganz so großzügig gebaut wie bei Schack, aber es gab doch immerhin genug zu tun, bis die Sache stand. Die kaufmännisch-juristischen Dinge brauchten Lotte nicht zu interessieren. Sie wurden zwischen den Firmen Kreuznacher & Schulz und dem Warenhauskonzern S. & B. in diesen Tagen auf eine endgültige Formel gebracht und abgeschlossen. Walter Böhmelmanns Position war ohne Widerstand genehmigt worden, und Lotte beschränkte sich darauf, den Personalchef der Warenhaus-A.-G. Schack & Co., Herrn Saffian, ein letztes Mal aufzusuchen. Herr Saffian war erstaunt, sie zu sehen, aber vermutlich hatten sich in der Zwischenzeit sehr viel mehr erstaunliche Dinge zugetragen, denn Herr Saffian begnügte sich mit einigen oberflächlichen Fragen, die bewiesen, dass er an Wichtigeres dachte. Er hatte einen Ausdruck in den Augen, der eine seltsame Mischung von Gehetztsein, Auflehnung und Überdruss darstellte. Zweifellos, diesem Menschen war irgend etwas passiert.

Aber das ging sie ja nichts an. Sie war vorher bei den Mädels in der Abteilung Herrenmode gewesen, Erni Weiß war auf sie zugestürzt und Marie Strauß hatte ihr brüsk den Rücken gekehrt, sie hatte ein paar nette, neue Gesichter gesehen und war von Herrn Grüninger etwas ironisch empfangen worden: »Na, besuchen Sie uns auch wieder mal?«

Neben vielen Fragen, die sie beantworten musste, vor allem: »Was macht Annemie? Wirklich Blinddarm? Die Ärmste!«

»Wann kommt sie denn wieder?«

»Und du gehst wirklich nach Prag?«

»Ach, Lotte, als ob du nicht immer Glück gehabt hättest!« – neben vielen Fragen hatte sie immerhin erfahren, dass Saffian neue Entlassungen angekündigt habe. Das hatte ja auch Walter Böhmelmann schon gesagt. Und das erleichterte ihr den Gang in die Personaldirektion.

Und als Saffian mit jenem merkwürdig gemischten Gesichtsausdruck fragte:

»Und im Übrigen kommen Sie wohl wegen Ihrer Freundin Annemarie Meier?«, hatte sie ihn überrascht angesehen und »Ja« gesagt, »ich wollte Ihnen nur berichten, dass sie noch sehr schwach, aber auf dem Wege der Besserung ist. Vielleicht fängt sie nächste Woche wieder an.«

»So?« Sie fängt nächste Woche wieder an? Dass es Menschen gibt, die wieder anfangen können, lag in dieser Frage. Ich bin am Ende ... ich ...

Sie hielt ihn nicht lange auf. Beim Hinausgehen wendete sie sich in der Tür um.

»Da ist – übrigens – dieses Gesuch – von Herrn Böhmelmann, der um seine fristlose Entlassung bittet. Das – bewilligen Sie doch, nicht?«

Sie sah, wie er sich aufraffte und den erledigten Mann, den er unzweifelhaft darstellte, beiseite schob. Ich kann es auch ablehnen, hieß dieses Ausrichten zu seiner alten Macht, ich kann es auch …

»An diesem Böhmelmann liegt Ihnen wohl?« Was war nur los mit ihm? Er verfiel nach dieser Anstrengung wieder. Wahnsinnig alt geworden war der Mann. Ob er krank war – – ? Ob er – –

»Na, wenn Ihnen daran liegt …«

Er war wirklich erledigt. Sie hatte ihm doch gar nicht geantwortet. Aber wenigstens hatte Walter Böhmelmann nun nicht auch noch seinen Kündigungsmonat abzuarbeiten. Das war gut in einer Zeit, da man ihn mehr brauchte, als irgendeinen anderen Menschen der Welt.

Und also packten sie mit einer Unermüdlichkeit, die keinen Zweifel darüber ließ, dass sie gerne schieden. Nichts in Berlin, das sie gehalten hätte! Bis auf Mammi Böhmelmann natürlich, die aber in einer gewissen Zeit wahrscheinlich nachkommen sollte, und – bis auf Annemie und Kurt.

Und dieses also war der letzte Abend. Walter Böhmelmann hatte Lotte schon am Nachmittag zu Annemie gebracht und war dann noch einmal losgegangen. Er hatte ein paar Besorgungen zu machen, und dann saß er mit Kurt, den er vom Telegrafenbauamt West abholte, noch eine kleine Stunde in einem der unzähligen Cafés des Westens zusammen.

Es lag ihnen beiden nicht, große Worte zu machen. Trotzdem waren sie in einer gedrückten und etwas feierlichen Stimmung. Sie hatten sich über die beiden Mädels kennen gelernt, sie waren sich in einer sehr kritischen Zeit nahegekommen und sie wären gerne ein weiteres Stück Leben zusammen gegangen.

»Wirklich eine unerhörte Sache, dass ihr beide euch in dieser verfluchten Zeit so behaupten könnt.«

Kurt Simon fühlte sich im Rahmen dieses Cafés nicht sehr wohl. Walter Böhmelmann zog es vor, zu schweigen. Er hatte dieses »Hochkommen« bitter bezahlt, und er wusste, dass es ein Zufall war.

»Eine tüchtige Person, die Lotte. Wenn ich denke, wie sie damals am Fenster stand, jenen Wintermorgen ... Die weiß, was sie will, habe ich damals gedacht, aber helfen wird ihr das nichts. Da stehen ganz andere Mächte gegen sie, und wenn sie es noch so sehr versucht ... Und nun hat sie's doch geschafft.«

Er sagte nicht: für euch beide. Er hatte ein sehr gutes Gefühl für die Verletzbarkeit des andern. Denn wenn sie auch gleichermaßen wussten, dass persönlicher Mut und persönliches Können gar nichts galt in diesen verwirrten Tagen, dass man Beziehungen und Glück dazu haben musste, sagte er nur: und nun hat sie's doch geschafft.

»Ich glaub' nicht, dass es leicht sein wird, in der

ersten Zeit.« Walter Böhmelmann trommelte mit dem Kaffeelöffel auf die Tischplatte.

»Fremde Stadt, fremde Menschen – ein fremder Arbeitsplatz, sie hat eine ziemliche Verantwortung und sie muss selbst noch lernen dabei. Manchmal denk' ich, dass es zu viel sein wird für sie.«

»Aber Sie sind doch da, Böhmelmann!« Er hörte mit dem Trommeln auf. »Natürlich«, sagte er, »ich bin doch da!«, als hätte Kurt Simon ihn erst auf diesen Gedanken bringen müssen.

Letzte Zusammenkünfte tragen immer den Stempel der Hast, Unsicherheit und Betrübnis. Bei letzten Zusammenkünften sagt man nie, was man eigentlich sagen müsste. Vor allen Dingen haben die Worte der letzten Zusammenkünfte einen schalen, abgebrauchten Klang.

»Und was werden Sie nun machen, Kurt?«

Blödsinn, wo man doch weiß, was er machen wird, wo er doch gar nichts anderes machen kann.

»Ja, das müssten wir erst einmal sehen«, antwortete der andere dann auch. »In diesen Zeiten ... bei der Arbeitslosigkeit ... bei dieser verdammten Krisenwirtschaft ... weiß denn einer, ob er nicht morgen schon auf der Straße liegt?«

»Ja, das weiß keiner.« Und mit einem Male war aller Mut verflogen. Mit einem Male merkten sie, was sie zwar immer schon gewusst hatten, aber noch nie so erschreckend gefühlt, dass sie beide in der Luft hingen: der Telegrafenarbeiter Kurt Simon und der zukünftige Buchhaltungsleiter der Abteilung Herrenmode des Warenhauskonzerns S. & B. in Prag.

In diesen Zeiten der menschlichen und geschäftlichen Korruption krachten Banken und Konzerne. Was wusste Walter Böhmelmann, nur ein Angestellter, von der Solidität des Warenhauses S. & B.? Konnte es nicht morgen den Konkurs anmelden? Er hatte ja doch nur da zu sein, um den Profit des Konzerns vergrößern zu helfen, Lotte stellte man ja doch nur ein, weil man sich von ihrer Tätigkeit den Aufschwung einer bisher unrentablen Abteilung versprach. Und wehe, wenn das fehlschlug! Wehe, wenn die Rechnung nicht aufging …

»Trotzdem«, sagte Walter Böhmelmann, »trotzdem, wenn alles gut geht, Simon, wenn alles klappt und ich sehe irgendeine Möglichkeit für Sie – – –«

Nach letzten Zusammenkünften erst fällt einem ein, was man alles zu sagen vergaß. Und darum schien es auch Walter Böhmelmann und Kurt Simon, als ob sie mit dieser Andeutung, die gleichzeitig ein Versprechen für die Zukunft war, die noch immer nicht überwundene Abschiedsstimmung beschließen und zu den sensationellen Tagesereignissen übergehen könnten.

Zum Beispiel zu Saffian. »Ein Mann, der prächtig in diese Zeit passt!«

»Haben Sie ihn denn auch so genau gekannt?«

»Zu genau.«

Walter Böhmelmann stutzte. Diese drohenden Augen und dieser verächtliche Mund. Zu genau? Lotte hatte ihm das nicht gesagt. Donnerwetter, wenn er das gewusst hätte …

»Es scheint beinahe, als gäbe es ab und zu doch noch so etwas wie eine ausgleichende Gerechtigkeit.«

»Weil Salzer ihn angezeigt hat?« Kurt Simon schien das eine sehr milde Gerechtigkeit.

»Doch immerhin ein Schlag für Saffian. Denken Sie mal, seine ganze Karriere, sein ganzes Leben ist doch nun eigentlich verpfuscht.«

»Die Saffiane fallen in dieser Welt noch immer auf die Beine, Böhmelmann. Der schwindelt sich schon raus.«

»Na, ich weiß nicht. Schack hat zwar versucht, ihn zu halten, als aber die radikale Presse die Sache schließlich aufgriff – – –«

»Wie war das eigentlich? Ist das nicht diese Frau Salzer aus der Abteilung Herrenmode? Annemarie hat mir mal so was erzählt ... die sich immer so rumgetrieben hat?«

»Natürlich. Patentes Frauenzimmer sogar, sagt Lotte. Nur völlig abgerutscht.«

»Und Saffian ist tatsächlich wegen Beihilfe zum Vergehen gegen § 218 angezeigt worden? Vom Mann der Frau Salzer? Ist doch toll, wenn man das bedenkt: ein so gerissener Halunke wie der ... und wird erwischt ...«

»Der Prozess spricht von Bewährungsfrist wegen Mangels an Beweisen ... Das hat man sich denken können ... Trotzdem hat es ihm den Kopf gekostet. Schack hat ihn natürlich kündigen müssen.«

»Und Sie glauben, dass das was nützt, Böhmelmann? Gar nichts nützt das. Einen Dreck, sag' ich ihnen. Die ganze Chose läuft verkehrt herum. Nicht nur der Saffian. Das ist genauso wie bei der Arbeitslosigkeit. Das fällt alles in denselben Topf. Von Grund auf müssen die Dinge geändert werden. Da kommen wir nicht drum herum, sag' ich Ihnen.«

»Da werden doch immer so viele Versprechungen gemacht ...«

»Von Grund auf, Böhmelmann, sonst ist das eines Tages sowieso aus mit uns.«

Und also redeten sie sich bittere und bissige Dinge zu, vergaßen beim Reden, dass sie ja Abschied nahmen voneinander, und merkten, dass sie sich immer besser verstanden.

⁂

»Es ist so schrecklich«, klagte Annemie zur selben Zeit, »vielleicht sehen wir uns überhaupt nicht wieder, du ...« Sie lag auf dem alten Kanapee, und Lotte erlaubte nicht, dass sie aufstand.

»Du wirst dich schnell genug wieder ruinieren, wenn ich nicht mehr auf dich aufpassen kann ... aber das sag' ich dir ...«

»Ach nein, Lotte, der Kurt ...«

»Na, das will ich dem Jungen aber auch geraten haben. Im Übrigen werden wir uns natürlich wiedersehen ... möcht' nur wissen, was das heißen soll ... überhaupt nicht. Lass mir nur ein Jahr Zeit, mein Kind, ein Jahr ...«

Annemarie war furchtbar abgefallen. Ihr Gesicht

war dünn und spitz geworden, das Kinn stach in die Luft, das ganze Mädel war ein Jammer. Und es war, trotz ihrer erschreckenden Magerkeit, doch eine Veränderung mit ihr vor sich gegangen. Gewiss würde sie immer noch und ihr ganzes Leben lang jemanden brauchen, an den sie sich anlehnen konnte, und sie hatte jetzt ja auch jemanden, aber niemals würde sie wieder auf einen Saffian hereinfallen. Sie hatten lange von Walter Böhmelmann und Kurt Simon gesprochen und Lotte hatte der Kleinen in großen, entscheidenden Zügen das Erlebnis mit Hans Kreuznacher erzählt. Und jetzt redeten sie nun auch vom gekündigten und in einen Abtreibungsprozess verwickelten Personalchef der Warenhaus-A.-G. Schack & Co.

Aber Annemie wollte das nicht hören, Annemie wurde rot und blass dabei, sah auf das Fußende des Bettes und zur Decke hinauf: hatte sie doch schon wieder oder hatte sie immer noch Mitleid mit ihm? Genauso wie damals, als er ihr von seiner Frau, von seiner lieblosen Ehe und seinem verfehlten Leben erzählte?

»Du hast es Kurt damals gesagt, dass es Saffian war?«

»Hm.«

»Und er ist ihm nicht auf die Bude gerückt?«

»Nein. Denn ich habe gedroht, dass ich mich dann ertränken würde.«

»Ertränken? Du?«

»Ich brauch' doch die Stellung ... und ich hätte dann doch nicht mehr hingehen können.«

»Aber gerade. Dann hättet ihr ihn ja in der Tasche gehabt.«

»Ich – kann so was nicht. Ich wäre gestorben dabei.«

»Aber es wäre doch nur recht und billig gewesen, wenn er auch mal gezittert hätte vor dir. Hast du nicht genug ausgehalten?«

»Ich kann mir nicht helfen, Lotte.«

»Ob du nicht genug ausgehalten hast?«

»Ich denk' doch manchmal …«

»Am Ende verteidigst du ihn noch?«

»Ich denk' doch manchmal, er ist auch nicht ganz allein schuld daran. Da trifft so Vieles zusammen. Ich hab mir das lange durch den Kopf gehen lassen, Lotte. Er war doch so unglücklich, Lotte …«

»Hat man so was schon gehört?! Muss man denn unbedingt glücklich sein, wenn man cin anständiger Mensch sein will?«

Blick Annemies aufs Fußende des Bettes, Blick zur Decke: »Ich – glaub' – schon, Lotte. Wenn mich jemand unglücklich machte, oh, Lotte, wenn mir das jetzt einer wieder wegnähm' …«

Sie hielt nichts mehr aus. Sie schluchzte. So glücklich war sie also. Und solche Angst hatte sie um ihr Glück. Und so kaputt hatte man sie gemacht.

»Nimmt dir doch keiner, Annemiechen, nun sei doch schon gut, wer soll denn nur daran denken, dir was zu nehmen … pass nur auf, und wenn ich euch erst nach Prag hol' …«

Mitten im März war es noch einmal Winter geworden. Mitten im Winter stand die Abteilung Herrenmode des Warenhauses S. & B. in Prag.

Prag im Schnee ist eine schöne und aufreizend heimatliche Stadt. Prag im Schnee gibt das Gefühl, von der Welt abgeschnitten und in ein Märchen hineinverzaubert zu sein. Prag im Schnee risse zu vielen poetischen Schilderungen hin, stünde nicht der Cadillac des Herrn Haus Kreuznacher vor der Tür des Kinopalastes, strömten nicht Tausende von Menschen nach Beendigung der Vorstellung auf die Straßen, hätte Prag nicht seit gestern seine Sensation, die seit heute nun auch in der tönenden Wochenschau verewigt war: die mit allen Schikanen erfolgte Eröffnung der Abteilung Herrenmode des Kaufhauses S. & B.

Kreuznacher sen. und jun., Cläre Schulz und Herr Generaldirektor Gawliczek lösten sich aus der Menge und fuhren mit dem laut nach Platz für seinen gewichtigen Leib schreienden Cadillac davon. Blitzlicht flammte auf. Pressefotografen liefen nach ihren Redaktionen.

Herr Generaldirektor Gawliczek, Kopf hin und her drehend, fragte erregt: »Und wo ist – ja, wo ist denn Fräulein Stein?« Aber keiner hörte hier …

Im Esplanade war alles festlich gerichtet. Im Esplanade sollte die Eröffnung und der Erfolg der Abteilung Herrenmode gefeiert werden. Als die Cadillacinsassen erschienen, saßen die Chefs des Warenhauses S. & B. bereits beim goldenen Haute Sauterne.

Haute Sauterne, dachte Hans Kreuznacher flüchtig, komisch, dass sie nicht mitgekommen ist! Ob sie Angst hat vor dem Esplanade? Und Gawliczek suchte weiter mit geärgertem Gesicht: »Und Fräulein Stein? Ich denke – – –«

Zu dumm, fuhr es Hans Kreuznacher durch den Kopf. Wo man mit Gawliczek so vorsichtig sein muss, und wo er sie doch nun einmal unbedingt dabei haben wollte ...

»Sie saß ja neben mir. Und dann ist ihr plötzlich schlecht geworden, grad, als ihr Bild auf der Leinwand erschien«, erklärte Cläre Schulz, »Da hab ich ihr gesagt, sie soll lieber nach Hause gehen und morgen Früh wieder frisch sein, denn morgen Früh brauchen wir sie und heute können wir ja schließlich auf sie verzichten. Oder« – sie sah herausfordernd von Kreuznacher zu Gawliczek – »oder etwa nicht?«

Gawliczek, dessen Abneigung gegen Haus Kreuznacher jun. nach wie vor bestand, wandte sich den Chefs des Warenhauskonzerns zu: »Schade, vielleicht kommt sie noch. Ein großartiges Mädel. Wie die uns die Abteilung auf die Beine gestellt hat! Wie die das macht! Also, ich hab so was noch nicht ...« Und er hatte eine immerhin reichliche Geschäftserfahrung hinter sich.

Und draußen schneite es noch immer. Und durch den Schnee gingen die zwei. Autos hupten, Straßenbahnen klingelten, Omnibusse wälzten sich über den Damm.

»Wollen wir doch noch ins Esplanade?«, fragte Walter Böhmelmann, und sie hing sich in seinen Arm. »Sie haben uns ja schließlich eingeladen.«

»Erstens hab ich mich bei Cläre Schulz entschuldigt. Zweitens müssten wir ihnen aber eigentlich zeigen, dass es uns nichts ausmacht, ihr Esplanade.«

»Was sollte es uns denn ausmachen, Lotte? Ich dachte nur, weil dir nicht gut ist ...«

Die Schaufenster waren noch hell erleuchtet. Die Verkehrsampeln ersetzten den Mann. Es war genauso wie in jener Nacht, in der sie nach der Wagenpanne zu ihm nach Hause gekommen und aus dem Cadillac in die Untergrund gestiegen war.

»Wir gehören nicht zu denen, verstehst du, Walter Böhmelmann!«

Sie schritten weiter durch den Schnee.

Und am nächsten Morgen war Lotte Stein wieder ganz auf der Höhe. Als sie die Abteilung betrat, tuschelten die Verkaufsgirls mit erregten Gesichtern und glänzenden Augen: »Gestern ... im Kino ... in der tönenden Wochenschau ... also Kinder, fabelhaft, einfach hinreißend! Großaufnahme: das Konzerngebäude, die

Chefs. Großaufnahme: die neuen Räume und schließlich: Großaufnahme Fräulein Stein. Sah beinah wie die Garbo aus. In der Neun-Uhr-Vorstellung saß die ganze Firma.«

»Na – und wir?«

»Als unsere Aufnahme kam, erhob sich ein spontaner Beifall, schreiben die Zeitungen.«

»Bloß ein paar alte Weiber zischten.«

»Weil sie neidisch sind.«

»Und weil sie denken, ihre Männer ...«

»Dabei sahen wir so süß aus ...«

»Du besonders, Anna.«

»Sonst wär' ich ja wohl nicht ausgenommen worden.« »Zankt euch nicht, Kinder, ich glaub', da kommt ...« Und sie kam auch. Lotte Stein. Entschlossen, gesund und energisch. Sie zeigte ihnen nicht, dass sie dachte: und nun fängt also alles wieder von vorne an. Sieht die da nicht aus wie Erni Weiß? Und ist nicht auch eine Annemie Meier unter ihnen? Vielleicht hilft es, wenn ich ein bisschen aufpass' auf sie. Vielleicht kann ich's ihnen hier und da erleichtern. Aber viel nützt das sicher nicht.

»Guten Morgen! Guten Morgen!« Und sie hing Mantel und Kappe an den Haken.

Die Ursache dieses merkwürdigen Zustandes, dass man sich nicht mehr mit der Qualität der Ware begnügt, wenn man verkaufen will, sondern, jawohl, auf die niedrigsten Instinkte der Menschen spekuliert – – die Ursache liegt wo anders.

Sie hatte die ganze Zeit darüber nachgedacht. Und das war das Resultat. Genügte es? War es richtig?

Sie hatte ein von der Winterkälte gerötetes Gesicht.

Der Betrieb stürzte sich, ein gieriges Raubtier, auf ihre Überlegungen und machte sie zunichte.

»Herr Generaldirektor Gawliczek lässt Fräulein Stein bitten ...«

Trotzdem: sie würde nicht nachgeben. Diese Mädels hier würde sie nicht herunterkommen lassen. Denen durfte kein Schicksal der Annemarie Meier oder der Frau Salzer drohen. Denen musste sie es vorleben und die Augen öffnen: wir stehen nun einmal im Wirbel dieser unseligen Zeit, wir haben es uns nicht ausgesucht, aber wir dürfen auch nicht davonlaufen ...

Sie hetzte die Treppen hinauf. Kurz vor Gawliczeks Zimmer kehrte sie rasch noch einmal um und lief bis zum nächsten Etagentelefon. Sie nahm den Hörer: »Geschäftsleitung Herrenmode, bitte.«

Sie holte tief Atem. »Hallo! Bist du da? Nein, nichts. Alles in Ordnung. Wollte nur wissen, dass du da bist, Walter Böhmelmann!«

Und dann – die Zentrale überwachte sicher jedes Gespräch –, dann mit einem Lächeln, das die Zentrale ja nun glücklicherweise nicht zu sehen vermochte:

»Ist die Warenlieferung aus Berlin schon da? Das Büro von Kreuznacher & Schulz hat die Sendung bereits avisiert.«

»Wenn sie bis Mittag nicht kommt –«

»Müssen wir monieren, Walter Böhmelmann.«

Sie hatte das wie ein Liebeslied gesungen. Der Hörer flog auf die Gabel.

Herr Generaldirektor Gawliczek wartete bereits, Herr Generaldirektor Gawliczek hatte eine Menge neuer Ideen und Forderungen. Das konnte ja gut werden! Der verlangte doppelt soviel wie Saffian und Grüninger zusammen. Sie bekam einen heißen Kopf. Sie machte sich Notizen.

»Sehr wohl, Herr Generaldirektor. Ich werde es versuchen, Herr Generaldirektor. Unmöglich, Herr Generaldirektor, das schaffen wir nicht.« Sie ließ sich nicht verwirren. Sie blieb sachlich, bestimmt und klar.

Als sie sein Zimmer verließ, war sie ziemlich zusammengehauen von der vielen Rederei.

»Na, ist hier alles glatt gegangen, während ich oben war?«

Die Mädels gewannen schon etwas mehr Vertrauen zu ihr.

Oh, die würde sie nicht loslassen, die sollten nicht in den Strudel gezogen werden und untergehen. Die würde sie bei jedem Gawliczek der Welt vertreten. Die waren ja noch blutjung! Höchstens siebzehn oder achtzehn waren die! Auf die musste man aufpassen.

Dass sie selbst in diesen Tagen erst dreiundzwanzig wurde, und dass auf sie auch keiner aufgepasst hatte, daran dachte sie nicht.

Nun war es doch tatsächlich schon Mittag geworden.

Sie nahm die Mütze vom Haken. Die Kleine, die wie

Erni Weiß aussah, sprang hinzu und hielt ihr den Mantel.

»Danke schön. Und bitte, sagen Sie nach der Geschäftsleitung Herrn Böhmelmann durch, dass ich nach Hause gegangen bin.«

Ende.

Die Hosen anhaben

Maria Gleit und die letzten Tage der Weimarer Republik

Nachwort von Vojin Saša Vukadinović

Sehnsuchtsort Kaufhaus

Waren bestimmten die kapitalistische Gesellschaft seit ihren Anfängen. Angebot und Nachfrage, Krise und Krisenlösung prägten nicht nur die Gestalt und die Qualität von Gütern, sondern auch den Geschmack des Konsumenten, auf den Produkte bis heute so zugeschnitten werden, dass das Bedürfnis, etwas erwerben zu wollen, sich nahezu natürlich anfühlen soll. Waren zirkulierten in allen Arealen und in allen Klassen. Waren transportierten stets Symbole, indem sie Käufern Zugehörigkeit zu einer bestimmten Gruppe signalisieren, für das Gewöhnliche oder für das Besondere stehen, und bisweilen gar eine Idee feilbieten, die sie mittels Kommerzialisierung ver- oder entschärfen, bewerben und zur eigenständigen Marke erheben können.

Waren, Waren, Waren: Als Sehnsuchtsort der Moderne institutionalisierte das Warenhaus das Bedürfnis nach Neuem und Schönem, machte den Einkauf zum Ereignis und brachte einen gesellschaftlichen

Raum hervor, in dem die Angehörigen verschiedener Klassen als Käufer aufeinandertrafen.[1] Dies galt insbesondere für die Weimarer Republik[2], deren Konsumgeschichte nicht zuletzt dank der immensen Inflation und Arbeitslosigkeit in den 1920er Jahren von der Politik nicht zu trennen ist.[3] Die Namen der größten dieser Häuser und Häuserketten – das KaDeWe, Schocken, Tietz, Wertheim –, die kontrapunktisch zum Elend glänzten, dem weite Teile der Gesellschaft zeitgleich zu ihrer Blüte ausgesetzt waren, klangen lange nach.

Die Aura, die das Warenhaus als Sehnsuchtsort umgab, schlug sich rasch literarisch nieder. Noch im Kaiserreich erschienen die Romane *Warenhaus Berlin* von Erich Köhner und *Das Paradies der Frau* von Ola Alsen, lange nach Ende des Ersten Weltkriegs folgten *Aufruhr im Warenhaus* von Manfred Georg und *Konfektion* von Werner Türk.[4] Letztere Titel standen bereits unter anderen ökonomischen Vorzeichen, namentlich der Kapitalkonzentration, die das Konkurrenzprinzip hinter den Warenhauswelten unverkennbar werden ließ. Und dann waren da noch die Warenhaus-Spielfilme der Weimarer Republik, von denen etliche verschollen sind, deren überlieferte Titel jedoch Auskunft über das zugehörige Bedürfnis geben, diesen Sehnsuchtsort auch visuell zu bedienen: *Die kleine Midinette (Erlauschtes aus der Konfektion)*, *Das Mädel aus dem Warenhaus*, *Die Kleine aus der Konfektion*, *Der Jüngling aus der Konfektion*, *Die Warenhausprinzessin*.[5]

Dass der Markt auf die Gesellschaft rückwirkte, lässt sich im Besonderen an der produktiven Zerstörung überkommener sozialer Strukturen ablesen. Mehr noch als die Errungenschaften der Ersten Frauenbewegung, die lange für das 1918 eingeführte Frauenwahlrecht gekämpft hatte, ließ das Schwinden dieser Strukturen die Neue Frau hervortreten: ein Phänomen, das zwar gern mythisch überhöht wird, weil die Kurzhaarschnitte seiner Protagonistinnen, ihre knapper werdende Bekleidung und die vergnüglichen Aspekte ihrer Freizeitgestaltung, insbesondere das Nachtleben, erotisch aufgeladen sind. Und dennoch war dieser Bruch mit der qualvollen Formung des weiblichen Körpers, den diese Frauen als Mädchen selbst erlebt hatten, revolutionär, was nicht zuletzt durch die drei nachfolgenden Jahrzehnte bewiesen wurde, die ideologisch, kriegsbedingt und restaurativ hinter viele Errungenschaften zurückfielen, die die Neue Frau in der Kunst und in der Literatur der Weimarer Republik formuliert hatte. Die Figur war eine Erneuerin des Geschlechterverhältnisses, zugleich aber auch eine Konsumentin, und damit Verkörperung der Moderne par excellence.

1929 veröffentlichte eine Reihe namhafter Literaten – darunter Max Brod, Hanns Henny Jahnn, Robert Musil und Stefan Zweig – die Aufsatzsammlung *Die Frau von Morgen wie wir sie wünschen*, die diesem sozialen Wandel auf ihre Weise Nachdruck verleihen wollte.[6] Zweig schrieb in seinem Beitrag, dass ein »Blick in eine illustrierte Zeitung vor fünfzehn, vor zwanzig Jahren« genüge, »und man schrickt heute schon auf. Wirklich, so gingen Frauen gekleidet, so eingemummt und aufgetürmt, so lächerlich überladen, so mittelalterlich vermauert und verschnürt?«[7] Die Neue Frau bestimmte er anschließend als kulturelle Kurierin eines gerade anbrechenden, wiewohl zeitlich unbestimmten Morgen – »wesentlich heller, heiterer, leichter und unbedrückter als jene der Vergangenheit« werde sie sein, und »sie wird eine Gnade und Gabe kennen, die allen früheren Geschlechtern fremd war: Unbefangenheit.«[8]

Elsa Herrmann wiederum stellte in ihrer ebenfalls 1929 erschienenen Streitschrift *So ist die Neue Frau* unmissverständlich fest, dass das weibliche Geschlecht bis anhin für ein dezidiert männliches Morgen sozialisiert worden war, in welchem die Ehe und die Karriere des Mannes den eigenen Selbstentwurf bestimmt hatten – womit nun Schluss sein sollte. Fortan müsse es, so formulierte es die jüdisch-feministische Juristin kämpferisch, um absolute Gegenwärtigkeit gehen, denn nur diese können den Weg hin zu einer realen Gleichberechtigung der Geschlechter freiräumen.[9]

Tatsächlich existieren sehr viele kulturelle Dokumente aus der Weimarer Republik, die diese Gegenwärtigkeit zum Sujet haben. Es handelt sich um subjektive Eindrücke, die zu Kunst von bleibender Relevanz wurden und gleichwohl ein Urteil erlauben über den rasanten allgemeinen Zustand einer untergehenden Gesellschaft und der Anziehungskräfte, die sie freisetzte: Die Journalistin Sylvia von Harden, die von Otto Dix als im Café sitzende, leicht monströse Persönlichkeit eingefangen wurde; Rudolf Schlichters *Por-*

trät einer Frau mit Pagenschnitt und Krawatte, das eine geradezu archetypisch elegant-erotische Vertreterin des weiblichen Aufbruchs der 1920er Jahre würdigt; August Sanders berühmte, 1931 entstandene Aufnahme einer Sekretärin beim WDR, die diese rauchend, mit kurzem Haar, in enganliegendem, dunklem und glänzenden Kleid und in zerbrechlicher, aber kontrollierter Position zeigt; Ruth Landshoff-York, lasziv und dennoch leicht unbeeindruckt dreinschauend fotografiert von Frieda Riess, gerufen »die Riess«; Erika Mann und Klaus Mann in der berühmten Aufnahme von Lotte Jacobi, die die Geschwister in androgyn-inzestuöser Pose zeigt; frühe Bilder von Annemarie Schwarzenbach[10] … und so fort. Die tatsächliche Liste eindrücklicher Dokumente ist weitaus länger als diese anschaulichen Momentaufnahmen, die – egal ob gemalt oder fotografiert – als Antizipation einer anderen geschlechtlichen Wirklichkeit zu verstehen sind.[11] Daneben gab es schließlich zahlreiche weitere, nicht minder aufschlussreiche Repräsentationen moderner Weiblichkeit, die von Frauen geprägt wurden. Die Berliner Illustratorinnen Dodo und Jeanne Mammen zeichneten die Dame von Welt für diverse Zeitschriften, deren Leserinnen anschließend dem Glanz nacheifern konnten, der nachts die Berliner Lokale zu den mitunter aufregendsten des Kontinents machte. Die Fotografin Yva hielt das Mondäne bis Surreale vor der Kamera fest, und die neusachlichen Künstlerinnen Lotte Laserstein, Grethe Jürgens und Gerta Overbeck malten äußerst unterschiedliche Frauen bei noch unterschiedlicheren Tätigkeiten.

Ein 1929 entstandenes Bild, *Jazztänzerin* der Malerin Lotte B. Prechner[12], ist in diesem Kontext in mehrfacher Hinsicht hervorzuheben. Es zeigt eine blonde, Zylinder tragende Frau auf einer Bühne, die zugleich eine traumartige Kulisse ist, überlagern sich auf dieser doch stilisierte und überdimensionierte Instrumente – u. a. Schlagzeug, Saxophon, Akkordeon – in einer unbestimmten Mischung, die auf Getöse und Vergnügen in einem schließen lässt. Dieses scheinbare Durcheinander im Hintergrund, das tatsächlich eine radikale Gleichzeitigkeit meint, bezeugt die *schrägen Töne*[13] des Jazz, der zu diesem Zeitpunkt die Tanzsäle Deutschlands füllte. Schräg war an Prechners Darstellung allerdings auch der Star des Bildes, denn die Tänzerin trug eine Hose, die ihr rechtes Bein betonte, das gerade zur nächsten Bewegung ansetzte, und damit etwas Atypisches – auch für die Weimarer Republik.

Frauen, die Hosen trugen, waren in der europäischen Kulturgeschichte von Anfang an ein Skandalon, wie die aufschlussreiche modehistorische Studie *Hose, weiblich* von Gundula Wolter detailliert nachzeichnet.[14] Genau das macht die »Hosengeschichte als Emanzipationsgeschichte«[15] zu einem hilfreichen Schlüssel für ein genaueres Verständnis des sozialen Wandels, der sich in Deutschland in den 1920er und frühen 1930er Jahren vollzog – denn die Überlegung, ob »Hose oder Rock?« zu tragen sei, wurde auch unter den aufgeschlossenen Zeitgenossinnen durchaus kontrovers diskutiert. Die Modejournalistin Elsa Herzog stellte diese Frage 1925 den Leserinnen der Zeitschrift *Sport im Bild*.[16] Die Antworten fielen überraschend negativ aus, die Tennisspielerin Daisy Uhl etwa monierte damals exemplarisch: »Ich bin der Ansicht, daß keine Frau, auch wenn sie noch so schlank ist, einen besonders erfreulichen Anblick in Hosen gewährt.«[17] Dass Kleidungsstücke, die von beiden Geschlechtern getragen werden konnten, nicht wenigen Frauen ein mulmiges Gefühl bescherten, erscheint in der historiographischen Perspektivierung besonders aufschlussreich, weil sich daran die Grenzen des Aufbruchs zeigen, der in der Regel verklärend mit der Weimarer Republik assoziiert wird. Auch die Revolte gegen das Überkommene überschritt manche Grenzen nur bedingt, zögerlich oder deutlich seltener, als üblicherweise angenommen wird.

In genau diesem Zwischenraum, an dem sich das Genre des Konfektionsroman und die Literatur der Neuen Frau berührten, schrieb Maria Gleit (1909–1981) ihren ersten Roman. *Abteilung Herrenmode*[18] stellt die Frage danach, wer gesellschaftlich die Hosen anhat, und versucht dies als Sonde in die Innenwelt eines Marktes zu beantworten, dessen Produkte am Leib getragen werden. Dies prägt nicht nur die Subjektivität, sondern vor allem die gesellschaftliche Rolle der Konsumenten.[19] 1933 veröffentlicht, handelt die Geschichte vom Werdegang der jungen Verkäuferin Lotte Stein, die sich an ihrem Arbeitsplatz, einem Berliner Warenhaus, in einem klassenübergreifenden Gewirr aus Lust und Kommerz wiederfindet, das von der folgenreichen Abhängigkeit von Männern gesäumt wird, die über einen etwaigen Aufstieg von Frauen wachen.

Während dieser Roman noch von der Neuen Sachlichkeit zeugt, die als literarischer beziehungsweise künstlerischer Trend am Ende der 1920er abgeklungen war, unterminierte er die parallel dazu populär gewordene Annahme, dass sich aufsässige Großstadt-Girls zwangsläufig zu arrivierten Damen entwickeln, wenn sie nur auf die richtige Weise erwachsen werden.[20] Die Autorin ließ mit ihrem Debüt nochmals jenen frechen Esprit aufleben, der, als das Buch käuflich zu erwerben war, bereits von politischen Gegebenheiten in Deutschland bedrängt werden sollte, die auch das Leben der werdenden Schriftstellerin für immer verändern würden.

Maria Gleit

Hertha Gleitsmann wurde am 28. Februar 1909 als einziges Kind des Weberehepaares Albert Gleitsmann und Klara Gleitsmann in Crimmitschau geboren.[21] Sie erlebte eine warmherzige Kindheit, in der ihr vor allem von ihrem gewerkschaftlich aktiven Vater sozialistische Ideale vermittelt worden waren, und begann laut Selbstauskunft im Alter von 15 Jahren mit dem Schreiben.[22] Nach dem Besuch der Volksschule und einer kurzen Ausbildung zur Stenotypistin – weiterführende Bildung war vor dem Klassenhintergrund der Familie nicht finanzierbar – fand die Heranwachsende als Redaktionssekretärin Anstellung beim *Sächsischen Volksblatt* in Zwickau. Dorthin hatte sie der Redakteur Walther Victor (1895–1971) geholt, ein jüdischer Sozialdemokrat, der am Ersten Weltkrieg teilgenommen hatte, zudem bereits verheiratet und Vater war.

Die Begegnung zwischen der jugendlichen Arbeitertochter und dem erwachsenen Fabrikantensohn, die bei ihrem Kennenlernen entscheidende 14 Jahre Lebenserfahrung trennten, wurde für beide entscheidend. In seiner Autobiographie bezeichnete Victor sie als denjenigen »Menschen, von dem ich am meisten empfing in meinem Leben, dem ich wohl aber auch am meisten gegeben habe«.[23] Zudem behauptete er dort, dass er es gewesen sei, der den Namen »Maria Gleit« aus Gründen besserer Selbstvermarktung Gleitsmanns erfunden habe, »als eine sehr junge Mitarbeiterin sich zur Schriftstellerin entwickelte, die bereits fünfzehnjährig für meine Kinderbeilage so nette Beiträge gesandt hatte. Sie trug ihr Herz auf der Spitze einer von Phantasie beschwingten Feder in das Leben. Heute steht ihr Name nicht nur auf ein paar sehr schönen Büchern, sondern auch dankbar vor diesem.«[24] Mit der »Kinderbeilage« war *Hans und Grete* gemeint, der Einleger des *Sächsischen Volksblatts*, der sich an junge Leser und Leserinnen wandte und in dem Gleit erste Artikel veröffentlicht hatte. Aus der regulären Arbeitsbeziehung wurde, wie aus Victors Umschreibung hervorgeht, ein Mentorat des Älteren für die Jüngere, und hieraus später Liebe, die offenkundig in einer Dreieckskonstellation ihren Anfang nahm: Eine auf Mai 1926 datierte Aufnahme zeigt Walther Victor bei einem Venedig-Besuch zwischen seiner damaligen Gattin Cäcilie Schönfelder und seiner späteren Ehefrau Maria Gleit stehend.[25] Das Paar hatte die junge Angestellte bei sich zuhause aufgenommen, damit sie nicht täglich von Crimmitschau nach Zwickau anreisen musste.

Als Victor, der sich zwischenzeitlich auch in der Lokalpolitik betätigt hatte, das *Sächsische Volksblatt* verließ, um im Dezember 1931 beim *8-Uhr Abendblatt* in Berlin das Feuilleton zu übernehmen, folgte ihm Gleit mitsamt ihrer seit einigen Jahren verwitweten Mutter in die Hauptstadt.[26] Dort arbeitete sie als Sekretärin und verfasste neben Rezensionen vor allem Artikel, die sich zunehmend auf den sozialen Wandel konzentrierten, der sich in der ersten deutschen Demokratie in geschlechterpolitischer Hinsicht gezeigt hatte, insbesondere die Rolle von Frauen im Erwerbsleben und in der Kultur betreffend. Dass sie beim *8-Uhr Abendblatt* »[v]erantwortlich für Frauenfragen«[27] gewesen sei, wie Herbert Freeden geringschätzend formuliert, ist eine Untertreibung, denn in der Metropole gewann sie einen Eindruck von jener gesellschaftlichen Dynamik, die von einem geschlechtsspezifischen Arbeitsmarkt ausging, und verarbeitete die zugehörigen Erkenntnisse zu Prosa.

Im Frühling 1933, der NSDAP war bereits die Macht übertragen worden, erschien Gleits erster Roman *Abteilung Herrenmode*, einer der letzten Beiträge zur Neuen Sachlichkeit wie zur Neuen Frau, im Wiener Amonesta-Verlag, der auch über eine Leipziger Dependance verfügte.[28] Schon die Figur der Lotte Stein, die »im Wirbel dieser unseligen Zeit« (S. 297) von der zweifelnden Verkäuferin eines großen Warenhauses zur selbstbewussten Abteilungsleiterin aufsteigt, formulierte eine Kampfansage an alles, was das nationalsozialistische Weltbild von Frauen erwartete. Der Wahlerfolg der NSDAP bereitete dieser literarischen Vision alsbald offensiv ein Ende.[29]

Während sich Gleit unter den neuen politischen Gegebenheiten »inhaltlich einschränken« musste, wie Julia Benner schreibt, »konnte sie sich zunächst in einer verhältnismäßigen wirtschaftlichen wie persönlichen Sicherheit wiegen und blieb von der Verfolgung durch den nationalsozialistischen Machtapparat einige Jahre weitestgehend verschont.«[30] Anke Heimberg hat bereits darauf hingewiesen, dass die junge Schriftstellerin – obwohl mit einem exponierten linken Juden liiert – zunächst den Gleichschaltungsinstitutionen beigetreten war, die nach dem Triumph der Nazis errichtet worden waren.[31] Dass sie Deutschland im Gegensatz zu Ruth Landshoff-Yorck, Erika Mann, Gabriele Tergit und Victoria Wolff – um nur einige ihrer weitaus bekannteren schreibenden Zeitgenossinnen zu nennen – nicht bereits 1933 verließ, während ihr Partner nach der zwangsweisen Entlassung aus der Redaktion des *8-Uhr-Abendblattes* sowie der Reichspressekammer sicherheitshalber abtauchte, erklärt sich teils darüber, dass sich Gleit weiterhin um ihre Mutter kümmern musste. Während denkbar ist, dass sie die politische Situation unterschätzte, ist ein opportunistisches Moment nicht von der Hand zu weisen. Verstreute Publikationen vor ihrem Exil belegen, dass die Autorin keine konsequente Antifaschistin war.

1934 erschien bereits ihr zweiter Roman, *Macht nichts, Barbara!*, im österreichischen Zinnen-Verlag, bei dem es sich vermutlich um einen Amonesta-Ableger handelte.[32] Auch hier stand eine aufstrebende junge Frau im Mittelpunkt, die ihre unkonventionellen Karriereambitionen und damit sich selbst behauptet, und auch hier war trotz abermaliger Ähnlichkeiten zwischen der Schriftstellerin und der Hauptfigur weitaus mehr auszumachen als eine lediglich in Prosa verwandelte Bestandsaufnahme des eigenen Lebens.

Die Situation in Berlin wurde für Gleit und Victor, der seit Sommer des Jahres unter dem Namen »Werner Voigt« durch den Untergrund navigierte, zu brisant. Sie wichen auf die Insel Reichenau im Bodensee aus, wo Gleit ein altes Bauernhaus anmietete.[33] Dieser Zufluchtsort hatte nicht nur den geographischen Vorteil, innerhalb des »Reiches« einen der größtmöglichen Abstände zu Berlin aufzuweisen, sondern auch die neutrale Schweiz vor der Haustür zu haben; per Boot war der Kanton Thurgau in kürzester Zeit erreichbar. Der vermeintliche »Voigt« machte hiervon immer häufiger Gebrauch, sodass er sich wegen zunehmender Verdächtigungen, die bald die Aufmerksamkeit der NSDAP-Ortsgruppe erregten, ganz in die Eidgenossenschaft absetzte; seine seit Jahren lediglich auf dem Papier bestehende Ehe mit Cäcilie Schönfelder wurde im Zuge der Nürnberger Gesetze geschieden. Im Tessin nahm er seine journalistische Tätigkeit wieder auf.[34] 1936 folgte ihm Gleit ins Exil, abermals mit ihrer Mutter.

Während Victor für den Verbano-Verlag in Locarno tätig war, vermochte es seine Partnerin, eine Reihe an Kinder- und Jugendbücher im schwer dem Nationalsozialismus zugeneigten Hanns-Jörg-Fischer-Verlag zu veröffentlichen, der in Berlin und Leipzig ansässig war.[35] In diesen Publikationen argumentierte die Autorin subtil gegen die in Deutschland waltenden Ideologeme und vermittelte Heranwachsenden »ein inneres ethisches Gegengewicht«[36] – so Anke Heimberg –, das gegen staatliche Indoktrination gerichtet war. Ebenso konnte Gleit ihre offenkundig aus ökonomischen Erwägungen heraus verfasste Liebesgeschichte *Junges Weib Veronika* im Berliner Schönfeld-Verlag unterbringen[37], der wiederum eine ganze Reihe an NS-begeisterten Autoren unter seinem publizistischen Dach vereinte – darunter Walter Maria Espe, Hans Findeisen und Hans Henning Freiherr Grote –, obwohl auch dort ihre vorangegangenen Publikationen bekannt gewesen sein dürften.

Am 1. Mai 1937 wurde Vito Victor in Locarno als staatenloser Sohn von Gleit und Victor geboren. Weil das Paar auf Grund fehlender Papiere aus NS-Deutschland nicht in der Schweiz heiraten konnte, reiste es für die nachträgliche Eheschließung nach London. Im selben Jahr wurde Gleit aus der Reichskulturkammer ausgeschlossen.

1938, als im Zürcher Verlag Oprecht der politisch konfrontativste Roman der Schriftstellerin erschien, *Du hast kein Bett, mein Kind*[38], in dem die Autorin sich unverkennbar mit den Nationalsozialisten anlegte, musste sie beim deutschen Konsulat in Lugano vorsprechen. Mit drohendem Hinweis auf im »Reich« verbliebene Angehörige wurde ihr dort unmissverständlich nahegelegt, sich von ihrem jüdischen Ehemann zu trennen. Im selben Jahr wurde die Familie mit der Aufforderung, andernfalls würde sie den Deutschen überstellt, der Schweiz verwiesen, weil sich Victor heimlich als politischer Publizist für ausländische Zeitungen betätigt hatte, was ihm als geduldetem Flüchtling nicht gestattet war. Im letzten Moment erreichte die Familie ein Visum für Luxemburg. Aus dem vermeintlichen Durchgangsaufenthalt im Großherzogtum, der für drei Tage geplant gewesen war, wurden rund 300. Gleit und Victor setzten ihre journalistische Tätigkeit fort und schrieben für diverse regionale Periodika, so etwa Hubert Cléments Wochenzeitschrift *A–Z* und für das *Escher Tageblatt*, in denen die Schriftstellerin kleinere Prosastücke und Würdigungen historischer Frauen unterbringen konnte. Hier zeigt sich, wie Anke Heimberg zurecht kritisch hervorhebt, dass Gleits Biographie die lange durch die Exilforschung geisternde Annahme korrigiert, dass »Frauen zur Bewältigung der Ausnahmesituation Exil eher als Männer bereit waren, künstlerisches Schaffen wie kreative Potenziale zugunsten der materiellen Existenzsicherung [...] weitgehend zurückzustellen«.[39]

Von Luxemburg zog die Familie weiter nach Frankreich, wo sie schließlich vom jähen Beginn des Zweiten Weltkriegs überrascht wurde. Die Angehörigen wurden als Ausländer interniert, Victor in Paris und La Braconne und Gleits Mutter in Gurs, während sich ihre Tochter mit dem Kleinkind noch nach Südfrankreich retten konnte, wo sie sich später wieder vereinten. Dank Exitvisa gelangten die Eltern mit ihrem dreijährigen Sohn, jedoch ohne Klara Gleitsmann, nach einer geographischen wie bürokratischen Odyssee durch Südfrankreich über die Pyrenäen nach Spanien und von dort weiter nach Portugal, um in die Vereinigten Staaten auszureisen.

Die Überfahrt erfolgte im Oktober 1940 mit dem griechischen Schiff *Nea Hellas*, das in Lissabon ablegte. Mit an Bord war eine Vielzahl prominenter Autorinnen und Autoren; von den rund 700 Passagieren wurden gut 15 von der Gestapo als missliebige Personen gesucht.[40] Zu den Ausreisenden zählten neben Gleit und Victor Alfred Döblin, Marta Feuchtwanger, Konrad Heiden, Otto Leichter, Alma Mahler-Werfel und

Franz Werfel, Heinrich Mann und Nelly Mann nebst Golo Mann sowie Alfred Polgar und Lisa Polgar.[41] Erst im folgenden Frühjahr schaffte es auch Gleits inzwischen »zum Skelett abgemagerte«[42] Mutter, sich nach New York abzusetzen.

Während das »Deutsche Reich« Gleit als Persona non grata ausbürgerte, veröffentlichte diese im *Aufbau* einige Gedanken zu ihrer Rettung, die sie nun, nach Jahren der Ungewissheit in mehreren europäischen Ländern, erstmals »fruchtbaren Frieden« erleben ließ: »Du erinnerst Dich des Wortes eines grossen Europäers, dass Frieden nicht Abwesenheit des Krieges sei. Du hast es nie verstanden und immer an ihm herumgedacht. Heute begreifst Du es.«[43]

In der Sicherheit, in der sich das Paar nun befand, stellten sich ihm gleichwohl neue Herausforderungen, zumal die beiden der englischen Sprache nicht mächtig war. Obwohl sich Gleit wie Victor journalistisch beschäftigten, reichte das damit verdiente Geld kaum zum Überleben, und Victor musste schließlich einer von intellektuellen Exilanten oftmals als kränkend empfundenen körperlichen Arbeit nachgehen, indem er seinen Lohn zeitweilig als Packer verdiente, bevor er in den Verlag Alfred A. Knopf einsteigen konnte. Mit der Einschulung des Sohnes stabilisierte sich die Situation auch für Gleit, sodass diese nunmehr Prosa auf Englisch verfassen konnte. In den kommenden Jahren sollte sie gleich vier Titel bei Charles Scribner's Sons veröffentlichen, einem der traditionsreichsten New Yorker

Verlage, und erheblichen Erfolg beim US-amerikanischen Publikum erzielen.[44] Ihre für junge Leserinnen und Leser erzählten Geschichten bezogen kindgerecht, aber explizit Stellung gegen den Nationalsozialismus. Damit war Gleit offenbar die einzige Schriftstellerin, die es neben Béla Balázs vermochte, zwischen 1933 und 1945 »mehr als ein explizit kontrafaschistisches Kinderbuch auf den Markt zu bringen«[45].

Als 1945 der Zweite Weltkrieg endete, hatten sich die Eheleute bereits auseinandergelebt und trennten sich alsbald. Walther Victor – dessen Mutter 1942 in Theresienstadt ermordet worden war und dessen Vater sich Anfang 1945 das Leben genommen hatte, um der Deportation zu entgehen[46] – reiste 1947 über Luxemburg zurück nach Deutschland und begab sich in den sowjetisch besetzten Osten, wo er der SED beitrat und eine Karriere als Kulturfunktionär begann. Die Scheidung von Gleit erfolgte Anfang 1949.

Diese ehelichte bald darauf Leo Hofmann, einen Schweizer Pelzhändler, der ebenfalls eine Ehe hinter sich hatte und den sie bereits seit ihrer Exilzeit im Tessin kannte; für ihn konvertierte sie noch in New York zum Judentum. Wenig später ließ sie sich mit ihm – und zusammen mit ihrem Sohn und mit ihrer Mutter – im Kanton Zürich nieder.

Obwohl sie während ihrer ersten Exilphase in eidgenössischen Zeitschriften publiziert hatte, die auf Grund der Neutralität des Landes durchgehend erschienen waren und im Gegensatz zu zahlreichen deutschen Printmedien weder einen Neufang noch eine Neuausrichtung durchlaufen mussten, ergab sich für Gleit nach ihrer Rückkehr in die Schweiz keine kontinuierliche Mitarbeit für eine Redaktion, sondern allenfalls die Möglichkeit zu sporadischen journalistischen Beiträge. Als ihr Zürcher Verleger Emil Oprecht, der ihren wichtigsten Roman *Du hast kein Bett, mein Kind* veröffentlicht hatte, 1952 starb, erlosch ein gewichtiger Kontakt zum regionalen Buchmarkt.[47] Der ebenfalls in Zürich ansässige Scheuch-Verlag, in dem sie 1937 zwei Titel publiziert hatte, spielte keine Rolle mehr.[48] Da *Abteilung Herrenmode* und *Macht nichts, Barbara!* Anfang und Mitte der 1930er Jahre in Österreich erschienen waren, August Amonesta die Lagerhaft in Buchenwald und Auschwitz jedoch nicht überlebt hatte[49], blieb Gleit lediglich Hanns-Jörg Fischer. Dieser hatte seinen Verlag 1947 zwar in Stuttgart als Boje-Verlag neu gegründet, die Kinderbücher seiner prominenten Autorin allerdings nicht wieder ins Programm aufgenommen. Somit verfügte diese über keine Verbindung mehr zu den deutschsprachigen Verlagshäusern, mit denen sie einst zusammengearbeitet hatte.

Schwerer noch wogen die Gegebenheiten in der Eidgenossenschaft. Frauen hatten dort kein Stimmrecht, ergo setzte sich der Bundesrat gänzlich aus Männern zusammen, was nicht nur in politischer, sondern in jedweder Hinsicht auf die Gesellschaft zurückstrahlte. Annähernd 30 Jahre nach der Veröffentlichung von *Abteilung Herrenmode* lebte Gleit in einem

Land, das zwar für Stabilität und Sicherheit stand, in vielerlei Hinsicht aber hinter die liberalen Errungenschaften der Weimarer Republik und der Vereinigten Staaten zurückfiel: es gab kaum Frauen in Teilzeitarbeit, keine ordentlichen Professorinnen, noch nicht einmal eine überregional bedeutsame Schriftstellerin. Iris von Roten analysierte in ihrer 1958 erschienenen Abhandlung *Frauen im Laufgitter*, einer international nur wenig rezipierten Studie zur gesellschaftlichen Lage des »anderen« Geschlechts in der Schweiz, das Klima aus Angepasstheit, Kleingeist und Ressentiment, das weiblichem Potenzial jede reelle Chance auf Innovation, gleichberechtigte Teilhabe und Selbstverwirklichung verstellte.[50] Die unzähligen, von purem Hass erfüllten Reaktionen, die die Basler Autorin nach dieser Veröffentlichung trafen, sprechen für sich selbst.[51]

Gravierender als die äußeren Umstände, die Gleit einen neuen Anlauf erschwerten, dürfte jedoch ihre private Situation gewesen sein. Hofmann erwartete von seiner Ehefrau vor allem repräsentative Aufgaben, die mit einem konservativen Familienmodell und einem entsprechenden Auftritt nach außen einhergingen, und keine eigenständige Persönlichkeit, deren Leistungen seine eigene Reputation überstrahlt hätte. Obwohl sie dank ihrer zweiten Ehe nunmehr eine finanziell äußerst komfortable Lage genoss, hemmte ihr neues Leben ihre Produktivität entschieden. Etwas Trost fand Gleit im Briefwechsel mit dem Schriftsteller Ernst Kreuder, dessen Prosa sie schätzte und den sie 1952 in Frankfurt am Main besuchte. Ihren ersten Aufenthalt in Westdeutschland seit ihrer 16 Jahre zurückliegenden Flucht beendete sie mit einer Visite der Reichenau. »Ich habe die Insel ausgehalten und begraben«, hielt sie anschließend fest: »Ein reinliches Begräbnis war das. Bitter und sehr gut.«[52] Ein erster Suizidversuch folgte.[53]

Zu den bereits bestehenden zwischenmenschlichen Schwierigkeiten gesellte sich auch die Entfremdung ihres Sohnes. Vito, nunmehr Jugendlicher, konnte sich weder mit der neuen Ehe seiner Mutter anfreunden noch an die Schweiz akklimatisieren, und wurde deshalb für die letzten Schuljahre in die USA zurückgeschickt, die ihm als Umgebung am vertrautesten geblieben waren. Nach dem Abschluss der High School entschied er sich, ganz dort zu bleiben, sodass sich die Begegnungen der engsten Familienangehörigen fortan auf wenige Besuche pro Jahr beschränkten.

Mit ihrer einstmaligen Heimat schloss die Schriftstellerin derweil vollständig ab. Nur wenige Male passierte sie die Grenze nordwärts, wo für sie nunmehr »ein Land des Grauens und des Entsetzens, der Verfolgung und der Entrechtung« lag, wie Barbara Asper rekapituliert: »Zuviel hatte sie erlebt und mitangesehen.«[54] 1966 wusste Gleit ihre Aversion genau in Worte zu fassen: »Denn Deutschland ist ein solcher horror fuer mich, daß es schon beinah pathologisch ist – ich habe keinen Haß mehr, vielleicht habe ich es zu sehr geliebt – aber jetzt ist da nur noch ein Vacuum ...«[55]

Im selben Jahr starb Klara Gleitsmann, die ihre Tochter über dreißig Jahre lang an jeden Ort hin begleitet und sämtliche Sorgen des Exils gemeinsam mit ihr durchgestanden hatte.

Zu Beginn der 1970er Jahre unternahm Gleit eine Reise nach Indien, wo ihr Sohn zeitweilig lebte, da er ein Interesse für nicht-westliche Bewusstseinserweiterung und Philosophie entwickelt hatte, die im Zuge der Hippie-Bewegung populär geworden war. Doch weder der Aufenthalt auf dem Subkontinent, noch die gesellschaftlichen Nachwehen des Aufbruchs von 1968, der auch die Schweiz erfasst hatte, oder die darauffolgende Formierung der Zweiten Frauenbewegung boten genügend äußerlichen Anlass, um sich abermals als Autorin bedeutender Prosa hervorzuwagen.

Am 9. Juli 1981, einige Monate nach dem Tod ihres zweiten Ehemannes, nahm sich Maria Gleit, 72jährig und nahezu völlig aus dem Gedächtnis der literarischen Welt entschwunden, im Tessin das Leben. Auf ihren testamentarischen Wunsch hin vernichtete Vito Victor hernach alle verbliebenen Manuskripte und Unterlagen seiner Mutter, die von ihrem schriftstellerischen Tun zeugten.

Vergessen

»Was Gleits Werke betrifft, so haben die Nazis ganze Arbeit geleistet: ihre Bücher sind heute alle vergessen«[56], bilanziert Barbara Asper das Ende eines aussichtsvollen literarischen Werdegangs, der auf Grund der politischen Entwicklungen in Deutschland und Europa bereits verstellt war, bevor die junge Schriftstellerin überhaupt in die Nähe publizistischer Bahnen vorgestoßen war, die ihr ein ungestörtes und kontinuierliches Arbeiten erlaubt hätten. Für ein solches hatte sie dank ihrer Schaffenskraft, Originalität und journalistischen Tätigkeit beste Voraussetzungen mitgebracht. Zudem ist ihr Vergessen insofern erklärungsbedürftig, als Maria Gleit und ihre Romane in Exilkreisen durchaus präsent geblieben waren, denn unmittelbar nach Kriegsende waren sie sowohl von Walter Berendsohn wie auch von Franz Carl Weiskopf in Erinnerung gerufen worden.[57]

Schwerwiegender als die Nachwirkungen der Zäsuren von 1933 und 1945, die sich unter anderem in den veränderten Moden des Literaturbetriebs zeigten, erwiesen sich die kulturellen Sehnsüchte der Nachkriegszeit, die – siehe die Dethematisierung des Massenmordes – von erheblichen Verdrängungsleistungen zeugen. In der sozial restaurativen Ära der 1950er Jahre, in der die intakte Kleinfamilie das erstrebenswerte persönliche Glück und die heile Welt in einem allegorisierte, waren zudem keine aufsässigen und arbeitenden weiblichen Figuren mehr gefragt, welche die Literatur der Neuen Frau bevölkerten – und ebenso wenig die einstmals so selbstständigen wie selbstbewussten Schriftstellerinnen der Zwischenkriegsära, die diese Figuren ehedem entworfen hatten. Zahlreiche Karrieren, die einst vielversprechend begonnen hatten, waren durch diese Verschiebung vollständig von ihren Anfängen abgeschnitten worden. Während die Gründe hierfür gesellschaftspolitischer Art waren, mussten die Folgen individuell bewältigt werden, weswegen abermalige literarische Regungen nicht selten von den neuen Gegebenheiten erdrückt wurden. So auch hier: Um 1950 »war die erfolgreiche Roman- und Kinderbuchautorin Maria Gleit verstummt«, wie Anke Heimberg schreibt.[58]

Dass der Name der Schriftstellerin im 21. Jahrhundert nicht gänzlich unbekannt ist, ist der Verdienst dieser beiden Literaturwissenschaftlerinnen. Es waren Asper und Heimberg, die um die Jahrtausendwende mit gewichtigen Aufsätzen zu Leben und Werk der Autorin deren wesentliche biographischen Etappen und Exilstationen, größere wie kleinere Arbeiten, politische Ungereimtheiten, Brüche und Konflikte in Erinnerung gerufen und somit nicht nur das Andenken an Gleit wahrten, sondern überhaupt erst das Forschungsinteresse an ihr erneuert haben, welches gut 20 Jahre zuvor erstmalig geweckt worden war. Anfang der 1980er Jahre, als der Name höchstens in wenigen literaturwissenschaftlichen Nachschlagewerken kurze Erwähnung fand[59], hatten Sigrid Schmid und Hanna Schnedl die Anthologie *Totgeschwiegen* zusammengestellt, eine Würdigung zumeist vergessener deutschsprachiger Autorinnen, die ein halbes Jahrhundert zuvor gewirkt hatten. »Was ausgeklammert wird, ist nicht mehr zugänglich, bleibt unbekannt und wird durch Verschweigen dem Vergessen, dem Tod überantwortet«, hieß es dort einleitend über das Ausmaß der Auslassung, die »sich besonders stark auf die von Frauen verfaßte Literatur ausgewirkt zu haben« scheine.[60] Welch weitreichenden Folgen dies hatte, zeigte sich nicht zuletzt an dieser Publikation selbst: Als der Band 1982 erschien, war zu den Herausgeberinnen offenbar noch nicht einmal vorgedrungen, dass Maria Gleit gar nicht mehr lebte.[61] Der Auszug aus *Abteilung Herrenmode*, der in *Totgeschwiegen* mit abgedruckt worden war, geriet so zu einem undeklarierten Requiem.[62]

Zeitgleich waren in der DDR die Memoiren von Walther Victor neu aufgelegt worden, die das ostdeutschen Lesepublikum beiläufig mit dessen zweiter Ehefrau vertraut machten und sie posthum mit jenem sozialistischem Nimbus umgaben, den ihr früherer Gatte zeitlebens für sich reklamiert hatte. So fand sich in dem Band u. a. eine Aufnahme, die Gleit 1937 am Grab von Lydia Engels zeigte, welches Victor während jener London-Reise entdeckt hatte.[63] Stillschweigend war jedoch die Widmung für seine vormalige Partnerin entfernt worden, die der Original-Ausgabe der zunächst 1945 erschienenen Autobiographie vorangestellt gewesen war. Als 1984 eine Walther-Victor-Bibliographie veröffentlicht wurde, wurde dann aktiv dem Vergessen zugearbeitet, indem der Name der Schriftstellerin gänzlich aus dem Beitrag zu Leben und Werk des Literaten herausgehalten wurde.[64]

Einige Jahre später rückte die zweite Exilstation des Paares, Luxemburg, zu literaturhistorischem Interesse auf. Carlo Sowa befasste sich in einem Aufsatz ausführlicher mit dieser Etappe der Doppelbiographie, zeichnete Gleits und Victors Nöte sowie ihre Dankbarkeit gegenüber den Freunden und den Unterstützern nach, die sie im Großherzogtum gewonnen hatten.[65] Anke Heimberg verfasste anlässlich des 25. Todestags der Schriftstellerin 2006 ein Porträt, das in Luxemburg erschien.[66] Das Interesse an Gleit hält sich dort auch deshalb, weil sie als prominente Exilantin, die noch vor der deutschen Besatzung Zuflucht im Land gefunden hatte[67], 1945 ihrem Kinderroman *Katrina* folgende Widmung voranstellte: »To those friends in Luxembourg who made it possible for me to survive the onslaught of barbarism and to write this book / To all those in Luxembourg who fought and died for freedom.«[68] 1954 trug sie zudem zu einem Gedenkband für Hubert Clément bei.[69]

Für die Schweiz wiederum, die nicht nur Gleits erste Exilstation war, sondern das Land, in dem ihr Sohn Vito Victor geboren worden ist, mehrere ihrer Bücher entstanden und in dem sie nicht nur am längsten leben, sondern auch sterben sollte, kann indes persistentes Desinteresse konstatiert werden. Zwar hat sich die an der Universität Bern tätige und auf Exilfragen spezialisierte Historikerin Kristina Schulz mit der Schriftstellerin befasst[70], darüber hinaus ist jedoch so gut wie keinerlei Beachtung zu verzeichnen. Dies mag auch daran liegen, dass Gleits Biographie unweigerlich ein Schlaglicht auf ein heikles Kapitel der Landesgeschichte wirft: Obschon die Eidgenossenschaft einigen hunderttausend Menschen temporäre oder dauerhafte Zuflucht gewährte, wussten die Verantwortlichen um die Todesgefahr für diejenigen, die sie in den 1930er und 1940er Jahren des Landes verwiesen – und um die Konsequenzen der 1942 verhängten Einreisesperre für die von Nazi-Deutschland Verfolgten.[71] Über die späteren Schweizer Jahre der Autorin zu schreiben, bedeutet zudem unweigerlich, an gesellschaftspolitische und kulturelle Gegebenheiten zu erinnern, die merklich hinter die Entwicklungen in der alten Bundesrepublik zurückfielen. Das literarische Leben der Nachkriegszeit wurde zudem von Friedrich Dürrenmatt und Max Frisch dominiert, zwei männlichen Überfiguren, in deren Schatten es Schriftstellerinnen erheblich schwieriger hatten als ihre Kolleginnen in den anderen deutschsprachigen Ländern.

Seit den 1990er Jahren hat sich sporadisch Manches getan, wie sich an Einträgen zu Maria Gleit in diversen Lexika und Überblicksdarstellungen zeigt.[72] Auch in der Literatur zu ihrem ersten Ehemann wird sie hin und wieder genannt[73], sodass ihr Name zumindest nicht völlig ungeläufig ist und ihr hin und wieder wissenschaftliches Interesse zuteil wird.[74] Doch selbst die grundlegenden Forschungsleistungen von Asper und Heimberg vermochten es nicht, jenes Maß an Aufmerksamkeit auf die literarischen Arbeiten der lange vergessenen Schriftstellerin zu lenken, die diesen zweifelsohne zusteht. Dies gilt gerade für ihren ersten Roman.

Abteilung Herrenmode

Maria Gleits literarisches Debüt entstand zwar am Ende der Weimarer Republik, erschien aber, als das »Dritte Reich« bereits politische Realität war. Das verleiht ihm eine seltsame Asynchronität, denn seine Sujets umkreisen noch den Aufbruch der Moderne, deren Figuren seine Handlung bevölkern, während die Buchpublikation selbst bereits von der Wirklichkeit des Nationalsozialismus eingeholt wurde, der alsbald ihr Verschwinden besorgen sollte. Dieser Unterschied ist gewichtig, denn die prominentesten Titel, die der Literatur der Neuen Frau zugerechnet werden, waren allesamt im vorhergehenden Jahrfünft verfasst worden – so etwa *stud. chem. Helene Willfüer* von Vicki Baum, *Das Mädchen George* von Joe Lederer, *Die Vielen und der Eine* von Ruth Landshoff-Yorck, *Gilgi* sowie *Das kunstseidene Mädchen* von Irmgard Keun, *Mehlreisende Frieda Geier* von Marieluise Fleißer, *Käsebier erobert den Kurfürstendamm* von Gabriele Tergit.[75] Ähnlich wie *Das lyrische Stenogrammheft* von Mascha Kaléko, *Herz über Bord* von Lili Grün und *Kati auf der Brücke* von Hilde Spiel, die ebenfalls 1933 erschienen[76], umgab *Abteilung Herrenmode* bereits eine andere Wirklichkeit, denn die vorgenannten Titel konnten noch vor der

Gleichschaltung der deutschen Presse rezensiert werden, sodass sie eine andere Rezeptionsgeschichte und in Folge auch eine andere wissenschaftliche Aufmerksamkeit genossen.[77]

Der vorliegende Roman handelt vom ökonomischen Aufstieg in einer Branche, die Karrieren von Frauen nicht kannte, und spielt vor dem Hintergrund einer zerfallenden gesellschaftlichen Ordnung. Lotte Stein ist 22 Jahre alt und Verkäuferin durchschnittlicher Herkunft, was im Berlin der Weimarer Republik meint, dass ihr Lebensweg vorgezeichnet ist. Sie ist liiert mit Walter Böhmelmann, der als Angestellter im selben Warenhaus, Schack, zugleich ihr Kollege ist und kleinbürgerlichen Vorstellungen von Liebe und Arbeit anhängt.

Am Ort des Geschehens wird eingangs über die angeschlagene Lage beraten: Der Chef der A.-G. hat nach einem Besuch in den Vereinigten Staaten, wo er sich vom dort waltenden Kommerz inspirieren ließ, den Einfall, die Abteilung Herrenmode mit einigem *Sex appeal* aufzufrischen. Die Verkäuferinnen sollen fortan »Girluniform« tragen, eine die weiblichen Reize akzentuierende Bekleidung, die unter anderem aus engen Hosen besteht – Provokation und erotisches Faszinosum in einem. Der Versuch, mit diesem Vermarktungstrick die Mode an den Mann zu bringen und damit die Kassen zu füllen, erweist sich als erfolgreich. Während Lotte zusehends Gefallen daran findet, unter der männlichen Kundschaft ein geeignetes

»Opfertier« auszumachen, ist ihr Freund von ihrem neuen Anblick gekränkt. Die Hoffnung, durch diese öffentlichkeitswirksame Aufmachung ›entdeckt‹ und zum Star zu werden – dem gängigen Traum für viele weibliche Angehörige dieser Klasse –, entpuppt sich jedoch rasch als Illusion. Denn die Avancen, die Lotte gemacht werden, gelten nicht etwa ihrem Aufstieg, sondern ihrer körperlichen Verfügbarkeit. Ähnliches muss ihre Kollegin Annemarie Meier am eigenen Leib erfahren, als sie von Doktor Saffian, dem Personalchef der Schack A.-G., geschwängert wird, was ihre Beziehung zum Proletarier Kurt Simon ernsthaft gefährdet.

Lotte beginnt, diese Form von Machtausübung zu durchschauen, und gewinnt durch die gewonnenen Einsichten zunehmend an Selbstvertrauen. Trotz einer Affäre mit dem Unternehmersohn Hans Kreuznacher, mit dem sie sich auf einem Maskenball in geschlechterverwirrender Kostümierung zeigt, bleibt sie mit Walter zusammen. Ihre Standhaftigkeit zahlt sich letztlich aus, denn sie wird zur Abteilungsleiterin eines Konzerns berufen, der in Prag ansässig ist. Sie schwört sich, die dort tätigen jungen Frauen vor dem Schicksal Annemaries zu bewahren, und befördert Walter zu sich. Mit dieser abschließenden Wendung korrigiert die Wirklichkeit des Marktes sowohl die trügerischen Versprechen der Massenmedien als auch die traditionellen Vorstellungen von Arbeit und Aufstieg.

Gleits Debüt ist, wie Helmuth Kiesel richtig urteilt, ein »formal einfacher, aber versiert geschriebener Roman«, der »in realistischer Manier die Geschichte der zweiundzwanzigjährigen Lotte Stein« schildert, »in der Kritik gemäßigt[]« ausfällt und zudem »mit einer positiven Perspektive« aufzuwarten vermag: »Die Verhältnisse sind nicht gut, aber nicht mörderisch, und sie können verbessert werden – wenn Frauen für Frauen verantwortlich werden und ihre eigenen negativen Erfahrungen nicht vergessen.«[78] Das mache den Roman »nicht ausdrücklich feministisch, aber seine Optik ist durchaus feministisch.«[79] Dem lässt sich beistimmen.

Während es naheliegt, Maria Gleit der Neuen Sachlichkeit zuzuordnen und in die Nähe der bekannten Autorinnen des Genres zu rücken[80], lohnt es sich, die Perspektive zu verdoppeln und ihren Debütroman auch von einem Subgenre her zu beleuchten, dem eingangs erwähnten Konfektionsroman.[81] Zu dessen Vertretern gehören u. a. Kurt Münzer, in dessen Roman *Salon Rausch* eine Vertreterin des niederen Adels ein kaufhausartiges Etablissement errichtet, das als »Paradies der Damen« fungiert und die Vorzüge des Vergnügens und des Konsums zusammenführt; Hans Fallada, der in *Kleiner Mann – was nun?* die Nöte eines Arbeit suchenden werdenden Vaters in Zeiten der Weltwirtschaftskrise schildert; schließlich Werner Türk, dessen Roman *Konfektion* vom Aufstieg eines Handwerkers handelt, der über die Angestelltenexistenz den Sprung zum Konfektionär schafft.[82] 1928 war zudem die deutsche Übersetzung von Sigfried Siwertz' Roman *Das große Warenhaus* erschienen, in dem ein Liebespaar aus ärmlichen Verhältnissen eine Nacht in der Warenwelt verbringt.[83] Von diesen Autoren ist einzig der Opportunist Fallada in allgemeiner Erinnerung geblieben, der sich am Ende der Weimarer Republik als Sprachrohr des »kleinen Mannes« inszenierte und im Nationalsozialismus den Wünschen der Autoritäten anbiederte, um nach dem Zweiten Weltkrieg mit *Jeder stirbt für sich allein* dem Widerstand ein Denkmal zu setzen.[84]

All diese Autoren schrieben über Bekleidung vor allem als Ware und über Mode allenfalls als Beiwerk der Ökonomie, während sich ihre jüngere Kollegin Gedanken über das soziale Sinnsystem dahinter macht – nicht am Beispiel des weiblichen, sondern des männlichen Konsums. Sie zeigt, dass weibliche Angestellte zur Werbefläche werden, um Männerbekleidung zu verkaufen, das Tragen von Hosen jedoch auch die eigene Wahrnehmung verändert. An dieser Stelle ist in Erinnerung zu rufen, dass die »Verkaufsgirls«, die dabei zum Einsatz kommen, nicht nur einen Topos der Unterhaltungskultur ihrer Tage bedienen, denn die Girlkultur, auf die damit angespielt wird, war in den 1920er Jahren eine feste gesellschaftliche Referenz. Es handelt sich um einen der verfügbaren Selbstentwürfe, der Frauen als Gruppenidentität zur Verfügung stand.

Manfred Georg bestimmte 1927 – also ein Jahr vor der Publikation seines eingangs erwähnten Romans *Aufruhr im Warenhaus* – im *8-Uhr-Abendblatt* drei gängige soziale Phänotypen, die in der Weimarer Republik das kulturelle Leben prägten: erstens das »Gretchen«, zweitens das »Girl« und drittens die »Garçonne«.[85] Während das »Gretchen« der traditionellen deutschen Vorstellung junger Weiblichkeit entspringe, die auf Ehe und Mutterschaft zulaufe, vertrete die »Garçonne«, die explizit dem Französischen entlehnt wurde, die Aneignung des vormals Maskulinen – Sport, Technik –, was soziale Konkurrenz zu Männern befördere. Das »Girl« hingegen sei nordamerikanischer Herkunft und damit der entwickelteste Typus. Er verkörpere Glamour, der zwar oberflächlich sei, dafür aber von erheblichem Selbstbewusstsein zeuge, der es am ehesten erlaube, durch eine moderne Gesellschaft zu manövrieren.

Zwei Jahre zuvor hatte Fritz Giese eine Abhandlung namens *Girlkultur* veröffentlicht, in welcher der Psychologe gegenläufig zu Georg prognostizierte, das Girl werde »als Neuheit bald verschwunden sein.«[86] Gleichwohl würde es »noch weiter wirken, und zwar in einer Form, die wir als Amerikanisierung des deutschen Geschmacks bezeichnen möchten. [...] Die Berufslage der Frau auch in Europa hat natürlicherweise die Anpassung an das Vorbild jenseits vom großen Teich nur unterstützt.«[87] Und: »Wir lernen an den Girls den Wert der allgemeinen Gleichförmigkeit, die Idee des gehobenen Durchschnitts gegenüber einer überbetonten Eigenbrödelei, die den einzelnen vielleicht stärker individualisiert, als er es vertragen kann. Wir lernen eine Wertschätzung der Frau, die ebenfalls nicht nur als abwegig zu betrachten sein kann, vielmehr auf dem

Wege zur Menschlichkeit hin einen zweifellosen Fortschritt darstellt.«[88]

Maria Gleit dürfte um diese Debatte nicht zuletzt deshalb gewusst haben, da sie selbst für das *8-Uhr-Abendblatt* tätig war. Vertraut gewesen sein dürfte sie zudem mit den Überlegungen Siegfried Kracauers, der 1931 in einem kurzen Beitrag namens »Girls und Krise« den gesellschaftspolitischen Horizont der Girlkultur abgeschritten hatte. Nachdem der Soziologe eine Aufführung der Tiller Girls gesehen hatte – eine der paradigmatischen Bühnenformationen des Phänomens –, kam er zum Schluss, dass die Posen der weiblichen Unterhaltungstruppe »nicht von militärischer Exaktheit« zeugten. Vielmehr entspräche sie »dem Ideal der Maschine«, weswegen sich das US-amerikanische Exportprodukt der Girlkultur im Niedergang befände. Da die Truppe »das *Funktionieren* einer blühenden Wirtschaft« leibhaftig verkörperte, sei ihr Ende unvermeidlich: »Mögen sie sich immerhin schlängeln und wellen, als sei gar nichts geschehen – die Krise, der so viele Betriebe zum Opfer gefallen sind, hat auch diese Mädchenmaschinerien stillschweigend liquidiert.«[89]

Mit den »Verkaufsgirls«, die wiederum in *Abteilung Herrenmode* antreten, um der Krise im Haus mit ähnlichen Darbietungen Herr – oder Frau – zu werden, führt Gleit auf ihre Weise die Auseinandersetzung um die Warenförmigkeit und das emanzipatorische Potenzial weiblicher Angestellter fort. Dass sie ihre Geschichte nutzt, um den Aufstieg einer Verkäuferin zu schildern, ist dabei eine nahezu ironische Wendung, denn ein solcher Aufstieg war höchst selten, da für die meisten Verkäuferinnen schier unmöglich – das ökonomische Los bestimmte das gesellschaftliche Sein, in der Regel ein Leben lang.[90]

Dies bestätigt eine repräsentative Umfrage des Zentralverbandes der Angestellten, die 1930 erschien und sich ausdrücklich den »Arbeits- und Lebensverhältnissen« weiblicher Angestellter widmete, die zu diesem Zeitpunkt auf 1.4 Millionen geschätzt wurden.[91] Die Folgen der geschlechtlichen Aufteilung des Arbeitsmarktes in den zugehörigen Branchen wurden schonungslos benannt: »Die Aufstiegschancen der weiblichen Angestellten sind erschwert, weil sie eine Frau ist.«[92] Einleitend hieß es in der Untersuchung: »Wer morgens kurz vor 8 Uhr oder abends nach Büro- oder Geschäftsschluß durch das Geschäftsviertel einer Großstadt geht, dem begegnet als charakteristischer Eindruck ein Heer von jungen Frauen und Mädchen, die eilig zur Arbeit in die großen Geschäftshäuser streben oder müde von der Arbeit kommen – es sind die Massen der weiblichen Angestellten. Sie geben der Großstadt das beherrschende Bild, sie geben dem Warenhaus, dem Schreibbüro des Betriebes die charakteristische Prägung – mehr noch: sie sind heute eigentlich zum Typus der berufstätigen Frau geworden: *die weibliche Angestellte ist die typische erwerbstätige Frau der Masse*.«[93]

Die Folgen dieser beruflichen Existenzweise, die kein Aufwärts kannte, tangierten vor allem das Privatleben: »›Ich kann keine Versammlungen und Theater besuchen‹, schreibt eine Verkäuferin, ›da ich keinen Abend vor 8 Uhr nach Hause komme. Ladenschluß ist 7 Uhr, aber Abrechnung und Aufräumungsarbeiten nehmen noch ¾ Stunden in Anspruch.‹ Oder eine andere: ›Wenn ich bis 8 oder ½ 9 arbeite, kann ich keine Versammlung besuchen.‹ Oder: Wie gern möchte ich mal ins Theater oder ins Kino, aber ich kann mich nicht frei machen‹.«[94]

Punkt für Punkt wurden in der Erhebung die Probleme aufgezählt, die auch *in Abteilung Herrenmode* so oder auf sehr ähnliche Weise das Leben der Figuren prägen: Bekannt ist beispielsweise die »*Animosität gegen die ›ältere‹ Verkäuferin*, die Bevorzugung der jungen, frischen und – billigeren Kräfte.«[95] – »*Einen Raum für sich* innerhalb der elterlichen Wohnung haben also nicht viele Glückliche. Die Hälfte aller Befragten, erwachsene Menschen, teilen ihr Zimmer mit anderen – wieviel unglückliche Familienverhältnisse mögen sich aus diesem zu engen Zusammengepferchtsein ergeben!«[96] – »Die *Wohnungsfrage* ist für die berufstätige Frau eine sehr wichtige und noch völlig ungelöste Frage. Je mehr die Frau durch die Verhältnisse gezwungen wird, ihren Beruf nicht mehr als Übergangsstadium zur Ehe, sondern als Lebensberuf aufzufassen, je mehr sie sich auch innerlich zur Selbstständigkeit neigt, desto mehr wird ihr das Problem ihrer eigenen Behausung zum wichtigsten Ausdruck ihrer Stellung im Leben. Die eigene Wohnung wird beinahe zum Symbol der modernen berufstätigen

Frau.«[97] – »In vielen Geschäften wird eine gute Kleidung geradezu verlangt [...] Auch hier zeigt sich, daß das Äußere der berufstätigen Frau für den Konkurrenzkampf eine entscheidende Rolle spielt.«[98]

Auch die Protagonistin in *Abteilung Herrenmode* Lotte Stein kennt diese Bedrängungen: »es war, als dringe das Geschäft dieses großen Kapitalisten Schack bis ins Herz seiner Angestellten vor, selbst im engsten menschlichen Liebesgefühl und Kontakt vermochten sie es nicht, sich von seinen Methoden zu befreien: jeder versuchte aus jedem bei geringstem Risiko den größtmöglichen privaten Vorteil zu ziehen.« (S. 39) »Im Kampf um immer knapper werdende Posten werden die Frauen untereinander in Konkurrenzverhältnisse gedrängt, ohne zu bemerken, daß sie nur als austauschbare Ware der ›Abteilung Herrenmode‹ fungieren«, so Sigrid Schmid und Hanna Schnedl.[99] Über die geschlechtsspezifischen Anforderungen des Markt heißt es, »daß die Verkaufsmethoden in Zukunft aus Lächeln, Nettsein und Heiterkeit bestehen« werden (S. 72), während manche Frauen nach ihrer Unterredung mit dem Personalchef durchaus »auf ihren eigenen kleinen Herrscherthron« (S. 75) zurückkehren können, um der Frauenkonkurrenz zu frönen.

Dass das Warenhaus eine Kontaktzone der Klassengesellschaft war, weil die Angestellten nicht nur Abteilungsleitern, Chefs und Direktoren unterstellt waren, sondern tagtäglich Angehörige höherer Klasse bedienten, die sich zum Einkauf einfanden und auf sie herabschauten, thematisierte Mascha Kaléko parallel zu Gleit im Gedicht »Randbemerkungen eines Liftboys«, das sich in *Das lyrische Stenogrammheft* findet.[100] In *Abteilung Herrenmode* wird zudem der Widerspruch geschildert, der sich zwischen der Weite der Welt aufmacht, die das Warenhaus repräsentieren will, und der Enge der proletarischen Stube, in welcher der Teil des Tages verbracht wird, der nicht der Arbeit zufällt. Der Überfluss, der verkauft werden möchte, konterkariert nicht nur die eigene Wohnsituation, sondern auch die der Kolleginnen und Kollegen.

Gleit war in ökonomischer Hinsicht augenscheinlich gut informiert über das, was sie beschrieb. Die Fusionswelle etwa, die im Roman eine zentrale Rolle spielt, folgte der realen Konzentration der Warenhäuser, die insbesondere in Berlin öffentlich deutlich wahrnehmbar war.[101] Paul Lerner vermutet zudem, dass der Name »Schack« eine Abwandlung des Kaufhauses Schocken war.[102] Dafür spricht nicht zuletzt, dass dieses 1928 eine Filiale in Gleits Heimatstadt Crimmitschau eröffnet hatte.[103] Angelehnt ans reale Berlin waren auch einige andere Orte – die »Kikeriki-Bar« etwa klingt verdächtig nach dem Kakadu, einem der bekanntesten Vergnügungsorte für die Ausgehwütigen.[104] Sehen lassen konnte man sich in Berlin zudem an vielen Orten, sodass die Frage »Zu Roberts, Kurfürstendamm, zu Horcher oder zu Kempinski?« (S. 185), die im Handlungsverlauf gestellt wird, den damals üblichen Nachfeierabendmöglichkeiten entsprach. Auch die im Roman erwähnte »Negerbar« existierte tatsächlich, allerdings nur kurz: 1932 war gegenüber der Scala die »Biguine« eröffnet worden, laut Selbstauskunft »Deutschlands erste Negerbar«, wie eine hauseigene Werbepostkarte das Etablissement anpries, in dem Schwarze zum musikalischen Vergnügen weißer Deutscher musizierten.[105] Das Lokal wurde allerdings rasch geschlossen, um 1934 – ganz mit der Zeit gehend – als bayrische Einrichtung wieder aufzumachen.[106]

Auch die im Roman beschriebenen Sexualkontakte und deren Folgen entsprangen nicht Gleits Fantasie, sondern können in Siegfried Kracauers Schrift *Die Angestellten* nachgelesen werden – einer ausdrücklich auf Berlin gemünzten soziologischen Bestandsaufnahme der neuen Arbeitswelt, die ihr Urheber als »eine Diagnose«[107] verstanden wissen wollte. Bezeichnenderweise wird diese von einer Episode eröffnet, in der eine Angestellte, die eigentlich einen Partner hat, von einer Liaison mit ihrem Vorgesetzten berichtet.[108] Alice Rühle-Gerstel analysierte in ihrer 1932, also kurz vor *Abteilung Herrenmode* erschienenen Studie *Das Frauenproblem der Gegenwart*: »Berufstypisch für die Angestellte ist, daß Frauen im Beruf fast immer ihre Weiblichkeit mit einsetzen müssen. Chefs und Kollegen betrachten es als selbstverständlich, daß die Büroangestellte oder Verkäuferin neben ihrem sachlichen auch noch einen erotischen Beitrag zur Arbeit leistet. In gar nicht seltenen Fällen führt das bis zur Schwängerung oder Ansteckung mit einer Geschlechtskrankheit, noch viel häufiger bloß zu jener halbschlächtigen, zwielichtigen Erotik, welche die Mädchen erotisch in Atem hält, ihnen wenigstens die bescheidene Zubuße an Vergnügungen und Extrazuwendungen zu gewähren, welche der Lohn für volle körperliche Hingabe zu sein pflegt.«[109]

Das gesellschaftliche Skandalon der Abtreibung, das Gleit aufgreift, korrespondierte mit dem Kampf der feministischen Zeitgenossinnen, die gegen die Macht der Moral und ihre oftmals tödlichen Folgen für betroffenen Frauen opponierten. Alice Lex-Nerlingers Gemälde *Paragraph 218*, das zu den bekanntesten künstlerischen Invektiven gegen das Abtreibungsverbot im 20. Jahrhundert zählt, entstand nur zwei Jahre vor *Abteilung Herrenmode*, ebenso *Der Paragraph* von Hanna Nagel.[110]

Angesichts all dieser gesellschaftspolitischer Bezugnahmen und der damit verbundenen Kritik fällt umgekehrt auf, dass der virulente Antisemitismus, der die Entstehungsjahre des Romans prägte, in diesem nicht explizit gemacht wurde, sondern mit der Kollegin Mirjam Salomon lediglich eine jüdische Kollegin angedeutet wird. Dass hingegen Lottes Partner mit Vornamen Walter heißt – wie auch derjenige ihrer Urheberin, minus das »h« –, mag als Hinweis auf sie selbst verstanden werden.

Diese emanzipatorischen Wendungen, Komponenten und Bezüge, Lottes Aufstieg und die Beförderung ihres Partners in ihre Abteilung, nehmen »eine deutliche Umkehrung der traditionellen Geschlechterrollen«[111] vor. Während der Roman damit demonstrierte, was es auch bedeuten kann, die Hosen anzuhaben, entging dieser Aspekt der Aufmerksamkeit manches Rezensenten. Wolfgang Koeppen veröffentlichte im Mai 1933 – nur Tage nach der Bücherverbrennung auf dem Opernplatz in Berlin – eine Sammelrezension über kürzlich erschienene Romane für den *Berliner Börsen-Courier*, zu denen auch *Abteilung Herrenmode* zählte. Der damals 25jährige Feuilletonist anerkannte zwar, dass es gerade »eine neue, sehr interessante und unerhört wichtige Art des Unterhaltungsromans« gebe, namentlich »den Berufs-, den Angestelltenroman«, doch in Folge von Kracauers Schrift habe sich nunmehr »eine ganze Reihe von erzählenden Büchern dieser Schicht angenommen, und die Schreibmaschinenmädchen sind fast schon mehr Romanfigur als Alltagsexistenzen geworden.«[112] Die Folge seien standardisierte Erzählweisen: »Die Konfektion ist groß, und für viele Frauen ist sie das Leben; von der Schulbank kommen sie in den Betrieb, der schluckt sie mit Haut und Haaren, und sie kommen nie wieder von ihm los. Die Gleitner [*sic*] gibt leider nur eine Reportage.«[113] Folglich handle es sich bei der Publikation um »ein gutes Beispiel für eine Schrift, die zwar im Thema, aber nicht in der literarischen Gestaltung zum Lesen« locke, denn ihr fehle »gänzlich die Spannung des Stils, die Intensität des Romans.«[114]

Dieses Urteil verkannte, dass Gleit überhaupt nicht an solcher »Intensität« interessiert war, weil sie den nüchternen Stil nutzte, um die Rückwirkung gesellschaftlicher Veränderungen auf das Bewusstsein offenbar zu machen. Die Gedanken sind flüchtig, und die Autorin macht sehr viel Gebrauch von Auslassungspunkten und Gedankenstrichen, von Einschüben, die das Nachdenken zerstreuen, es rastlos machen, keinen Halt versprechen. Sie folgte darin der »Darstellung gesellschaftlicher Typen statt individueller Persönlichkeiten« und einer »Sozioanalyse statt Individualanalyse«, wegen derer sich neusachliche Romane einer »psychologischen Ausleuchtung und Erklärung der dargestellten Personen« verweigern, woraus auch die zurückgenommene Schreibweise dieses Genres resultiert, wie Sabina Becker dessen Primärmerkmale summiert.[115] Als späte – wie junge – Vertreterin des neusachlichen Beschreibens interessierte sich Gleit für die gesellschaftlichen Dimensionen der Arbeitswelt, ohne dabei zu deren bloßer Protokollantin in literarischer Form zu werden. Dass sie die Seele einiger Angestellter und Unternehmer als leer zeichnete, missverstand Koeppen als Reportage-Stil, weil er diese Leere für die Abwesenheit von Tiefe hielt, auf die seine Rede von »Intensität« offenbar zielte. Wie es weiterging, ist bekannt: Zum Jahresende wurde der *Berliner Börsen-Courier* eingestellt, und Koeppen verließ Berlin.[116]

Abteilung Herrenmode wiederum landete 1935 auf der Liste 1 des »schädlichen und unerwünschten Schrifttums«[117], mit der die Nationalsozialisten ihr Weltbild kulturell abzusichern versuchten, indem sie die Abweichung, die Literatur denkbar macht, zeitweilig aus dem Verkehr zogen oder letztlich ganz aus dem kulturellen Gedächtnis tilgten. Die Gründe für die verheerende Klassifikation von Gleits Erstling sind offensichtlich, denn das Koeppen interessant scheinende »Thema« des Romans war in jedweder Hinsicht ein Affront gegen das NS-Weltbild: Konsum und Ausschweifung, Vermarktungstricks *made in USA*, Sittenverfall, Abtreibung.[118] Schon 1920 war im Parteiprogramm der NSDAP »die Schaffung eines gesunden Mittelstandes und seiner Erhaltung« gefordert worden, zu erreichen durch die »sofortige Kommunalisierung der Groß-Warenhäuser und ihre Vermietung zu billigen Preisen an kleine Gewerbetreibende, schärfste Berücksichtigung aller kleinen Gewerbetreibenden bei Lieferung an den Staat, die Länder oder Gemeinden.« Sieben Jahre später schrieb Adolf Halfeld in seiner Abhandlung *Amerika und der Amerikanismus* – alsbald eine der einflussreichsten antiamerikanischen Publikationen im deutschsprachigen Raum – über die Artifizialität US-amerikanischer Frauen, die antipodisch zur ursprünglichen Schönheit deutscher Frauen gezeichnet wurden: »Dieser bei allem äußeren Lärm recht platonische Girlkult ist ein nationales Laster, in dem viel verdrängtes Schönheitsbedürfnis, viel geheimes Sehnen nach wertvolleren Lebensinhalten, als der Amerikanismus sie zu bieten vermag, zum exzentrischen Ausbruch kommt. Und weil er das wesentlichste Reizmittel in der Gefühlsleere dieser mechanisierten Gesellschaft ist, wird er mit allem denkbaren geschäftlichen Raffinement, mit einem Massenaufgebot von kosmetischen Sachverständigen und Schönheitsmagazinen betrieben. Die Ausgaben dafür gehören zu den wichtigsten Konsumposten des Landes.«[119] 1931 war in den *Nationalsozialistischen Monatsheften* ein mit »Das Manhattan-Girl« überschriebener Artikel erschienen, in dem eine als männlich gezeichnete ›neue‹ Frau ihren effeminierten Partner – tatsächlich mehr »Boy« als Mann – beherrscht. Aus der geschlechtlichen Umkehrung wurde unweigerlich eine Gefahr für die Volksgemeinschaft abgeleitet.[120] Als Affront dieser Stoßrichtung wurde *Abteilung Herrenmode* allerdings auch umgekehrt rezipiert. Historisch aufschlussreich ist etwa, dass zumindest ein prominentes Beispiel einer antifaschistischen Lektüre verbürgt ist: Bruno Kreisky las Gleits Roman im Rahmen seiner eigenen »Haftuniversität«, mit der sich der inhaftierte Sozialdemokrat dem Versuch widersetzte, sein politisches Bewusstsein zu brechen.[121]

Anfang 1936 vermeldete der *Deutsche Reichsanzeiger*, der Polizeipräsident in Berlin habe *Abteilung Herrenmode* in Preußen beschlagnahmt.[122] Noch im selben Jahr verließ Maria Gleit das nationalsozialistische Deutschland. Andere hatten nicht die Möglichkeit dazu, und bezahlten dafür mit dem Leben.

Verdunkelung

Das berühmteste Gemälde von Lotte Laserstein, die seltsamerweise ähnlich heißt wie die Protagonistin von *Abteilung Herrenmode*, trägt den Titel *Abend über Potsdam.* Auf Grund seiner Entstehung 1930 und seiner Perspektivierung gilt es als ahnungsvolle Vision der letzten Tage der Weimarer Republik und dessen, was kommen würde. Es zeigt fünf junge Menschen auf einem Balkon, die entweder melancholisch über den Tisch blicken, auf dem mit Brot und Früchten die letzten Bissen aufliegen, oder in den sich verdunkelnden Himmel schauen, der sich vor ihnen auftut. In der Bildmitte sitzt eine junge Frau, die ein gelbes Kleid trägt; ein solches taucht auch im vorliegenden Roman zweimal auf, obschon zu vergnüglicheren Anlässen. In Lasersteins Darstellung leuchtet es zwar noch sanft vor sich hin, ist aber bereits eine Mahnung daran, dass es sich ausgetanzt hat.

Der nationalsozialistische Wahlerfolg Anfang 1933 stellte zahlreiche exponierte Frauen, die Literatur und Kunst der Weimarer Republik geprägt hatten, darunter eine erhebliche Zahl an Jüdinnen, vor die Wahl, entweder zu bleiben und damit ihr Leben zu riskieren – oder aber vor der Willkür der neuen Machthaber sowie der gewöhnlichen »Volksgenossen« zu fliehen und andernorts ein neues Leben anzufangen. Ruth Landshoff-York und Victoria Wolff exilierten wie erwähnt bereits 1933, ebenso Gabriele Tergit, Erika Mann und

Therese Giese sowie die Modejournalistin Anita Daniel; Elsa Herrmann 1934; Lotte Jacobi 1935; Lotte Laserstein 1937; Mascha Kaléko 1938.

Dass der opportunistische Geist und der Widerstand auch die Protagonistinnen der Neuen Sachlichkeit in antagonistische Richtungen trieben, zeigt sich unter anderem an zwei Schriftstellerinnen, die zeitgleich gewirkt hatten. Christa Anita Brück, deren neusachlicher Erstling *Schicksale hinter Schreibmaschinen* noch von Siegfried Kracauer teils gelobt[123] worden und dem 1932 der Bankangestellten-Roman *Ein Mädchen mit Prokura*[124] gefolgt war, vollzog eine völkische Wende und revidierte 1941 mit *Die Lawine* alle rebellischen Elemente ihrer vorhergehenden Prosa, um ihre neue Protagonistin den Beruf gegen die Ehe eintauschen zu lassen und als erdverbundene Bäuerin auf dem Lande den Versuchungen urbaner Verdorbenheit zu entsagen.[125] Paula Schlier hingegen, die bereits mit ihrem 1926 erschienenen neusachlichen Roman *Petras Aufzeichnungen oder Konzept einer Jugend nach dem Diktat der Zeit* die Verachtung der Nationalsozialisten auf sich gezogen hatte, wurde 1942 von der Gestapo verhaftet und entkam nur mit Glück der Überstellung in ein KZ.[126]

Die Verdrängung all jener Neuerinnen, die in Deutschland blieben, vollzog sich derweil merklich, was das nationalsozialistische Geschlechterbild auch kulturell stabilisierte. Lotte Pritzel, einst gefeierte Puppenkünstlerin, verschwand im Laufe der 1930er Jahre aus der Öffentlichkeit, ebenso Claire Waldoff, deren Lieder augenzwinkernde, wiewohl äußerst treffsichere Kommentare auf das Leben und Lieben in der Weimarer Republik gewesen waren.[127] Gleiches gilt für die mit Schreibverbot belegte, im Tabakladen ihres Mannes arbeitende Marieluise Fleißer, deren Roman *Mehlreisende Frieda Geier* 1935 gemeinsam mit *Abteilung Herrenmode* auf der »Liste des unerwünschten Schrifttums«[128] gelandet war; die Autorin erlitt drei Jahre später auf Grund ihrer bedrückenden Situation einen Nervenzusammenbruch, der einen Klinikaufenthalt erzwang.[129] Alice Lex-Nerlinger wurde mit Berufsverbot belegt und zerstörte vorsorglich einen Teil ihres Gesamtwerks.[130] Hanna Nagel wurde Mitglied der Reichskammer der bildenden Künste und stellte ihre explizite Kritik an der politisch institutionalisierten wie der privaten Frauenfeindlichkeit, die bis 1933 äußerst beklemmende Arbeiten hervorgebracht hatte, zurück, um sich fortan mystischen Sujets zu widmen.[131] Für Jeanne Mammen waren mit der Machtübernahme der Nationalsozialisten die regulären Publikationsmöglichkeiten weggebrochen, die Künstlerin musste sich fortan mit Gelegenheitsarbeiten durchschlagen.[132] Renée Sintenis, eine der bekanntesten Bildhauerinnen der Zwischenkriegszeit, driftete ebenso durch die politische Ungewissheit wie die Designerin Marianne Brandt, die spät der Reichskulturkammer beitrat, aber keine breite Anerkennung fand, während Hannah Höch rastlos umherzog.[133]

Für Künstlerinnen, die der Antisemitismus traf,

war die Lage von Anfang an einschneidend. Anita Rée, Malerin, verübte bereits 1933 Suizid.[134] Lotte B. Prechner erhielt Ausstellungs- und Arbeitsverbot und verließ Deutschland, in das sie nicht mehr wiederkehren würde.[135] Dodo konnte ihre Illustrationen nur noch jüdischen Zeitschriften verkaufen; sie emigrierte über die Schweiz nach England.[136] Frieda Riess, die seit 1930 in Paris gelebt hatte, tarnte ihre jüdische Identität mit dem Einmarsch der Deutschen 1940 durch eine Abwandlung ihres Namens und entging so der Aufmerksamkeit der Verfolger; Arbeiten aus dieser Zeit sind jedoch nicht erhalten.[137]

Andere überlebten den industriellen Massenmord nicht. Elfriede Lohse-Wächtler, deren Gemälde das weniger glamouröse Begehren hinter dem Rauschhaften der Weimarer Jahre festgehalten hatten, war psychiatrisiert und zwangssterilisiert worden, bevor sie 1940 dem Euthanasieprogramm zum Opfer fiel.[138] Lili Grün wurde 1942 gemeinsam mit Alma Johanna Koenig ermordet, ebenso Ruth Rewald und Yva.[139] Gertrud Kolmar hatte schrittweise Entrechtung, Demütigung und Zwangsarbeit erlebt, bevor sie 1943 den Deportationsbefehl erhielt; ihre Romane *Eine jüdische Mutter* und *Susanna* erschienen erst Jahrzehnte später aus dem Nachlass.[140] Alice Rühle-Gerstel, die Deutschland angesichts der zunehmenden NSDAP-Erfolge bereits 1932 verlassen und vier Jahre später nach Mexiko ausgereist war, beging 1943 Selbstmord.[141] Die am Bauhaus ausgebildete Otti Berger musste 1936 ihr Atelier in Berlin schließen, da sie zur »nicht-arischen Ausländerin« erklärt worden war, und kehrte gezwungenermaßen an ihren Geburtsort Zmajevac zurück, von wo sie 1944 nach Auschwitz deportiert und wie ihre einstigen Kommilitoninnen und Kolleginnen Zsuzsanna Bánki, Friedl Dicker-Brandeis, Hedwig Dülberg-Arnheim und Lotte Rothschild-Menzel vergast wurde.[142] Dort wurde im selben Jahr auch Luise Strauss-Ernst ermordet, die als Kunsthistorikerin und Journalistin u.a. für die Zeitschrift *Der Querschnitt* geschrieben hatte und in der Weimarer Republik als Ausstellungskuratorin gewirkt hatte.[143]

Der Bruch, den 1933 markierte, betraf auch die Autoren, die zum Genre des Konfektionsromans beigetragen hatten. Kurt Münzer, der Anfang des 20. Jahrhunderts in die Schweiz übergesiedelt war, in seinen Romanen allerdings weiterhin Berlin zum Sujet hatte, setzte seinem Leben 1944 in Zürich ein Ende. Manfred Georg – der im Exil seinen Nachnamen um ein anglisierendes »e« zu »George« erweitert hatte –, war 1938 nach New York geflohen, verfasste keine Prosa mehr, wurde *Aufbau*-Chefredakteur und starb 1966.[144] Werner Türk, dessen Roman *Konfektion* das Genre geradezu versinnbildlicht, blieb nach Ende des Zweiten Weltkriegs in Großbritannien und verstarb 1986; von ihm sind keine literarischen Arbeiten bekannt, die in England entstanden wären.

Diejenigen, die im Exil überlebten oder in der inneren Emigration das »Dritte Reich« unter oftmals erheblichen Anfeindungen, Bedrängungen und Demütigungen durchgestanden hatten, sahen sich 1945 mit einer grundlegend neuen Situation konfrontiert. Insbesondere Autorinnen, die in der Zwischenkriegszeit als junge Frauen zu schreiben begonnen hatten, war es nahezu unmöglich, umstandslos an ihre ersten Erfolge anzuschließen – zumal sie sich nun in einer Gesellschaft wiederfanden, in der Hosen tragende Frauen als noch anrüchiger galten als in der Weimarer Republik.[145]

Sehr deutlich wird die Diskrepanz zwischen literarischem Aufbruch und versuchter Rückkehr zum Schreiben bei Ruth Landshoff-York, Marieluise Fleißer und Irmgard Keun. Landshoff-York war nach dem Zweiten Weltkrieg in den Vereinigten Staaten geblieben und veröffentlichte 1952 *Das Ungeheuer Zärtlichkeit*, eine Sammlung von Erzählungen, und neun Jahre später *Klatsch, Ruhm und kleine Feuer*, eine Zusammenstellung kürzerer Schriften, was jedoch nicht zur Folge hatte, dass ihre Romane neu aufgelegt worden wären.[146] Fleißer war mit Ignoranz gestraft worden, bis Rainer Werner Fassbinder 1968 ihr Drama *Pioniere in Ingolstadt*, das 40 Jahre lang nicht gespielt worden war, in München inszenierte; vier Jahre später folgt eine Werkausgabe bei Suhrkamp.[147] Keun wiederum hatte 1950 ihren letzten Roman *Ferdinand, der Mann mit dem freundlichen Herzen* veröffentlicht, der im Feuilleton der gerade gegründeten Bundesrepublik kaum Resonanz auslöste.[148] Im Zuge des feministischen Erwachens stießen die Protagonistinnen der Neuen Frauenbewegung fast 30 Jahre später auf die Schriftstellerin und entdeckten in ihr eine literarische Vorgängerin. »Das zeitgenössische Kurzzeitgedächtnis speichert jeweils die Namen einiger Frauen, aber auf dem Weg ins Langzeitgedächtnis der Historie verblassen diese Spuren, versickern, trocknen aus«, bemerkte Ursula Krechel damals sehr treffend zum Vergessen, das Keun und so viele andere Autorinnen der Zwischenkriegszeit für lange Zeit umgeben hatte.[149]

Dass »[...] auf dem Weg vom Kurzzeit- ins Langzeitgedächtnis ein unerhört komplizierter, vielfältiger Selektionsprozeß stattzufinden«[150] scheint, zeigte sich bereits daran, dass Maria Gleit zu diesem Zeitpunkt auf solch profunde Weise entschwunden war, dass sie nicht von der jüngeren Schriftstellerinnengeneration aufgespürt werden konnte, die sich nun daran machte, ihre eigene Emanzipation als Fortsetzung einer weitaus älteren Auflehnung zu begreifen und diese auch aus literarischen Vorarbeiten zu rekonstruieren begann. Es ist davon auszugehen, dass die Feministinnen der 1970er Jahre der Spur, die zu ihr führte, nachgegangen wären, hätten sie diese – wie im Falle Keuns und Fleißers geschehen – tatsächlich entdeckt. *Totgeschwiegen* wurde Gleit jedoch vom Literaturbetrieb und von älteren Literaturwissenschaftlern, die es besser wussten, bis Sigrid Schmid und Hanna Schnedl 1982 die notwendige erste Korrektur jener kollektiven Auslassung vornahmen, die vom Ende der Weimarer

Republik zu ihrer Gegenwart wies, und die doch immer individuelle Lebensläufe und abgebrochene Karrieren meinte.

Drei Jahrzehnte zuvor, 1951, hatte die Schriftstellerin in einem Brief an Ernst Kreuder eingeräumt: »Ich kann nicht leben ohne zu schreiben, und ich kann doch nicht schreiben.«[151] Dass ihr Kreuder, immerhin zweiter Georg-Büchner-Preisträger, drei Jahre später seinen Roman *Herein ohne anzuklopfen* widmen würde, ohne dass dies Gleit zu neuerlicher Aufmerksamkeit verholfen hätte, beweist nur, wie persistent das Vergessen schon in der frühen Nachkriegszeit gewesen war.[152]

Lotte Steins Auftritt in der Literatur war bereits vorüber, bevor sie das Feuilleton überhaupt hätte erobern können. Als Figur, die noch im Stile der Neuen Sachlichkeit konzipiert worden war, verkörpert sie post mortem das Rasante, Quirlige und Unangepasste der Weimarer Republik, deren Aufbruchsstimmung nebst Abgründen, Ängsten und Aufstiegschancen. »Wovor hatte Lotte Stein, dieses tapfere und besonnene, dieses wissende Mädchen ihrer Zeit, eigentlich Angst? Was erschreckte sie? Was drohte ihr?« (S. 124), fragt der Erzähler in *Abteilung Herrenmode*, während die Heldin ihre Wünsche längst zu benennen weiß: »... sich freuen am Leben, richtig einmal sich freuen und keine Angst haben vor dem nächsten Tag ...« (S. 62).

Endnoten

1 Zur Geschichte der Warenhäuser in Deutschland vgl. die grundlegende Studie von Uwe Lindemann, *Das Warenhaus. Schauplatz der Moderne*, Köln / Weimar / Wien 2015.
2 Für eine klassische historiographische Untersuchung zur Weimarer Republik siehe Detlev Peukert, *Die Weimarer Republik. Krisenjahre der Klassischen Moderne*, Frankfurt am Main 1987. Grundsätzliches zu deren Kultur und gesellschaftlicher Stimmung findet sich bei Harald Jähner, *Höhenrausch. Das kurze Leben zwischen den Kriegen*, Berlin 2022.
3 Ausführlich dazu Claudius Torp, *Konsum und Politik in der Weimarer Republik*, Göttingen 2011.
4 Erich Köhner, *Warenhaus Berlin. Ein Roman aus der Weltstadt*, Berlin 1909; Ola Alsen, *Das Paradies der Frau. Ein Berliner Roman*, Berlin 1917; Manfred Georg, *Aufruhr im Warenhaus*, Berlin 1928; Werner Türk, *Konfektion*, Berlin / Wien 1932.
5 Vgl. Mila Ganeva, *Women in Weimar Fashion, Discourses and Displays in German Culture, 1918–1933*, Rochester 2008, S. 203–204.
6 Friedrich M. Huebner (Hg.), *Die Frau von Morgen wie wir sie wünschen*, Leipzig 1929.
7 Stefan Zweig, »Zutrauen zur Zukunft«, in: ebd., S. 7–17, hier: S. 8.
8 Ebd., S. 15.
9 Vgl. Elsa Herrmann, *So ist die Neue Frau*, Hellerau 1929.
10 Eine Reproduktion von Otto Dix' Gemälde *Die Journalistin Sylvia von Harden*, das 1926 entstand, findet sich in Ingrid Pfeifer (Hg.), *Glanz und Elend in der Weimarer Republik*, München 2017, S. 159,

siehe ebenda, S. 161 für das *Porträt einer Frau mit Pagenschnitt und Krawatte* von Rudolf Schlichter. Die von Sander fotografierte Sekretärin ist zu sehen bei Harald Jähner, *Höhenrausch*, S. 174. Besagte Fotografie, die Frieda Riess von Ruth Landshoff-York anfertigte, ziert das Cover der Biographie von Thomas Blubacher, *Die vielen Leben der Ruth Landshoff-York*, Berlin 2015. Das vielfach abgedruckte Bild, das Lotte Jacobi von Klaus Mann und Erika Mann schoss, findet sich u. a. bei Jana Wimmer, »Lotte Jacobi – Porträt einer Zeitgenossin«, in: Falk Blas / Thomas Friedrich (Hg.), *Menschenbild und Volksgesicht. Positionen zur Porträtfotografie im Nationalsozialismus*, Sonderheft 36 der *Berliner Blätter. Ethnographische und ethnologische Beiträge*, Berlin 2005, S. 99–103, hier: S. 101. Zahlreiche Aufnahmen von Annemarie Schwarzenbach finden sich bei Alexis Schwarzenbach, *Auf der Schwelle des Fremden. Das Leben der Annemarie Schwarzenbach*, München 2008.

11 Siehe dazu Rüdiger Graf, »Anticipating the Future in the Present: ›New Women‹ and Other Beings of the Future in Weimar Germany«, in: *Central European History*, Vol. 42, No. 4, December 2009, S. 647–673.

12 Eine Reproduktion findet sich in Kunst- und Ausstellungshalle der Bundesrepublik Deutschland GmbH (Hg.), *1920er! Im Kaleidoskop der Moderne*, Dresden 2023, S. 83.

13 So der Titel der aufschlussreichen Studie von Cornelius Partsch, *Schräge Töne. Jazz und Unterhaltungsmusik in der Weimarer Republik*, Stuttgart / Weimar 2000.

14 Vgl. Gundula Wolter, *Hosen, weiblich. Kulturgeschichte der Frauenhose*, Marburg 1994.

15 Ebd., S. 287.

16 Vgl. Elsa Herzog, »Hose oder Rock? Eine Rundfrage«, in: *Sport im Bild*, Nr. 15/1925, 17.07.1925, S. 986. Siehe dazu Gesa Kessemaier, *Sportlich, sachlich, männlich. Das Bild der ›Neuen Frau‹ in den Zwanziger Jahren. Zur Konstruktion geschlechtsspezifischer Körperbilder in der Mode der Jahre 1920 bis 1929*, Dortmund 2000, S. 251–256.

17 Zitiert nach ebd., S. 255.

18 Maria Gleit, *Abteilung Herrenmode. Roman eines Warenhausmädels*, Wien / Leipzig 1933.

19 Als spätere Vertreterin des Genres wäre bedingt auch Vicki Baum zu nennen, deren 1937 erschienener Roman *Der große Ausverkauf* in einem New Yorker Warenhaus spielt, in dessen Konfektionsabteilung es im Handlungsverlauf zum Showdown kommt. Durch diese geographische Verschiebung hin zu den USA setzt sich dieser Titel allerdings deutlich von den vorgenannten ab. Vgl. Vicki Baum, *Der große Ausverkauf*, Amsterdam 1937.

20 Diese zeitgenössische Annahme lässt sich in der Kulturproduktion der letzten Jahre der Weimarer Republik deutlich nachzeichnen. Sie war Thema der Ausstellung *Glamour. Das Girl wird feine Dame. Frauendarstellung in der späten Weimarer Republik*, Georg-Kolbe-Museum, Berlin, 17.02.–12.05.2008.

21 Die biographischen Angaben stützen sich im Folgenden auf die hervorragenden Aufsätze von Barbara Asper und Anke Heimberg, ohne deren Arbeit und Engagement der Name Maria Gleit heute noch weniger präsent sein dürfte, als es bislang ohnehin der Fall gewesen ist, sowie auf die Erinnerungen von Walther Victor und auf die unveröffentlichten Memoiren von Gleits Sohn Vito Victor. Vgl. Barbara Asper, »Maria Gleit«, in: Kurt Franz / Günter Lange / Franz-Josef Payrhuber (Hg.), *Kinder- und Jugendliteratur. Ein Lexikon*, Band 2, Teil 1: *Di-Hog*, Meitingen 1998, S. 1–7; dies., »Maria Gleit«, in: John M. Spalek / Konrad Feilchenfeldt / Sandra H. Hawrylchak (Hg.), *Deutschsprachige Exilliteratur seit 1933*, Band 3: *USA*, Bern / München 2000, S. 142–154; Anke Heimberg, »›Schreiben kann man überall. Das ist das Gute an meinem Beruf‹. Die Schriftstellerin Maria Gleit (1909–1981) im Exil«, in: Julia Schöll (Hg.), *Gender – Exil – Schreiben*, Würzburg 2002, S. 41–68; dies., »Maria Gleit«, in: Renate Wall (Hg.), *Lexikon deutschsprachiger Schriftsteller im Exil*, Gießen 2004, S. 116–127; Walther Victor, *Kehre wieder über die Berge. Eine Autobiographie*, Ost-Berlin / Weimar 1982 [New York

1945]; Vito Victor, *One Does Not Speak Of Such Things*, unveröffentlichtes Buchmanuskript.

22 Vgl. Paul Kessel, »Eine Frau und ihre Schreibmaschine. Kleines Interview mit einer Schriftstellerin«, in: *A-Z. Luxemburger Illustrierte*, Nr. 47, 20.11.1938, S. 14–15, hier: S. 15.

23 Walther Victor, *Kehre wieder über die Berge*, S. 139.

24 Ebd., S. 208. Mit »vor diesem [Buch]« ist die Widmung für Maria Gleit gemeint, die sich 1945 noch in der Erstausgabe von Victors Memoiren fand, die er für die späteren Ausgaben jedoch streichen ließ, worauf weiter unten einzugehen sein wird.

25 Ebd., zwischen S. 240 und S. 241. Paul Heinz Victor, der erste Sohn von Walther Victor und Cäcilie Schönfelder, wurde 1922 geboren, Walther Victor jun., der zweite Sohn, der aus dieser Ehe hervorging, 1925. Vgl. ebd., S. 455, sowie Micah Victor Lesch, »On Untold Narratives: The Story of Regina Victor«, in: UC Davis (Hg.), *Priced Writing 2017–2018*, Davis 2018, S. 78–91, hier: S. 81.

26 Vgl. Walther Victor, *Kehre wieder über die Berge*, S. 260.

27 Herbert Freeden, *Leben zur falschen Zeit*, Berlin 1991, S. 99.

28 Siehe dazu Murray G. Hall, *Österreichische Verlagsgeschichte 1918–1938*, Band II: *Belletristische Verlage der Ersten Republik*, Wien / Köln / Graz 1985, S. 28–31.

29 Siehe dazu Sabine Rohlf, »Der Bruch 1933. Die ›Neue Frau‹ im nationalsozialistischen Deutschland und im Exil«, in: Walter Fähnders / Helga Karrenbrock (Hg.), *Autorinnen der Weimarer Republik*, Bielefeld 2003, S. 257–278.

30 Julia Benner, *Federkrieg. Kind- und Jugendliteratur gegen den Nationalsozialismus 1933–1945*, Göttingen 2015, S. 178.

31 Vgl. Anke Heimberg, »Maria Gleit«, S. 118.

32 Maria Gleit, *Macht nichts, Barbara!*, Basel / Berlin / Leipzig / Wien 1934. Murray G. Hall vermutet, dass der Zinnen-Verlag eine Strohmann-Firma von Amonesta war, vgl. *Österreichische Verlagsgeschichte 1918–1938*, Band II, S. 31.

33 Vgl. Manfred Bosch, *Bohème am Bodensee. Literarisches Leben am See von 1900 bis 1950*, Lengwil 1997, S. 292 ff.
34 Siehe dazu Frank Wende (Hg.), *Deutschsprachige Schriftsteller im Schweizer Exil 1933–1950. Eine Ausstellung des Deutschen Exilarchivs 1933–1945 der der Deutschen Bibliothek*, Wiesbaden 2002, S. 133–144.
35 Vgl. Maria Gleit, *Streit um Rosel*, Berlin / Leipzig o. J.; dies., *Ein ganzes Mädel. Was ein Mädel alles erleben kann*, Berlin / Leipzig o. J.; dies., *Sa-Tu Sai führt Krieg*, Berlin / Leipzig o. J.; dies., *Mein Vater war auch dabei*, Berlin / Leipzig o. J. Barbara Asper bemerkt in ihrem Aufsatz aus dem Jahr 2000 (S. 145), dass sich die Verbindung von Gleit zu Hanns-Jörg Fischer, der um ihre Verfolgung wusste und später auf Gestapo-Forderung hin ihre Bücher vernichten musste, nicht rekonstruieren ließ. Eine historiographische wie literaturhistorische Klärung des Sachverhalts steht immer noch aus. Antworten dürften von Anke Heimbergs laufendem Forschungsvorhaben zu Maria Gleit zu erwarten sein.
36 Anke Heimberg, »Maria Gleit«, S. 119.
37 Maria Gleit, *Junges Weib Veronika*, Berlin 1936.
38 Maria Gleit, *Du hast kein Bett, mein Kind*, Zürich / New York 1938.
39 Anke Heimberg, »›Schreiben kann man überall‹«, S. 44.
40 Vgl. o. A., »Authors who fled from Nazis arrive«, in: *New York Times*, 14.10.1940.
41 Mehr zur Überfahrt und zu den promintenten Ausreisenden findet sich bei Herbert Lackner, *Die Flucht der Dichter und Denker. Wie Europas Künstler und Wissenschaftler den Nazis entkamen*, Wien 2017.
42 Walther Victor, *Kehre wieder über die Berge*, S. 258.
43 Maria Gleit, »Ankunft im Frieden…«, in: *Aufbau*, 25.10.1940.
44 Maria Gleit, *Pierre Keeps Watch*, New York 1944; dies., *Katrina*, New York 1945; dies., *Niko's Mountains*, New York 1946; dies., *Paul Tiber, Forester*, New York 1949.
45 Julia Benner, *Federkrieg*, S. 177.

46 Ausführlich dazu Micah Victor Lesch, »On Untold Narratives«.
47 Vgl. Christoph Emanuel Dejung, *Emil Oprecht. Verleger der Exilautoren*, München 2023, S. 338 ff.
48 Vgl. Maria Gleit, *Erde im Morgenwind*, Zürich 1937; Walther Victor / Maria Gleit / Michael Münzer, *Das große Abenteuer*, Zürich 1937.
49 Vgl. Murray G. Hall, *Österreichische Verlagsgeschichte 1918–1938*, Band II, S. 31.
50 Vgl. Iris von Roten, *Frauen im Laufgitter. Offene Worte zur Stellung der Frau*, Bern 1958.
51 Eine Auswahl der öffentlichen Attacken wie der entrüsteten Briefe findet sich bei Wilfried Meichtry, *Verliebte Feinde. Iris und Peter von Roten*, München 2012, S. 522 ff.
52 Zitiert nach Kristina Schulz, »Die Unfähigkeit zu schreiben und die Unmöglichkeit zu leben: Die Briefe von Maria Gleit an Ernst Kreuder«, in: Irene Below / Inge Hansen-Schaberg / Maria Kublitz-Kramer (Hg.), *Das Ende des Exils? Briefe von Frauen nach 1945*, München 2014, S. 186–200, hier: S. 192.
53 Vgl. ebd.
54 Barbara Asper, »Maria Gleit« (1998), S. 5.
55 Zitiert nach Barbara Asper, »Maria Gleit« (2000), S. 151.
56 Ebd.
57 Vgl. Walter A. Berendsohn, *Die humanistische Front. Einführung in die deutsche Emigranten-Literatur*, Erster Teil: *Von 1933 bis zum Kriegsausbruch 1939*, Zürich 1946, S. 80; Franz Carl Weiskopf, *Unter fremden Himmeln. Ein Abriss der deutschen Literatur im Exil 1933–1947*, Berlin 1947, S. 32, S. 34, S. 83 und S. 100.
58 Vgl. Anke Heimberg, »›Schreiben kann man überall.‹«, S. 61.
59 Vgl. etwa Jan Berg et al., *Sozialgeschichte der deutschen Literatur von 1918 bis zur Gegenwart*, Frankfurt am Main 1981, S. 455.
60 Sigrid Schmid / Hanna Schnedl, »Die Tradition des Todschweigens«, in: dies. (Hg.), *Totgeschwiegen. Texte zur Situation der Frau*

von 1880 bis in die Zwischenkriegszeit, Wien 1982, S. 7–23, hier: S. 7f.
61 Vgl. die Kurzbiographie zu Maria Gleit in ebd., S. 214.
62 Vgl. Maria Gleit, »Abteilung Herrenmode«, in: ebd., S. 67–81.
63 Vgl. Walther Victor, *Kehre wieder über die Berge*, zwischen S. 240 und S. 241.
64 Vgl. Irmgard Kratzsch, »Leben und Werk Walther Victors«, in: Helmut Fritsch (Hg.), *Bibliographie der selbständig erschienenen Veröffentlichungen Walther Victors aus den Jahren 1921–1982*, Jena 1984, S. 5–13.
65 Vgl. Carlo Sowa, »Maria Gleit und Walther Victor. Ein Schriftstellerehepaar auf Zwischenstation in Luxemburg«, in: *Galerie. Revue culturelle et pédagogique*, Nr. 9/1991, S. 404–417.
66 Vgl. Anke Heimberg, »Die Exilschriftstellerin und -journalistin Maria Gleit (1909–1981). Ein Porträt zum 25. Todestag«, in: *Galerie. Revue culturelle et pédagogique*, Nr. 1/2006, S. 114–142.
67 Siehe dazu den Band *Exilland Luxemburg* zur gleichnamigen Ausstellung, die auch auf Maria Gleit einging: Germaine Goetzinger / Gast Mannes / Pierre Marson (Hg.), *Exilland Luxemburg 1933–1947. Schreiben, Auftreten, Musizieren, Agitieren, Überleben*, Mersch 2007.
68 Maria Gleit, *Katrina*, o. S.
69 Vgl. Maria Gleit, »Denn ohne ihn…«, in: Ely Hack / Joseph Hanck / Mathias Weber (Hg.), *Hubert Clément. Un humaniste du travail*, Band II, Esch / Alzette 1954, S. 270–273.
70 Vgl. Kristina Schulz, *Die Schweiz und die literarischen Flüchtlinge (1933–1945)*, Berlin 2012, S. 141–153.
71 Vgl. Guido Koller, *Fluchtort Schweiz. Schweizerische Flüchtlingspolitik (1933–1945) und ihre Nachgeschichte*, Stuttgart 2017.
72 Vgl. o.A., »Hofmann, geb. Gleistmann, Maria (oder Hertha) (Emigrantin)«, in: Doris Stump / Maya Widmer / Regula Wyss (unter Mitarbeit von Sabine Kubli) (Hg.), *Deutschsprachige Schriftstellerinnen in der Schweiz. 1700–1945. Eine Bibliographie*, Zürich 1994, S. 97; o.A., »Gleit, Maria«, in: Petra Budke / Jutta Schulze, *Schriftstellerinnen in Berlin 1871 bis 1945*, Berlin 1995, S. 145–146;

Zlata Fuss Philipps, »Maria Gleit (*recte* Hertha Hofmann-Gleitsmann, 1909–1981)«, in: dies., *German children's and youth literature in exile: 1933–1950. Biographies and bibliographies*, München 2001, S. 88–92; Ilse Auer, »Gleit, Maria«, in: *Killy Literaturlexikon*, Band 4: *Fri-Hap*, Berlin 2009, S. 251–252. Bei diesen Einträgen ist zu beachten, dass nicht alle dort gelisteten Daten korrekt sind. Dies gilt insbesondere für den Todesort, der fälschlicherweise öfters mit Zollikon angegeben wird.

73 Dies allerdings mit Auslassungen: Mario Keßler etwa nennt Maria Gleit eine »Kinderbuchautorin« und erwähnt sie lediglich als zeitweilige Ehefrau des vermeintlich interessanteren Literaten Walther Victor. Vgl. Mario Keßler, *Westemigranten. Deutsche Kommunisten zwischen USA-Exil und DDR*, Wien/Köln/Weimar 2019, S. 516–517, hier: S. 516.

74 Für weitere wissenschaftliche Beiträge, die sich Maria Gleit widmen, siehe Kristina Schulz, »›[…] da namentlich nach der Vorakte über den Ehemann […] eine gewisse Vorsicht geboten scheint‹. Frauen im Exil – die ›Unpolitischen‹ an ›seiner‹ Seite?«, in: Hiltrud Häntzschel/Inge Hansen Schaberg (Hg.), *Politik – Parteieiarbeit – Pazifismus in der Emigration. Frauen handeln*, München 2010, S. 78–97; Thomas Lenz, »Billige Ware, billige Liebe? Kundinnen, Verkäuferinnen und Prostituierte im Kaiserreich und in der Weimarer Republik«, in: *Juni*, Nr. 47/48: *Erzählte Wirtschaftssachen*, Bielefeld 2013, S. 185–197, hier: S. 194 f.; Julia Hoffmann, »Kinder im Krieg gegen den Krieg. Die Kinder- und Jugendbücher der Exilautorin Maria Gleit«, in: Ingrid Tomkowiak/Ute Dettmar/Gabriele von Glasenapp/Caroline Roeder (Hg.), *An allen Fronten. Kriege und politische Konflikte in Kinder- und Jugendmedien*, Zürich 2013, S. 257–280; Julia Benner, *Federkrieg*, S. 177–202.

75 Vicki Baum, *stud. chem. Helene Willfüer*, Berlin 1928; Joe Lederer, *Das Mädchen George*, Berlin 1928; Ruth Landshoff-Yorck, *Die Vielen und der Eine*, Berlin 1930; Irmgard Keun, *Gilgi, eine von uns*, Berlin 1931; dies., *Das kunstseidene Mädchen*, Berlin 1932; Marieluise Fleißer, *Mehlreisende Frieda Geier. Roman vom Rauchen, Sporteln, Lieben und*

Verkaufen, Berlin 1931; Gabriele Tergit, *Käsebier erobert den Kurfürstendamm*, Berlin 1932.
76 Mascha Kaléko, *Das lyrische Stenogrammheft*, Berlin 1933; Lili Grün, *Herz über Bord*, Berlin / Wien / Leipzig 1933; Hilde Spiel, *Kati auf der Brücke*, Berlin / Wien / Leipzig 1933.
77 Lili Grüns in Berlin entstandener Debütroman etwa war nicht nur vergriffen, sondern völlig vergessen, bis ihn Anke Heimberg dankenswerterweise – und mit einem neuen Titel versehen – wieder zugänglich gemacht hat, vgl. Lili Grün, *Alles ist Jazz*, Berlin 2022.
78 Helmuth Kiesel, *Geschichte der deutschsprachigen Literatur. 1918 bis 1933*, München 2017, S. 755.
79 Ebd., S. 756.
80 Siehe dazu Sabina Becker, »›… zu den Problemen der Realität zugelassen‹. Autorinnen der Neuen Sachlichkeit«, in: Walter Fähnders / Helga Karrenbrock (Hg.), *Autorinnen der Weimarer Republik*, Bielefeld 2003, S. 187–214; Liane Schüller, *Vom Ernst der Zerstreuung. Schreibende Frauen am Ende der Weimarer Republik: Marieluise Fleißer, Irmgard Keun und Gabriele Tergit*, Bielefeld 2005.
81 Dies hat Julia Bertschick bereits vorgenommen, die *Abteilung Herrenmode* für ihre Studie zur Rolle der Kleidung in der deutschsprachigen Literatur untersucht hat. Vgl. Julia Bertschick, *Mode und Moderne. Kleidung als Spiegel des Zeitgeistes in der deutschsprachigen Literatur (1770–1945)*, Köln 2005, S. 221–225, sowie dies., »›Das Paradies der Frau‹. Zum Genre des Konfektionsromans in der Weimarer Republik«, in: *Querelles. Jahrbuch für Frauen- und Geschlechterforschung 2006*, herausgegeben von Stephanie Bung und Margarete Zimmermann, Göttingen 2006, S. 89–103.
82 Kurt Münzer, *Salon Rausch*, Berlin 1928; Hans Fallada, *Kleiner Mann – was nun?*, Berlin 1932; Werner Türk, *Konfektion*, a. a. O.
83 Sigfrid Siewert, *Das große Warenhaus*, Übertragung aus dem Schwedischen von Alfons Fedor Cohn, Berlin / Lübeck / Leipzig 1928.
84 Hans Fallada, *Jeder stirbt für sich allein*, Berlin 1947.

85 Vgl. M. G. [Manfred Georg], »Drei Frauen stehen heute vor uns. Die drei Typen: Gretchen, Girl, Garçonne«, in: *8-Uhr-Abendblatt*, 04.06.1927. Von der Forschung aufgegriffen wurde dieser Artikel erstmals von Lynn Frame, »Gretchen, Girl, Garçonne? Weimar Science and Popular Culture in Search of the Ideal New Woman«, in: Katharina von Ankum (Hg.), *Women in the Metropolis. Gender and Modernity in Weimar Culture*, Berkeley / Los Angeles / London 1997, S. 12–40.
86 Fritz Giese, *Girlkultur*, München 1925, S. 137.
87 Ebd., S. 139 f.
88 Ebd., S. 141.
89 Siegfried Kracauer, »Girls und Krise«, in: *Frankfurter Zeitung*, 27.05.1936 (Hervorhebung im Original).
90 Die klassische Untersuchung der weiblichen Lebensrealität in der Zwischenkriegszeit ist Karen Hagemann, *Frauenalltag und Männerpolitik. Alltagsleben und gesellschaftliches Handeln von Arbeiterfrauen in der Weimarer Republik*, Bonn 1990.
91 Vgl. Susanne Suhr, *Die weiblichen Angestellten. Arbeits- und Lebensverhältnisse. Eine Umfrage des Zentralverbandes der Angestellten*, Berlin 1930, S. 5.
92 Ebd., S. 20.
93 Ebd., S. 4 f. (Hervorhebung im Original).
94 Ebd., S. 25.
95 Ebd., S. 34 (Hervorhebung im Original).
96 Ebd., S. 40 (Hervorhebung im Original).
97 Ebd., S. 40 (Hervorhebung im Original).
98 Ebd., S. 44.
99 Sigrid Schmid / Hanna Schnegl, »Die Tradition des Totschweigens«, S. 17.
100 Mascha Kaléko, »Randbemerkungen eines Liftboys«, in: dies., *Das lyrische Stenogrammheft*, 44. Auflage, Hamburg 2023, S. 18.
101 Am Beispiel des KaDeWe kann dies nachgelesen werden bei Antonia Meiners, *100 Jahre KaDeWe*, Berlin 2007, S. 55–77.

102 Vgl. Paul Lerner, *The Consuming Temple. Jews, Department Stores, and the Consumer Revolution in Germany, 1880–1940*, Ithaca / London 2015, S. 135.
103 Vgl. ebd., S. 171.
104 Siehe dazu Knud Wolffram, *Tanzdielen und Vergnügungspaläste. Berliner Nachtleben in den dreißiger und vierziger Jahren. Von der Friedrichstraße bis Berlin W., vom Moka Efti bis zum Delphi*, Berlin 1992.
105 Vgl. das Faksimile in Joachim Zeller, *Weiße Blicke – Schwarze Körper. Afrikaner im Spiegel westlicher Alltagskultur. Bilder aus der Sammlung Peter Weiss*, Erfurt 2010, S. 201.
106 Vgl. Knud Wolffram, *Tanzdielen und Vergnügungspaläste*, S. 182.
107 Siegfried Kracauer, *Die Angestellten. Aus dem neuesten Deutschland*, Frankfurt am Main 1971 [Frankfurt am Main 1930], S. 7.
108 Vgl. ebd., S. 10.
109 Alice Rühle-Gerstel, *Das Frauenproblem der Gegenwart. Eine psychologische Bilanz*, Leipzig 1932, S. 293.
110 Abbildungen der beiden Arbeiten finden sich bei Ingrid Pfeiffer (Hg.), *Glanz und Elend der Weimarer Republik*, S. 182 und S. 189.
111 Julia Bertschick, *Mode und Moderne*, S. 224.
112 Wolfgang Koeppen, »Roman und Unterhaltung«, in: *Berliner Börsen-Courier*, 16.05.1933, im Folgenden zitiert nach dem Nachdruck in ders., *Gesammelte Werke*, Band 6: *Essays und Rezensionen*, Frankfurt am Main 1986, S. 34–39, hier: S. 38.
113 Ebd., S. 38 f.
114 Ebd., S. 38.
115 Sabina Becker, »Neue Sachlichkeit im Roman«, in: Sabina Becker / Christoph Weiß (Hg.), *Neue Sachlichkeit im Roman. Neue Interpretationen zum Roman der Weimarer Republik*, Stuttgart 1995, S. 7–26, hier: S. 20 f.
116 Zu den Jahren 1933–1934 im Leben des Schriftstellers vgl. Jens Döring, *»…ich stellte mich unter, ich machte mich klein…«. Wolfgang Koeppen 1933–1948*, Frankfurt am Main / Basel 2001, S. 33–87.
117 Vgl. Reichsschriftumskammer (Hg.), *Liste 1 des schädlichen und unerwünschten Schrifttums*, Berlin 1935, S. 44.

118 Hier ist Helmuth Kiesel zu widersprechen, der behauptet, dass die Indizierung »des Romans nichts mit dem Inhalt zu tun« habe, »sondern mit dem Umstand, daß die Verfasserin sich am Widerstand beteiligt hatte und Deutschland verlassen mußte.« Maria Gleit ging jedoch erst im Folgejahr, im Juni 1936, in die Schweiz. Helmuth Kiesel, *Geschichte der deutschsprachigen Literatur*, S. 756.
119 Adolf Halfeld, *Amerika und der Amerikanismus. Kritische Betrachtungen eines Deutschen und Europäers*, Jena 1927, S. 211.
120 Vgl. o. A. [»W.«], »Das Manhattan-Girl«, in: *Nationalsozialistische Monatshefte*, Nr. 2/1931, S. 131–133. Siehe dazu Rüdiger Graf, *Die Zukunft der Weimarer Republik. Krisen und Zukunftsaneignungen in Deutschland 1918–1933*, München 2008, S. 237 f.
121 Vgl. Ulrike Felber (Hg.), *Auch schon eine Vergangenheit. Gefängnistagebuch und Korrespondenzen von Bruno Kreisky*, Wien 2009, S. 150.
122 Vgl. *Deutscher Reichsanzeiger*, 04.01.1936.
123 Vgl. Siegfried Kracauer, »Ein Angestelltenroman«, *Frankfurter Zeitung*, 06.07.1930.
124 Christa Anita Brück, *Ein Mädchen mit Prokura*, Berlin 1932.
125 Christa Anita Brück, *Die Lawine*, Berlin 1941. Hierauf macht auch das Nachwort zur Neuausgabe von Brücks Roman von 1932 aufmerksam, vgl. Magda Birkmann, »›Der Dornenweg ihres ungewöhnlichen Aufstiegs‹. Christa Anita Brücks Angestelltenromane«, in: Christa Anita Brück, *Ein Mädchen mit Prokura*, Hamburg 2023, S. 237–254, hier: S. 253.
126 Vgl. Petra Schlier, *Petras Aufzeichnungen oder Konzept einer Jugend nach dem Diktat der Zeit*, Innsbruck 1926; zu Leben und Werk sowie zu diesem Roman im Besonderen siehe Annette Steinsiek / Ursula A. Schneider, »Am eigenen Leib (Nachwort)«, in: Paula Schlier, *Petras Aufzeichnungen oder Konzept einer Jugend nach dem Diktat der Zeit*, herausgegeben von Annette Steinsiek und Ursula A. Schneider, Salzburg 2018, S. 150–196.
127 Zu Lotte Pritzel siehe Editha Mork / Wolfgang Till (Hg.), *Lotte Pritzel 1887–1952. Puppen des Lasters, des Grauens und der Ekstase*, Mün-

chen 1987, zu Claire Waldoff siehe Volker Kühn (Hg.), *Claire Waldoff. Weeste noch ...? Erinnerungen und Dokumente*, Berlin 1997.

128 Vgl. Reichsschriftumskammer (Hg.), *Liste 1 des schädlichen und unerwünschten Schrifttums*, S. 38.

129 Vgl. Hiltrud Häntzschel, *Marieluise Fleißer. Eine Biographie*, Frankfurt am Main / Leipzig 2007, S. 280.

130 Zu Leben und Werk siehe Marion Beckers (Hg.), *Alice Lex-Nerlinger 1893–1975. Fotomonteurin und Malerin*, Berlin 2016.

131 Vgl. Inge Herold / Johan Holten, *Hanna Nagel*, Berlin / München 2020, S. 166–191.

132 Vgl. Camilla Smith, *Jeanne Mammen. Art between Resistance and Conformity in Modern Germany, 1916–1950*, Rochester / Woodbridge 2023, S. 63–92.

133 Siehe dazu Silke Kettelhake, *Renée Sintenis. Berlin, Boheme und Ringelnatz*, Berlin 2010; Reinhold Lindner, »Eine Frau in der Metallwerkstatt – Marianne Brandt«, in: Britta Jürgs (Hg.), *Designerinnen. Vom Salzstreuer bis zum Automobil*, Berlin 2002, S. 39–51; Berlinische Galerie (Hg.), *Hannah Höch. Eine Lebenscollage 1921–1945*, Band 2, Abteilung 1: *1921–1945*, Ostfildern-Ruit 1995.

134 Vgl. Christian Furhmeister, »Anita Rée. Werk statt Vita«, in: Hamburger Kunsthalle (Hg.), *Künstlerinnen der Avantgarde in Hamburg zwischen 1890 und 1933*, Band 1, Hamburg 2006, S. 103–129.

135 Vgl. Jens-Henning Ullner, »...ein nicht gewöhnliches Talent«. Die Künstlerin Lotte B. Prechner«, in: Kay Heymer / Daniel Cremer (Hg.), *Das Junge Rheinland: »Zu schön, um wahr zu sein«*, Köln 2019, S. 228–239.

136 Vgl. Renate Krümmer (Hg.), *Dodo. Leben und Werk 1907–1998*, Ostfildern 2012.

137 Vgl. Thomas Ehrsam, »Such Isolation. Riess in Paris«, in: Marion Beckers / Thomas Ehrsam (Hg.), *Die Riess*, S. 240–243.

138 Zu Leben und Werk siehe Boris Böhm, *Wollen wir leben, Das Leben! Elfriede Lohse-Wächtler 1899–1940. Eine Biografie in Bildern*, herausgegeben vom Kuratorium Gedenkstätte Sonnenstein e.V., Dresden 2009.

139 Siehe dazu Anke Heimberg, »Jung, begabt und immer abgebrannt. Lili Grüns bewegte Jahre im Berlin der späten zwanziger Jahre«, in: Lili Grün, *Alles ist Jazz*, S. 183–213; Dirk Krüger, *Die deutsch-jüdische Kinder- und Jugendbuchautorin Ruth Rewald und die Kinder- und Jugendliteratur im Exil*, Frankfurt am Main 1990; Carmel Finnan, »Between Challenge and Conformity – Yva's Photographic Career and Œuvre«, in: Christiane Schönfeld (Hg.), *Practicing Modernity. Female Creativity in the Weimar Republic*, Würzburg 2006, S. 120–138.

140 Gertrud Kolmar, *Eine jüdische Mutter*, München 1965; dies., *Susanna*, Frankfurt am Main 1993.

141 Vgl. Katherine E. Calvert, *Modeling Motherhood in Weimar Germany. Political and Psychological Discourses in Women's Writing*, New York / Woodbridge 2023, S. 28.

142 Zu Otti Berger und den anderen Genannten siehe u. a. Inge Hansen-Schaberg / Wolfgang Thöner / Adriane Feustel (Hg.), *Entfernt. Frauen des Bauhauses während der NS-Zeit. Verfolgung und Exil*, München 2012; Patrick Rössler / Elizabeth Otto, *Frauen am Bauhaus. Wegweisende Künstlerinnen der Moderne*, München 2019; Ulrike Müller, *Bauhaus-Frauen*, aktualisierte Neuausgabe, Berlin 2019.

143 Ausführlich zu Person und Oeuvre Eva Weissmeiler, *Notre Dame de Dada. Luise Straus-Ernst – das dramatische Leben der ersten Frau von Max Ernst*, Köln 2016.

144 Zu Leben und Werk siehe Rolf Aurich / Wolfgang Jacobsen (Hg.), *Manfred George. Journalist und Filmkritiker*, München 2014.

145 Zur Nachkriegsgeschichte Hosen tragender Frauen siehe Gundula Wolter, *Hosen, weiblich*, S. 248–285.

146 Ruth Landshoff-York, *Das Ungeheuer Zärtlichkeit*, Frankfurt am Main 1952; dies., *Klatsch, Ruhm und kleine Feuer. Biographische Impressionen*, Köln / West-Berlin 1963. Siehe dazu Thomas Blubacher, *Die vielen Leben der Ruth Landshoff-York*, S. 252.

147 Vgl. Marieluise Fleißer, *Gesammelte Werke*, Frankfurt am Main 1972; Georg W. Forcht, *Frank Wedekind und die Volksstücktradition. Basis und Nachhaltigkeit seines Werks*, Freiburg 2012, S. 145.

148 Irmgard Keun, *Ferdinand, der Mann mit dem freundlichen Herzen*, Düsseldorf 1950.
149 Ursula Krechel, »Die Zerstörung der kalten Ordnung. Auch ein Versuch über das Vergessen weiblicher Kulturleistungen«, in: *Rowohlts Literaturmagazin*, Nr. 10/1979, S. 103–129, hier: S. 104.
150 Ebd.
151 Zitiert nach Kristina Schulz, »Die Unfähigkeit zu schreiben und die Unmöglichkeit zu leben«, S. 186.
152 Vgl. Ernst Kreuder, *Herein ohne anzuklopfen*, Reinbek 1954, S. 6.

Ein persönlicher Rückblick

Schlusswort von Vito Victor

Abteilung Herrenmode ist ein seit langem vergessener Roman, den meine Mutter Maria Gleit verfasste, als sie Anfang 20 war. Dank der engagierten Arbeit von Vojin Saša Vukadinović und des Verlags DAS VERGESSENE BUCH wird er hiermit wiederbelebt.

Vor fast einem Jahrhundert schuf Maria mit Lotte Stein eine literarische Figur, der sie ihr Herz schenkte. Diese Protagonistin war so jung wie die Autorin, auf wundersame Weise jedoch mit all jenen Tugenden ausgestattet, die sich meine Mutter auch für sich selbst gewünscht hätte. Die Ära, die sowohl die Schriftstellerin als auch ihr Alter Ego herausforderte, war die schwierigste Phase der Weimarer Republik, als Frauen längst in großer Zahl auf den Arbeitsmarkt drängten. Die sozialen Folgen dieses Wandels zählen neben der Konsumkultur und dem Amüsement in Berlin, das damals Europas konfrontativste und am meisten aus den Fugen geratene Hauptstadt war, zu den Sujets dieser Geschichte. Die Handlung ist zwar romantisch, weist allerdings eine Wendung auf, die diesem Roman einen Platz am Ende der kurzen literarischen Tradition der Neuen Frau sichert.

Nachdem ich mich ein weiteres Mal mit Lottes Ringen und ihrem Triumph befasst habe, wurde ich von den erschreckenden Erkenntnissen eines alten Mannes überwältigt. Marias Umgang mit Liebe, Arbeit und Karriere führten in andere Bahnen als im Falle ihrer Heldin. Aus der unbehaglichen Perspektive des Sohnes ist das Motiv des Romans allerdings klar ersichtlich. Was dem Leser vor Augen geführt wird, sind die immensen Schwierigkeiten von Frauen, die versuchen, sich innerhalb ihrer Beziehungen zu Männern zu behaupten. Was sie bekämpfen, sind das Bedürfnis nach einer Vaterfigur und die fürchterlichen Unzulänglichkeiten herrschender gesellschaftlicher Verhältnisse.

Waren die beherzten Bemühungen Lottes und meiner Mutter vergebens? Werden wir nach einem Jahrhundert nicht immer noch von denselben alten Gefahren und Versuchungen geplagt? Der Sozialismus vergeudet sich heute in Utopien; die Frauenfrage und unsere Skepsis gegenüber Männlichkeit verunsichern nach wie vor den Verstand, während ökonomische Ungleichheit unvermeidlich scheint. Wir wissen zu viel – aber können wir das, was wir wissen, überhaupt für irgendetwas produktiv nutzbar machen?

Abteilung Herrenmode offenbart uns so gut wie nichts aus der frühen Kindheit seiner Heldin. Lotte entspringt vollständig ausgestaltet der euphorischen Vorstellung, welche die Autorin sich von perfekten Mädchenjahren macht. Detaillierte Rückblenden, welche die Familiendynamik ihrer Kinderstube beleuchten, gibt es nicht. Im Zeitalter von Freud ist das eine bezeichnende Auslassung. Für neue Leserinnen und Leser Gleits dürften deshalb einige Bemerkungen über die prägenden Jahre der Schriftstellerin hilfreich sein. Meine Ausführungen sind mit Sicherheit voreingenommen, denn sie resultieren aus einer komplizierten Mutter/Sohn-Beziehung.

Ich fand viele Hinweise in den Erinnerungen meiner Mutter, *Mein Vater war auch dabei*. Dieses uneitle Sachbuch, das erst nach Ende der Weimarer Republik erschien, lässt die Kindheit, die meine Mutter zwischen den Weltkriegen erlebte, detailliert aufleben. Gleit schrieb für deutschsprachige Kinder, fand jedoch eine Ausdrucksweise, die ein weitaus größeres Publikum zu fesseln wusste. Ihre Prosa ist authentisch und dialogisch, kommt ohne effekthascherische Einlagen aus und lässt die Leserinnen und Leser gleich welchen Alters und gleich welcher Herkunft in eine Familie eintauchen, die so liebenswürdig ist wie diejenige in Marcel Prousts *Combray*. Ich empfehle *Mein Vater war auch dabei* sehr als Begleitband zu *Abteilung Herrenmode*.

Gleichwohl, leider: *Die Dame, wie mich dünkt, gelobt zu viel.* Sie zeigt ein äußerst ausgeprägtes Bedürfnis danach, ihre Eltern zu überhöhen. Sie beschreibt diese so, als lebten sie einzig für ihr Kind, das sie niemals bestrafen, noch nicht einmal kritisieren, um ihm auch nur die kleinste Spur von Egoismus auszutreiben. Das proletarische Paar wird zu den weltbesten Kindererziehern verklärt, und das Loblied kulminiert schließlich in einer einzigen Hommage an den Vater der Autorin, Albert Gleitsmann. Vom Verlangen danach getrieben, die beschränkten Möglichkeiten zu durchbrechen, die einem Arbeiter in einer erstickenden Kleinstadt offenstehen, erlegt sich dieser selbst auf, seine Ehefrau und seine Tochter zu unterstützen, wo es nur geht; Gleit verherrlicht ihn zweifelsohne wie einen Heiligen.

Ein Jahrhundert später mag der kritische Leser so etwas naiv und überzogen finden. Die Schriftstellerin ließ die Wirklichkeit in ihre Schilderungen einfließen, denn die Zeiten waren hart – Arbeiter wurden ausgebeutet und Soldaten fortgeschickt, um zu sterben. Mit dem Krieg kam der Hunger. Das unterernährte kleine Mädchen erkrankte an Diphterie und überlebte nur knapp. Nachdem ihr Vater an die Front einberufen wurde, versuchte das Kind gemeinsam mit einer Spielgefährtin, sich mithilfe von Gas eine Mahlzeit zuzubereiten, wobei es fast das Haus in die Luft jagte, in dem es mit seinen Eltern lebte. Beständig unterlief die leicht ironische Schreibweise meiner Mutter die herzliche Zuneigung für ihre Familie.

Während des Krieges erlag Marias Mutter Klara »nervösen« Wehklagen, die heute üblicherweise »Angststörung« und »Depression« genannt würden. Sie verbrachte viele Tage in einem komatösen Zustand, weswegen sich ihr kleines Mädchen um den Haushalt und alle praktischen Belange kümmern musste. Meine 1909 geborene Mutter war fünf Jahre alt, als der Erste Weltkrieg ausbrach, und elf Jahre alt, als Albert aus diesem zurückkehrte; die Zeit, die sie vaterlos verbrachte, wurde sie »parentifiziert«, damit sie sich um ihre weinende und seufzende Mutter kümmern konnte, die nur Trübsal um sich herum verbreitete. Dennoch wurde Klara von der Schriftstellerin rückblickend als höchst liebenswürdig beschrieben. Eine der dergestalt vermittelten Botschaften lautet, dass eine Frau in schlechten Zeiten ohne einen Mann, der sie stützt, hilflos ist.

Sicher, Europas erster großer Krieg deckte einige Mängel an Maria Gleits perfekten Eltern auf, und *Mein Vater war auch dabei* verfügt über eine innere Erzählung, die der Behauptung der Schriftstellerin widerspricht, eine idyllische Kindheit verlebt zu haben. Dank den Schriften meiner Mutter brannte sich Alberts Heimkehr aus dem Krieg in mein Gedächtnis ein. Es handelt sich um ein wahrheitsgemäßes Bild männlicher Unbeholfenheit. Der Veteran begrüßt seine Kumpel aus der Nachbarschaft mit kräftigem Händedruck, doch seine Tochter, die über solch lange Jahre hinweg Gebete zu seinem Bild gesprochen hatte, dass er doch zurückkehren möge, fühlt sich auf seltsame Weise enttäuscht.

Und seine Frau erst ... sieh an! Klara steht nach der Heimkehr ihres Gatten an der abgewandten Seite des Wohnzimmers, in dem sich die Bekannten und Kollegen eingefunden haben. Dort verharrt sie, von Verlegenheit und unausgesprochenen Vorwürfen zurückgehalten. Die Autorin erklärt derweil, dass in der Familie weder Küsse noch Umarmungen üblich gewesen seien. Deshalb erschließt sich dem Leser auch rasch, weshalb es Gleits Vater unmöglich ist, wieder in seinem Ehebett zu schlafen. Er leidet unter Alpträumen und anderen Symptomen, die heute unter dem Begriff »posttraumatische Belastungsstörung« zusammengefasst werden, und nächtigt deshalb auf einer im Flur ausgebreiteten Decke. Seine umgehende Rückkehr an seinen alten Arbeitsplatz in die Fabrik rechtfertigt er damit, dass seine wichtigste Aufgabe darin bestehe, die Familie zu ernähren. Aus diesem Grund lässt er keinen Tag aus, um sich gemeinsam mit seiner Ehefrau und seiner Tochter zu entspannen. Gleits Ausführungen werden hier nicht mitleidig, und plötzlich wird verständlich, was einem beim Lesen der vorangegangenen Seiten entgangen war: Die Schriftstellerin hat ihre Eltern kein einziges Mal dabei geschildert, wie sie auch nur eine Spur körperlicher Zuneigung zulassen. Albert weigert sich zudem standhaft, von seinem vierjährigen Kriegseinsatz und seiner zweijährigen Kriegsgefangenschaft bei den Franzosen zu erzählen. Die Familie hat Prinzipien. *Darüber spricht man nicht.*

Meine Mutter und ich standen nicht in engem Kontakt, als ich mich im Alter von 16 Jahren von der Familie absonderte. In den 1960er Jahren berichtete sie mir gelegentlich von ihrer Psychoanalyse. Eine ihrer bleibenden Erinnerungen, die sie ihrem Analytiker offenbarte, wurde zu meinem persönlichen Sinnbild für ihre missliche Lage.

Die Anekdote spielt im Winter. Ihre Heimatstadt Crimmitschau lag unter einer dicken, mit Eis überzogenen Schneedecke begraben. In einer klirrenden Nacht brach Marias an Schlaflosigkeit leidender Vater einmal unvermittelt zu einem Spaziergang auf. Hinter sich zog er einen Schlitten her. Darauf war das Kleinkind sicherheitshalber angebunden – allerdings nur lose. Später würde es sich erinnern, mit einer wunderschönen, regenbogenfarbenen Schneeflocke verschmolzen zu sein. Vom Schnee nahezu begraben, wachte es irgendwann verzweifelt, allein und an allen Gliedmaßen frierend auf.

Albert hingegen erreichte die Wohnung der Familie geistig erfrischt. Ob er wohl irgendwas vergessen habe, fragte er sich, als er sich umdrehte, um das Kind loszubinden. Doch der Schlitten war leer. Im Bruchteil einer Sekunde packte ihn ein unbeschreibliches Entsetzen. Ein fürchterliches Grauen, das ein Leben möglicherweise für immer zu verändern vermag.

Keuchend und mit hämmerndem Herzen eilte er zurück, seiner eigenen Spur mehr als einen Kilometer lang folgend. Tatsächlich hockte das Mädchen irgendwo im Schnee, wimmernd, aber letztlich unversehrt.

Ein Nachspiel sollte folgen. Der erste Fehler des Vaters bestand darin, dass er das, was passiert war, seiner Frau anvertraute, die seine Dummheit nicht begreifen konnte und ihm zu verstehen gab, dass bei ihm wohl mehr als eine Schraube locker sei. Sein zweiter, noch größerer Fehler war, dass er nicht der Versuchung widerstehen konnte, die Geschichte in der Dorfkneipe zum Besten zu geben.

»Ich weiß nicht, wie ich es letztlich herausgefunden habe«, berichtete meine Mutter ihrem Analytiker. »Alles, was ich weiß, ist, dass das ganze Dorf in jener Woche von nichts anderem sprach. Die Säufer machten sich über meinen Vater lustig und wollten, dass er ihnen wieder und wieder erzählte, wie er bei einem nächtlichen Spaziergang sein Kind verlor. Und er erzählte die Geschichte bereitwillig wieder und wieder, ließ sich die allgemeine Heiterkeit gefallen und lachte mit. Das ist es, was ich einfach nicht begreifen kann. Mein Vater, mein betrunkener Vater, der darüber lacht, mich beinahe verloren zu haben. Danach war nichts mehr so, wie es davor war. Das kann ich nicht vergessen. Das kann ich niemals vergessen.«

Die Geschichte hat noch eine Fortsetzung. Der Psychoanalytiker meiner Mutter arbeitete häufig mit Fotografien, die sie ihm zur Verfügung gestellt hatte. Als sie eines Tages in seine Praxis kam, sah sie ein großes Bild ihres verstorbenen Vaters auf seinem Schreibtisch stehen.

»Ich schnappte mir das Foto und riss es, ohne zu überlegen, in Stücke. Ich erinnere mich, dass ich gleich darauf ›SO.‹ zu Dr. Katzenstein sagte: So wie in ›So, das war's!‹. Ich hielt ihn für mitverantwortlich. Ich war endlich fertig.«

Was Maria Gleit und Lotte Stein anbelangt, ist es für mich Zeit, endlich den Tatsachen ins Auge zu sehen. Meine häufig sarkastische Mutter tendierte dazu, nur wenig von ihren Mitmenschen zu halten. Wenn sie von einer Person die höchste Meinung hatte, nannte sie diese einen »Idealisten«. Das war das größte Kompliment, das sie jemandem machen konnte; nach der Eheschließung mit meinem Vater, Walther Victor, war dieses in der Regel Sozialisten vorbehalten. Sollte ich so etwas wie eine religiöse Erziehung genossen haben, lehrte mich diese, dass Karl Marx unser Erlöser sei und er die einzigen gültigen Schriften verfasst habe. Ein weiteres dringend erwünschtes gesellschaftliches Ziel bestand in der Ermächtigung der Frauen.

Als ich mich langsam selbst umerzog, machte mich der »Idealismus« meiner Eltern zunehmend skeptisch. Mir ist schon seit langem bewusst, dass mein Vater wie meine Mutter einen angeblichen Aktivismus betrieben, der dem eigenen ökonomischen Nutzen diente. Im besten Fall arbeiteten sie deshalb, weil sie ihre immensen Egos stützen wollten, und nicht etwa deshalb, weil es ihnen um eine »bessere Welt« ging. Selbstverständlich waren beide Intellektuelle, die um Anerkennung kämpften; weder sie noch er hätten sich je in der Nähe schwitzender Werktätiger oder belasteter Sozialhilfeempfängerinnen wohlgefühlt.

Insbesondere meine Mutter sehnte sich nach einer lebensnahen Frauenbewegung. Ihr selbst war es nie möglich gewesen, ohne die Hilfe und die materielle Unterstützung eines praktisch veranlagten, starken Mannes zu arbeiten. Als mein Vater – ein Journalist, Politiker und promiskuitiver Schürzenjäger – uns 1947 verließ, verdiente meine Mutter mit Kinderbetreuung ihr Geld, das allerdings gerade mal für ein Leben am Rande der Verzweiflung ausreichte. In jener Zeit erprobte sie mit einer ihrer Auftraggeberinnen eine lesbische Affäre. Dennoch litt sie in dieser Situation, in der sie sich mehr geliebt fühlte als selbst Liebe zu geben, immer wieder an selbstkritischen Impulsen und an Gewissensbissen, die wie üblich heftig ausfielen.

Nach ihrer Ankunft in den Vereinigten Staaten hatte sie innerhalb eines Jahres Englisch gelernt – und zwar so gut, dass sie vier Romane bei Scribner's veröffentlichen konnte, einem der renommiertesten Verlage in New York. Trotz einer kaum vorstellbaren geistigen Leistungsfähigkeit stand diese Frau finanziell mittellos da, als sie schließlich Leopold Hofmann heiratete, einen schweizerisch-jüdischen, kürzlich geschiedenen und sehr wohlhabenden Geschäftsmann. Beide Ehen waren in emotionaler Hinsicht katastrophal, und die zweite zerstörte ihre Fähigkeit, zu schreiben.

Zu einem Zeitpunkt, als meine junge Mutter kaum ihre eigene, tragische Reise angetreten hatte, schickte sie Lotte voraus, um das Gelände zu sondieren. Von ihrer eigenen Gewandtheit und von ihrem ungewöhnlichen Arbeitsethos angetrieben, fordert Lotte die unternehmerische Welt unsicherer und miteinander konkurrierender Männer heraus, während sie mit ihrer eigenen Sexualität ins Reine kommt und damit beginnt, sich ein eigenes, unabhängiges Wertesystem zu errichten.

Was hält sie von den Männern in ihrem Umfeld? Was macht den Gegensatz zwischen Walter Böhmelmann und Hans Kreuznacher aus? Entwickelt sie überhaupt einen echten Respekt für Männer? Was lernt sie über ihr Unternehmen, das sich dafür entscheidet, lieber den *Sex appeal* dürftig bekleideter Verkäuferinnen in den Vordergrund zu stellen, als die Qualität der Ware? Welchen Platz möchte Lotte dieser Sorte Kapitalismus in ihrem eigenen Leben einräumen? Wird sie sich jemals mit ihrer eigenen Sinneslust versöhnen? Was versteht sie unter »Liebe«, diesem Schlagwort, ja Schibboleth, das selbst uns Heutige noch in unterschiedlichsten Verwandlungen heimsucht?

Ich würde gerne erfahren, wie Sie dieses nun wiederentdeckte Buch aufnehmen werden, und was es Ihnen nach der Lektüre bedeuten wird.

Aus dem Englischen übersetzt von Vojin Saša Vukadinović

MARIA GLEIT (1909–1981) wurde als Hertha Gleitsmann in Crimmitschau geboren. Die Tochter eines Weberehepaares begann in der Jugend zu schreiben und folgte in den frühen 1930er Jahren ihrem späteren Ehemann, dem Literaten Walther Victor (1895–1971), nach Berlin. Neben journalistischen Arbeiten entstanden dort ihre ersten Romane *Abteilung Herrenmode* (1933) und *Macht nichts, Barbara!* (1934). Da ihr Partner als linker Jude politisch exponiert war, setzte sich Gleit in der Frühphase des »Dritten Reichs« mit diesem an den Bodensee ab und folgte ihm 1936 ins Exil in die Schweiz. Dort wurde 1937 ihr Sohn Vito geboren und ihr wichtigster Roman *Du hast kein Bett, mein Kind* (1938) veröffentlicht. Nach einer Station in Luxemburg und der Flucht durch mehrere europäische Länder erreichte die Familie im Herbst 1940 New York. Gleit verfasste in den kommenden Jahren mehrere Kinderbücher mit teils antifaschistischen Sujets, die in den Vereinigten Staaten sehr erfolgreich waren. Wenige Jahre nach dem Zweiten Weltkrieg ließ sich das Ehepaar scheiden. Die Autorin heiratete einen Zürcher Kaufmann, mit dem sie in die Schweiz zurückkehrte. Auf Grund ihrer neuen Lebenssituation versiegte ihre schriftstellerische Inspiration. Von der literarischen Welt nahezu vollständig vergessen und vereinsamt, nahm sich Maria Gleit 1981 das Leben.

VOJIN SAŠA VUKADINOVIĆ, Jg. 1979, ist Historiker und arbeitete mehrere Jahre lang als Kulturredakteur der Debattenzeitschrift *Schweizer Monat*. Er ist Herausgeber der Sammelbände *Freiheit ist keine Metapher. Antisemitismus, Migration, Rassismus, Religionskritik* (2018), *Zugzwänge. Flucht und Verlangen* (2020), *Randgänge der Neuen Rechten. Philosophie, Minderheiten, Transnationalität* (2022), *Rassismus. Von der frühen Bundesrepublik bis zur Gegenwart* (2023) sowie zweier Anthologien zur radikalsten Zeitschrift der Neuen Frauenbewegung: *Die Schwarze Botin. Ästhetik, Kritik, Polemik, Satire, 1976–1980* (2020) und *Die Schwarze Botin. Berlin, Paris, Wien, 1983–1987* (2024). Er hat zahlreiche Aufsätze und Essays zur Geschichte der Emanzipationsbewegungen, insbesondere zum Feminismus, verfasst. Den 1948 erstmalig veröffentlichten Roman *Rendezvous in Manhattan* der exilierten österreichisch-jüdischen Schriftstellerin Grete Hartwig-Manschinger hat er 2021 für DAS VERGESSENE BUCH neu ediert.

VITO VICTOR kam 1937 im Tessin zur Welt. Der Sohn von Maria Gleit und Walther Victor floh 1940 mit seinen Eltern in die USA und verbrachte seine Kindheit in New York. Nach der Scheidung kehrte er zunächst mit seiner Mutter und Großmutter in die Schweiz zurück, beendete die High School und das Studium allerdings wieder in den Vereinigten Staaten. Er war am Aufbruch der Hippie-Bewegung beteiligt und lebte zeitweilig in Indien. Als Literaturwissenschaftler hat er u. a. Beiträge zu Thomas Mann und Rainer Maria Rilke veröffentlicht. Heute lebt er in Reno, Nevada.

Weitere Wiederentdeckungen im Verlag

das vergessene buch

Grete Hartwig-Manschinger (1899–1971)

RENDEZVOUS IN MANHATTAN

Wie viele junge Frauen aus der migrantischen Arbeiterklasse schuftet die hübsche Fabrikangestellte Edna Scarlatti im Akkord, um den Lebensunterhalt ihrer Familie zu finanzieren. Wie viele junge Frauen aus einfachsten Verhältnissen träumt Sie von der Liebe und vom großen Glück. Auf einer Vergnügungsreise, für die sie lange gespart hat, lernt sie den charmanten Ingenieur Ray Garguin kennen, der sich Hals über Kopf in Edna verliebt und diese schnell in luftige gesellschaftliche Höhen entführt: Eine ungewöhnliche Liebesgeschichte voller Hindernisse und Unwägbarkeiten, die erst durch den Eintritt der USA in den Zweiten Weltkrieg ein jähes Ende findet.
Grete Hartwig-Manschingers im amerikanischen Exil verfasster großer New-York-Roman erschien erstmals 1948 in Wien und ist seitdem zu Unrecht völlig in Vergessenheit geraten.

Tatsächlich wirkt ›Rendezvous in Manhattan‹ stellenweise so, als hätte Elena Ferrante ein früheres ›Mad Men‹ geschrieben. Zweifelsohne wäre das Buch, so es Bekanntheit erlangt hätte, verfilmt worden.

– Margarete Affenzeller, DER STANDARD

Hardcover mit Prägung und Lesebändchen, 288 Seiten, 24 €.

Mit einem Nachwort herausgegeben
von Vojin Saša Vukadinović

Maria Lazar (1895-1948)

VIERMAL ICH

Viermal ICH dreht sich um vier Freundinnen, die so unterschiedlich sind wie Tag und Nacht, und deren Schicksale dennoch von der Schulzeit bis ins Erwachsenenalter untrennbar miteinander verwoben bleiben. Es geht ums gemeinsame Aufwachsen und die erste Liebe in den gar nicht so goldenen Zwanziger Jahren, aber auch um die dunklen Seiten der Freundschaft, um Selbstbetrug, Verrat und Täuschung - und, davon unberührt, um weibliche Emanzipation, Identitätsfindung und die Suche nach dem großen Glück.
Maria Lazars Ende der 1920er Jahre in Wien verfasster Roman galt lange als verschollen und wurde noch nie veröffentlicht. Nun ist er erstmals im Verlag DAS VERGESSENE BUCH wiederzuentdecken.

Mascha Kaléko gleich […] brilliert Lazar mit Erzählkunst, Detailkenntnis und weiblichem Sarkasmus.

— Andrea Seibel, DIE LITERARISCHE WELT

Maria Lazar kann wirklich erzählen!

— Denis Scheck, SWR LESENSWERT QUARTETT

Hardcover mit Lesebändchen, 224 Seiten, 24 €.

Erstmals aus dem Nachlass herausgegeben
und mit einem Nachwort versehen
von Albert C. Eibl